튜토리얼 탑의 고인물

튜토리얼 탑의 고인물

방구석 김씨 장편소설

1

해피북스
투유

차례

튜토리얼 탑의 고인물

튜토리얼 탑이란 무엇인가?

그것은 전 세계가 갑작스레 나타난 몬스터들에 의해 뜨거운 열병을 앓게 되었을 때 생긴 일종의 '튜토리얼 던전'이다.

일정한 주기마다 전 세계의 사람 중 일부가 강제로 그곳에 끌려갔고. 탑에 끌려간 사람 중 20퍼센트 정도만이 빠져나와 몬스터를 잡는 '헌터'가 되었다.

탑을 클리어한 헌터가 '튜토리얼 탑'의 존재를 세상에 알린 지 12년. 세계는 헌터로 인해 몬스터의 위협에서 벗어날 수 있었고. 헌터의 등장과 함께, 세계는 대격변이라는 말이 어울릴 정도로 크게 바뀌어 나갔다.

최하급으로 분류되는 D급 헌터부터 최상급을 칭하는 S급 헌터까지. 몬스터를 토벌할 수 있는 헌터들은 각 국가의 국력과도 같은 대우를 받게 되었다.

초반에는 '헌터가 뭐길래 국력으로 대우받나?'라는 생각을 하는 사람도 있었다. 하지만 끝없이 나타나는 몬스터와 헌터가 가진 규격 외의 힘은 '헌터가 곧 국력이다'라는 소문을 유언비어가 아닌 정설로 만들어주었고. 그런 분위기가 형성되자 헌터의 몸값은 자연스레 올라가기 시작했다.

헌터들은 자신의 몸값을 더더욱 올리고, 또 국가로부터 스스로를 지키기 위해 '협회'와 '길드'를 설립하며 자연스럽게 시장을 형성했고. 그렇게 세계정세가 흘러감에 따라 헌터는 어엿한 '직업'을 넘어서서 '대박 직업'으로 인식되었다.

물론 헌터가 된다는 것은 언제나 죽음을 앞에 두어야 한다는 걸 뜻하지만, 그럼에도 불구하고 사람들은 헌터가 되기를 원했다. 헌터가 벌어들이는 돈이 일반인의 상상을 초월할 정도였으니까.

평범한 대학을 졸업한 사람이 한 달을 일해야 벌 수 있는 돈.

헌터들은 미궁이나 던전을 탐험하는 것만으로 그 정도 돈의 두세 배, 많게는 수십 배도 벌어들일 수 있었다. 그것도 하루아침에. 등급이 올라 시민들에게 인지도가 높아진 헌터 중에는 미디어 쪽으로 진출하는 이들도 생겼고, 그들은 옛날의 아이돌, 연예인과 같은 위상을 누리며 떼돈을 벌기도 했다.

그래, 바로 지금 이 순간처럼.

"〈헌터를 알다〉의 이해영입니다! 반갑습니다!"

한국의 3개 지상파 중 하나인 MTC에서 야심 차게 준비한 프로그램인 〈헌터를 알다〉.

이 프로그램은 한국에 있는 대형 길드의 '길드장'을 섭외해 일반인들이 헌터에게 궁금하게 생각하는 점이나 헌터의 생활에 관해 이야기를 나누는 라이브 방송이다.

헌터들과 이야기를 나눈다는, 소제 자체는 그리 특별할 것 없는 프로그램.

하지만 길드장을 섭외하는 것만으로, 〈헌터를 알다〉는 저번 주에 시청률 35.7퍼센트를 찍으며, 인기 방송의 대열에 올랐다.

콘서트장처럼 꾸며져 있는 곳에는 메인 MC인 이해영과 '고구려', '아랑', '서울' 길드의 길드장이 각각 한쪽의 고풍스러운 의자에 앉아 있었고.

곧 이해영이 길드장들을 소개하며 본격적인 방송이 시작되었다.

매끄럽게 진행되는 방송.

이미 4회차나 진행된 방송이라 그런지 메인 MC인 이해영은 자연스러운 톤으로 길드장들에게 질문을 던졌고.

그런 이해영과 마찬가지로 길드장들도 카메라에 익숙해진 듯, 전 회차보다도 능숙하게 MC의 말을 받아치며 방송을 이어 나갔다.

"……그래서 저희 고구려 길드는 이번에 튜토리얼 탑에 들어간 헌터들에게 많은 기대를 품고 있습니다."

고구려 길드의 길드장이자 S등급의 헌터인 한석원의 말을 끝으로 이해영은 고개를 끄덕이더니 이내 카메라를 보며 입을 열었다.

"자, 이것으로 방청객 질문은 끝내도록 하고."

이해영은 슬쩍 촉박해진 방송 종료 시간을 보곤 말을 이었다.

"생각보다 시간이 많이 지체되어서 '궁금합니다! 인터넷 질문 TOP 10!' 중 하나만 질문을 드리고 오늘 방송은 끝을 내도록 하겠습니다!"

이해영은 곧바로 손에 든 카드를 향해 시선을 옮겼고.

"자, 지금부터 읽어드릴 것은 인터넷 질문 TOP 10 중 1위를 차지한 질문입니다. 질문의 내용은."

곧 질문을 읽어 나갔다.

"'한국에 있는 튜토리얼 탑에는 '고인물'이 살고 있다고 하는데, 그 고인물이 누구인가요?'라는 질문이네요?"

그녀는 질문을 읽은 뒤 흥미롭다는 듯 눈을 빛내고선 길드장들을 바라보며 물었다.

"저도 인터넷에서 가끔 고인물에 대한 이야기를 듣기는 했는데, 혹시 길드장님들은 고인물에 대해 알고 계시나요?"

이해영의 물음에 대답한 건 고구려 길드장 한석원이었다.

그는 무척이나 간만이라는 듯한 표정으로 말했다.

"와, 최근에도 고인물이라는 말이 나오는 것 보니까 아직도 안 죽고 잘 살아 있나 보네?"

"오, 혹시 한석원 씨는 그 고인물에 대해 알고 계시는 건가요?"

과장되게 톤을 높여 말하는 이해영.

하지만 그녀의 말에 대답한 것은 한석원이 아닌 그 옆에 앉은 아랑 길드의 길드장이자 S등급 헌터인 이서연이었다.

"여기서 그 사람을 모르는 사람은 아마 없을걸요? '그'는 저희와 같이 튜토리얼 탑에 떨어진 1회차 헌터니까요."

"네? 이서연 길드장님이랑 같이요? 잠깐, 그럼 그 고인물이라는 사람이 1회차 헌터라는 소리인가요?"

"네, 맞아요."

"……1회차 헌터가 아직도 탑에서 빠져나오지 못하고 있다고요?"

이해영의 궁금하다는 듯한 말투에 이서연이 대답하려는 찰나.

"아니, 정확히 말하면 빠져나오지 못하고 있는 게 아니라 '탑에 갇혔다'고 말하는 게 맞죠."

이서연의 말을 끊으며 들어온 서울 길드의 길드장 김시현은 특유의 날카로운 눈매를 빛내며 말했고, 이해영은 질문을 이어 나갔다.

"갇혔다고요?"

"그는 '탑의 저주'에 걸려 있거든요."

"탑의 저주? 그건 또 뭔가요? 그런 말은 처음 들어보는데."

이해영이 궁금증을 풀기 위해 앉아 있던 길드장들을 바라봤고, 김시현은 계속해서 이야기를 이어 나갔다.

"사실 저주라고 말하기에는 모호하죠, 그게 무슨 현상인지 모르니까. 다만 한 가지 예상할 수 있는 건……."

그는 목을 가다듬고는 말했다.

"그는 다른 헌터처럼 튜토리얼 탑을 클리어해도 다시 튜토리얼 탑의 처음으로 돌아간다는 겁니다."

"……네?"

김시현의 말에 멍해진 이해영은 순간 당황한 표정을 짓다 이내 슬쩍 눈치를 보고는 대화를 잇기 시작했다.

"아…… 그러니까 그 고인물이라는 헌터는 시작의 탑을 클리어해도 밖으로 나오지 못하고 튜토리얼 탑 1층으로 돌아간다는 이야기……인 거죠?"

"맞지."

"맞네."

"그렇죠."

길드장들의 일관된 대답에 고개를 끄덕인 이해영은 잠깐 고민하는 듯하더니 이내 목소리 톤을 올려 질문했다.

"그럼 튜토리얼 탑에서 빠져나오지 못하고 있는 그 헌터는 엄청 강하겠네요? 제가 듣기로 헌터는 마력을 제외한 기본 능력 한계치를 튜토리얼 탑에서 수련하고 나온다고 들었거든요!"

"제 말이 맞나요?"라고 질문을 끝맺은 이해영.

"글쎄……. 내 생각에 아마 지금쯤이면 마력을 제외한 기본 능력은 진즉에 일반적인 헌터의 수준을 넘었을 것 같은데."

한석원의 말에 그 옆에 앉아 있던 김시현도 덧붙였다.

"저번에 튜토리얼 탑에서 나온 헌터 중 우리 길드에 들어온 헌터의 말로는 탑을 하루 만에 클리어하는 것을 본 적도 있다고 하던데요?"

"타, 탑을 하루 만에?"

이해영의 버벅거림에 이서연은 저도 모르게 피식 웃으며 말했다.

"만약 그 사람이 우리가 나가고 나서도 계속 탑을 반복해서 클리어했다고 하면, 어쩌면 가능할지도 모르겠는데요?"

분명 말도 안 되는 이야기가 나왔는데도 불구하고 뜻밖의 긍정적인 의견을 내비치는 길드장들.

이해영은 그런 길드장들의 모습에 잠시 당황하면서도 2분밖에 남지 않은 생방송 타이머를 보며 말했다.

"그렇다면 혹시, 만약 그 고인물 헌터가 빠져나오게 되면 대충 어느 정도 등급이 될까요?"

"음……. 만약 그 녀석이 탑의 저주에서 빠져나와 현대로 오게 된다면……?"

"최소 A등급 아닐까?"

"……S등급일 것 같은데?"

"S등급 같은 A등급이 나올 것 같은데? 형…… 아니, 그 사람은 튜토리얼 탑에만 있어서 마력 등급이 없을 테니까."

김시현이 튜토리얼 탑을 빠져나와야만 얻을 수 있는 '마력'에 대해 언급하자 한석원과 이서연이 슬쩍 고개를 끄덕였다.

"확실히, 그럴 수도 있겠네."

"그래도 탑에서 빠져나온 뒤 한 달 정도면 S등급까지는 그냥 올라오지 않을까?"

"……그것도 그렇긴 해. 근데 이렇게 이야기해봤자 뭐 하나? 녀석은 나오지 못할 텐데."

한석원의 말에 묘한 탄식을 터뜨리는 이서연.

새삼 진지하게 이야기를 나누고 있는 길드장들을 본 이해영은 이내 남은 생방송 시간이 30초 이내로 줄어들었다는 것을 깨닫고 멘트를 쳤다.

"네! 이번 주 〈헌터를 알다〉는 시간 관계상 여기에서 인사를 드리도록 하겠습니다. 다음 주를 기대해주세요!"

마무리를 짓는 이해영의 멘트.

그렇게 〈헌터를 알다〉 5회차는 한 시간의 생방송을 성공적으로 채우고 종료되었다.

생방송이 끝나고 방청객들이 차례대로 이동하기 시작하는 것을 본 길드장들은 각자 자리에서 일어나 세트장 뒤에 있는 휴게실로 향했다.

"아직도, 탑을 돌고 있는 걸까?"

휴게실로 가는 도중 들린 이서연의 목소리에 김시현은 대답했다.

"아직도 이야기가 나오는 것을 보면 탑을 돌고 있는 건 확실하지."

"만약 오빠가 튜토리얼 탑에서 빠져나온다면 어떨까?"

방송에서와는 다른 어투로 말하는 이서연의 물음에 휴게실을 향해 걸음을 옮기던 한석원의 발걸음이 순간 멈췄다.

"……글쎄다. 만약 그 녀석이 나온다면…… 아마 한국을 독점하고 있는 외국 길드를 조금이라도 압박하는 데에는 더없이 효과적이겠지."

"그렇겠지?"

"그 녀석은 탑 안에 있을 때도 우리보다 강했으니까 말이야."

이서연의 긍정에 한석원이 어깨를 으쓱하며 말하자, 그 둘을 바라보고 있던 김시현이 이내 한숨을 내쉬며 말을 받았다.

"그렇게 이야기해봤자 뭐 해, 아까 방송에서도 말했듯이 사람들한테 고인물이라고 알려져 있는 형은 탑 안에서 나오지를 못하는데."

김시현의 말에 이서연과 한석원은 씁쓸한 표정을 지으며 고개를 끄덕이는 것으로 이야기를 끝냈다.

그렇게 〈헌터를 알다〉가 성공적으로 방송된 이후, '헌터킬'이라는 팬 커뮤니티 사이트에서는 하나의 떡밥이 '인기 게시물'로 올라왔다.

제목: 요번에 '헌알'에서 마지막에 나온 그 '고인물'인가 뭔가 하는 놈은 대체 뭐임?

글쓴이: 서연누나넘모조아

오늘 보다가 갑자기 딱 그 이야기로 넘어가니까 길드장들 다들 엄청 묘한 표정 지으면서 대답하던데 그 고인물이라는 게 대체 누구길래 다들 묘한 표정 짓냐??

그리고 우리 이서연 길드장님이 최소 A~S랭크라고 하던데 무슨 탑 나오자마자 A~S랭크 찍는 건 씹불가능 아니냐?

S랭크면 능력으로 산 하나 정도는 날려버려야 되는 급인데.

댓글 1232개

ㅁㄴㅇㄹ: 누가 우리 이서연 길드장님이냐 뒤질라고.

   ↳ 서연누나넘모조아: 아니 왜 갑자기 지랄이시죠?

윤원아꽃길만걷자: 그러게. 나도 좀 신기하기는 함. 근데 생각해보면 1회차가 아직도 튜토리얼 탑에서 썩고 있으면 확실히 S랭크 찍을 수도 있지, 시간이 시간이니만큼.

고인물그자체: 나 B급 헌터인데 2년 전에 고인물이 던전 클리어하는 거 방 겹쳐서 한 번 봤는데 완전 빠요엔 그 자체임. 72층에 웨어울프 세 마리 나왔는데 떡춤 추면서 다 잡아버리더라 억ㅋㅋㅋㅋㅋㅋㅋ

   ↳ ㅈㄷㅈㄷ: 흠…… 지랄하지 마시죠.

     ↳ DWD: 이건 또 무슨 허언증 수듄 억ㅋㅋㅋㅋㅋ

       ↳ A급헌터: 흠 닥쳐주십쇼. 2년 만에 B랭크 헌터라니 무슨 한서린 헌터 보는 줄.

        ↳ 또와버렸자너: 허언증이 또 와버렸자너~~

          ↳ 허언증을 보면 짖는 개: 월 월월월 으르르르릉 월월월월 월월

월 으르르르릉 월월월월 월월월 으르르르릉 월월월월 월월월
으르르르릉 월월월월 월월월 으르르르릉 월월월월 월월월 으
르르르!!!!!!

SSS랭크: 나도 본 적 있다. 그 고인물 새끼는 이미 인간이 아님, 내가 1년
전에 던전에서 빠져나왔는데 완전 고인물 그 자체임, 1층에서 발차기하
면 10층까지 던전 뚫려버림.

　ㄴ ㅈㅈㅈㅂ: 흠좀무.

　　ㄴ 제발: 허언증 제발 좀!!!!

　　　ㄴ 인생무상: 근데 아랑 길드장이 S랭크 급이라니까 좀 강할 것 같
　　　　기는 한데 시발 니가 말하는 건 아무리 생각해도 허언증이 맞는
　　　　것 같다.

그렇게 한국 최대 커뮤니티 사이트인 '헌터킬'에서 고인물에 대
한 여러 가지 이야기가 튀어나오고 있을 때.

튜토리얼 탑 최종 층인 100층에서는.

꽈드드드드득!

"누가 진짜 남자냐! 나야! 내가 존나게 남자! 얼마나 존나? 존나
게 존나! 나는 10점 중 12점짜리 남자!"

한 남자가 튜토리얼 탑 100층 보스인 발록의 뚝배기를 맨손으로
깨버리고 있었다.

◆ ◆ ◆

튜토리얼 탑의 마지막 층인 100층에 있는 발록.

그 몬스터는 튜토리얼 탑을 오르는 헌터가 밖으로 나가기 위해 거쳐야 할 마지막 관문이자 튜토리얼 탑의 보스로 불렸다.

99층까지 올라오며 단련이 된 수십의 헌터를 상대로도 전혀 밀리지 않고 압도적인 힘을 보여주는 발록.

서부에 있는 또 다른 튜토리얼 탑에선 99층까지 올라왔던 95명의 헌터 중, 발록과 싸우다 70명의 헌터가 죽기도 했다.

"후……."

발록은 머리가 날아간 채 차가운 동굴 바닥에 몸을 뉘고 있었다.

허나 정작 탑의 보스라고 할 수 있는 발록을 쓰러뜨린 남자는 발록에게는 시선도 주지 않은 채 빛나는 문을 바라보며 중얼거렸다.

"이걸로 1,349번째 클리어."

그는 그렇게 중얼거리며 환하게 빛나는 문을 향해 들어갔고, 곧 문 앞을 비추는 빛이 남자의 시야를 가렸다.

그리고 다시 남자의 시야가 밝아졌을 때,

"……그리고 1,350번째 시작."

남자는 튜토리얼 탑 1층 로비에 서 있었다.

"역시나……."

그렇게 로비 한가운데에 소환된 고인물, 김현우는 입안에서 올라오는 욕지거리를 참지 않고 내뱉었다.

"으아아아아악! 이런 개 씨발!"

한동안 씩씩거리며 1층 로비를 둘러본 김현우는 곧 더 이상 화낼 기운도 없다는 듯 그 자리에 주저앉아 중얼거렸다.

"아, 집에 가고 싶다."

벌써 똑같은 곳에서 수백, 수천 번은 더 했을 말을 중얼거리며 김현우는 허탈한 웃음을 지었다.

"정보창."

그가 중얼거리자 눈앞에 떠오르는 반투명한 창.

이름: 김현우

나이: 24(36)

성별: 남

상태: 매우 양호

능력치

  근력: A++   [튜토리얼 한계치에 도달했습니다!]

  민첩: A+   [튜토리얼 한계치에 도달했습니다!]

  내구: S+   [튜토리얼 한계치를 강제 돌파했습니다. 한계치 상승 +3]

  체력: A+   [튜토리얼 한계치에 도달했습니다!]

  마력: --

  행운: B

SKILL -

[튜토리얼 플레이어입니다.]

[루프가 해제되었습니다!]

"더 이상 오르지도 않는구만."

1,200번째 클리어를 기준으로 더는 오르지 않는 능력치를 보며 저도 모르게 실소를 내뱉은 김현우는 이내 그 자리에 누워 허공을 바라보곤 멍하니 생각했다.

'역시 나는 이곳에서 나갈 수 없는 게 아닐까?'

이 탑에 들어온 지 자그마치 12년이라는 시간이 지났다.

처음 이 탑에 소환되었을 때는 탑 1층에 쓰여 있는 튜토리얼의 매뉴얼에 따라 100층까지만 올라가면 현대로 나갈 수 있다는 생각에 정말 열심히 탑을 올랐다.

100층에 도달한 김현우와 동료들은 아주 기뻐하며 환하게 빛나는 문으로 걸음을 옮겼고, 김현우만 다시 1층으로 돌아왔다.

그렇다. 분명 다 같이 나갔는데 같이 탑을 올랐던 이들은 다 어디로 갔는지 사라졌고, 김현우만 다시 탑의 1층으로 돌아왔다.

처음 그 상황을 마주했을 때는 오갈 곳 없는 허탈감과 분노를 억제하지 못한 채 혼자 생쇼를 했지만 그래도 정신을 차리고 다음 기수와 다시 탑을 올랐다. 그렇게 탑을 클리어해 빛나는 문으로 들어갔을 때, 김현우만 다시 1층으로 돌아왔다.

그리고 그제야, 김현우는 자신의 정보창에 떠 있는 "탑의 저주를 받았습니다"라는 문구를 볼 수 있었다. 그 뒤부터 그는 가설을 세우기 시작했다.

'혹시 나는 나 혼자서 이 탑을 클리어해야만 나갈 수 있을까?'

혼자서 탑을 클리어했지만 나갈 수 없었다.

'혹시 저주니까 탑을 10번 깨면 저주가 사라지지 않을까?'

실제로 탑을 10번 깨봤지만, 저주는 풀리지 않았다. 그 뒤로도 탑을 빠져나가기 위해 안 해본 짓이 없었다. 신체 등급을 한계까지 올린 것부터 시작해서 새로 들어온 헌터들을 데리고 키우기 게임을 한 적도 있었다. 기수들이 늦게 들어올 때면 혼자서 탈출할 방법을 찾기 위해 탑을 몇 번이고 클리어하기도 했다.

대충 4, 5년쯤 지났을 때도 김현우는 계속해서 탑을 클리어했다.

물론 그때에도 밖으로 빠져나가는 방법을 찾고 있다고 스스로 생각하긴 했지만, 그는 이미 이 탑을 빠져나가는 것을 반쯤 체념하고 있던 상태였다.

어느 시점부터 김현우는 병신 같은 콘셉트를 잡고 탑을 클리어하기 시작했다. 어떨 때는 병신 같은 콘셉트, 또 어떨 때는 미친놈. 그러다 질리면 탑의 1층에서 헌터들을 수련시키는 교관을 자처하며 놀기도 하다가 또 어느 날에는 튜토리얼 NPC인 척하며 헌터들을 돕기도 했다.

그러면서 세상 돌아가는 일을 듣는 것은 덤이었다. 하지만 그는 얼마 지나지 않아 탑에 들어오는 헌터에게 세상일에 관해 물어보는 것을 그만두었다. 그렇게 세상 돌아가는 일을 듣다 보니 정말 미칠 것 같아서. 김현우는 헌터들에게 탑 밖의 일을 더는 묻지 않았다.

"하……."

김현우는 멍하니 정보창을 훑었다.

변함없는 정보창.

"변함이 없네."

변함없는 정보……창?

"변함이…… 없어?"

김현우는 저도 모르게 정보창 제일 아래에 쓰여 있는 문장을 바라보고, 눈을 깜빡였다 다시 바라봤다.

"루프가 해제되었습니다……?"

중얼거리고, 저도 모르게 놀랐다.

"설마……!"

조금 전까지 정보창을 끄기 위해 움직였던 손이 덜덜 떨리며 아래로 내려갔고, 이내 새롭게 바뀐 글자를 클릭하자 김현우의 앞에 새로운 창이 떠올랐다.

[루프가 해제되었습니다!]
축하합니다! 이다음 탑을 공략 완료 시 탑을 통과하실 수 있습니다!

그 심플하게 떠 있는 문장 하나를 보고 김현우는 자리에서 일어났다.

그가 튜토리얼 탑 1층에서 일어났을 무렵. 여의도에 있는 MTC 본사 내에 차려져 있는 세트장에서는 〈헌터를 알다〉 6회가 생방송으로 진행 중이었다.

"튜토리얼 탑을 클리어하는 시간은 아무리 줄여도 10개월 정도라는 말이 헌터들 사이에서 떠돌고 있는데, 어떻게 생각하시나요?"

이해영의 물음에 아랑 길드의 길드장인 이서연이 대답했다.

"솔직히 그렇게 확정해서 말할 수는 없죠. 여러 가지 변수가 있으니까요."

"어떤 변수들 말씀인가요?"

"가장 중요한 건 튜토리얼 탑에 들어간 헌터의 숫자. 그리고 같이 들어온 헌터들의 능력이 있겠죠? 그다음으로는 단합력도 있을 거고요."

"그리고 그, 저번 방송에서 말씀하신 고인물 헌터 같은 분도 변수 중에 하나겠죠?"

이해영이 장난을 담아 이야기를 하자 이서연은 피식 웃으며 고개를 끄덕이더니 말했다.

"네 뭐, 그런 것도 있겠죠. 하지만 기본적으로 탑을 클리어하는 데 걸리는 시간이 10개월이라는 말은 뭐, 당장 지금은 맞는 말인 것 같네요."

"당장 지금은 말인가요?"

이해영의 되물음에 이서연은 고개를 끄덕이곤 이야기를 이어 나갔다.

"탑의 클리어 주기는 회차가 지날수록 빨라지고 있어요. 그건 알고 계시죠?"

"네, 저번 17회차에서 가장 빠른 기록이 미국 샌디에이고 쪽에 있는 튜토리얼 탑이었잖아요? 현재 A등급 헌터인 알리사가 주력으로 움직였던 탑이요."

이해영의 말에 이서연이 고개를 끄덕이며 말했다.

"맞아요. 솔직히 잘은 모르겠지만 아마 제 생각엔 이번에도 탑 클리어 속도가 단축될 것 같아요."

"어, 왜 그런가요?"

"정보가 풀리니까."

이해영의 물음에 대답한 것은 서울 길드의 길드장인 김시현이었다.

"정보요……?"

"튜토리얼 탑에 대한 정보. 지금 지구에는 총 158개의 탑이 있고, 그 탑은 모두 똑같은 구조로 되어 있죠."

"게다가 최근에는 튜토리얼 탑에 누가 갈지 모르니까 몇몇 나라에서는 아예 국민을 모아놓고 튜토리얼 탑에 대비해 기초 훈련을 시키기도 하죠."

"당장 우리나라도 지원자 받아서 하잖아?"라고 말을 끝낸 고구려 길드의 길드장 한석원.

이해영은 그 말을 듣고 그제야 이해가 되었다는 듯 고개를 끄덕이곤 입을 열었다.

"그럼 혹시 길드장님들은 이번 18회차 헌터들이 시작의 탑에 들어간 지 이제 10개월을 다 채워가고 있는데⋯⋯."

이해영이 슬쩍 눈을 빛내며 물었다.

"거기에서 한국에 있는 튜토리얼 탑에 들어간 헌터들은 언제쯤 탑을 클리어할 거라고 보시나요?"

"얼마가 걸릴지는 아무도 모르죠. 50층까지는 실력이 없어도 어떻게든 끼어서 기어 올라갈 수 있지만 51층부터는 재능 있는 애들이 많아야 하니까요."

"아, 그렇죠! 저도 '헌터킬'이라는 커뮤니티에서 봤는데 51층부터는 탑의 난이도가 기하급수적으로 어려워진다고 하던데!"

이해영이 눈을 빛내며 연기하자 이서연이 이야기를 이어 나갔다.

"맞아요. 1층부터 50층까지는 그냥 각 층에 있는 몬스터와 싸우면 손쉽게 다음 층으로 넘어갈 수 있거든요."

"그럼 51층부터는⋯⋯?"

"하지만 51층부터는 지금 저희 세상에 나와 있는 '던전'이나 '미궁'처럼 각 층이 생태계를 이루고 있어서 몬스터를 잡기가 배는 어렵죠. 게다가⋯⋯."

이서연은 한 번 말을 끊고 이어서 말했다.

"51층부터는 10층마다 '계층 보스'가 있다 보니까 아무래도 난이도가 상당히 올라가죠."

♦ ♦ ♦

"씨발, 다 비켜!"

김현우는 90층의 계층 보스인 '사이클롭스'의 몸을 두 갈래로 찢어버린 뒤, 곧바로 다음 층의 문을 열고 91층에 도착했다.

"왜 보스 몬스터가 있는 층은 벽이 안 뚫리는 거야!"

그는 짜증을 내며 머리 위를 막고 있는 벽을 조준하고 몸을 힘껏 오므렸다.

그와 함께 주변의 공기가 묘하게 진동하며 자세를 잡고 있던 김현우의 발이 동굴 바닥으로 파고 들어갔고, 어느새 그의 발목이 지반을 뚫고 들어갔을 무렵.

꿍!

"벽도 꺼져!"

김현우는 그대로 천장으로 도약하며 주먹을 휘둘렀다!

꽈가가가강!

엄청난 소리와 함께 흙먼지가 일어나며 91층의 천장이 무너져 내렸지만, 김현우는 거기에서 멈추지 않고 연속으로 주먹을 휘둘렀다.

92층의 천장이 박살 나고.

93층의 천장이 뚫린다.

94층.

95층.

96층.

97층.

98층.

99층.

그리고…… 100층까지.

한 번의 도약으로 10개 층을 뚫고 올라온 기행을 보인 김현우는 저도 모르게 핏발이 선 눈으로 앞을 바라봤다.

그곳에는 수십 명은 되어 보이는 헌터가 탑의 보스인 발록과 싸우고 있었다.

벌써 절반 가까이는 발록의 주변이나 벽 주변에 처박혀 쓰러져 있었고, 그나마 서 있는 헌터들의 눈에도 절망과 체념이 머금어져 있었다.

"무, 무슨."

조금 전까지 체념의 빛을 머금고 있던 헌터들은 갑작스레 나타난 김현우에게 시선을 돌렸고, 더듬거리며 입을 열었다. 그러나 김현우는 대답하지 않았다.

쾅!

그는 말없이 땅을 박차, 이제 막 손에 쥐고 있는 헌터를 포식하려던 발록의 앞에 나타났다.

쫘지지직!

"보스도 꺼져!"

헌터를 포식하기 위해 입을 벌리고 있던 발록은 김현우의 발차기에 맞아 머리가 세 바퀴나 돌아갔고, 정말 당연하게도 그 몸을 땅바닥에 뉘었다.

그렇게 한순간에 정적이 온 그곳에서 김현우는 빛나는 문을 보며 중얼거렸다.

"씨발, 존나 나는 오늘을 위해서 태어난 것이다……!"

그는 빛나는 문을 향해 몸을 들이밀었다.

◆ ◆ ◆

강동구 천호동에 있는 튜토리얼 탑의 입구를 바라보고 있던 남자는 한숨을 내쉬며 중얼거렸다.

"아, 심심해."

한국헌터협회 소속 직원이자 D급 헌터이기도 한 이천명은 자신의 옆에서 서류철을 보고 있는 신입 사무원을 보며 물었다.

"뭐 해?"

"아, 튜토리얼 탑에 들어간 인원들 명단을 보고 있었어요. 그런데 좀 이상한 게…….."

"……이상한 거?"

"네."

"뭔데?"

"이거요."

사무원은 자신이 들고 있던 서류철을 넘겨주었고, 이천명은 사무원이 넘겨준 서류철을 보고는 말했다.

"딱히 이상한 데 없는데?"

"이거 이상하지 않아요?"

"어느 부분이?"

"여기 김현우라는 사람이요. 분명 이번 18회차에 들어간 사람들이 지금으로부터 약 10개월 전인 2018년 7월경 탑에 들어갔잖아요?"

사무원은 자신의 손가락으로 서류철 제일 위에 쓰여 있는 이름을 가리키며 계속해서 말했다.

[2008. 2. 21. / 24세 / 김현우]

"근데 지금 이 최상단에 올라와 있는 헌터는 애초에 연도부터가 다른데요?"

"아, 이거?"

사무원의 물음에 그는 그제야 이해가 되었다는 듯 피식 웃더니 이내 서류철을 사무원에게로 넘겨주며 입을 열었다.

"그거 정상이야."

"네?"

"정상이라고, 너 혹시 고인물 몰라?"

"고인물이요?"

"그래, 이번에 〈헌터를 알다〉에서 한국 소속 길드장들이 이야기했었잖아?"

이천명의 말에 사무원은 고개를 끄덕이며 말했다.

"아, 그 사람 말하는 거죠? 우선 밖에 빠져나오기만 한다면 무조건 확정으로 A등급을 받을 수 있다는 그 사람."

"그래."

"……어? 그럼 설마 이 위에 쓰여 있는 게……?"

사무원이 묻자 이천명은 피식 웃었다.

"맞아, 그 길드장들이 말하는 고인물이지."

"와, 진짜 고인물이 있었구나."

사무원의 새삼스러운 감탄에 그는 피식 웃고는 말했다.

"왜, 없는 줄 알았냐?"

"아니 뭐, 저도 듣기는 해서 있는 줄은 알았는데 이렇게 명단에 적혀 있는 걸 보니까 뭔가 실감이 나서요."

사무원의 말에 이천명이 어깨를 으쓱이며 대답했다.

"나도 처음 여기 근무할 때는 그게 굉장히 신기했는데. 시간이 좀
만 지나면 그 고인물이라는 사람이 엄청 불쌍하게 느껴질걸?"

"……불쌍하게 느껴진다고요?"

사무원의 되물음에 그가 고개를 끄덕이며 말했다.

"그 녀석이 탑에 들어간 날을 봐. 2008년이지? 그 녀석은 지금
12년 동안 그 탑 안에 갇혀 있는 거라고, 그 아무것도 없는 탑 안에
말이야."

"……아."

이천명의 말에 사무원은 그제야 탄식을 내뱉으며 고개를 끄덕였
고. 이천명은 계속해서 이야기를 이어 나갔다.

"헌터들은 탑 안에 들어가면 자신의 능력이 성장하는 것을 제외
하고는 모든 게 멈춰, 식욕도 못 느끼고 수면 욕구도 못 느끼지. 거
기에 덤으로 나이도 안 먹어."

"나이도요?"

"그래, 튜토리얼 탑 안에 들어가면 그때부터 탑 안에 들어간 사람
들의 시간은 멈춰버리지. 어떻게 보면 굉장히 좋아 보이지만, 한번
생각해봐."

그는 뜸을 들인 뒤, 사무원을 보며 말했다.

"수면욕도 식욕도 없고, 나이도 안 먹는 세상에서 12년 동안 있
는 거야. 아무런 유흥이나 오락거리 없이, 그저 탑을 빙빙 돌기만
하면서."

이천명이 그리 말하자 사무원은 뭔가 생각하는 듯한 제스처를

취하더니 이내 고개를 끄덕이며 긍정했다.

"그 말을 들으니까 하신 말씀이 조금 이해가 되기는 하네요."

그의 말에 "그렇지?"라고 답하며 피식 웃음을 짓던 이천명은 이내 시선을 돌렸고.

"어?"

분명 조금 전만 해도 아무것도 없던 공터에 생긴 균열을 보았다.

하얀빛을 내며 허공에 둥둥 떠 있는 균열.

"헉! 저거 출구 열린 것 맞죠?"

"야, 빨리 협회 소속 인원들 호출해. 오늘 날짜 확인하고 바로 상부에 전화해서 보고서도 올려."

"네, 알겠습니다……!"

이천명의 말을 들은 사무원은 곧바로 빠릿빠릿하게 움직이기 시작했고, 그와 함께 일렁거리는 문 안에서 한 명의 남자가 걸어 나왔다.

허름한 옷을 입고 있는 남자.

"내가 빠져나온 건가……?"

그는 그렇게 중얼거리며 멍하니 주변을 돌아봤다.

그런 남자의 모습을 본 이천명은 피식 웃으며 자신의 업무를 수행하기 위해 서류철을 들고 남자에게로 다가갔다.

"축하드립니다. 튜토리얼 탑에서 빠져나오셨군요."

"내가 정말로 빠져나왔다고?"

자신의 말을 듣고도 몇 번이고 믿기지 않는다는 듯 주변을 돌아보고 있는 남자를 보며 쓴웃음을 지은 이천명이 어깨를 으쓱였다.

'이런 사람이 종종 있기는 하지.'

그 지옥 같은 튜토리얼 탑에서 벗어나 현실로 돌아온 게 믿기지 않는 듯, 정말로 몇 번이나 주변을 돌아본 남자는 이내 현대로 돌아왔다는 확신이 생긴 듯 미소를 지으며 외쳤다.

"씨발!"

'!'

"내가 돌아왔어! 내가 돌아왔다고!"

'이거 미친놈 아니야……?'

갑작스레 욕설을 내뱉는 남자의 모습에 이천명은 당황했으나 이내 어색한 미소를 지으며 말했다.

"우선 이름을 말해주시겠습니까? 튜토리얼 탑에 들어간 인원들은 기본적으로 모두 신원 확인을 하게 되어 있어서요."

남자가 다시 외치기 전에 선수를 친 이천명은 자신이 들고 있던 서류철을 그에게로 슬쩍 들어 올리며 추가로 말했다.

"물론 신원 확인이 된 뒤에는 지금 상황에 대한 설명도 전부 해드리겠습니다."

이천명의 말에 자신의 시야에 들어온 서류철을 본 남자는 이내 찢어질 듯한 미소를 입가에 걸며 그를 바라봤다.

"김현우, 내 이름은 김현우다."

"네, 잠시만요."

자신을 김현우라 소개한 남자의 말에 이천명은 들고 있던 서류철을 들여다보며 그 이름을 찾기 시작했다.

한 장, 그리고 또 한 장.

이번 튜토리얼 탑에 들어간 것으로 확인된 총 382명의 이름 중에서 '김현우'라는 이름을 찾던 이천명은 고개를 갸웃거리며 물었다.

"이름이 김현우가 맞으십니까?"

"맞아."

'……이 새끼는 왜 반말이야?'

당당하게 이야기하는 남자의 말에 이천명은 기분이 좋지 않았으나 이내 크게 내색하지 않은 채 서류철을 다시 들여다보았다.

그러나 이천명은 곧 이상하다는 듯 고개를 갸웃했다.

'이름이…… 없는데?'

서류철을 몇 번이나 둘러봐도 그의 이름을 찾을 수 없었다.

그렇게 이천명이 이상함을 느끼던 중.

'어?'

이천명은 서류철 맨 앞에 끼워져 있는 용지의 상단을 바라봤다.

처음 이곳에 배치되고 나서 3년 동안은 볼 일이 없었던 용지의 상단.

[2008. 2. 21. / 24세 / 김현우]

그리고 그곳에서 이천명은 남자의 이름을 찾을 수 있었다.

"어…… 어어, 어?"

"왜?"

"이, 이름이 김현우 씨…… 맞으십니까?"

이천명은 저도 모르게 덜덜 떨리는 목소리로 물었다.

그리고 그런 이천명의 물음에, 그는 만면에 웃음을 지은 채 대답했다.

"맞다니까!"

"이런 미친……!"

이천명이 욕을 하며 서류철의 맨 위 장에 표시를 한 것을 기점으로. 12년이라는 긴 시간 끝에, 튜토리얼 탑의 고인물이 세상에 모습을 드러냈다.

◆ ◆ ◆

그다음 날.

강동구 천호동에 위치한 튜토리얼 센터는 사람들로 가득 차 있었다.

"들어가시면 안 됩니다!"

"예약했습니다! 저 이창진 기자라고요!"

"죄송하지만 내부 인원이 너무 많아서 통제 중입니다! 기자분이시라면 1층에 있는 기자실로 내려가주세요!"

입구가 미어터질 정도로 많은 사람들.

그것은 바로 어제. 튜토리얼 탑에 들어갔던 헌터들이 전 세계 최단 기록을 갈아 치우고 탑에서 빠져나왔기 때문이다.

미국 샌디에이고 튜토리얼 탑 클리어 기록을 깬 헌터 타이틀은 국내외의 길드 스카우터나 기자를 끌어들이기에 충분한 미끼였다.

"와, 진짜 이 정도는 역대급인데?"

튜토리얼 센터의 정문을 지키고 있던 경호원은 슬쩍 인상을 찌푸리며 자신 앞에 몰려 있는 인파를 바라봤다.

"아니, 보통 이 정도로 안 몰리지 않아요? 아무리 기록을 갈아 치우고 나왔다고 해도 이건 좀……!"

옆에 있던 다른 경호원이 투덜거리듯 말하자 조금 전 쪽문을 통해 들어가려는 기자를 제지했던 경호원이 한숨을 내쉬었다.

"그것도 그거지만 아마 사람이 이렇게 몰리는 건 고인물 때문이 겠지."

"그 고인물이요?"

"그래."

선임으로 보이는 경호원의 말에 되물었던 경호원이 슬쩍 고개를 끄덕였다.

튜토리얼 탑 안에서 12년 동안이나 빠져나오지 못하고 탑을 루프한 헌터이자 현재 한국의 대표적인 길드라고 할 수 있는 3대 길드의 길드장들과 같은 1회차 헌터.

그 이외에도 방송 매체에서 길드장들이 고인물에 대해 떠들었던 이야기들까지 종합하면…….

"확실히…….."

"그렇지? 기자들 입장에서도 특종이고, 스카우터들 입장에서도 거대한 건수니까 안 시끄러울 수가 없지."

"하긴, 오늘이 본격적인 등급 책정 날이니까요."

가득히 보이는 기자들이 질린다는 듯 말하는 후임 경호원에게 선임은 센터 본관을 향하며 말했다.

"사람들도 다들 확인하고 싶겠지. 커뮤니티에서도 종종 이름이 나왔고 길드장들도 있다고 공언했던 고인물이 어느 정도인지 말이야."

그렇게 경호원들이 입구에서 기자들을 막아내고 있을 때쯤.

튜토리얼 센터의 본관, 무척이나 거대한 본관 위에는 거대한 홀로그램 시계가 떠 있었고, 그 아래로 축구장 넓이는 우습게 볼 수 있을 정도의 넓은 공터가 보였다. 한쪽 끝에는 길드 스카우터들을 위한 스카우트룸이 마련되어 있었다.

"진짜 그 녀석일까?"

그 룸 안에 서 있던 고구려 길드의 길드장 한석원의 말에 김시현은 어깨를 으쓱였다.

"뭐, 2008년부터 튜토리얼 탑에 갇혀 있던 사람은 그 형밖에 없으니까 사기를 치는 게 아니라면 그 형이 맞을 것 같은데."

"쯧, 한번 만나봤으면 좋으련만."

한석원은 짧게 혀를 차며 거대한 홀로그램 시계를 보았다.

어제, 튜토리얼 탑에 들어간 헌터들이 귀환했다는 소식과 동시에 탑에 12년 동안 갇혀 있던 고인물이 빠져나왔다는 소식이 협회를 통해 전해졌다. 그러나 고인물이 빠져나왔다는 소식을 들었음에도 한석원은 그를 만날 수 없었다. 협회의 보호 덕분에.

처음 튜토리얼 탑에서 헌터가 빠져온 뒤 헌터가 어느 정도의 지위에 올랐을 때, 1회차 헌터들을 기반으로 만들어진 협회. 그들은 튜토리얼 탑에서 막 나온 헌터들이 현대에서 겪을 수 있는 불이익을 막기 위해 헌터를 며칠간 보호하며 필요한 지식을 알려주었다. 그 덕분에 튜토리얼 탑에서 나온 헌터는 협회의 도움을 받아 지식을 어느 정도 쌓은 뒤 사회에 합류했다.

그렇게 김시현과 한석원이 이야기를 나누고 있을 때 스카우터룸의 문이 열리며 이서연이 들어왔다. 그녀는 슬쩍 주변을 둘러보다 한쪽 구석에서 김시현과 한석원을 발견하고는 이내 그들에게 다가가며 말했다.

"안 늦었지?"

"너는 어떻게 된 게 맨날 늦냐?"

"그래도 쿨병 환자보다는 낫지 않아?"

"이게 진짜…….."

김시현의 차가운 타박에 거침없이 반박하는 이서연.

공적으로 만날 때나 〈헌터를 알다〉에서 만날 때와는 다른 그 둘의 모습을 한석원은 익숙하다는 듯 바라보며 어깨를 으쓱였다.

한동안 김시현과 입씨름을 하던 이서연은 이내 홀로그램 시계를 보며 말했다.

"그 오빠는 진짜 그대로일까?"

"……뭐, 우리야 바로 빠져나와서 나이를 먹기는 했지만, 그 녀석은 탑 안에 있었으니까 아마 그때 그 모습을 그대로 간직하고 있겠지."

"그렇겠지?"

별 의미 없는 대화. 그러나 튜토리얼 존을 보고 있는 3대 길드장의 눈빛에는 묘한 기대감이 서려 있었다.

아아, 알려드립니다. 15시 00분을 기점으로 튜토리얼 존을 오픈하도록 하겠습니다.

대화가 끝난 지 얼마 지나지 않아 스피커에서 오픈을 알리는 목소리가 들리고, 그와 함께 어제 탑을 빠져나온 헌터들이 대기하고 있던 문이 열렸다.

그리고.

"쟤 뭐야?"

"……?"

"방어구를 안 입고 있네?"

"……추리닝? 저거 추리닝 아니야?"

스카우터들은 대기실의 열린 문 앞에서 추리닝을 입고 있는 한 남자를 볼 수 있었다.

◆ ◆ ◆

데이빗.

그는 헌터협회 한국 지부에 소속되어 있는 외국계 A급 헌터로 어제 튜토리얼 탑에서 빠져나온 헌터들의 능력 측정을 위해 튜토리얼 존으로 파견을 나와 있는 상태였다.

튜토리얼 탑에서 빠져나온 헌터들에게 이 튜토리얼 존은 어찌 보면 굉장히 중요한 자리 중 하나였다.

사실 원래 튜토리얼 존이 만들어진 이유는 회차마다 탑을 빠져나 온 헌터가 어느 정도의 능력을 갖추고 있는지 측정하기 위해서였다.

뭐, 지금에 와서는 이전의 의미보다는 길드나 국가에 소속되어 있는 스카우터들에게 자신의 능력을 보여주기 위한 자리가 되어버 렸지만. 그 의미가 어떻게 변질되었든 튜토리얼 존이 헌터에게 무 척 중요한 자리인 것은 변함이 없다.

'……저게 뭐야?'

그런 중요한 자리에서 데이빗은 자신의 눈을 의심하게 만드는 남자를 볼 수 있었다. 협회에서 지급한 무기와 기본 방어구를 갖춘 수십 명의 헌터 사이에 껴 있는 한 명의 남자.

"……."

그가 입고 있는 것은 검은색 추리닝이었다.

"하……."

거기에 신고 있는 건 삼선 슬리퍼.

그 어처구니없는 조합에 데이빗은 저도 모르게 입이 벌어졌으나 이내 고개를 절레절레 흔들고는 열었던 입을 다물었다.

'저 녀석이 이번에 탑을 빠져나왔다던 고인물인가 뭔가 하는 녀석인가?'

그렇게 생각한 데이빗은 다시 한번 그를 보았다.

긴장감이라고는 1도 찾아볼 수 없는 모습.

'정말 저 녀석이 탑에서 12년 동안 살아남은 헌터라고?'

'어처구니가 없다'라는 생각이 데이빗의 머릿속을 스쳐 지나갔다.

튜토리얼 탑에 들어간 헌터는 대개 자신의 생명을 담보로 탑을 오르며 점점 성숙해진다. 탑에 끌려 들어간 남녀노소 그 모두가 목숨을 부지하고 현대로 돌아오면 굉장히 성숙해진 모습을 보여준다. 육체적으로나, 정신적으로나.

하지만 저 모습은 무엇인가? 비록 죽지 않는 튜토리얼 존이라고 해도, 탑에서 빠져나온 헌터는 조금이라도 자신의 몸을 보호하고 혹시라도 모를 사태에 대비해 무기를 들었지만, 그는 아니었다.

맨몸.

그는 검은색 추리닝을 입은 채 제대로 달릴 수도 없을 것 같은 검은 삼선 슬리퍼를 신은 게 다였다.

'……쯧.'

그 모습을 보면서 몇 번이고 입을 열고 싶다고 생각한 데이빗이었지만, 이내 억지로 시선을 돌리곤 말을 시작했다.

어차피 저 녀석에게 신경 써봤자 남는 것은 없으니까.

아아, 이미 어제 사전 설명을 들으셨겠지만, 다시 한번 첫 번째 튜토리얼을 설명하고 넘어가도록 하겠습니다.

데이빗이 입을 열자마자 한순간 그에게로 몰리는 시선.

이 튜토리얼 존에서 치를 시험은 총 세 가집니다. 첫 번째는 여러분 앞에 보이는 함정이 가득한 미로를 최단 시간 안에 탈출하는 '미궁 탈출'입니다.

그는 짧게 쉰 뒤 계속해서 이야기했다.

아시다시피 현대에는 던전 외에도 '미궁'이라 부르는 지역이 있습니다. 미궁 안은 무척이나 좁고 복잡하고, 또 많은 함정이 설치되어 있지요.

첫 번째 시험은 바로 그 미궁에 대한 적성도를 평가하기 위해 진행하는 튜토리얼입니다, 라고 마지막 말을 끝마친 데이빗은 곧 시선을 돌려 넓은 공터를 바라봤다.

축구장을 3개 정도 붙여놓은 크기의 거대한 공터에는 아무것도 없었지만, 데이빗이 손에 들고 있는 버튼을 누르자 공터는 곧 변화하기 시작했다.

쿡…… 구그그그그그궁!

드드드드드득!

기계음이 들리더니 아무것도 없던 거대한 공터 밑에서부터 벽들이 올라왔다. 금세 사람 키를 훌쩍 넘어 높게 솟아오르는 거대한 벽들.

"와……."

헌터들은 그 모습에 저도 모르게 압도된 듯 탄성을 내뱉었고, 데이빗은 벽들이 전부 올라오자마자 튜토리얼 존 하늘에 떠 있는 거대한 시계를 가리키며 말했다.

지금부터 30초 뒤, 저 시계가 돌아가기 시작하면 헌터분들은 이

미로 건너편에 있는 출구로 탈출해주시면 됩니다.

데이빗의 말과 함께 헌터들은 너 나 할 것 없이 고개를 올려 하늘에 떠 있는 홀로그램 시계를 보기 시작했고. 곧 시계의 타이머가 돌아가기 시작하자, 열려 있는 미로 안으로 달려 들어갔다.

"……다들 열심이네."

수많은 헌터가 미로 안으로 뛰어 들어가는 모습을 보고 있던 김현우는 머리를 긁적였다.

튜토리얼 탑에서 빠져나온 뒤, 그는 헌터협회에 소속되어 있는 사람들에게 지난 12년 동안 세상이 어떻게 바뀌었는지에 대한 대략적인 설명을 들을 수 있었다. 이 세상에 갑작스레 나타난 미궁과 던전, 그 안에서 나온 몬스터. 그리고 그런 몬스터를 사냥하는 헌터.

물론 그 이야기 이외에도 현재 사회가 어떤 식으로 돌아가고 있는지부터 시작해 헌터가 어떤 식으로 돈을 버는지까지. 나름대로 당장 중요한 이야기는 전부 들었다.

'마음 같아서는 그냥 다 때려치우고 놀고 싶은데.'

김현우는 저도 모르게 입맛을 다셨다. 사실 이런 튜토리얼이고 뭐고 이것저것 맛있는 거나 먹고 잠이나 퍼질러 자며 적당히 쉴 생각이었다. 그도 그럴 것이 그는 12년 동안 그 안에 갇혀 있었으니까. 먹을 필요도 없고 잘 필요도 없는 그곳에 있었으니까.

그는 좀 쉬고 싶었다.

"쯧."

김현우는 짧게 혀를 찼다.

'결국, 나오자마자 해야 하는 게 돈 걱정이라니.'

돈.

그것이 바로 김현우를 여기까지 오게 했다.

처음 협회 소속 직원에게 세상이 어떻게 돌아가는지 들을 때만 해도 김현우는 설명 중 졸지 말라고 나눠준 젤리를 먹으며 가공식품의 위대함을 느끼고 있었다. 하지만 그 달콤한 젤리 맛을 보며 협회원에게 슬슬 12년 동안 바뀐 사회에 대해 듣고 있자니, 그는 본능적으로 깨닫게 되었다. 돈이 필요하다는 걸.

'이 튜토리얼 존이 신입 헌터들에게 중요하다는 소리를 듣기는 했는데……'

그는 12년 만에 느낀 수면 욕구 덕분에 정말 편안하게 숙면을 취했다. 그러다 보니 숙면을 취하느라 제시간에 일어나지 못해 다른 헌터들이 들고 있는 장비도 제대로 지급 받지 못했다. 그렇지만 김현우는 별 신경 쓰지 않고 헌터들이 달려가는 미로를 향해 걸어가며 물었다.

"저기요."

김현우의 물음에 데이빗이 인상을 찌푸리며 입을 열었다.

"왜 그러지?"

딱딱한 말투.

묘한 적의가 섞여 있는 말투에 김현우는 고개를 갸웃했지만 이내 개의치 않은 채 물었다.

"어떻게든 출구로 넘어가기만 하면 됩니까?"

김현우의 물음에 데이빗은 슬쩍 그를 바라보고는 말했다.

"그래, '무슨 수'를 써서든 출구까지 도착하면 끝이다. 그런데."

"?"

"그렇게 제대로 준비도 하지 않고 갈 수 있을 정도로 이 튜토리얼이 쉽다고 생각하는 건가?”

김현우의 몸을 위아래로 훑는 데이빗의 눈빛에는 명백한 적의와 한심함이 깃들어 있었다.

“오지랖은 저기 열심히 뛰어가고 있는 친구들한테 푸시면 될 것 같은데.”

데이빗의 눈빛에 담긴 감정을 읽어낸 김현우가 피식 웃으며 대꾸하자 데이빗은 인상을 더욱 찌푸리며 말했다.

“쯧, 오만하군.”

노골적으로 비아냥거리는 데이빗.

그런 데이빗의 모습을 보던 김현우는 입가에 미소를 지으며 말했다.

“그럼 나랑 내기 하나 할래?”

“뭐?”

데이빗은 갑작스레 반말하기 시작하는 김현우를 보며 노기 어린 얼굴을 했지만, 김현우는 그와는 대조되게 빙글거리는 웃음을 잃지 않고 말했다.

“내가 지금부터 출발해서 20초 안에 출구에 도착하는 거로 100만 원 빵, 어때?”

김현우의 말에 데이빗은 이제는 대놓고 인상을 찌푸리며 말했다.

“헛소리도 정도껏 해라.”

“왜, 후달려? 오지랖 부릴 만용은 있는데 책임은 지기 싫은가 보지?”

“뭐?”

“뭐, 후달리면 하지 마시든가.”

김현우는 그렇게 말하며 씩 웃었고, 그 모습을 본 데이빗은 자신의 주먹을 꽉 쥐더니 비웃음을 지으며 말했다.

"좋다. 네가 20초 안에 반대편 출구에 도착하면 내가 오늘 받는 일급이랑 보너스까지 해서 총 1,000만 원을 넘겨주지."

"1,000만 원······?"

데이빗의 말에 깜짝 놀란 김현우.

'미친? 헌터 월급이랑 보너스가 그렇게 많아?'

헌터가 길드나 국가에 소속돼서 돈을 번다는 것은 들었지만 정확히 얼마를 버는지는 듣지 못했기에 김현우는 깜짝 놀랐고.

"왜, 후달리나?"

그런 김현우의 모습을 보고 착각한 데이빗은 비아냥거리는 시선을 보냈지만, 김현우는 오히려 활짝 웃으며 말했다.

"콜."

"뭐?"

"조금 이따 딴소리하지 마라."

김현우는 자신에 찬 목소리로 데이빗을 향해 말한 뒤 미로 쪽으로 튀어 나갔고.

"흡······!"

순식간에 강철로 만들어진 벽 근처에 다다라 자세를 잡기 시작했다.

끄그그극······!

자세를 잡았던 발이 크게 돌아가며 아래에 있던 돌바닥이 지직거리는 소리와 함께 부서지고, 한껏 비틀린 허리의 왼쪽 옆으로 주먹이 올라온다.

마치 팽팽하게 시위를 당긴 발리스타처럼 장전된 김현우의 주먹이 어느 한순간을 기점으로 내밀어졌다.

그리고.

꽈가가가가가각!

강철로 만든 벽이 터져 나갔다.

◆ ◆ ◆

튜토리얼 존 한쪽 끝에 만들어진 스카우트 룸은 신나게 헌터들을 품평하고 있던 조금 전과는 다르게 무거운 정적이 내려앉은 상태였다.

"미친……."

"저게 뭐야?"

"와……."

스카우터들은 자신의 귀에서 사라지지 않는 이명을 느끼며 저마다 허탈한 듯한 웃음을 지었고, 그것은 그들과 함께 스카우트 룸에서 김현우를 바라보고 있던 길드장들도 마찬가지였다.

"……쟤 예전에도 저렇게 또라이 새끼였나?"

"허……."

멍하니 바라보다 입을 연 한석원을 따라 김시현이 저도 모르게 목소리를 내뱉었다.

이서연은 아무런 말도 하지 않은 채 그저 멍하니 눈앞에 드러난 참상을 바라보았다.

조금 전까지만 해도 미로의 모습을 갖추고 있던 튜토리얼 존은 미로로서의 가치를 상실하고 말았다.

"미로를 뚫었다고?"

"미쳤군……. 미쳤어……!"

"통짜 강철로 만든 미로 벽 중간을 전부 뚫어버리고 출구에 도착하다니."

"씨발 뭐지? 이게 무슨 상황이지?"

"이렇게 되면 등급 측정은 어떻게 되는 거야……?"

헌터들을 냉철하게 평가하던 조금 전과는 다르게 횡설수설하며, 미로의 출구에 서 있는 김현우를 바라보는 스카우터들.

김현우의 모습은 변함이 없었다. 여전히 검은색 추리닝을 입고 있었고, 제대로 뛰지도 못할 것 같은 삼선 슬리퍼를 신고 있었다.

지금 일으킨 일에 대해 아무런 감흥도 없는 듯 그저 머리를 벅벅 긁고 있는 김현우.

"아니, 이거 마력 사용한 거 아니야?"

"튜토리얼 탑에서 이제 막 나온 헌터가 어떻게 마력을 사용해?"

"그건 그런데……. 아니, 애초에 2008년부터 있던 헌터니까 탑 안에서 마력을 깨달았을 확률은?"

"그럴 리가 있나, 애초에 탑 안에는 마력이 존재하지 않아서 마력을 얻을 수 없다고."

횡설수설하는 것을 넘어 점차 시끄러워지기 시작하는 스카우터들.

"……12년 동안 탑 안에 있었다더니, 진짜 괴물이 돼버렸잖아."

"마력을 안 쓰고 저 정도 출력이 나온다면……."

"진짜로…… 미쳤다."

어처구니없다는 듯 헛웃음을 지은 이서연이 중얼거리자 멍하니 있던 한석원과 김시현도 한마디씩 한다.

그렇게 한순간 벌인 일로 스카우터들의 관심을 한 몸에 받게 된 김현우는,

'……생각해보니까, 이거 설마 배상하라고 하는 거 아니겠지?'

완전히 박살 나버린 강철 벽들을 보며 괜스레 머리를 벅벅 긁어 댔다.

◆ ◆ ◆

흠흠……. 첫 번째 튜토리얼인 미로에 문제가 생겨 더 이상 진행하기 어렵다고 판단했기에 튜토리얼을 보류하겠습니다.

스피커에서 나오는 목소리와 함께 완전히 박살 나버린 강철 벽들이 구그긍거리는 기계 소리를 내며 바닥으로 들어가기 시작했다.

그 모습을 바라보던 스카우트 룸 바로 맞은편에 있는 뉴스 룸에서는.

"야! 조금 전에 그 장면 찍은 사람! 찍은 사람 없어?"

"지금 그 장면 찍은 거 넘기면 바로 현찰로 100 쏴드릴게요. 없습니까?"

"정 기자. 우리 남 아니다? 저번에 내가 특종 물어줬던 거 기억하지?"

그야말로 난리가 일어나고 있었다.

"아, 그걸 못 찍다니……!"

현재 한국에서 제일 잘나가는 잡지인 『헌터 헌팅』 소속의 기자 이창훈은 인상을 찌푸리고 머리를 긁으며 짜증을 냈다.

"아…… 씨발. 그거 찍었으면 그냥 오늘 쫑 내고 가도 되는데……!"

그 옆에 있던 『라이프 헌터』 소속인 이준성도 얼굴을 쓸어내리며 낙담하기는 마찬가지.

"아! 씨발 '이강현'이 튜토리얼 탑 들어가기 전에 검도 4단이었다길래 집중 조명해서 찍고 있는데 다 망했네."

"아니, 추리닝 입고 나온 정신병자가 진짜 저럴 줄 알았냐고."

이준성은 짧은 탄식을 내뱉으며 출구 근처에서 외국계 헌터인 데이빗과 이야기를 나누고 있는 김현우를 보았다.

이준성과 이창훈을 포함한 기자들 모두, 맨 처음에는 고인물에 대한 기대가 컸다. 그도 그럴 것이 고인물은 탑 안에 갇혀 있었다고 해도 꾸준히 다른 사람에 의해 커뮤니티나 대중매체에 언급되었던 인물이었고, 최근 한국을 대표하는 3대 길드장이 나오는 〈헌터를 알다〉에서도 언급이 되었기 때문이다.

최근 〈헌터를 알다〉로 인해 본격적으로 유명해지기 시작한 고인물이 12년간의 공백기를 깨고 탑에서 나왔다고 했을 때, 기자들은 직감했다. 이건 특종감이라고.

그러나 그가 튜토리얼 존에 추리닝을 입고 슬리퍼를 질질 끌면서 등장했을 때, 기자들은 그 기대감이 죽어가는 것을 느꼈다.

튜토리얼 탑에 12년 동안 있었다고는 생각할 수 없을 정도로 느긋한 표정. 그때 그곳에 있던 절반의 카메라가 원래 생각해놨던 세컨드 헌터를 향했다. 그리고 곧 튜토리얼 존이 시작되자 제대로 움직이지도 않는 고인물을 보면서 나머지 대부분의 기자들이 카메라를 돌렸다. 그나마 끝까지 남아 그에게 카메라를 들이밀던 기자마저 한가한 표정으로 관리 헌터와 이야기를 나누는 김현우의 모습을 보며 결국 카메라를 돌려버렸다. 어차피 움직이지 않는 고인물을 찍는 것보다 다른 헌터를 찍는 게 훨씬 이득이라는 것을 기자들은 알고 있었으니까.

"이렇게 뒤통수를 치다니……."

애초에 뒤통수도 아니었지만, 이창훈은 눈을 질끈 감으며 한숨을 내쉬었다.

그런 혼란스러움이 이어진 지 얼마나 지났을까?

기자 중 그 누구도 고인물의 모습을 찍지 못했다는 것이 확인된 뉴스 룸 안에 스피커에서 나오는 소리가 울렸다.

그럼 지금부터 곧바로 두 번째 튜토리얼을 시작하도록 하겠습니다.

◆ ◆ ◆

"이런 미친……."

"저게 말이 되냐?"

"하……."

주변에서 들려오는 목소리를 듣고 있던 남자. 이강현은 저 멀리서 관리 헌터인 데이빗과 이야기를 하고 있는 김현우를 바라보며 중얼거렸다.

"이거 실화야……?"

김현우와 함께 튜토리얼 탑에서 빠져나온 18회차 헌터이자, 그 헌터들 중에서는 현재 가장 강하다고 스스로 자부할 수 있는 그. 이강현은 어제 발록을 잡을 때 느꼈던 '공허감'을 생생하게 다시 느끼고 있었다.

'아니 씨발, 분명히 추리닝 입고 왔잖아⋯⋯!'

처음 탑에서 고인물이라고 불리는 김현우가 빠져나왔을 때 이강현은 절망감을 느꼈다. 그도 그럴 것이 자신이 스포트라이트를 받고 싶었으니까.

처음 탑에 들어갔을 때부터 그는 끊임없이 노력했다. 다른 헌터들과 합을 맞춰 탑을 올랐지만, 그는 굉장히 영리하게 자신의 이득을 챙겼고, 다른 이들보다 위에 있기 위해 몇 배로 노력했다. 바로 이 순간을 위해서. 탑의 100층을 뚫고 나와 처음 자신의 가치가 매겨지는 이곳에서, 다른 헌터보다 성공적으로 헌터계에 데뷔하고 싶었기에 그는 노력했다.

'그런데⋯⋯.'

김현우를 바라보는 이강현의 눈에 원망과 적의가 깃들었다.

솔직히 조금 전, 튜토리얼 때만 해도 이강현은 김현우를 보고 안심했다. 처음 모습을 드러낸 김현우는 협회에서 지급한 추리닝과 방 안에서 신으라고 준 삼선 슬리퍼를 신고 있었으니까. 튜토리얼을 할 마음이라곤 전혀 없어 보이는 추레한 모습. 그랬기에 솔직히 안심했다.

그런데.

"씨발 이게 뭐야⋯⋯."

분명 아까 전까지만 해도 튜토리얼을 할 생각이라고는 전혀 없어 보이던 김현우는 모든 헌터들이 머리를 싸매고 고민한다는 이 튜토리얼을 눈 깜짝할 새에 클리어해버렸다. 그것도 그 누구도 해내지 못한 방법으로.

'젠장……!'

이강현이 그를 적의 어린 눈빛으로 노려본 것도 잠시.

'아직, 아직 아니야.'

한동안 김현우를 바라보던 이강현은 이내 고개를 저었다.

'아직 전부 끝난 게 아니다.'

두 번째 튜토리얼이 남아 있다는 것을 상기한 이강현은 자신의 마음을 다잡으려는 듯 중얼거렸다.

"다음 튜토리얼에서 전력을 보이기만 하면."

'아직 스포트라이트를 받을 수 있는 찬스는 남아 있다.'

이강현은 현대로 돌아오자마자 준비할 수 있었던 나름의 '무기'를 생각하며 김현우에게서 시선을 거뒀다.

◆ ◆ ◆

튜토리얼 존에서 치르는 두 번째 튜토리얼은 바로 존 내에서 만들어낸 가상 몬스터를 사냥하는 '몬스터 웨이브'였다.

크루르르륵!

가상현실이 아닌 실제라고 해도 될 정도로 현실적인 모습을 가진 오크가 헌터의 머리 위에 도끼를 찍어 내렸다.

깡!

그런 오크의 공격에 헌터는 간단히 몸을 오른쪽으로 트는 것만으로 공격을 피했고, 곧바로 쥐고 있던 검을 이용해 오크의 목에 칼을 박아 넣었다.

푸욱!

목에 칼이 꽂히자 입자처럼 변해 사라지는 오크.

"……진짜 신기하네."

그 모습을 보며 김현우는 감탄을 터뜨렸다.

설명에 따르면 미궁 안에서 얻은 아티팩트와 몬스터가 뱉어내는 마정석, 그리고 과학기술을 이용해 만들었다는 가상 몬스터는 정말 실제 몬스터와 비슷했다.

김현우가 그렇게 신기해하며 가상 몬스터와의 싸움을 얼마나 지켜보았을까?

시험 종료.

천장에 있던 홀로그램 시계가 '시험 종료'라는 표지판으로 변하더니 그와 함께 헌터가 상대하고 있던 몬스터들이 입자로 변해 사라졌다.

32번 지천웅 헌터, 사살한 몬스터 총 36마리입니다.

스피커에서 들려오는 소리.

조금 전까지 몬스터를 사냥하던 헌터 지천웅은 성적을 듣고 만족했는지 대기실 쪽으로 몸을 돌렸고, 그 모습을 보던 스카우터 룸 안의 사람들 사이로 훈훈한 분위기가 흘렀다.

"이번에 참가한 헌터들의 수준이 대부분 준수한데?"

"그치? 저번 17회차 헌터들이 혼자 사냥했을 때, 제한 시간 내에 27마리 정도가 평균 아니었나?"

"그러게 말이야."

"전체적으로 지금까지 보이는 실력은 준수하구만."

"맞아, 고인물을 제외하고서라도 무난하군."

스카우터들이 각자 들고 있는 노트북이나 스마트 패드에 무엇인가를 적으며 대화를 나누고 있을 때.

33번 이강현 헌터는 준비해주시기 바랍니다.

스피커에서 나오는 소리를 듣고 자리에 앉아 있던 이강현이 공터로 나서자 스카우터들은 금세 화제를 전환했다.

"이강현인가, 걔지? 탑에 들어가기 전에 국제 검도 대회에서 우승했다고 하는."

"맞아."

"능력은 어떠려나?"

"아까 볼 때는 고인물이 시험장을 망쳐놓지만 않았으면 1등을 할 수도 있을 것 같았는데."

"게다가 저런 쪽으로 운동을 하다 탑에 들어간 이들은 기본적으로 능력도 괜찮으니까 볼만하겠는데?"

스카우터들은 서로 말을 주고받으며 어느새 공터 한가운데 서 있는 이강현을 보았다.

제한 시간은 2분, 지금부터 시험을 시작하도록 하겠습니다.

스피커에서 나오는 소리와 함께 튜토리얼 존의 기본 몬스터인 '오크'들이 여기저기 모습을 드러내기 시작했다.

그리고.

치지지지직! 파지직!

"어?"

"뭐야?"

스카우터들은 저도 모르게 눈을 휘둥그레 뜨고 이강현이 들고 있는 검에서 일어나고 있는 변화를 봤다.

파지지직!

"뇌전?"

"뭐야 신규 헌터가 벌써 마력을 사용할 수 있다고?"

스카우터들이 한순간 크게 술렁였고, 그와 함께 이강현의 몸이 움직이기 시작했다. 거침없이 달려가 눈앞에 있는 오크를 베고, 곧바로 옆으로 몸을 틀어 오크의 몸을 어깨로 밀며 주둥아리 아래에 칼을 꽂아 넣는다.

군더더기 없는 깔끔한 공격으로 한순간에 세 마리의 오크를 처리한 이강현. 그 모습을 가만히 지켜보던 한석원은 저도 모르게 피식 웃으며 중얼거렸다.

"대단한데? 탑에서 나온 지 단 하루 만에 마력을 사용하는 법을 익히다니."

"저 정도면 천재 수준인데?"

한석원의 말에 조용히 고개를 끄덕인 김시현은 이강현을 바라봤다.

처음 튜토리얼 탑에서 빠져나온 모든 헌터들은 마력을 사용하지 못한다. 그도 그럴 것이 '튜토리얼 탑' 안에는 마력이 존재하지 않기 때문이다.

모든 헌터는 탑에서 빠져나오고 난 뒤 후천적으로 마력을 익혔고, 마력을 얼마나 잘 사용하느냐에 따라 차후 등급이 달라질 정도였기에, 헌터들은 마력 등급을 무척이나 중요하게 생각했다.

지금 이강현이 검에 두르고 있는 뇌전은, 마력을 사용할 수 있는 일반 헌터라면 어렵지 않게 해낼 수 있는 일이고 별다른 이야깃거리도 되지 않겠지만.

파지지직!

그게 탑에서 나온 지 단 하루밖에 되지 않은 헌터라고 한다면 이야기는 달라졌다.

33번 이강현 헌터, 사살한 몬스터 총 78마리입니다.

"78마리!"

"대박이다!"

"마력을 사용하는 것도 모자라서 전투 센스 자체도 엄청 뛰어나잖아?"

대기실로 돌아가는 이강현의 뒷모습을 보며 스카우터들은 각자 들고 있는 수첩이나 전자기기에 무엇인가를 적어 나가기 시작했고.

이강현은 슬쩍 시선을 돌려 바쁘게 무엇인가를 적어 나가고 있는 스카우터들을 보며 소리 없는 웃음을 짓고는 생각했다.

'좋아, 성공이다……! 이걸로 시선을 끌었어!'

그렇게 이강현이 자신의 성적에 만족하며 대기실로 돌아갔을 때.

34번 김현우 헌터는 준비해주시기 바랍니다.

드디어, 고인물의 이름이 불렸다.

"나왔다."

그를 향해 집중된 이목.

열려 있는 문으로 걸어 나오는 그는 여전히 첫 번째 튜토리얼 때와 똑같은 복장을 하고 있었다. 협회에서 지급한 검은색 추리닝과 검은색 삼선 슬리퍼, 느긋해 보이는 표정은 그가 과연 튜토리얼을 수행하러 왔는지 놀러 왔는지 구분이 되지 않을 정도였다.

그러나 그런 추레한 복장으로 등장한 김현우의 모습에도 불구하고 스카우터들은 숨죽여 그를 바라봤다. 그것은 뉴스 룸에 있던 기자들도 마찬가지였고, 대기실에 있던 헌터들도 마찬가지였다.

제한 시간은 2분, 지금부터 시험을 시작하도록 하겠습니다.

스피커에서 나오는 목소리와 함께 주변에서 오크들이 만들어지기 시작했고, 완벽하게 모습을 갖춘 오크들이 김현우에게로 몸을 움직였다.

그 모습을 보며 여유로운 웃음을 짓는 김현우.

그리고.

꽈드드드드드드득!

김현우의 발길질 한 번에 튜토리얼 존의 돌바닥이 무참히 깨져 나가기 시작했다.

고인물을 대하는 법

"저게 뭐야 미친……."

뉴스 룸에서 김현우의 기록을 남기기 위해 캠코더를 들고 있던 이준성은 저도 모르게 욕설을 내뱉으며 찍고 있던 캠코더를 내렸다.

그것은 뉴스 룸에 있는 다른 이들도 마찬가지였다. 스마트폰을 비롯한 카메라, 액션캠 등등의 촬영 장비들은 모두 기자들의 손에 들려 있었지만, 튜토리얼 존에서 일어나는 일을 찍고 있지 않았다. 그들은 다만, 두 눈으로 튜토리얼 존에서 일어나고 있는 일들을 바라보았다.

"저건 도대체……."

이준성의 옆에 있던 이창훈이 저도 모르게 그런 소리를 내뱉으며 튜토리얼 존 안을 뚫어지게 쳐다보았다.

그가 보고 있는 튜토리얼 존 안쪽.

콰직!

그곳에서는 학살이 일어나고 있었다.

이준성의 눈에 부서진 돌조각과 함께 이제 막 소환되어 부서진 바닥에서 중심을 잡은 오크가 보인다. 그리고 그런 오크의 앞에 지금 튜토리얼을 진행하고 있는 김현우의 모습이 눈에 들어오고.

김현우는, 오크의 머리통이 사라짐과 동시에 같이 사라진다. 마치 처음부터 그 자리에 없었다는 것처럼 오크 앞에서 사라진 김현우는 어느덧 다른 곳에 나타나 또 다른 오크의 머리통을 부수고 있었다.

부수고, 부수고, 또 부순다.

이전에 나왔던 이강현처럼 화려하지도 않은, 어떻게 보면 그저 투박하고 단순한 작업의 반복이라고도 볼 수 있을 것 같은 그 행위. 그러나 그런데도 기자들이 김현우에게서 시선을 떼지 못하는 이유는 단 한 가지였다.

"저게…… 인간의 속도라고……?"

빠르다.

김현우는 여태껏 봐온 그 어떤 헌터보다도 빨랐다.

이제 막 데이터 덩어리에서 벗어나 육체를 가지게 된 오크가 체감상 1초도 되지 않는 시간에 머리가 터져 다시 데이터 쪼가리로 변화했다. 분명 튜토리얼 존 오른쪽 끝에서 오크의 머리통을 터뜨리고 있던 김현우가 1초 뒤에는 전혀 다른 곳에 서 있었다.

마치 A등급 헌터 중에서도 마법사만이 사용하는 '블링크'를 사용하는 것처럼, 그의 모습은 사라졌다 나타났다를 반복했다.

뉴스 룸의 기자들이 말없이 튜토리얼 존을 보고 있을 때, 그 반대편에 있는 스카우트 룸에서도 뉴스 룸과 마찬가지로 무거운 침묵이 이어지고 있었다.

스카우터들은 자신들이 들고 있던 패드와 종이 서류에서 눈을 뗀 채 튜토리얼 존에서 일어나는 일을 멍하니 바라보고 있었고, 그들의 뒤에서 마찬가지로 튜토리얼 존을 내려다보던 한석원은 진중한 표정으로 중얼거렸다.

"보이나?"

"……흐릿하게 보이네요."

"나도 마찬가지야."

이서연과 김시현은 한석원과 같은 표정으로 튜토리얼 존을 내려다보며 대답했다.

"……아무리 봐도 마력을 사용하는 것 같진 않은데, 저게 마력을 사용하지 않는 인간의 움직임이라고?"

"도대체 탑에서 혼자 무슨 짓을 하고 다닌 거야……?"

이서연이 허탈한 듯, 그 앞에 있던 김시현이 어처구니없다는 투로 중얼거리는 와중에도 한석원은 튜토리얼 존에 집중했다. 정확히는 튜토리얼 존 내부를 빠르게 돌아다니고 있는 김현우에게 시선을 고정했다.

'무투계인 나도 잔상이 그저 흐릿하게 보일 정도라니.'

무투계는 몬스터의 지근거리에서 전투를 이어 나가야 하는 헌터들이기에 여타 다른 헌터보다도 시력이 월등히 좋았다. 한석원은 그런 무투계 중에서도 한국에서 열 손가락 안에 꼽힐 정도의 실력자였다.

한석원의 눈이 쉴 새 없이 움직이며 김현우가 있는 곳을 쫓는다.

오른쪽 아래, 왼쪽 위, 중앙 아래. 흐릿한 잔상만을 남기며 계속해서 이동하는 김현우. 그 모습을 한동안 쫓던 한석원은 이내 자신이 김현우의 모습을 더 자세히 보기 위해 마력을 사용했다는 것을 깨닫고 헛웃음을 흘렸다.

"전에도 그렇게 생각했지만, 완전히 괴물이 돼버렸군."

한석원이 묘하게 허탈한 투로 뇌까림과 동시에…….

시험…… 종료.

두 번째 튜토리얼이 끝이 났다.

그와 함께 거짓말처럼 조용해진 튜토리얼 존 내부.

뉴스 룸 기자의 눈에는 제대로 보이지도 않던 김현우가 어느새 처음에 서 있던 그곳에 다시 선 채 느긋하게 양손을 주머니에 넣고 있었고.

곧.

34번 김현우 헌터가 사살한 몬스터는…… 초, 총 248마리입니다.

그 소리를 들은 김현우는 피식하고 웃음 지으며 몸을 돌렸다.

◆ ◆ ◆

오늘 오후에 올라온 한 영상이 대한민국 종합 헌터 관련 커뮤니티인 '헌터킬'을 뜨겁게 달구고 있었다.

저게 뭐야 미친…….

'헌터킬'에 올라온 그 화제의 영상 첫 부분에는 이런 목소리가 별다른 변조 없이 그대로 흘러나왔고.

시간이 지남에 따라 여러 가지 욕설이 영상 안에 담겼지만, 자극적인 기사로 사람들을 끌어모으는 기자들을 평소에 싫어하던 회원들도 그에 대해서는 별 댓글을 달지 않았다. 오히려 영상 속에서 흘러나오는 욕설을 들으며 공감한다는 듯 댓글을 달기도 했다. 그 정도로, 현재 '헌터킬'을 달구고 있는 그 영상은, 헌터 관련 이슈를 좋아하는 회원들에게는 무척이나 충격적인 것이었다.

댓글 1342개

내가바로달님이다: 뭐지? 내가 무엇을 본 것이지?

ㅁㄴㅇㄹ: 와 ㅋㅋㅋㅋㅋㅋㅋ 진짜 저거 뭐냐? 진짜 머임? 저거 튜토리얼 존 두 번째 시험 맞지?

　ㄴ 윤원아꽃길만걷자: ㅇㅇ 맞다. 그보다 진짜 영상 실화냐? ㅋㅋㅋㅋ 처음 볼 때 나는 S등급 마법사인 줄 알았다. 진짜 블링크 쓰는 줄 알았어.

　ㄴ 미스터퀀시트리: 나 영상 보면서 영상 안에 있는 녀석들이랑 똑같은 말이 입안에서 흘러나왔음. ㅋㅋㅋㅋㅋ

알랄랄라랄: 야 씨발 저게 뭐야? 저게 뭐냐고!!! 쟤 마법사임? 그냥 블링크 쓰는 것 같은데? 근데 신입들은 마력 못 쓰지 않냐? 도대체 저거 머임?

　ㄴ SSS랭크: 들어보니까 마력 사용 못 하고 그냥 순수하게 신체 능력으로 움직인다고 하는데……. ㅅㅂ 카메라에서도 안 잡히고 그냥 순수하게 신체 능력으로 움직인다고 하니까 어처구니가 없다. ㅋㅋ ㅋㅋㅋㅋㅋ

　ㄴ A급헌터: ㅁㅊ 저런 애가 마력 등급 올려서 마력 사용하면 퀵실버처럼 변하는 거 아니냐? 응?

ㄴ 도둑맞은빡빡이: ㅅㅂ 그냥 지금도 퀵실버 그 자체인데? 저 정도
로 빠르게 움직이는 거 중국 S등급 헌터 중에 미령인가? 걔밖에
못 본 것 같은데.

저세상헌터: 저 사람이 그 이번에 12년 만에 탑에서 빠져나왔다는 그 고 고
인물이냐?

ㄴ 안동시헌터: ㄹㅇ, 쟤 그 사람 맞음.

ㄴ 너돈좀많아보인다: 머야? 쟤가 걔였음? ㅁㅊ ㅋㅋㅋㅋㅋㅋㅋㅋㅋㅋ
실화냐. 그냥 도시 괴담인 줄 알았는데 진짜라고?

ㄴ 고인물그자체: 자세한 건 -> https://namu.wiki/w/%BC#s-2고
인물헌터#은#// 여기서 보고 나 저번에 고인물이 춤추면서 탑 클
리어했다고 올린 사람인데 내 말이 맞지? ㅅㅂ.

....

...

..

.

튜토리얼이 끝난 뒤 헌터협회 측면에 붙어 있는 헌터 합숙소의
휴게실.

"으아아아아, 이런 씨발!"

이강현은 인상을 쓰며 아무것도 없는 책상을 내리쳤다.

콰직!

튜토리얼 탑을 빠져나온 헌터답게 근력 능력치가 올라 있는 이
강현의 주먹은 책상에 거대한 구멍을 만들었지만, 그는 그것을 신
경 쓰지 않은 채, 침대에 기대 인상을 찌푸렸다.

'내가, 내가 얼마나 준비를 했는데……!'

튜토리얼 탑에 처음 들어갔을 때부터 탑을 빠져나온 이때까지 단 한 번도 긴장의 끈을 놓쳐본 적이 없었다. 탑에 들어가자마자 이것이 기회라는 것도 모른 채 소극적으로 움직이는 다른 녀석들을 조소하며, 어떻게든 이 기회를 휘어잡기 위해 노력했다. 탑 내에서 몬스터의 막타를 치면 등급이 올라간다는 소리에 몰래몰래 몬스터의 막타를 치고, 다른 헌터들이 쉰다며 잠을 청할 때, 그들을 비웃으며 혼자서 훈련에 몰두했다.

성공하고 싶어서.

튜토리얼 탑을 빠져나왔을 때 그 누구보다 빛나고 싶어서……!

"그런데…… 그런데……!"

꽝! 우지지직!

저도 모르게 후려친 침대의 프레임이 찌그러졌지만 아프다는 기색도 없이 이강현은 분노하며 생각을 이어 나갔다.

'그 자식이……! 그 개자식이……!'

한참 괴담만 무성하던 고인물.

그 녀석이 갑작스레 같이 빠져나오게 되면서 이강현의 노력은 허망한 잿빛이 되어 사라지고 말았다.

분명 처음에는 제대로 다루기도 힘들다는 마력을 다뤘음에도 불구하고 이강현은 그 고인물의 행동에 묻혀 자신에게 향할 스포트라이트를 전부 빼앗겨버렸다.

"하…… 이런 씨발……."

이강현은 욕지거리를 하며 아까 전 김현우가 시험을 치렀던 장면을 떠올렸다. 제대로 보이지도 않는데 눈을 한 번 깜빡일 때마다 오크의 머리가 떨어져 나가던 그 모습.

"씨발 신 새끼야, 이게 평등이냐!"

이강현은 평소에 믿지도 않는 신에게 쌍욕을 하며 이를 으득 갈았다.

◆ ◆ ◆

"이게 뭡니까?"

"이번에 김현우 헌터를 만나고 싶어 하는 길드 목록이에요."

튜토리얼 탑에서 빠져나온 사람들을 일정 기간 보호하기 위해 만들어진 협회 합숙소의 휴게실에 앉은 김현우. 그는 앞에 내밀어진 서류 뭉치를 받아 들고는 이내 자연스레 자신의 앞에 앉은 그녀에게 물었다.

"그런데 당신은?"

"아, 소개가 늦었네요. 저는 한국헌터협회에서 정보부장으로 근무하고 있는 앨리스라고 해요."

그녀는 명함을 건네주었고, 그것을 무심하게 받아 든 김현우는 추리닝 주머니에다 아무렇지도 않게 쑤셔 넣은 뒤 고개를 갸웃하며 생각했다.

헌터협회에서 보호받는 며칠 동안, 김현우는 세상이 어떻게 돌아가는지에 대해 좀 더 자세히 들었다. 헌터들의 주 수입원이 되는 미궁과 던전, 그리고 그런 헌터들을 위해 만들어진 길드. 그 이외에 헌터 합숙소에서 나갈 때쯤이면 튜토리얼 존을 관람했던 길드에서 마음에 드는 헌터에 한해 영입 제안을 하러 올 거라는 이야기.

"근데 협회 정보부장이 왜 제게 길드 목록을?"

궁금했던 것은 그것이었다. 김현우는 분명 길드 목록을 전해주는 것은 합숙소를 관리하는 관리원이라 들었기 때문이다.

그의 물음에 앨리스는 얼굴에 웃음을 지우지 않은 채 이야기를 이어 나갔다.

"뭐, 사실 제가 굳이 여기까지 오지 않아도 되지만 그냥 궁금해서요."

"?"

"당신은 꽤 유명 인사라서요. 거기에 덤으로 전해주고 싶은 것도 있고요."

"전해주고 싶은 거?"

김현우의 되물음에 앨리스는 미소를 지으며 김현우가 들고 있던 서류 위에 서류 뭉치 하나를 더 올려놓았다.

"……아레스 길드?"

"한번 읽어보세요."

앨리스의 말에 따라 김현우는 원래 들고 있던 서류를 내려놓고 가장 위에 올라와 있는 서류를 쭉 넘기며 대충 훑어보다 말했다.

"이거, 계약서네요?"

"네, 계속 읽어보세요."

앨리스의 말에 김현우는 계속해서 계약서를 뒤로 넘겼고, 이내 곧 경악 어린 욕설을 내뱉었다.

"이런 미친……!"

'이게 얼마야?'

김현우는 혹시 자신이 잘못 본 게 아닐까 싶어 들고 있던 서류를 책상에 놓고 손가락까지 짚어가며 계약금의 숫자를 세어보기 시작했다.

"일, 십, 백, 천, 만, 십만, 백만, 천만, 억…… 십억…… 팔십억……?"

80억.

그 거대한 숫자가 일순 김현우의 머리를 복잡하게 어지럽혔다.

◆ ◆ ◆

한순간 정신을 못 차리고 멍하니 계약서를 바라보던 김현우는 앨리스를 보며 말했다.

"여기 쓰여 있는 거, 80억 맞아요?"

묘하게 불량하다가 어느새 미묘하게 공손해진 김현우의 말투에 앨리스는 알 수 없는 웃음을 지으며 대답했다.

"네, 맞아요."

앨리스의 대답에 말없이 입을 벌리고 있던 김현우는 멍하니 계약서를 읽어 나갔고, 그가 계약서를 다 읽자 앨리스가 말했다.

"그게 아레스 길드가 처음에 당신을 영입하기 위해 제시한 계약금이에요."

"아레스 길드가?"

"만약 계약서에 쓰여 있는 2년의 계약이 만료된 시점에, 당신이 원한다면 아레스 길드에서는 처음 제시한 계약금의 두 배를 지불하고 당신과 재계약을 할 의사도 있다고 하더군요."

"두 배……? 그럼…… 160억?"

"네."

"허."

김현우가 헛웃음을 지었고, 앨리스는 계속해서 말을 이어 나갔다.

"그 이외에도 미궁 내에서 얻은 마정석과 던전에서 얻은 전리품의 권리도 일정 부분은 길드에 내줘야겠지만, 비율은 김현우 헌터가 더 높을 겁니다."

말없이 앨리스와 계약서를 몇 번이고 번갈아 보던 김현우는 이내 조심스레 물었다.

"혹시 우리나라 화폐 가치가 나락으로 떨어졌습니까?"

"네?"

"아니, 그…… 있잖아요? 짐바브웨 달러처럼, 혹시 제가 없는 12년 사이에 그렇게 된 게 아닐까……."

김현우가 의심 어린 눈빛으로 앨리스를 바라보자 그녀가 말했다.

"한국의 화폐 단위는 그대로예요. 물론 김현우 헌터야 탑에 12년 동안 갇혀 있었으니 좀 괴리를 느낄 수도 있겠네요."

앨리스는 그렇게 말하고는 자신의 갈색 머리를 넘기며 뭔가 고민을 하는 것 같더니 말을 이었다.

"탑에 들어가기 전에 어디 살고 계셨죠?"

"천호동이요. 강동구 천호동 쪽."

"잠시만요."

김현우의 말에 뭔가를 검색해보던 앨리스가 말했다.

"2008년 강동구 천호동 빌라가 3억인데 지금은…… 13억이네요?"

"……."

말이 끝나자마자 눈을 게슴츠레 뜨고 자신을 바라보는 김현우의 시선에 앨리스는 흠흠 하고 괜히 목을 가다듬고 나서 말했다.

"김현우 헌터, 당신은 잘 모르겠지만 지난 12년 동안 한국은 땅값이 좀 많이 올라서……. 다들 이 정도는 올랐습니다."

"……정말이요?"

"네, 그럼요."

마치 영업 사원처럼 일말의 거짓말도 묻어 있을 것 같지 않은 투명한 웃음에, 김현우는 시선을 누그러뜨리려다 이내 '응?' 하는 느낌으로 그녀를 바라봤다.

"그런데 생각해보면 헌터협회 정보부장이라고 했는데 왜 길드 계약서를……?"

"제가 그쪽에 좀 연이 있어서……. 그쪽의 스카우터가 꼭 좀 전해 달라고 그러더라고요."

'……분명 협회 합숙소의 기간이 끝나기 전까지 직접 헌터에게 계약서를 넘기는 건 위반이라고 했던 것 같은데……?'

김현우는 순간 그런 생각을 했으나 이내 어깨를 으쓱이곤 들고 있던 계약서를 내려두었다.

그리고 앨리스를 보며 담담하게 말했다.

"그런데, 저는 길드에 가입할 생각이 없는데?"

"네?"

"길드에 가입할 생각 없다고요."

잘못 들었다는 듯 되묻는 말에 돌아온 대답에 앨리스는 저도 모르게 멍한 표정으로 김현우를 보다가 살포시 웃으며 말했다.

"농담이 심하시네요."

"아닌데요."

"네?"

"농담 아니라고요."

무척이나 여유롭고 담담하게 말하는 김현우의 태도.

순간 얼이 빠진 표정으로 그를 바라보던 앨리스는 표정이 굳었으나, 이내 억지로 어색한 웃음을 만들며 물었다.

"길드에 가입할 생각이 없다고요?"

"네."

"저기, 김현우 헌터가 아레스 길드가 내건 조건을 제대로 이해하지 못하는 것 같은데…….”

"아뇨, 굳이 설명 안 해주셔도 돼요. 조금 전에 계약서 읽어보고 대충 어느 정도 짐작은 하고 있으니까."

"그럼 도대체 왜……?"

앨리스의 이해를 못 하겠다는 말투에 김현우는 슬쩍 등받이에 몸을 기댔다. 굉장히 건방진 자세에 앨리스의 눈이 슬쩍 꿈틀했지만, 김현우는 아랑곳없이 느긋하게 말했다.

"원래 세상은 기브 앤 테이크잖아요?"

"……."

"그런데 이 정도의 계약금을 주는 거라면 저를 가만히 놔둘 리가 없죠."

세상은 기브 앤 테이크.

주어진 무엇인가에 대가가 없는 것은 없다. 김현우는 그 사실을 뼈저리게 잘 알고 있었다. 그렇기에 그는 80억을 받고 아레스 길드에 들어가 당장 돈이 많이 생긴다면 자신이 원하는 삶을 살 수 없을 거라는 사실을 본능적으로 깨닫고 있었다.

"저는 좀 편하게 살고 싶거든요. 내가 하고 싶은 걸 하면서, 느긋하게."

자신감 넘치는 백수 선언에 어처구니없다는 표정으로 김현우를 바라보던 앨리스는 물었다.

"그렇다면 헌터 활동을 하지 않으실 생각인가요?"

"아뇨, 그건 아닌데. 제가 여기서 들어보니까 또 혼자 활동하는 헌터들도 있다 하더라고요."

용병. 길드에 가입되지 않고 혼자 미궁을 도는 헌터들을 가리키는 말이다.

'용병에 대해서 좀 일찍 알았다면 튜토리얼 존 나가지 말고 잠이나 더 잤을 텐데.'

하필이면 튜토리얼 존이 끝나고 그에 관련된 이야기를 들었기에 김현우는 괜히 시간을 손해 본 기분을 느꼈다.

김현우가 그런 생각을 하고 있는 와중에 그의 말을 파악한 앨리스는 반박했다.

"미궁을 탐험하는 용병을 말하는 거라면, 그들은 거의 대부분이 길드를 거쳐 이미 어느 정도 성장을 한 헌터라고 말해드리고 싶군요."

"그래서요?"

"그래서라니……. 과연 길드를 거치지 않고 제대로 성장도 하지 않은 당신이 그 용병들처럼 혼자 미궁을 탐험할 수 있을 거라 생각하세요?"

앨리스의 말에 김현우는 빙글거리는 웃음을 짓더니 말했다.

"될 것 같은데요?"

"네?"

"말 꼭 두 번 하게 하시네. 될 것 같다니까요?"

"……오만하군요."

"글쎄, 저는 그렇게 생각하지 않는데……."

'이 사람, 진심인가?'

한동안 그의 진의를 파악하려던 앨리스는 이내 한숨을 내쉬며 자리에서 일어나곤 휴게실의 입구 쪽으로 몸을 돌리며 말했다.

"뭐, 그래도 우선 부탁받은 거니까 혹여나 생각이 바뀌시면 제가 드린 명함으로 전화를 주세요."

"네, 뭐……."

흥미 없다는 듯 대답하는 김현우.

'아마 지금 당장 헌터 업계 상황 파악이 되지 않아서 저렇게 말하는 것 같은데…… 한번 두고 보도록 하죠.'

앨리스는 그가 자신감이 넘치는 이유를 '정보 부족에 의한 일시적인 현상'이라 치부하곤 조소를 지으며 휴게실을 빠져나갔고.

김현우는 앨리스가 나간 문을 바라보다 방으로 돌아와 침대에 누워, 무의식적으로 아까 계약서에 가려져 보지 못했던 길드 목록을 바라봤다.

'한번 봐볼까.'

딱히 길드 가입에 관심이 있는 것은 아니지만 심심했기에 길드 목록이 적혀 있는 서류를 들어 올렸고.

곧, 길드 목록을 쭉 읽어 나가기 시작한 김현우는.

"어?"

그곳에서 무척이나 그립고 익숙한 이름들을 찾아볼 수 있었다.

"서울 길드 길드장 김시현? 그 아래는 고구려 길드 길드장 한석원……. 그리고 그 아래는……."

아랑 길드 길드장 이서연.

"혹시?"

김현우는 문득 12년 전, 자신이 처음 튜토리얼 탑에 들어갔을 때 100층까지 함께했던 동료들을 떠올렸다. 100층까지 올라가며 그때 당시에는 이길 수 없을 거라 생각했던 발록을 죽이고 남았던 네 명의 동료. 그중에서도 가장 친하게 지냈던 세 명의 이름이, 길드 목록에 차례대로 쓰여 있었다.

◆ ◆ ◆

5일 뒤, 헌터협회 측면에 있는 헌터 합숙소 앞.

"이번에는 좀 빨리 왔네? 옛날에 맨날 형 붙잡고 찡찡거리던 걸 생각해보면, 보고 싶은 마음에 한걸음에 달려온 건가?"

서울 길드장 김시현의 놀림 어린 물음에 이서연은 가늘게 뜬 눈으로 김시현을 바라보며 말했다.

"그런 거 아니거든?"

"그렇다고 하기에는 너무 빨리 오지 않았어? 평소에는 맨날 지각하잖아? 한국 연합 길드 모임 때도 지각, 방송 출연에도 지각, 튜토리얼 존에서도 지각……."

"조용히 좀 해, 이 쿨병 환자야!"

이서연이 인상을 찌푸리며 빽 소리치자 한석원이 그 둘을 보면서 사람 좋은 미소를 지으며 고개를 끄덕였다.

"자자, 그만하고. 그보다 김시현, 너는 기분이 어때?"

한석원이 묻자 김시현은 어깨를 으쓱이더니 앞을 바라봤고.

"뭐, 별생각 없습니다."

그렇게 말하며 자신의 포커페이스를 지키려고 했으나.

"그래? 예전에 탑 8층에서 오크한테 머리통 깨지고 오빠한테 달라붙어서 며칠 동안 질질 짰……."

"마! 너 인마! 너! 뭔 개소리야!"

"왜? 내가 없는 말 했어?"

이서연의 입에서 튀어나온 이야기에 김시현은 얼굴을 붉히며 그녀를 째려보았다. 한석원은 그런 둘의 모습에 어쩔 수 없다는 웃음을 지으며 생각했다.

'다들 안 그런 척을 해도 은근히 들떴군.'

평소에는 둘이 있더라도 이렇게 티격태격하지 않는데, 오늘은 유독 긴장이 되는지 둘은 서로의 흑역사를 꺼내며 말싸움을 벌이고 있다.

'하긴, 12년 전 우리를 이끌던 녀석을 다시 만나는 것이니.'

한석원은 12년 전, 자신이 튜토리얼 탑을 오르던 때를 가볍게 회상했고.

곧, 합숙소의 문이 열리면서 그가 빠져나왔다.

◆ ◆ ◆

목동에 있는 한 고급 일식 레스토랑의 단독 룸.

언뜻 보기에도 무척이나 고급스러워 보이는 인테리어의 그곳에서, 김현우는 무엇인가 낯설다는 표정으로 주변을 돌아본 뒤, 이내 앞에 앉아 있는 이들을 바라보았다.

"그러니까, 차례대로 석원이 형이랑 서연이, 그리고 시현이라 이거지?"

김현우가 긴가민가한 표정으로 묻자 한석원은 입가에 미소를 띠며 말했다.

"그래, 맞다. 몇 번이나 물어볼 생각이냐?"

한석원의 말에 김현우는 묘한 표정으로 그들을 바라봤다.

보호 기간이 끝난 지 7일째. 김현우는 그제야 합숙소의 밖으로 나올 수 있었고, 합숙소에서 요청한 대로 12년 전 동료들을 만날 수 있었다. 다만 그 과정에서, 김현우가 처음 나왔을 때 그 세 명을 알아보지 못했다는 게 문제라면 문제였지만.

"아니, 진짜 나랑 같이 탑을 오르던 그때랑은 좀 달라졌으니까 그렇지."

'그냥 달라진 것도 아니고……'

김현우는 속으로 그렇게 투덜대며 앞에 앉아 있는 그들을 바라보았다. 분명 12년 전에 비슷한 나이였던 한석원은 어느새 얼굴이 주름진 아저씨로 변해 있었다. 그 외에도 자신의 뒤에서 항상 찡얼거리던 자존감 제로였던 고등학생 김시현은 꽤 멀쩡하게 생긴 미남이 되었고. 나이가 어려서 정신적으로 여려 많이 챙겨줬던 중학생 이서연은 아예 다른 모습이 되어 있었다.

김현우는 멍하니 그들의 모습을 둘러보다가 음식이 나올 때쯤 돼서야 입을 열었다.

"너 진짜 김시현 맞지? 50층 보스 상대하기 전까지는 항상 내 뒤에 붙어서 찡······."

"아니 뭐 그런 걸 기억하고 있어요?"

김시현이 포커페이스를 깨뜨리고 당황한 듯 말을 얼버무리는 것을 보며 김현우는 피식 웃은 뒤, 이번에는 이서연을 바라보며 말했다.

"너는 14층에서 벤시 보고 오······."

"거기까지. 그 이상 말하면 오빠라고 해도 가만 안 둘 거예요!"

이서연이 살벌한 웃음을 지으며 이야기하자 김현우는 그제야 피식 웃으며 입을 열었다.

"이야······ 이서연 성격 드러운 거 보면 진짜구나."

"뭐욧?"

이서연이 눈가에 힘을 준 채 김현우를 바라봤으나, 그는 오히려 이 상황이 즐거운 듯 키득거리며 말했다.

"진짜 너희들 엄청 많이 달라졌다."

"저희는 오히려 오빠가 아무런 변화도 없으니까 위화감이 느껴지네요."

이서연의 말에 김현우는 어깨를 으쓱였다.

"탑에 있는 12년 동안은 나이를 먹지 않았으니까."

그의 말에 이서연과 김시현, 그리고 한석원은 마주 앉아 있는 김현우를 보며 똑같이 생각했다.

'전혀 변하지 않았다.'

그는 전혀 변하지 않았다.

마지막으로 튜토리얼 탑에서 봤던 그 모습에서, 그는 마치 시간이 멈춰 있었던 것처럼 전혀 달라지지 않았다. 목소리부터 시작해서 외모, 그 이외에도 지금 당장 보이는 자신감 넘치는 말투나 자연스레 장난을 거는 친근감 있는 모습까지. 그것은 전부 앞에 있는 이가 틀림없는 김현우라는 것을 말해주고 있었다.

하지만 오랜만에 만난 동료들이 그런 생각을 하는 것을 아는지 모르는지 김현우는.

"와 씨……! 이거 존나 맛있다!"

애피타이저로 나온 초밥을 간장에 찍어 먹고는 12년 만에 먹는 초밥에 눈물까지 찔끔거리며 감동하고 있었다.

◆ ◆ ◆

김현우가 초밥 맛의 황홀함에 눈물을 찔끔거리자 김시현은 그 모습을 보며 피식 웃은 뒤 말했다.

"옛날에 형이 맨날 그랬잖아요."

"뭘?"

"기억 안 나요? 형 70층 오를 때 어인들 잡으면서 맨날 초밥 먹고 싶다고 노래를 불렀잖아요."

"……그랬었나?"

김현우가 슥 고민하는 표정으로 고개를 갸웃하자 이서연이 기억났다는 듯 풋 하고 웃으며 말했다.

"아, 그때 기억난다. 석원이 오빠 칼 빌려서 어인 꼬리 잘라다가 회 친 거 말하는 거지?"

"서연이가 말하니까 기억나는군. 그때 현우가 내 칼 들고 가서 꼬리 예쁘게 자르려고 발광했었던 것까지 기억이 나."

이윽고 추억을 공유하듯 키득거리는 세 사람.

그 모습을 보며 김현우는 피식 웃은 뒤, 초밥을 입에 넣었다.

"그래서, 그동안 어떻게 살았어?"

한석원이 건넨 질문에 김현우가 되물었다.

"그동안 어떻게 살았냐니? 나야 계속 탑 안에 있었지."

"그러니까, 그걸 물어보는 거야."

"탑 안의 이야기?"

"그래."

"오빠 관련해서 좀 재미있는 괴담이 여러 개 돌거든요."

"뭐? 괴담?"

'괴담이라고 할 만한 게 있나?'

김현우는 문득 자신이 탑 안에서 지냈던 일상을 쭉 떠올려봤다.

"확실히…… 있을 만하네."

김현우는 탑에서 자신이 행했던 콘셉트질과 또라이 짓을 생각하며 초밥을 먹다 저도 모르게 멈칫했다.

'어? 잠깐, 내가 지금까지 했던 콘셉트질과 또라이 짓이 괴담화됐다면…….'

김현우는 갑작스레 식은땀이 흐르는 걸 느꼈다.

'옷 안 입고 던전 클리어한 거랑 골룸 코스프레 하고 던전 클리어한 것도……!'

"그, 그래서, 무슨 괴담이 있는데?"

김현우가 평정심을 가장하며 묻자 이서연이 고민하는 듯하더니 말했다.

"뭐, 여러 가지가 있기는 한데, 제일 유명한 거로는 무슨 춤추면서 던전 보스들 잡고 다닌 거랑…… 혼자서 탑 1층에서 발차기로 10층까지 뚫었다는 이야기 정도……?"

"다른 이야기는?"

"음, 많기는 한데. 제일 유명한 건 이 두 개 정도인 것 같은데……?"

이서연의 말에 김현우는 그제야 은근슬쩍 마음을 놓으며 말했다.

"그거 내가 한 거 맞아."

"진짜요?"

"……진짜 형 탑 안에서 무슨 짓을 하고 돌아다닌 거야?"

김시현의 물음에 김현우는 어깨를 으쓱이곤 말했다.

"춤추면서 던전 보스 잡은 건…… 뭐, 혹시 이렇게 하면 탑에서 빠져나갈 수 있지 않을까 싶어서 시도해본 거고."

김현우는 초밥을 마저 삼키고 이야기했다.

"탑을 10층까지 뚫은 건 아무리 해도 탈출이 안 돼서 답답한 마음에 그냥 점프했는데 그 정도까지 올라가던데?"

"……와."

"솔직히 튜토리얼 존에서도 괴물이 됐구나 싶었는데 이렇게 본인한테 직접 검증받으니까 더 확실하게 와닿네."

이서연이 말없이 감탄하자 그 옆에서 김시현이 어처구니없다는 웃음을 지었고 김현우는 그들을 보며 말했다.

"네가 탑에 안 갇혀봐서 그래. 진짜 탑을 클리어하고 또 클리어해도 못 빠져나가면 그때부터는 진짜 뭐든지 해보게 된다니까?"

그렇게 음식이 전부 나올 무렵 김현우는 불현듯 생각났다는 듯 말했다.

"그러고 보니까 내가 탑 안에서 키웠던 제자들도 있는데. 걔들은 뭐 하고 지내려나?"

"제자들이요?"

"응."

김현우가 고개를 끄덕이자 한석원은 흥미가 동한다는 듯 물었다.

"무슨 제자들?"

"음…… 그러니까 대충 몇 회차였는지 기억은 안 나는데 한창 50층에서 60층 사이에서 지내고 있을 때, 탑에서 낙오된 애가 한 명 있었거든."

"그런데?"

"그리고 그때 당시에는 내가 혼자서 무술 만들겠다고 깝죽거리던 때라."

"무술? 그건 또 무슨 소리야?"

한석원이 머리에 물음표를 띄우며 말하자 김현우는 별것 아니라는 듯 말했다.

"그, 예전에 만화나 소설 같은 데 보면 어디 갇힌 주인공이 깨달음을 얻으면 탈출하잖아? 어쩌면 나도 깨달음을 얻으면 탈출할 수 있는 게 아닌가 하고……."

"헐……."

그 말을 들은 이서연이 저도 모르게 탄식을 했고, 김현우는 큼 하고 헛기침을 하더니 이어서 말했다.

"아무튼, 중요한 건 그게 아니라 결국 52층쯤에서 낙오돼서 죽으려고 하는 애를 구해줬거든."

"그래서 그 녀석을 제자로 들여서 키웠다?"

"뭐, 그렇지. 덤으로 거기서 만들었던 무술 비스무리한 것도 알려주고."

"무술 비스무리한 거……?"

김시현이 왠지 떨떠름하게 중얼거리자 김현우는 묘한 표정을 지으면서 머리를 긁적거리더니 말했다.

"근데 사실 지금 생각해보면 그 녀석에게 미안하기는 하네. 녀석한테 이상한 무술을 가르친 거니까."

"그 정도야……?"

김시현이 묻자 김현우는 고개를 끄덕였다.

"뭐, 무술의 무 자도 모르고 몬스터를 그냥 순수하게 때려죽이는 것밖에 모르는 데다가 무술 관련해서는 웹소설밖에 읽어보지 않은 내가 멀쩡한 무술을 만들 수 있었겠어?"

"……하긴."

김시현이 그제야 납득한다는 듯 고개를 주억거리자 그 옆에 있던 이서연이 김현우를 바라봤다.

"그 제자라는 사람 이름은 알아요? 이름만 알면 찾아볼 수도 있을 텐데."

"응? 이름? 알기는 아는데, 굳이 그럴 필요 없어."

"왜요? 궁금하다고 하지 않았어요?"

그녀가 이상하다는 듯 되묻자 김현우는 어깨를 으쓱였다.

"어차피 그 녀석은 내가 정확히 누구인지 모를 테니까."

"그게 무슨 소리예요?"

"녀석을 제자로 들였을 때, 내가 얼굴을 가면으로 가리고 있었거든."

"……네? 그건 또 무슨……?"

이서연이 이상하다는 듯 물었지만, 김현우는 거기까지만 말한 채로 서둘러 화제를 돌리며 생각했다.

'사실 그때 당시에 중2병 비스름한 것에 걸려 있었다고는…….'

말 안 하는 게 좋을 것 같았다. 막 무술로 깨달음을 얻어보겠다고 숲 지형이 있던 50층에서 머물고 있던 때의 김현우는 본인이 생각하기에도 낯부끄러웠다. 무술 같지도 않은 짝퉁 무술을 가지고, 탑에서 낙오한 애 한 명을 낚아 소설에나 나오는 '은거 기인'인 척하며 세상 만물 이치를 제멋대로 해석해 씨부렸던 걸 생각하면…….

'역시 그냥 묻어두는 게 상책이다. 게다가…….'

김현우는 문득 엉터리 무술을 수련시켰던 제자를 떠올렸다.

'……눈 똑바로 안 뜬다고 때리고, 반말한다고 때리고, 도망치려 한다고 때리고, 대든다고 때리고……. 어, 이거 만나면…….'

폭행으로 끌려가는 거 아니야?

'역시 제자하고는 만나지 않는 게…….'

김현우는 그렇게 결정하곤 불만을 토해내려 입을 여는 이서연보다도 빠르게 말했다.

"그래서, 내 이야기는 해줬으니까 너희들 이야기를 좀 해줘봐."

"음, 그럴까?"

김현우는 반대로 자신이 없었던 12년 동안 그들이 겪었던 일에 대해 들을 수 있었다.

◆ ◆ ◆

그날 저녁, 스시집에 들어간 뒤로 네 시간이 넘게 전 동료들과 회포를 푼 김현우는 합숙소에서 잠시만 기다려보라는 동료들의 말을 듣고 합숙소로 돌아왔다.

"……."

멍하니 시선을 돌려 주변을 바라본다.

졸림도, 배고픔도 느껴지지 않는 그곳과 다르게 지금은 적당히 배부르니 기분이 좋았고, 등이 푹신한 침대에 누우니 잠도 잘 왔다.

게다가 오늘 만난 동료들.

다들 세월의 흐름 덕분에 나이를 먹기는 했지만, 그들은 틀림없이 처음 탑에 같이 떨어졌던 자신의 동료들이 맞았다. 오늘 그렇게 동료들을 만나고 이렇게 침대에 눕고 나서야, 김현우는 자신이 정말 탑 밖으로 빠져나왔다는 걸 실감했다.

"정보."

탑 안에서, 수십 수백 번을 외쳤을 그 단어를 외치자 김현우의 눈 위로 익숙한 창이 떠오른다.

이름: 김현우
나이: 24
성별: 남
상태: 매우 양호
능력치
  근력: A++

민첩: A+

　내구: S+

　체력: A+

　마력: --

　행운: B

SKILL -

　없음

[루프가 해제되었습니다!]

　수십 번도 더 봤을 능력치 창은 탑을 빠져나오며 변해 있었다.

　각 능력치의 옆에 붙어 있었던 '튜토리얼 한계치에 도달했습니다!'라는 문구는 사라졌고, 나이 옆에 떠 있던 36이라는 숫자도 사라져 있었다.

　'24가 아니라 36이 사라진 걸 보면…… 나는 아직도 스물네 살인 건가?'

　문득 머릿속에 떠오른 궁금증에 머리를 갸웃거렸지만, 이내 그는 피식하고 그 생각을 지워버렸다.

　'스물네 살이면 어떻고 서른여섯 살이면 어떠냐. 이제부터는 적당히 돈이나 벌면서 죽을 때까지 하고 싶은 거 하면서 살 텐데.'

　그가 피식하고 웃으며 정보창을 끄기 위해 시선을 옮겼을 때. 문득 그의 눈에 걸리는 문장이 있었다.

　"……이건 왜 아직도 떠 있지?"

　김현우는 저도 모르게 중얼거리며 정보창 아래에 떠 있는 '루프가 해제되었습니다!'를 클릭했고, 이어서 그의 눈에 익숙한 문구가 떠오르지…….

[루프가 해제되었습니다!]

축하합니다! 당신은 성공적으로 탑을 빠져나왔습니다.

'다음 단계'로 나아가시려면 최소한의 증명을 위해 세 개의 던전 보스를

클리어해주시기 바랍니다.

- 아도론의 연구소

- 숲지 부락

- 눈에 보이는 늪

……않았다.

"뭐야……?"

김현우는 탑을 빠져나온 이후로 처음 보는 문구에 이상함을 느끼며 그곳을 향해 시선을 고정했고, 곧 찬찬히 문자들을 읽어 나가기 시작했다.

"다음 단계? 세 개의 던전 보스를 클리어해?"

'뭐야 이게?'

혹시나 하는 마음에 김현우가 다시 한번 알림창을 눌렀지만 로그를 출력하고 있는 알림창은 더 이상 변하지 않았다. 그저 똑같이 다음 단계로 나가기 위한 증명을 위해 세 개의 던전 보스를 죽이라고 할 뿐.

"이건 대체……?"

김현우가 눈앞에 뜬 로그에 의문을 느끼는 그때.

"김현우 헌터, 계십니까?"

문 쪽에서 들려오는 목소리에 김현우가 자리에서 일어나 문을 열자, 그곳에는 합숙소를 관리하는 관리원이 서 있었다.

"무슨 일로……?"

"아, 김현우 헌터를 만나고 싶다는 분이 찾아오셔서요. 아레스 길드 소속의 스카우터인 것 같던데."

"아레스 길드요?"

"1층 휴게실에 있습니다."

협회원의 말에 김현우는 귀찮음이 섞인 음색으로 말했다.

"안 간다고 전해주세요."

"그, 꼭 좀 불러달라고 하셔서……"

협회원의 말에 김현우는 짧게 혀를 차며 한숨을 내쉬었다.

'대충 느낌을 보니 계속 귀찮게 할 것 같은데 아무래도 확실하게 말하고 오는 게 낫겠군.'

짧게 생각을 정리한 김현우는 고개를 끄덕이며 말했다.

"쯧. 알겠어요."

◆ ◆ ◆

김현우는 슬리퍼를 신고 방 밖으로 나와 아레스 길드의 스카우터가 기다리고 있다는 1층 휴게실로 걸음을 옮겼다.

그리고.

"오, 당신이 김현우 헌터?"

"……"

그는 휴게실에서 상당히 거만하게 앉아 있는 한 남자와 그의 뒤에 서 있는 대머리 남자를 볼 수 있었다.

김현우가 아무런 말도 없이 자리에 앉자 그는 슬쩍 인상을 찌푸리면서도 이내 자신의 주머니에 손을 넣어 명함 한 장을 내밀었다.

"아레스 길드의 인사과장인 강병호입니다."

그의 말에 김현우는 고개를 끄덕이곤 본론으로 들어갔다.

"분명 저는 길드에 들어갈 생각이 없다고 했던 것 같은데."

김현우가 그렇게 말하자 자신을 강병호라고 소개한 남자는 묘한 웃음을 짓더니 입을 열었다.

"정말 그렇게 생각합니까?"

"뭘요?"

"김현우 헌터가 아레스 길드에 들어오지 않고도, 제대로 성장할 수 있겠냐고 묻고 있는 겁니다."

◆ ◆ ◆

아레스 길드의 인사과장인 강병호는 눈앞에 앉아 있는 남자, 김현우를 바라보며 여전히 웃는 얼굴을 한 채로 생각했다.

'네가 아무리 화제의 고인물인지 뭔지 하는 녀석이라도 결국 이 헌터 업계에서는 눈에 띄는 신인일 뿐이지.'

강병호는 김현우에 대한 평가를 그렇게 내렸다.

아무리 말도 안 될 정도의 기본 능력치를 가지고 있는 신인이라고 하더라도, 결국 따지고 보면 김현우는 이제 막 탑을 빠져나온 신인이었다. 아직 마력도 사용하지 못하고, 제대로 성장하지도 못했다. 만약 그가 저 능력치를 가지고 제대로 성장했다고 하면 아레스 길드에서 살짝 긴장해야 할 수도 있지만, 지금 김현우의 상태는 다 크지 않은 새끼 호랑이와 같다. 그렇다면.

'지금 기를 잡아놔야지.'

자기가 호랑이 새끼란 것을 그가 알고 있을지는 모르겠지만 마치 무기를 길들이는 것처럼, 사람도 길들이는 게 필요하다는 것을 강병호는 알고 있었다.

'그리고 이 계약을 확실하게 끝낼 수 있다면 덤으로 내 가치를 조금 더 올릴 수도 있으니까.'

그가 그렇게 생각하며 아레스 길드 한국 지부 내에서 조용히 일어나고 있는 미묘한 줄타기와 다음 분기쯤에 있을 인사이동을 떠올리고 있자.

"풋."

김현우가 돌연 피식하고 웃음을 터트리더니 강병호에게 물었다.

"지금 나 협박하러 온 거냐?"

갑작스러운 김현우의 반말에 일순 강병호의 인상이 찌푸려졌지만, 그는 억지로 웃음을 만들며 이야기를 이어 나갔다.

"협박이라니 그럴 리가요! 다만 저는 현실을 알려주러 온 것뿐입니다."

"그게 그냥 협박하러 온 거 아니야?"

어처구니없다는 듯, 피식거리는 웃음을 흘리며 강병호를 바라보는 김현우.

"이 자식이 과장님한테……!"

그 모습이 마음에 들지 않았는지 강병호의 뒤에 서 있던 남자가 인상을 찌푸리며 그 떡대 같은 몸을 앞으로 내밀었지만, 강병호는 손짓으로 제지하곤 말했다.

"판단을 잘 하시는 게 어떨까 싶은데요, 김현우 헌터."

"무슨 판단?"

"저희 아레스 길드를 적으로 돌리고 한국 헌터 업계에서 살아남을 것 같습니까? 당신이 잘 모르는 것 같은데 저희 아레스 길드는…….""

"한국 던전의 66퍼센트를 혼자 독점으로 처먹고 있는 길드라고?"

김현우의 말에 강병호가 대답했다.

"잘 아시는군요."

불과 몇 시간 전, 오랜만에 만난 동료들과 회포를 풀다 아레스 길드를 주제로 이야기를 나누면서 김현우는 '아레스 길드'에 대한 정보를 어느 정도 얻을 수 있었다.

아레스 길드는 한국에 헌터가 부족했던 5년 전, 해외 헌터 시장 유입을 허락한 정부 덕분에 들어오게 된 외국 길드였다. 표면적으로 가지고 있는 타이틀은 외국에 본사를 두고 있는 '초대형 길드'로서 세금도 꼬박꼬박 내며 한국 내 헌터 시장에 관여하고 있는 길드였지만. 동료들에게 들은 아레스 길드의 실체와 그들이 저지르고 있는 일은 어떤 관점으로 봐도 쓰레기 짓이었다.

우선 아레스는 한국 전체 던전 중, 비율로 따지면 약 66퍼센트에 달하는 던전을 독점으로 관리하고 있었다. 신입 헌터들이 다닐 수 있는 D급 던전부터 시작해, A급 던전까지 독점하기 시작한 아레스는 독점한 던전의 입장권으로 악질적인 장사를 하고 있었다.

아레스 길드나 그 휘하에 든 길드는 아레스 길드가 소유한 던전에 마음대로 드나들 수 있었지만, 만약 길드 소속이 아니라면 무척이나 비싼 값을 받고 입장료를 팔거나 입장을 거부하는 것으로 아레스 길드의 가입을 종용했다. 그렇게 일방적으로 헌터를 먹어 치우는 아레스 길드 덕분에 다른 길드는 약해지고 아레스 길드는 점점 강해지는 절대 독점 시장이 되어버린 것이 현 한국 헌터 업계라고 김현우는 들었다.

"알다마다, 아주 쓰레기 같은 곳이라고 이야기를 많이 듣기는 했지. 너희들이 그렇게 인성 터진 짓을 잘한다며?"

씩 웃으며 거침없이 막말을 내뱉은 김현우의 입꼬리가 올라가자 강병호는 안색을 굳힌 채 말했다.

"내가 말했을 텐데? 입을 조심하라고."

"어우, 갑자기 그렇게 목소리 깔고 나오는 거야?"

"여기가 협회 내의 합숙소라고 해서 너에게 아무런 손도 못 댈 줄 아나?"

그 말과 함께 강병호의 뒤에 서 있던 남자가 갑작스레 강병호와 김현우 사이에 놓인 책상의 한쪽 끝을 집더니,

우지지지직!

통짜 철로 만들어진 것으로 보이는 책상을 그대로 우그러뜨렸다.

별 힘을 들이지 않은 것 같은데도 순식간에 우그러진 책상.

"미안하지만 협회도 우리의 입김이 닿은 지 오래다. 다시 말하면 내가 말 한마디만 하면 이곳에서 있었던 모든 일은 '없던 게' 될 수도 있다는 소리지."

"이야, 아까는 협박이 아니라고 광고를 하더니 이젠 그냥 대놓고 협박을 하네?"

강병호가 어떻게든 공포스러운 분위기를 조성하기 위해 목소리를 깔고 눈을 살벌하게 떠도 김현우는 무서운 척도 하지 않고 그들

을 비아냥거렸다.

마치 어린아이의 조롱처럼.

"지금 상황을 이해 못 하는 모양인데, 지금 내 뒤에 있는 헌터는 종합 능력치 판정 A등급을 받았다. 네가 이길 수 있을 거라 생각하나?"

강병호의 말과 동시에 그의 뒤에 서 있던 남자가 보기만 해도 역겨운 미소를 지으며 김현우를 바라봤다.

"아주 쓰레기 새끼들 아니랄까 봐 와꾸도 꼭 저같이 생긴 것들만 데리고 왔네."

김현우는 그 말을 끝내고는 더 이상 입을 열 필요도 없다는 듯이 갑작스레 몸을 숙여 무엇인가를 손으로 집었다.

"야, 이리로 와봐."

그것은 슬리퍼였다. 검은색 배경에 하얀색 줄이 세 개 그어져 있는 삼선 슬리퍼. 김현우는 그것을 손에 쥔 채 자리에서 일어나 말했다.

"너 같은 놈들은 직접 손을 쓰기도 더러우니까 내가 슬리퍼로 상대해준다."

탁! 탁!

그는 마치 강병호의 등 뒤에 있는 헌터를 놀리듯 슬리퍼를 책상에 탁탁 소리 나게 치며 어그로를 끌었고…….

"이 새끼가 진짜……!"

그 헌터가 금방이라도 김현우를 죽일 듯 노려보며 그대로 달려들었다.

그리고.

쫘아아아악!

"끄악!"

김현우가 쥐고 있던 슬리퍼가 거침없이 움직이며 정면으로 달려든 헌터의 얼굴을 후려쳤다.

우당탕탕! 쾅!

얼굴에 슬리퍼를 맞은 헌터의 몸이 순식간에 붕 떠오르더니 휴게실 내에 있는 책상과 의자 들을 모조리 박살 내며 바닥을 굴렀다.

그리고 더 이상 움직이지 않았다.

"?"

일련의 모습을 보며 강병호는 순간 무슨 일이 일어났는지 제대로 이해하지 못한 듯 박살 난 휴게실에서 미동도 하지 않는 헌터를 보았고.

"다시 한번 지껄여봐, 새끼야."

곧 자신에게 입을 여는 김현우를 쳐다보며 멍하니 생각했다.

'지금 무슨 일이 일어난 거지?'

기선 제압과 혹시나 하는 상황에 대비해 강병호는 A급 헌터를 데려왔다. 그냥 A급 헌터도 아니었다. 현재 아레스 길드 내에서도 던전 파밍률이 제일 높은 2파티의 탱커였으니까. 두꺼운 방패를 들기 위해 성장한 근력은 말할 것도 없고, 탱커로서의 맷집은 아레스 길드 내에서 두각을 드러낼 정도였다.

'그런데…… 한 방에?'

강병호는 시선을 돌려 멍하니 김현우의 손에 들려 있는 슬리퍼를 바라봤다. 이미 그것은 여기저기가 전부 터져버려 김현우가 들고 있던 끝부분밖에 남지 않았지만. 그건, 분명히 슬리퍼였다. 분명히 자신의 앞에서 몸을 숙여 손에 쥐었던 슬리퍼였다.

'슬리퍼로…… 아레스 길드의 탱커를 단 한 방에?'

긴 사고를 거쳐 마침내 결론에 도달한 강병호의 머리는 그제야 지금 상황을 제대로 파악하기 시작했고. 강병호는 거기에서 아무런 생각도 할 수 없었다. 평소 그의 특기인 태세 전환으로 상황을 무마할 수도 없었고. 그가 등에 업길 좋아하는 아레스 길드의 인사과장이라는 직책도 그의 머릿속에 떠오르지 않았다. 그냥 그의 머릿속에는 하나의 생각이 끝없이 떠오르고 있을 뿐이었다.

'좆 됐다.'

그래, 좆 됐다.

왠지 모르지만 이미 터져 나가 꼭대기만 보이는 슬리퍼는 강병호의 머릿속에 그런 생각을 끊임없이 주입하고 있는 것 같았다.

그렇게 강병호의 안색이 파리해질 때쯤, 김현우가 말했다.

"야, 내가 제일 싫어하는 게 뭔 줄 알아?"

강병호는 대답하지 않았다. 아니, 대답할 수 없었다. 김현우의 움직임에 따라 서서히 고도를 높이고 있는 슬리퍼 때문에.

그리고 어느 순간을 기점으로 올라가던 슬리퍼가 멈출 무렵, 김현우는 말했다.

"나는 나를 협박하는 걸 제일 싫어해."

이 개새끼야.

빠아아아아악!

휴게실에서 거대한 파열음이 터져 나왔다.

"그래서, 완전 개박살을 내고 온 거예요?"

잠실 쪽에 있는, 보기만 해도 굉장히 미래적인 디자인이 엿보이는 고급 아파트의 꼭대기 층. 한강의 뷰가 한눈에 들어오는 방 안에서 김시현은 소파에 앉아 있는 김현우를 바라봤다.

"먼저 개기길래 개박살을 내줬지."

김현우가 당당하게 말하며 테이블 위에 놓여 있는 딸기를 먹자 김시현이 한숨을 내쉬며 말했다.

"형도 진짜 대책 없네요. 아레스 길드 그놈들 아주 지독한데."

"뭐가 지독한데?"

"그 녀석들 자기들 쪽 당하면 어떻게 해서든 복수하려고 지랄 발광을 하거든요."

"복수? 어떻게?"

"뭐…… 여러 가지가 있죠. 길드 가입하려고 하면 압박 넣어서 가입 못 하게 하는 것도 있고. 아니면 미궁에 들어갔을 때, 아무도 못 본다는 점을 이용해서 조용히 슥삭 하기도 하고."

"슥삭?"

"죽인다고요."

"……진짜?"

"뭐, 솔직히 그런 일이 없지 않긴 하죠."

김시현의 말에 김현우는 의외라는 표정으로 물었다.

"나도 협회에서 듣기는 했는데 진짜 미궁 속에서 그렇게 죽인다고?"

"네. 미궁 내는 어차피 너무 넓고 깊어서 제대로 파악도 못 하고, 거기서 죽으면 시체는 몬스터들이 뜯어먹으니까 사실상 누가 봐서 신고하는 게 아니면 들킬 수가 없죠."

김시현의 말에 김현우는 혀를 차며 말했다.

"세상 참 살벌하구만."

"제가 볼 때는 형이 이번에 한 짓이 더 살벌한데요? 그냥 이참에 제 길드 들어오는 건 어때요?"

"말했잖아, 길드는 가입 안 한다고."

"아니, 형 편하게 지내고 싶다면서요? 그럼 최소한 적은 만들지 말아야죠. 무슨 탑에서 나온 지 일주일밖에 안 됐는데 적을 만들어요?"

왜인지 따지듯 묻는 김시현의 말에 걱정하지 말란 투로 손을 휘적거리며 딸기를 먹던 김현우는 먹던 딸기를 마저 삼키고 문득 물었다.

"아 맞아, 우선 당분간 편하게 지내면서 하고 싶은 거 하는 건 보류하기로 했어."

"또 왜요?"

"해야 할 일이 생겼거든."

'탑의 비밀.'

김현우는 그렇게 말하며 아까 전 합숙소에서 보았던 로그를 떠올렸다. 다음 단계로 나아가려면 최소한의 증명을 위해 세 개의 던전을 클리어 하라는 그 문구.

'어쩌면 탑의 비밀을 알 수 있을지도 모른다.'

지금은 아니지만, 김현우는 탑에 갇혀 있을 때 혼자만 탑을 빠져나가지 못하는 것에 대해 항상 의문을 가져왔다.

의문만 가졌겠나?

혼자 탑에서 지내는 시간이 늘어가면 늘어갈수록 김현우는 이 탑을 만든 장본인을 찾아 죽여버리고 싶었고, 마찬가지로 자신을 빠져나가지 못하게 가둬놓은 사람도 찾고 싶었다. 찾아서 말을 섞을 것도 없이 똑같이 탑에 처박아버리게.

"야, 시현아."

"네?"

그렇기에.

"너 혹시 '아도론의 연구소'라고 알고 있나?"

김현우는 탑의 비밀을 풀기로 했다.

나한테 빠꾸는 없다

"아도론의 연구소는 왜요?"

"아냐니까?"

"알기는 하죠. 의정부에 있는 C급…… 아니, C-급 던전이었나? 여기서 별로 멀지 않긴 하죠. 저도 신입 헌터들이 성장하기에 좋은 던전이라고 해서 기억하고 있기는 해요."

"그래?"

"그런데 거긴 왜요?"

김시현의 말에 김현우는 소파에 몸을 기대며 대답했다.

"좀, 볼일이 있어서."

"볼일이요? 혹시 던전 한번 돌아보고 싶어서 그런 거예요?"

"뭐, 그런 것도 있긴 한데 그 던전 안에서 확인할 게 있거든."

"확인할 거?"

김시현은 잠시 묘한 표정으로 김현우를 바라보더니 이내 커피를 마시며 고개를 저었다.

"근데 아마 형은 거기 못 들어갈걸요?"

"그게 무슨 소리야?"

김현우가 의아하다는 듯 묻자 김시현이 곧바로 말했다.

"거기, 아레스 길드가 독점권을 쥐고 있는 곳이거든요. 오늘 점심에 제가 설명해준 거 들으셨죠?"

"들었지."

아레스 길드가 던전의 독점권을 빌미로 헌터들에게 갑질을 하고 있다는 것은 이미 알고 있었다.

아레스 길드에 대해 생각하던 중 김현우는 문득 물었다.

"그런데 정부는 아무것도 안 하고 있는 거야?"

"정부요?"

"그래. 뭐 이렇게 일방적인 독점에 대한 규제라거나, 그런 게 있을 거 아니야."

김현우의 물음에 김시현은 피식 웃더니 자조하는 듯한 느낌으로 중얼거렸다.

"그런 건 처음부터 없었어요. 정치꾼들 뒤로 낼름낼름 받아 처먹는 건 잘하잖아요?"

그렇게 날름날름 처드시고 세금까지 깔끔하게 받고 있으니까 건드릴 이유가 전혀 없다는 거죠.

김시현이 뒷말을 중얼거리며 커피를 마시자 김현우는 어처구니없다는 듯 김시현을 바라보며 말했다.

"진짜로?"

"저도 제대로 물증이 있고 그런 건 아니지만 지금까지 별다른 규제 없이 혼자 헌터 업계를 다 처먹고 있는 걸 보면 딱 각이 나오잖아요?"

김시현의 말에 김현우가 헛웃음을 흘리다가 고개를 절레절레 저었다.

"아주 개판이구만."

"아무튼, 아마 형은 못 들어갈 거예요."

"몰래 들어간다거나 하는 건?"

"당연히 지키고 있죠. 24시간 교대 돌리면서 지키고 있을걸요?"

"입구는 열려 있는데 그냥 그 던전 입구 앞에서 자기 길드 소속이 아니면 못 들어가게 지키고 있다 이 소리지?"

"그렇죠."

"억지로 들어가면?"

김현우의 말에 김시현은 순간 묘한 표정을 지었지만 이내 설마 하는 표정으로 고개를 갸웃거리면서 말했다.

"억지로 들어가면…… 뭐, 아레스 길드랑 척을 지는 사이가 되죠."

"그래? 그럼 나는 상관없겠네."

"네? 그게 뭔 소리예요?"

"어차피 척을 지었으니까 상관없을 것 같다고."

"설마 형……?"

김현우는 김시현의 말에 답하지 않고 그저 입꼬리를 올리며 웃음을 지었다.

◆ ◆ ◆

강남역에 있는 수많은 고층 빌딩 중에서도 유난히 높게 솟아 있는 중앙의 빌딩. 중앙에 딱딱하면서도 위풍당당한 글씨체로 'Ares'가 음각되어 있는 그 빌딩 상위층의 한 공간. 고풍스러운 레드 카펫이 깔려 있고 중앙에는 거대한 원목 테이블이 놓여 우아한 분위기를 자아내는 회의실.

"그렇게 돼서 '패도 길드'의 견제로 현재 아레스 길드의 중국 진출은 조금 시일이 걸릴 것 같습니다."

그곳에서, 회의실의 상석에 느긋하게 앉은 남자는 보고를 듣고 있었다.

"어느 정도 걸릴 것 같지?"

"최소 5개월 정도가 소요될 것 같습니다."

"다른 지부는? 러시아의 예상 진출 시기는?"

"러시아는 아무리 빨리 잡아도 8개월, 일본은 7개월입니다."

남자의 말에 상석에 앉은 남자, 아레스 길드 한국 지부의 지부장이자 S등급 헌터이기도 한 남자, '흑선우'는 만족스럽다는 표정으로 고개를 끄덕였다.

"좋아, 나쁘지 않군. 내가 말했지? 시간이 오래 걸리는 건 상관없어. 요점은 무조건 남보다는 빨라야 한다 이거지. 일찍 일어나는 새가 벌레를 먹는 것처럼 말이야."

흑선우의 말에 보고를 올리던 남자는 슬쩍 고개를 숙이곤 흑선우의 손짓에 따라 회의실을 빠져나갔다.

"그래서 너는?"

흑선우가 마지막으로 남아 있는 남자, 인사부장 유병욱에게 묻자 그는 슬쩍 고개를 숙인 뒤 서류 하나를 책상 위에 올리며 말했다.

"저번에 말씀하셨던 김현우에 관한 능력치 표입니다."

유병욱의 말에 흑선우는 흥미롭다는 표정으로 서류를 들어 올리더니 서류의 내용을 보고 이내 허, 하는 헛웃음을 지었다.

"이거 뭐야?"

"저번에 말씀하신 김현우 헌터의 세부 능력치입니다. 분석과에서 헌터협회의 튜토리얼 존 영상과 이번에 프로토타입으로 배치한 능력치 분석 비교기를 이용해 만든 겁니다."

"이거 분석과 새끼들이 제대로 파악 못 한 거 아니야?"

"분석과에 문의한 결과 아무리 차이가 나더라도 한 등급 차이라고 합니다."

"……그럼 실화라고?"

"……저도 믿기는 힘들지만 아무래도 분석과에서는 그렇게 판단한 것 같습니다."

그의 말에 흑선우는 허, 하는 웃음을 짓더니 시선을 돌려 유병욱을 바라봤다.

"영입은 했어?"

유병욱은 곧바로 대답했다.

"죄송합니다. 강병호 과장이 접선을 시도하기는 했는데…….."

"아, 됐어. 더 말할 필요도 없군. 영입 못 했다 이거지?"

"예."

"오히려 이런 녀석은 영입을 안 하는 게 좋아."

"예……?"

유병욱이 이해하지 못하겠다는 듯 묻자 흑선우는 그를 보며 피식 웃곤 말했다.

"에이, 우리 유 부장 그렇게 멍청하지 않잖아? 연기 안 해도 돼."

"……."

능청스러운 흑선우의 말에 유병욱은 입을 다물었고, 그 모습을 지켜보던 흑선우가 피식 미소를 짓더니 말했다.

"뭐, 이런 녀석을 영입하면 당연히 아레스 길드에는 이득이지. 나한테도 당장 돌아오는 실적이 있을 수도 있고, 그런데, 이런 녀석은 나한테는 독사과야, 독사과."

독사과 알지?

느긋하게 입가에 미소를 띠던 흑선우는 원목 책상에 두 발을 올리곤 말했다.

"먹음직스럽게 생겼고 지금 당장 먹으면 달콤하겠지만, 이런 녀석들을 아레스 길드 내로 들이면 압도적인 성장에 더불어 지원도 빵빵하게 받을 거고 그러면……."

흑선우는 자신이 앉아 있는 의자를 툭툭 치며 말했다.

"내 자리를 위협할 수도 있잖아?"

그러니.

"이런 놈은 영입하기보다는 '상처'를 내줘야지. 내 말이 무슨 뜻인지 잘 알지?"

흑선우의 이야기를 듣고 있던 유병욱은 조용히 고개를 조아렸고, 그 모습에 흑선우는 만족한 듯 어깨를 으쓱이며.

"관리부 애들한테는 말해놓을 테니까, 잘해봐."

비릿한 웃음을 지었다.

유병욱은 조용히 고개를 숙이는 것을 끝으로 회의실을 빠져나왔고, 가볍게 한숨을 내쉬었다.

그러던 중.

"부…… 부장님!"

"왜 그러지?"

유병욱은 자신이 나오자마자 기다렸다는 듯 뛰어오는 인사계원을 보며 물었다.

"이, 일이 터졌습니다."

"……그게 무슨 소리지?"

굳어진 유병욱의 얼굴에 인사계원은 급하게 이야기를 전달했다. 유병욱의 굳어진 얼굴에 불길함이 드리워지는 데는 그리 오랜 시간이 걸리지 않았다.

◆ ◆ ◆

의정부 천보산에 있는 C-급 던전 '아도론의 연구실'의 입구 앞.

"한 번만 들어가게 해주시면 안 되나요……?"

"안 된다니까?"

입구 앞에 설치된 매대와 비슷해 보이는 아레스 길드 휘하의 건물 앞에서는 한차례의 실랑이가 일어나고 있었다.

"제발요……! 여기 아니면 사냥할 곳이 없어요……!"

던전의 입구를 지키고 있는 아레스 소속의 길드원들은 애절하게 두 손을 맞잡고 있는 소녀를 바라보며 낄낄거리더니 말했다.

"아니, 그럼 미궁이라도 가서 사냥해야지. 미궁은 무료잖아? 깊숙하지 않은 곳에는 저급 몬스터도 많고."

물론 아레스 길드 소속 헌터가 하는 말은 개소리 중의 개소리
였다. 미궁 초입에는 분명 신입들도 잡을 수 있을 정도의 약한 몬스
터가 있었지만, 그곳은 기본적으로 사냥하는 것 자체가 위험한 무
법지대였다.

게다가 아무리 던전의 초입이라도 불규칙하게 나타나는 강한 몬
스터 때문에 A급 이상의 헌터도 길드 파티를 맺어 아티팩트를 발굴
하러 가는 것이 아니면 잘 가지 않는 곳이었다. 그것을 잘 알고 있
는 소녀는 자신을 비웃고 있는 그들에게 다시 한번 고개를 숙이며
말했다.

"제발…… 한 번만……."

"흠, 정말 안 되는데, 뭐 우리에게 성의를 조금 보여준다면 또 은
근슬쩍 눈감아줄 수도 있겠지만 말이야."

"……!"

아레스 길드원이 은근슬쩍 손을 맞잡고 있는 소녀를 바라보며
야리꾸리하게 웃었고, 그들의 시선을 받던 헌터는 윽 하는 신음과
함께 고개를 숙였다.

'어떻게 해야 하지?'

소녀는 저도 모르게 자문했다.

'이런 상황도 예상은 하고 부탁하러 온 건 맞는데…….'

소녀가 아직 아레스 직할의 하위 길드에 가입되어 있었을 때, 이
런 종류의 소문을 많이 들었다.

아레스 길드 소속이 아닌 헌터들이 은근히 던전의 입구를 지키
는 헌터들에게 몸을 주거나 돈을 써서 몰래 던전을 들락거린다는

소문. 아니, 사실 소문도 아니었다. 소녀가 하위 길드에 소속되어 있을 때 얼핏 그런 장면을 몇 번 정도 봤으니까.

그렇게 묘한 공기가 흐를 때쯤.

끼이익.

문이 열리며 한 남자가 들어왔다.

"뭐야?"

아레스 길드원들은 순간 묘한 분위기가 깨진 것에 아쉬움을 느끼면서 눈앞에 나타난 남자를 바라봤다. 그들은 남자를 훑으며 물었다.

"……이건 또 뭐야?"

검은색 추리닝과 파란색 삼선 슬리퍼를 신고 있는 남자.

고개를 숙인 여자의 앞에 서 있던 아레스 길드원은 남자를 한번 바라보더니 이내 쯧 하는 소리와 함께 말했다.

"여기 화장실 없어요."

'여기가 무슨 자기들 화장실인 줄 아나.'

아무래도 던전의 입구가 등산로 중간에 있다 보니 가끔 길을 잘못 들거나 화장실이 급해 들어오는 사람들이 있었다. 그중에서도 화장실 때문에 들어오는 사람 수가 압도적으로 많았기에 길드원은 짧게 혀를 차며 말했고, 곧 문 앞에 서 있던 남자가 말했다.

"화장실 찾으러 온 게 아니라 이 던전에 볼일이 있어서 온 건데?"

"……뭐?"

남자의 입에서 튀어나온 말에 아레스 길드원은 다시 한 번 그의 옷차림을 바라보며 되물었다. 상하의는 검은색 추리닝, 발에는 파란색 삼선 슬리퍼를 신고 있는 남자.

'······미친놈인가?'

여기 화장실 없다고 말했던 길드원이 앞으로 다가오는 추리닝 차림의 남자를 보며 인상을 찌푸렸고, 그것은 옆에 있던 다른 길드 원도 마찬가지였다.

"저기요 아저씨, 여기 장난치는 데 아닙니다. 여기 던전이에요, 던 전. 예?"

길드원의 짜증스러운 반응에 남자는 눈꼬리를 올리며 대답했다.

"그래, 알고 왔다니까? 던전에 볼일이 있어서 왔다는데 왜 말을 못 알아먹어. 귀에 좆 박았냐?"

◆ ◆ ◆

어처구니없다는 표정으로 김현우를 바라보던 아레스 길드원들은 이내 자신들이 무시당했다는 생각에 인상을 찌푸리며 화를 냈다.

"미칠 거면 곱게 미칠 것이지······. 너 뭐 하는 새끼야?"

순식간에 험악하게 변한 분위기 속에서 조금 전까지 그들에게 부탁을 하던 소녀는 어색한 표정으로 아레스 길드원들과 뒤에 선 남자를 번갈아 봤다.

인상을 찌푸린 아레스 길드원, 그에 비해 남자의 표정은 평온하 다 못해 오히려 입가에 미소를 짓고 있었다.

"너희들은 안 되겠다. 친절하게 말해도 말귀를 못 알아 처먹네."

김현우는 그렇게 말하더니 느긋하게 허리를 숙여 자신의 슬리퍼 에 손을 가져갔다.

이윽고 그의 손에 들린 파란색 슬리퍼.

"야, 이리 와봐."

김현우는 파란색 슬리퍼를 쥔 손을 흔들며 카운터 너머에 있는 그들을 불렀고, 그 모습을 어처구니없이 바라보던 아레스 길드원 중 한 명이 헛웃음을 지으며 카운터를 넘었다.

"이 새끼 이거 진짜 미친놈이네⋯⋯?"

아레스 길드원이 험악한 표정을 지으며 김현우에게 다가갔다.

김현우는 그 모습을 느긋하게 쳐다봤고, 이내 김현우의 지척에 다가간 길드원이 멱살을 잡기 위해 손을,

짜아아아악!

와장창창!

올리지 못했다.

"어?"

카운터 너머의 길드원에게서 멍청한 소리가 흘러나온다.

어리둥절한 표정으로 김현우가 있던 곳을 바라보던 또 다른 길드원. 그는 곧 시선을 돌려 소리가 난 오른쪽을 바라봤고.

"이, 이게 무슨⋯⋯?"

그곳에서 거꾸로 처박힌 채 움직이지 않는 자신의 동료를 볼 수 있었다.

"야."

그리고 곧 자신의 귓가에 똑똑히 전달되는 목소리에 눈알만을 돌려 남자를 바라봤다. 검은색 추리닝에 파란색 슬리퍼를 들고 있던 남자. 남자의 손에 들려 있던 슬리퍼의 윗부분은 마치 폭탄을 터뜨린 것처럼 흉하게 터져 있었다.

"헉⋯⋯!"

남은 길드원이 저도 모르게 숨을 들이켜며 헉 소리를 내자, 김현우는 자신의 손에 쥐어져 있는 파란색 슬리퍼를 거꾸로 처박힌 길드원 쪽으로 내던지더니 이내 쯧 소리를 내며 중얼거렸다.

"힘 조절을 했어야 했는데……. 야."

"네……. 네!"

건들거리던 아까와 다르게 무척이나 예의 바르고 똑바르게 대답하는 아레스 길드원을 본 김현우는 만족스럽다는 듯 미소 지으며 말했다.

"네 신발 내놔."

"네?"

"너도 쟤처럼 귀 뚫어줄까?"

"아, 아…… 아닙니다!"

김현우가 금세 얼굴을 굳히며 말하자 아레스 길드원은 곧바로 자신이 신고 있던 강철 슈즈를 벗어 김현우에게 내주었다.

'끄…… 이번에 받은 보너스로 산 500만 원짜리 신발이……!'

하지만 그런 소리 없는 절규를 아는지 모르는지, 김현우는 길드원의 강철 슈즈를 신고 움직이며 생각했다.

'이거 좋은데?'

무거울 줄 알았는데 생각보다 가벼웠다.

500만 원이나 들인 슈즈인 만큼 '경량화'로 주문되어 만들어졌다는 것을 모르는 김현우는 신발의 성능에 순수하게 감탄하며 이내 신발을 건넨 길드원에게 말했다.

"야."

"예……!"

"내가 그렇게 나쁜 놈은 아니거든?"

툭.

"이거 가져라."

김현우는 조금 전 자신이 신고 있던 파란색 슬리퍼를 그에게 건네주며 말했고, 졸지에 맨바닥에 아무것도 신지 않고 서 있던 그는 김현우가 건네준 파란 슬리퍼를 멍하니 보며 서 있었다.

김현우는 그의 모습을 보며 씩 웃더니 이내 별다른 말도 없이 '아도론의 연구실'로 들어갔다.

그렇게 김현우가 던전에 들어간 뒤.

"저, 그…… 가보겠습니다."

조금 전 던전에 들어가게 해달라고 실랑이를 벌이던 소녀는 눈치를 보더니 건물 밖으로 빠져나갔고, 이윽고 건물 안에는 거꾸로 처박힌 남자와,

"이런 씨발……."

자신의 신발을 빼앗긴 채 파란색 슬리퍼를 들고 있는 남자밖에 남지 않게 되었다.

◆ ◆ ◆

"그래서 현우 오빠를 그냥 보냈다고?"

"아니, 뭐 그냥 보냈다기보다는 형이 그냥 갔……."

"그걸 그냥 보내면 어떻게 해!"

"아이 씨, 왜 갑자기 소리를 빽빽 지르고 난리야! 귀청 떨어지겠네!"

"그 말을 듣고 내가 진정하게 생겼어?"

성내 공원 사거리 쪽에 있는 서울 길드의 빌딩 건물 꼭대기 층의 길드장실에서 김시현과 이서연은 이야기를 나누고 있었다.

"왜 그렇게 화를 내? 현우 형이 네 남자친구야?"

김시현의 말에 이서연은 인상을 팍 찌푸리더니 말했다.

"이 멍청아, 그게 문제가 아니잖아! 너도 아레스 길드가 얼마나 지랄 맞은지 알면 말렸어야 될 거 아니야!"

이서연의 빼액거림에 김시현은 머리가 아프다는 듯 이마를 문지르더니 이내 커피를 마시며 말했다.

"그러니까, 나도 말했다니까? 그런데 막무가내로 걱정하지 말라면서 가는 걸 어떻게 하냐고. 너는 현우 형이 막을 수 있는 사람으로 보이냐?"

김시현이 한숨을 내쉬며 말하자 이서연은 약간 주춤한 기색으로 그를 바라봤다.

"봐, 너도 확신 못 하지?"

김시현의 말에 이서연은 대답하지 못했다. 이서연도 김현우의 성격을 아주 잘 알고 있기 때문이었다. 물론 그의 과거까지도.

이서연은 김시현과 마찬가지로 한숨을 내쉬며 자리에 앉아 커피를 입으로 가져가며 생각했다.

정말 오래전이라고 할 수 있는 12년 전. 튜토리얼 탑에 대해 아무것도 모르고 들어가, 어쩌다 보니 뭉쳐서 살아남게 되고 김현우를 비롯한 현재의 맴버들과 친해졌을 때. 그들은 김현우의 과거에 대해 들었다.

물론 12년이나 지난 일이라 자세하게는 아니지만 그래도 희미하게 기억나긴 했다.

그의 불우한 과거. 교통사고로 돌아가신 부모님의 유산을 사촌이 빼먹은 뒤 김현우를 쓰레기 같은 고아원에 처박은 것에서 시작된 그의 과거 이야기. 덕분에 이서연은 김현우의 비틀린 성격이 어디에서 나왔는지 알게 되었다.

'뭐, 가만히 있으면 그렇게 문제 되는 성격은 아닌데…….'

오히려 가만히 있으면 멀쩡했다.

다만.

"아무튼 현우 오빠랑 아레스 길드랑은 지금 척을 졌다 이거지?"

"나도 상황을 자세하게 듣지는 못했지만, 현우 형 말에 의하면 그렇지."

이서연은 무거운 한숨을 내쉬었다.

'누군가랑 척을 졌을 때.'

그 척을 진 사람에 한해서, 김현우는 비틀린 성격을 가감 없이 드러낸다.

김현우를 걱정하는 이서연을 보고, 김시현은 마시던 커피를 내려두며 말했다.

"그런데 말이야."

"뭐."

"솔직히 걱정 안 해도 될 것 같아."

"……뭐?"

자신을 마치 이상한 놈 쳐다보듯 하는 이서연의 시선을 가볍게 무시한 김시현은 그녀를 마주 봤다.

"진짜로, 걱정 안 해도 될 것 같다니까? 적어도 형이 해준 말이 사실이라면.”

“……그게 대체 뭔 소리야?”

이서연의 물음에 김시현은 답했다.

“어제 아레스 길드에 관해서 이야기하고 나서 다른 이런저런 이야기를 하다가 현우 형의 능력치 등급에 대해서 들었거든.”

“들었는데?”

김시현은 이서연에게 어젯밤 들었던 김현우의 능력치에 대해 조곤조곤 설명해주었고, 그 말을 들은 이서연은 저도 모르게 눈을 휘둥그레 떴다.

김시현이 말을 끝낸 뒤, 길드장실은 잠시간의 침묵에 빠졌고.

“그거…… 사실이야?”

이서연의 질문에 김시현은 고개를 끄덕였다.

◆ ◆ ◆

C+급 던전 아도론의 연구실.

다른 일반적인 던전과 다르게 이곳은 연구실의 형태를 띠고 있었다. 목재 바닥은 여기저기 피로 얼룩져 있고, 벽은 마치 콘크리트를 깐 것처럼 무척 깔끔하게 마감이 되어 있었다.

이곳은 이제 막 탑에서 빠져나온 헌터라도 침착하게 연습하며 잡을 수 있는 ‘좀비’와 ‘구울’ 들이 주 몬스터로 나타났고, 이 던전의 중앙 연구실에는.

큭큭큭큭……. 내 연구 소재! 내 연구 소재는 어디에 있나!

이 아도론의 연구실 보스인 ‘아도론’이 있었다.

"우리가 잡자."

던전의 보스가 리젠되어 있는 상황에서, 아도론의 중앙 연구실 쪽 문에 서 있던, 3인으로 이루어져 있는 파티는 의견을 나누고 있었다.

"이 앞에 아도론이 리젠되어 있는 건 확인했어?"

"그럼! 아까 정찰할 때 있었다니까!"

허리춤에 검을 차고 있는 남자 검사의 말에 쌍수 단검을 양 허리에 찬 여자 도적이 힘차게 고개를 끄덕이며 대답했다.

"그래……?"

"그럼! 내가 그런 것까지 안 찾아봤겠어?"

그녀의 자신만만한 말에 남자는 고민하기 시작했다.

"확실히, 뒷돈까지 찔러주고 들어왔으니까 어지간하면 잡는 게 좋을 것 같기는 한데…… 문제는…….'

검사가 그렇게 말하며 굳게 닫혀 있는 쪽문을 바라보다 이내 파티원들을 바라봤다.

"우리가 잡을 수 있냐 이거지. 게다가 원래 보스들은 길드에서 자체적으로 잡지 않나?"

던전 내의 보스들은 다른 몬스터들에 비해 그 부산물이 돈이 되기에 각 길드는 던전의 보스 몬스터의 리젠 시기를 재며 꾸준히 잡는 편이었다. 허리춤에 검을 차고 있는 남자 '이천'이 그렇게 말하며 머리를 긁적이자 이민영이 말했다.

"아도론은 돈이 안 돼서 안 잡는다고 전에 아레스 길드에서 말했 잖아? 나오는 부산물도 없고, 게다가. 이거 잡고 나가면 손해가 아니라 오히려 이득이잖아?"

쌍수단검을 쥐고 있는 도적, 이민영이 투덜대자 옆에 있던 마법사 김창석도 고개를 끄덕였다.

"확실히, 던전에 보스 몬스터가 운 좋게 리젠되어 있다면 잡고 가는 게 좋기는 하지. 어차피 우리는 뒷돈 찔러주고 몰래 들어온 거니까 애초에 우리가 잡았다는 것도 눈치 못 챌 테고."

김창석이 말하자 그녀는 거기에서 힘을 받았는지 설득하는 투로 말했다.

"던전에 들어오기 전에 봤는데 아도론은 방어력만 높지 공격력이 높지 않아서 조금만 시간을 들이면 잡을 수도 있다고 하던데."

이민영이 희망적인 관측을 내놓자 이천은 고민에 빠졌다.

'잡아야 하나?'

그들은 17회차 때 탑에서 빠져나온 헌터들이었다. 준수한 실력으로 탑을 통과하지 못한 터라 어느 길드에서도 영입 제안을 받지 못한 그들은 헌터로서의 역량을 키워 재기하는 것을 목적으로 모인 파티였다.

'확실히 보스 몬스터를 잡으면 능력치 상승폭이 크다고 했으니……'

잠시간 고민하던 이천은 고개를 끄덕였다.

"그래, 한번 잡아보자."

"좋아!"

"다만, 위험해지면 바로 빠진다. 죽으면 아무 의미도 없으니까."

이천의 말에 이민영은 고개를 끄덕이는 것으로 대답한 뒤 미리 찾아놓았던 중앙 연구실의 쪽문을 열었다.

그리고.

"응?"

연구실 쪽문으로 들어온 그들은 저도 모르게 소리를 내며 연구실 중앙을 바라봤다.

그곳에는 아도론이 있었다.

그리고, 한 남자도 있었다.

"……저 사람은 또 뭐야? 헌터?"

"아니, 헌터로는 보이지 않는데……?"

"?"

연구 가운을 걸친 채 온몸에 이상한 기계장치를 붙이고, 이제야 내 연구 소재가 왔다며 광기 어린 웃음을 짓고 있는 아도론의 앞에 있는 남자.

그는 던전에는 어울리지 않는 검은색 추리닝을 입고, 발에는 그 추리닝과는 어울리지 않는 강철 슈즈를 신은 채 싸울 준비는 하지도 않고서 눈앞의 아도론을 바라보고 있었다.

깡! 깡!

키히히히히히! 어디부터 연구해볼까? 눈? 심장? 그것도 아니면 척추? 원하는 곳을 말해라. 어디든 내가 잘 어루만져주지.

아도론이 손에 쥐고 있는 실험용 메스를 이리저리 튕기며 음침하게 웃자 남자는 쯧, 하고 혀를 차더니.

"하지 마라."

뭘 하지 말라는 거냐 키……?

꽝!

그대로 발을 들어 올려 아도론의 상체를 날려버렸다.

"?"

그 비이성적인 광경에, 쪽문 근처 테이블에 숨어 있던 파티원들이 상황을 인지하지 못했을 때.

"칼로 쇳소리 내지 말라고 이 씹새끼야."

김현우는 짜증을 내며 아도론의 남은 하체를 발로 후려쳐버렸다.

◆ ◆ ◆

"미친."

이천은 저도 모르게 욕설을 뱉으며 조금 전까지 아도론이 서 있던 곳을 바라봤다. 그곳은 싸움의 흔적 하나 없이 그저 아도론이 들고 있던 메스 두 개가 떨어져 있을 뿐이었고, 그 앞에는 단 한 방에 아도론을 박살 낸 김현우가 무엇인가를 보고 있었다.

"우선 하나는 끝났고."

이름: 김현우

나이: 24

성별: 남

상태: 매우 양호

능력치

　근력: A++

　민첩: A+

　내구: S+

　체력: A+

　마력: --

　행운: B

SKILL -

　없음

[루프가 해제되었습니다!]

축하합니다! 당신은 성공적으로 탑을 빠져나왔습니다.

'다음 단계'로 나아가시려면 최소한의 증명을 위해 세 개의 던전 보스를 클리어해주시기 바랍니다.

- 아도론의 연구소 [완료]

- 숲지 부락

- 눈에 보이는 늪

누군가가 보고 있다는 것을 아는지 모르는지, 김현우는 눈앞에 떠 있는 로그를 보며 만족스럽게 고개를 끄덕이곤 곧바로 다음 로그를 바라봤다.

'이다음은 숲지 부락인가.'

그는 곧바로 다음 행선지를 정한 뒤, 망설임 없이 몸을 돌려 아도론의 연구실을 빠져나가기 시작했고.

"어? 저 사람."

그 모습을 보고 있던 이천의 일행 중 한 명인 이민영은 김현우의 뒷모습을 보며 저도 모르게 입을 열었다.

"왜?"

"저, 저 사람 그 사람 아니야?"

"⋯⋯그 사람?"

"그, 있잖아. 이번에 '헌터킬'에서 일주일 내내 이슈 게시판 1위 먹었던 그 사람⋯⋯!"

이민영이 연구실을 빠져나간 김현우를 손가락질하자 곰곰이 생각하던 김창석은 그제야 떠올랐다는 듯 눈을 휘둥그레 뜨며 말했다.

"그 고인물?"

"그래, 걔! 조금 전에 그 사람, 그 고인물 아니야?"

"어? 진짜 생각해보니……!"

이천은 영상 속에서 보았던 고인물과 조금 전 보았던 남자의 외형이 거의 일치한다는 것을 깨달았다. 검은색 추리닝에 아무렇지도 않게 기른 더벅머리, 거기에 덤으로 느긋해 보이는 표정까지.

"소름 돋아……!"

이민영이 저도 모르게 양팔을 감싸 안고 소름이 돋는다는 듯한 제스처를 취했고, 튜토리얼 존에서 봤던 것과 전혀 달라지지 않은 김현우를 떠올리며 저도 모르게 그가 빠져나간 문을 바라봤지만, 이미 김현우는 연구실을 빠져나간 뒤였다.

◆ ◆ ◆

아레스 길드가 소유한 고층 빌딩 지하 5층의 관리부.

그곳은 아레스 길드의 한국 지부 내에 있는 대표적인 부서인 정보부, 인사부와 어깨를 나란히 할 만큼의 권력을 가진 부서였다.

관리부 사무실에서 두 남자는 얼굴을 마주 보고 있었다. 한 명은 인사부서의 유병욱. 다른 한 명은 아레스 길드 한국 관리부를 책임지고 있는 '우천명'이었다.

우천명은 앞에 앉아 있는 유병욱을 말없이 바라보더니 이내 입을 열었다.

"우리 인사부장님께서 이 지하까지는 왜 찾아오셨을까?"

특유의 말려 올라가는 듯한 목소리에 유병욱은 잠시 인상을 찌푸리다가 이내 입을 열었다.

"흑선우 지부장님께서 따로 말해놓는다고 들었는데, 아직 듣지 못했나?"

"아니, 다 듣기는 했지. 다만 정보를 받지는 못했어."

유병욱은 곧바로 자신이 쥐고 있던 서류철을 우천명에게 넘겼고, 유병욱에게 받은 서류철을 펼쳐 확인한 우천명이 놀랍다는 듯 말했다.

"A등급 능력치가 두 개? 탑에서 이제 막 빠져나온 신인 헌터가 이 정도 능력치라니……. 이거 확실한 거야?"

이름: 김현우

나이: 24

능력치

근력: B+

민첩: A-

내구: A-

체력: 알 수 없음.

마력: 알 수 없음.

행운: 알 수 없음.

"100퍼센트 확실한 건 아니다. 어디까지나 협회에서 받은 영상으로 분석부에서 능력치를 임시로 지정해둔 것뿐이야."

"그렇다고 해도 이 정도라니 대단하군, 아니, 대단한 걸 넘어서 초기 능력치가 이 정도면 괴물 수준이야."

우천명은 진심으로 대단하다는 듯 몇 번이고 고개를 끄덕거리더니 말했다.

"그래서, 이 녀석을 죽이면 되는 건가?"

우천명에 입에서 아무렇지도 않게 나온 살인 예고.

하지만 유병욱은 전혀 당황하지 않고 입을 열었다.

"지부장님께서는 죽이지는 말고 적당히 상처만 입히라고 하셨지만 뭐, 네가 원하는 대로 해도 별문제는 없을 거다."

"네가 원하는 게 아니라?"

우천명이 미묘한 웃음을 지으며 말을 이었다.

"이번에 듣기는 들었지. 그 녀석이 건방지게 아레스 길드가 독점으로 잡고 있는 던전에 무단으로 들어갔다고. 근데 하필이면 그때 그 독점 던전을 지키던 헌터들이……."

"잘 알고 있군."

유병욱이 말을 끊자 우천명은 씩 웃으며 말했다.

"인상 좀 구겼겠군."

"그래, 그 녀석 덕분에."

유병욱이 인상을 찌푸리자 우천명이 피식 웃었다.

"뭐, 걱정하지 마. 솔직히 이 정도 능력치를 보유하고 있다고 하면 우리도 적당히 '상처'만 입히는 건 힘들거든."

거기에 더해서.

"이번에 중국 쪽 시장 진출하는 데도 힘을 조금 보태야 해서 말이야."

"……중국?"

"너도 알고 있을 텐데? 이번에 우리 지부장님께서 중국 진출에 발 하나 걸치겠다고 열심히 일하는 중이잖아?"

우천명은 등받이에 몸을 기대며 어깨를 으쓱였다.

"그러니까 우리 지부장님 배에 탄 나도 지부장님이 원하는 바를 팍팍 밀어드려야지. 너도 마찬가지 아니야?"

우천명이 느긋하게 묻자 유병욱은 가볍게 어깨를 으쓱하고는 되물었다.

"그런데 어째서 중국 진출에 관리부가 움직이는 거지? 진출하고 난 다음에는 모르겠지만 지금은……."

관리부. 그들은 명목상으로는 그저 길드 내 헌터들의 불법행위를 징계하는 징계부의 색깔을 띠고 있었지만, 그 실상은 헌터 업계의 더러운 뒷부분을 담당하고 있는 부서였다.

유병욱의 질문에 우천명이 쯧 하고 혀를 차더니 말했다.

"패도 길드 덕분에 좀 바쁘지."

"패도 길드라면…… 그?"

"그래. 이제 막 중국에 나타난 지 얼마 안 된 신생인데, 말도 안 되는 기세로 중국 길드들을 장악하더니 2년 만에 중국 전체 던전 중 52퍼센트를 먹어치운 괴물 길드."

거기에다가.

"그 패도 길드의 길드장도 탑에서 빠져나온 지 4년 만에 길드를 그 정도로 성장시킨 데다가, 데리고 있는 녀석들도 하나같이 괴물 들뿐이라……."

게다가 이런저런 소문도 많지.

"……무슨?"

"패도 길드의 길드장은 신원 미상인데 듣기로는 이번에 S등급 세계 랭킹에서 5위를 차지했다더군."

"……신원 미상인데?"

"그래. 협회에서 집계한 정보로 랭킹을 먹였으니 확실하겠지. 뭐, 그 뒷이야기는 말하지 않아도 대충 알겠지?"

우천명의 말에 유병욱은 고개를 끄덕였고, 그 모습을 만족스럽다는 듯 바라보던 우천명이 말했다.

"이 녀석은 걱정하지 마. 우리 쪽에서도 '상처' 입힐 만큼의 인원을 쓸 수 없는 만큼, 그냥 깔끔하게 죽여줄 테니."

그의 말이 사무실에 조용히 울려 퍼졌다.

◆ ◆ ◆

그날 밤, 김시현의 집.

"진짜 세상의 발전이 끝없이 이루어지다 못해 한계치까지 돌파했구만."

"그렇게 감탄할 정도예요?"

김시현이 묘한 표정으로 묻자 김현우는 고개를 힘차게 끄덕이더니 이내 커피를 들고 있는 김시현의 모습을 찍었다.

찰칵!

"왜 찍어요?"

"와, 화질 선명한 거 봐."

자신의 말에는 대답하지 않은 채 조금 전 찍힌 사진을 보고 신기해하는 김현우의 모습에 김시현은 머리를 긁적였다.

오늘 집에 오며 김현우에게 연락을 하려던 김시현은 김현우가 아직도 스마트폰이 없다는 것을 깨닫고 스마트폰을 사 와 선물했고.

"와, 이게 진짜 폰으로 되는 게임이라고⋯⋯?"

김현우는 장장 세 시간이 넘도록 스마트폰을 이리저리 조작하며 현대 문명의 발전에 감탄하고 있었다.

그렇게 한동안 김현우가 스마트폰으로 게임하는 모습을 바라보던 김시현은 이내 떠올랐다는 듯 말을 걸었다.

"아, 그러고 보니까 형이 아까 물었던 '숲지 부락'에 관한 이야기인데요."

"응."

"그거 저희 서울 길드에서 관리하고 있는 독점 던전이긴 한데, 아마 보스 몬스터는 없을 거예요."

"⋯⋯응? 뭐라고?"

김시현의 말에 반응하며 김현우는 스마트폰을 내리고 그를 바라봤다.

"보스 몬스터가 왜 없어?"

"몇 주 전에 잡아서요."

"⋯⋯그게 무슨 소리야?"

김현우가 이해하지 못하겠다는 듯 김시현을 바라보자 그는 이걸 어떻게 설명해야 할지 고민하는 듯하다가 말했다.

"원래 던전의 보스 몬스터는 일반 몬스터처럼 항상 있는 게 아니거든요. 예를 들면 저희 탑 있잖아요?"

"⋯⋯탑?"

김현우는 얼마 전까지 갇혀 있던 탑을 떠올렸다.

"그곳에는 몬스터가 대충 하루 기준으로 리젠되잖아요? 일반 몬스터나 보스 몬스터나 똑같이요."

"그렇지?"

"근데 현실에 있는 독점 던전들은 달라요. 일반 몬스터들은 죽여도 죽여도 어디선가 끝없이 나타나는 데 비해, 보스 몬스터는 한번 죽이면 다시 리젠되는 데 시간이 걸려요."

"얼마나?"

"그것도 다 다른데, 숲지 부락 같은 경우는 대충 한 달 정도?"

"……한 달?"

"네."

"그럼 나 한 달이나 기다려야 하는 거야?"

김현우가 슬쩍 인상을 찌푸리자 김시현은 고개를 저었다.

"아뇨, 한 달이나 기다릴 필요는 없어요, 이제 대충 2~3일 정도만 있으면 숲지 부락은 리젠 주기가 채워지니까요."

"그럼 아까 같이 물어봤던 '눈에 보이는 늪'은?"

"거기는 아레스 길드가 독점권을 행사하고 있는 던전인데, 거기 보스 몬스터는 언제 리젠될지 모르겠네요."

뭐, 그런 정보야 자세히 찾아보면 나돌아 다니니까 찾아볼 수는 있지만요.

김시현이 짧게 뒷말을 붙이자 김현우는 혀를 차며 구시렁댔다.

"아니 뭐 몬스터 한 마리 잡는 데 이렇게 신경 쓸 게 많은 거야?"

김현우의 투덜거림에 김시현은 어깨를 으쓱이더니 물었다.

"형, 그러고 보니까 헌터협회에 랭크 등록은 언제 할 거예요?"

"……뭐?"

"랭크 등록이요. 협회에 가서 능력치 측정을 해야 그때부터 헌터 등급이 매겨지거든요."

"……그래? 근데 그거 굳이 해야 돼?"

"하는 게 좋죠."

"왜?"

"뭐 여러 가지로 좋은 게 있어요. 예를 들면 각종 편의 시설 혜택 같은 걸 거의 최대치로 받을 수 있고, 돈이 나오거든요."

"뭐? 돈?"

"네, 돈이요."

"얼마나?"

"뭐…… 등급에 따라 다르긴 한데 B급이 130인가 나오고 A급이 250, 그리고 S급이 좀 차이가 크긴 한데 제가 한 700 정도 받아요."

"뭐? 700?"

"네."

"야, 그럼 존나 아무것도 안 하고 누워 있어도 협회 등록만 되어 있으면 그 돈 받는 거야?"

김현우가 굉장히 기대하는 표정으로 묻자 김시현이 답했다.

"아뇨, 한 두세 달에 한 번 정도는 실적이 있어야죠."

그 말에 김현우의 표정이 흐려졌지만, 곧 웃으며 말했다.

"그래도 아무튼 두세 달에 던전을 한 번 정도만 들어가도 그 정도 돈을 받을 수 있다 이거지?"

"네."

"내일 당장 하러 가자."

김현우의 말에 김시현은 고개를 끄덕였다.

◆ ◆ ◆

다음 날, 아침 즈음 일어나 김시현의 자가용을 타고 함께 협회 능력 측정소로 가던 김현우는 스마트폰을 만지작거리다 문득 물었다.

"야, 시현아."

"네?"

"근데 너는 할 일 없냐?"

"……그게 뭔 소리예요?"

무슨 뚱딴지같은 소리를 하냐며 김현우를 바라본 김시현.

하지만 김시현이 그런 시선을 보내든 말든 김현우가 덧붙였다.

"아니 너, 가만히 보면 꽤 시간이 널널해 보여서."

"제가요?"

"응."

"……."

뭔가 상처받았다는 듯, 웃 소리를 낸 김시현이 대답했다.

"전혀 안 한가하거든요? 지금도 형 때문에 일부러 시간 내서 같이 다니는 거거든요?"

"그래?"

"석원이 형은 길드 파티 데리고 미궁 공략 들어갔고, 서연이는 이번에 독점 던전 보스 몬스터 잡으러 돌아다니고 있어요. 다른 길드장들이 이렇게 바쁜데 저는 안 바쁘겠어요?"

묘하게 퉁명스러운 말투로 대답한 김시현을 본 김현우는 피식 웃었다.

"그래, 그래."

그러면서 다시 스마트폰에 열중하는 김현우를 보며 김시현은 한숨을 내쉬었다.

그렇게 협회를 향해 가던 중,

"와, 진짜 이거 완전 중2병이네. 야, 이거 봐봐."

운전 중에 갑자기 시야를 가리는 스마트폰에 김시현이 인상을 찌푸리며 물었다.

"이건 대체 뭐……."

"이거 존나 중2병 걸린 것 같지 않냐?"

김현우가 내민 스마트폰에는 한 남자가 얼굴을 마스크로 가린 채 화면에 나와 있었다. 기이할 정도로 허리가 안쪽으로 들어가 있는 발도 자세. 실용이라고는 전혀 없이 그저 멋을 위해 취한 것 같은 자세에, 몸 주변으로 둥둥 흘러나오는 검은색 오라 효과.

"형, 그거……."

김시현이 말하기도 전에 김현우는 묘한 감탄을 계속 쏟아냈다.

"이거 게임 로딩 화면이거든? 근데 어제부터 계속 던전 이동할 때마다 얘가 나오는데 어떻게 이런 병신 같은 자세를 잡고 사진을 찍지?"

"아니."

"진짜 감탄이 절로 나온다. 어떻게 문명은 발전했는데 사람들 인터넷 감성은 12년 전 그대로냐. 큭큭큭……."

김현우가 키득거리며 스마트폰을 터치하고 있을 때, 운전을 하던 김시현이 입을 열었다.

"형."

"응? 왜?"

"그거 나야."

"?"

"그거 나라고……."

"……."

그 말과 동시에 김현우는 웃고 있던 입을 다물었다.

그렇게 그 둘은 헌터협회에 도착할 때까지 어떤 이야기도 나누지 않았다.

◆ ◆ ◆

"흠."

헌터협회에 속해 있는 능력 측정실에서 근무하는 중년의 남자 '신약용'은 느긋한 한숨을 내쉬며 앞에 있는 스테이터스 창을 바라봤다.

이름: 이강현

나이: 23

성별: 남

능력치

　　근력: C

　　민첩: C+

　　내구: D

체력: C-

마력: C-

행운: B

SKILL -

[헌터 등급 'C'입니다!]

"이 정도면…… 어떻습니까?"

이강현이 조심스레 묻자 신약용은 어깨를 으쓱이며 말했다.

"네가 그 튜토리얼 던전에서 뇌전의 마력을 사용했다던 그 헌터로군?"

"네, 맞습니다."

신약용이 자신을 알아보자 이강현이 묘하게 뿌듯한 티를 내며 대답했고, 신약용은 상대방의 스테이터스 창을 띄워주는 아티팩트인 '탐색하는 눈'을 만지작거리며 대답했다.

"뭘 그렇게 물어보나? 자네도 알 텐데? 이 정도 능력치면 꽤 좋은 편이지. 근력, 민첩, 체력이 C등급에다가 내구가 D, 사실 이 정도면 보통 헌터보다 살짝 좋은 정도지만."

신약용은 레이저 포인터로 '마력' 등급을 가리키며 말했다.

"자네는 마력이 무려 C-등급일세. 그 말은 마력이 A-등급까진 오른단 소리지. 아마 좋은 조건으로 계약할 수 있을 거야."

그의 말에 이강현은 밝은 표정을 지으며 고개를 끄덕이다가 이내 슬쩍 조심스러워하는 표정으로 눈치를 보기 시작했다.

"저 혹시……."

"왜 그러나?"

"오늘 찾아온 헌터들은 몇 명이나 됐습니까?"

"자네까지 합하면 대충 열 명 정도 되는 것 같군."

"그럼 혹시, 저보다 능력치가 좋은 헌터는…… 있었습니까?"

조심스럽게 건네는 이강현의 물음에 신약용은 쯧쯧 하는 소리를 내며 입을 열었다.

"다른 헌터의 능력치는 기밀이라 말해줄 수 없다네."

"아, 그렇습니까?"

묘하게 실망한 듯 보이는 이강현이 인사를 하고 문을 나서려 했지만.

멈칫.

"저, 혹시…… 능력 측정소에 '김현우'라는 이름을 가진 헌터는 오지 않았습니까?"

"……김현우?"

이강현의 말에 신약용은 잠시 생각하는 듯하다가 말했다.

"내 기억에 그런 헌터가 온 적은 없는 것 같군. 그보다, 헌터 능력치는 기밀이라고 말했을 텐데?"

신약용의 눈빛이 슬쩍 가늘어지자 이강현은 그제야 서둘러 인사를 하고 능력 측정실을 빠져나갔고, 신약용은 그가 빠져나간 문을 보며 혀를 찼다.

"쯧쯧……"

'자기보다 강한 헌터가 없었으면 하는 마음은 알겠다만 저렇게 노골적으로 물어보는 놈은 또 간만이군.'

탑을 빠져나온 뒤 본격적으로 헌터가 되기 위해 헌터 등급을 매기러 오는 신입 중에서 가끔가다 저렇게 묻는 녀석이 있다. 자기가 조금이라도 더 우위에 서 있다는 것을 확실하게 듣고 싶어 하는 녀석들.

'이해는 하지만.'

저렇게 초보 때부터 노골적으로 행동하는 게 보이면 헌터 생활이 꼬일 수도 있다. 물론 등급 높은 헌터들이 더 대우를 받는 건 당연하지만, 헌터 업계에서는 필수적으로 파티를 짜야 하기에 어지간하게 높은 등급이 아니면 기본적으로 '인성'을 보니까.

'뭐, 내가 상관할 바는 아니지.'

그렇게 짧은 감상을 남기며 다음 헌터를 기다린 지 얼마나 되었을까.

끼이익.

이윽고 문이 열리며 한 남자가 들어왔다. 검은색 추리닝을 입고 느긋하게 들어온 남자는 신약용을 보자 슬쩍 고개를 숙여 인사하고는 그의 앞 의자에 앉았다.

신약용은 별 신경을 쓰지 않고 입을 열었다.

"이름이 뭔가?"

"김현우요."

"김현우……?"

신약용은 조금 전에 왔던 헌터에게서 언급된 그 이름을 듣고 저도 모르게 되물었으나 이내 손을 부지런히 움직이며 말했다.

"탑에는 언제 들어갔지?"

"12년 전이요."

"12년……. 뭐? 12년 전?"

"네."

아무렇지도 않게 고개를 끄덕이는 김현우의 모습에 잠시 인상을 찌푸리던 신약용은 머릿속 한구석에 있는 '고인물'이라는 키워드를 떠올리고 그제야 입을 열었다.

"아, 그럼 자네가 설마 그 12년 만에 탑에서 빠져나왔다는……?"

"네."

신약용도 이름을 제대로 기억하지 못했을 뿐이지 김현우가 튜토리얼 존에서 보여줬던 모습들을 알고 있었다.

튜토리얼 존의 두 번째 시험 영상은, 수많은 헌터의 등급을 매기던 그가 보기에도 경악할 정도로 대단한 것이었으니까.

김현우에 대한 흥미가 급격히 오른 신약용은 그에게 자신이 들고 있던 '탐색자의 눈'을 넘겼다.

"우선 인적 사항은 전부 체크했고, 이제 그것만 잡고 있으면 자네의 스테이터스가 옆에 있는 홀로그램에 뜨면서 헌터 등급이 매겨질 걸세."

김현우는 가볍게 고개를 끄덕이며 신약용이 준 큐브 형태의 물건을 집어 들었고, 신약용은 깨끗하게 비어 있는 홀로그램 창을 흥미롭게 쳐다보며 생각했다.

'과연 등급은 어떨까? B등급? 아니, 그 정도의 포텐이라면 몇몇 등급이 B+등급 정도일 수도 있겠군. 특히 속도는 아무리 생각해도 B++등급이야. 그렇지 않고는 그런 속도는 내기 어렵지.'

그렇게 신약용이 빈 홀로그램 창을 보며 생각을 이어 나가고 있을 때.

"……?"

신약용은 저도 모르게 눈앞에 떠 있는 홀로그램 창을 보며 생각을 멈췄다.

이름: 김현우
나이: 24(36)
성별: 남
능력치
　근력: A++
　민첩: A+
　내구: S++
　체력: A+
　마력: --
　행운: B
SKILL -
[헌터 등급 'A+'입니다!]

신약용이 저도 모르게 의문 가득한 표정으로 김현우를 쳐다보
았다.
"?"
마찬가지로 김현우도 그런 표정을 하고 자신을 바라보고 있는
신약용을 바라보며 의문을 표했다.
"?"
그 뒤, 신약용의 경악 어린 괴성이 측정소를 가득 메우기 시작
했다.

◆ ◆ ◆

※ 이 글은 베스트 게시물로 선정되었습니다!

현재 일어나고 있는 대박 사건 정리해준다.

글쓴이: Neversun

대박 사건이 뭐냐고?

모르겠으면 그냥 헌터킬 이슈란 뒤져보면 된다. 그냥 한 페이지가 그 이야기로 꽉 차 있으니까. ㅋㅋㅋㅋㅋㅋㅋㅋ

지금 이 글은 그냥 헌터킬에서 나오고 있는 이슈 모아서 차례대로 정리한 거니까 그렇게 알길 바라고 설명해준다.

우선 첫 번째로, <헌터를 알다>에 나오고 있는 한국 3대 길드장 김시현, 이서연, 한석원이 이번에 튜토리얼 탑에서 빠져나온 고인물이라고 불리는 신규 헌터 김현우와 처음 탑을 같이 클리어했던 동료라는 이슈다.

이건 사실 전에도 이래저래 <헌터를 알다> 때문에 이미 말 나오는 떡밥이었는데 이번에 사실 확인된 걸로 안다.

그리고 지금 헌터킬이 제일 뜨거운 이유는 두 번째 이슈 때문인데, 바로 지금 탑에서 빠져나온 고인물 헌터의 능력치 이야기다. 고인물의 모든 능력치 등급이 마력 빼고 올 A등급이라는 소문임.

S급도 하나 끼어 있다고는 하는데 그건 진짜인지 아닌지 잘 모르겠고, 지금 이슈 게시판에서 난리 난 이유가 이것 때문이다. ㅋㅋㅋㅋㅋ

지금 이것 때문에 이슈 게시판은 불판 피우고 난리 난 데다가 헌터협회 측에서는 약간 부정하는 투로 이야기하는데, 이게 존나 웃긴 게 능력 측정하는 측정원이 김현우 능력치 보고 비명 지르면서 소리친 덕분에 다 퍼졌다.

능력 측정하는 측정원이 소리 지르는 영상 이슈게에 있으니까 가봐라.

아무튼 이걸로 정리 끝~ 나는 20000!

댓글 704개

내가바로측정원: ???? 어케 했노 시X련아;;;;;

　ㄴ 궁금하다: 내가 다 궁금하다 씨발 진짜 어케 했노 시X련아????

　ㄴ 낭선: 와ㅋㅋㅋㅋㅋㅋㅋㅋㅋㅋㅋㅋㅋㅋㅋㅋ진짜 이런 맘이었을 것 같다.

　ㄴ 그림자왕: ㅋㅋㅋㅋㅋㅋㅋㅋㅋ 진짜 얼마나 당황했을까. 맨날 C등
　　 급만 보다가 갑자기 올 A 보는 거임. ㅋㅋㅋㅋㅋ 억ㅋㅋㅋㅋㅋ

　ㄴSSS랭크: 와…… 진짜 개쩔겠다. 홀로그램 딱 뜨는데 신입인데 올
　　 A면…… 소름 끼칠 듯,

　ㄴ ㅁㄴㅇㄹ: 와 시발 뭐라고? 마력 빼고 올 A등급? ㅅㅂ 오지게 충격
　　 적이네 ㅋㅋㅋㅋㅋㅋㅋ 한국 말고 전 세계에서도 올 A 맞은 사람
　　 없지 않냐???

　ㄴ 알리타리아: 올 A등급은 없는데 그 민첩만 B++이고 나머지 올A인
　　 사람 있다. 세계 헌터 랭킹 1위 '무신'이 그렇잖아. ㅋㅋㅋㅋㅋ

　ㄴ 아리타리: 와 실화냐? ㅋㅋㅋㅋㅋ 진짜 미쳤다 미쳤어.

C급헌터인생: 부럽다…… 부럽다! 부럽다부럽다부럽바부럽다부럽다!!!
뱀심 초 폭발한다!!!!! 죽여라!!! 코로세!!! 코-로-세!!!!!

　ㄴ 전문드립퍼: 정말 그렇게 생각하십니까? 당신의 어머니도 당신을
　　 죽이고 싶었을 것.

　　ㄴC급헌터인생: ? 왜 갑자기 패드립이시죠? PDF 캡처했습니다. 각

오하시길~

└ 전문드립퍼: 너희 부모님도 PDF로 캡처했을 것.

　└ 병신을 보면 짖는 개: 월 월월 월! 으르르르릉! 월!월 월월 월! 으
르르르릉! 월!월 월월 월! 으르르르릉! 월!월 월월 월! 으르르르
릉! 월!월 월월 월! 으르르르릉! 월!월 월월 월! 으르르르릉! 월!
월 월월 월! 으르르르릉! 월!월 월월 월! 으르르르릉!

　　그날 밤, 측정원의 비명 소리로 인해 '헌터킬'의 이슈 게시판은
다시 한번 고인물로 인해 뜨겁게 달아올랐다.

제발 깝치지 마라

아레스 길드 지하 5층의 관리부 사무실.

"올 A등급이라."

우천명은 자신의 손에 쥐어진 서류철을 보며 어처구니없다는 듯 헛웃음을 짓더니 이내 서류철을 책상에 던져두곤 생각했다.

'괴물이군. 지부장님이 왜 그 녀석을 처리하려는지 알겠어.'

똑똑똑.

그렇게 짧게 감상을 마칠 무렵 문을 두드리는 소리가 들리더니, 곧 문이 열리며 한 남자가 들어왔다.

"부르셨다고 해서 왔습니다."

스포츠머리의 남자는 게임에서나 볼 수 있을 것 같은 붉은색 가죽 튜닉을 입고 있었다.

"중국에서 여기까지 오느라 수고 많았다, 신천강."

"별말씀을. 다 돈 받고 하는 일인데 열심히 해야죠."

남자가 슬쩍 웃으며 대답하자 우천명은 어깨를 으쓱이며 그에게 자신이 조금 전까지 보고 있던 서류철과 스마트폰 하나를 넘겨주었다.

"서류철 안에 있는 녀석이 네가 이번에 처리할 녀석이다."

우천명의 말에 남자는 서류철을 펼쳐본 뒤, 흥미롭다는 표정으로 물었다.

"어? 이 녀석 걔 아니에요? 이번에 탑에서 12년 만에 빠져나왔다고……. 이야, 이거 정말 초기 능력치 맞아요?"

"그러니까 굳이 이번에 S급 헌터 심사에 오를 널 부른 거지."

우천명의 말대로 신천강은 행운을 제외한 5개의 능력치 중 2개 이상이 S등급으로 올라 다음 년 S등급 헌터로 승격이 확정되어 있었다.

"어지간히 지부장님 미움을 샀나 보네요?"

"뭐, 그 녀석 정리하려고 일부러 언론도 좀 조용히 만들어놨거든."

"이야, 언론까지? 그 녀석이 무슨 짓 했나 보죠?"

"그럴 일이 있지."

우천명은 굳이 길게 대답하고 싶지 않았기에 적당한 선에서 대답을 끊었고 신천강은 어깨를 으쓱이더니 말했다.

"그래서 개시일은?"

"그 녀석 뒤에 사람을 붙였으니 딱 네가 움직이기 좋은 상황에 알아서 그 스마트폰으로 연락이 갈 거다. 그전까지는 쉬고 있어."

신천강은 여유롭게 고개를 끄덕이곤 관리부 밖으로 빠져나갔다.

그렇게 김현우를 처리하는 방법에 관한 내용이 아레스 길드 내부에서 정해질 때쯤, 김현우는 오늘 보스 몬스터가 리젠되는 '숲지 부락'에 있었다.

"그래서 이 녀석은?"

김현우가 슬쩍 고개를 돌려 김시현의 뒤에 서 있는 남자를 바라보며 묻자, 등 뒤에 거대한 가방을 들고 있던 남자가 대답했다.

"안녕하세요. 저는 박가문이라고 합니다."

곧바로 고개를 꾸벅 숙이는 남자.

"형이 '숲지 부락'의 보스인 트윈헤드오우거를 잡으면 그 부산물을 챙길 서포터야."

"부산물?"

"'숲지 부락'의 다른 몬스터는 몰라도, 트윈헤드오우거에게서 나오는 부산물은 돈이 되거든."

"……돈? 얼마나?"

"글쎄? 그때그때 시세에 따라서 다르긴 하지만…… 대략 2,000에서 비싸면 3,500까지 갈 때도 있지."

"뭐? 고작 부산물이?"

김현우가 이해할 수 없다는 표정으로 김시현을 바라보며 물었다.

"부산물을 어디다 쓰는데?"

"방어구나 무기 만들 때 쓰지. 모든 헌터가 형처럼 그렇게……."

김시현은 말을 하려다 말고 김현우의 차림을 바라봤다.

탑에서 빠져나온 지도 2주째인데, 어째서인지 김현우의 옷차림은 전혀 변하지 않았다.

검은 추리닝에 분홍색 슬리퍼.

"……슬리퍼 색은 계속 바뀌네."

"……추리닝만 입고 던전에 들어가지는 않거든."

김시현이 짧은 감상을 말하자 김현우는 어깨를 으쓱이더니 말했다.

"그래서, 얘는 한마디로…… 나 따라서 부산물 가지러 간다 이거지?"

"어차피 형이 오우거를 죽인다고 해서 가죽이랑 피를 일일이 해체해서 가져올 생각은 없잖아? 그러니까 겸사겸사 챙기는 거지."

"뭐, 알았어."

"그리고 이거."

김시현의 말에 가볍게 대답한 김현우는 곧 그가 내민 종이를 하나 받았다.

"이건 또 뭐야?"

"'숲지 부락'은 들어가면 완전 미로나 다름없거든, 들어가서 던전을 빙빙 도는 건 짜증 나니까."

김시현의 말을 들으며 종이를 펴자 그곳에 지도가 그려져 있는 것을 확인한 김현우는 이내 주머니에 지도를 집어넣었고.

김시현의 뒤에 있던 박가문은 김현우가 들어가는 것을 보며 그의 뒤를 따라나섰다.

그리고.

김현우는 곧 자신의 뒤를 따라오는 두 명과 함께 '숲지 부락'에 발을 들였다. 한눈에 보기에도 백년은 묵은 것 같은 나무가 빽빽하게 채워져 있어 하늘을 가린 덕분에 무척이나 어두침침한 던전을 보며 김현우가 지도를 펼쳤을 때.

"저기……."

"응?"

그의 뒤에 있던 박가문이 은근슬쩍 눈치를 보며 김현우에게 말을 걸었다.

"왜?"

"저, 혹시…… 괜찮으면 동영상을 좀 찍어도 될까요……?"

"뭐? 영상?"

김현우가 뭔 뚱딴지같은 소리냐는 표정으로 바라보자 박가문은 그의 눈치를 이리저리 살피면서 입을 열었다.

"그, 김현우 헌터가 요즘 인터넷에서 많이 이슈잖아요?"

"그래서?"

그것은 김현우도 알고 있었다.

처음에야 몰랐지만, 김시현에게 스마트폰을 선물 받고 이런저런 웹사이트들을 눈팅하기 시작하면서부터 김현우는 본인이 인터넷에서 상당히 유명 인사가 되었다는 것을 깨닫고 있었다.

"요즘에 이렇게 이슈가 되는 헌터의 사냥 영상 같은 걸 찍어서 올리면 조회수가 대박 터지거든요. 그렇게 되면 돈도 좀 들어오고……."

'거기다가 내 채널의 구독자 수도……!'

"돈이 들어온다고?"

"아, 혹시 유튜브 모르세요?"

"아니, 알기는 아는데 거기서 어떻게 돈이 들어와? 그냥 영상 올리는 거 아니야?"

김현우의 말에 박가문은 왠지 김현우를 설득할 수 있겠다 싶어 유튜브의 수익 구조에 대해 간단하게 설명해주었고, 그 말을 들은 김현우는 굉장히 흥미롭다는 표정으로 물었다.

"그러니까, 네가 내 사냥 영상을 찍어서 올리면, 조회수가 올라서 돈을 벌 수 있다?"

"정확히는 그 사이에 끼는 광고로 돈을 벌 수 있어요."

박가문의 말에 김현우는 씩 웃더니 말했다.

"좋아."

"정말요?"

"다만 내 영상 팔아서 나온 수익은 8대 2다."

"네?"

"내가 8, 너가 2."

"아, 아니……."

"싫어? 싫으면 말고."

김현우가 피식 웃으며 미련 없이 몸을 돌리자 박가문은 급하게 입을 열었다.

"아, 아니! 할게요! 할게요!"

'8대 2라도 지금 한창 이슈인 김현우의 사냥 영상을 유튜브에 올릴 수 있다면……!'

박가문은 구독자 수를 끌어올리기 위해 그의 제안을 수락했고, 김현우는 금세 캠을 들어 올린 박가문을 보며 피식 웃었다.

"좋아, 근데 말이야……."

그 말과 함께 김현우는 지도를 한번 보며 무엇인가를 가늠하는 듯하더니 이내 씨익 웃으며 말했다.

"아마 내가 사냥하는 장면은 그리 많지 않을 테니까 지금부터 잘 찍어둬."

"네?"

그 말과 함께, 김현우가 자세를 취했다.

오른발을 뒤로, 왼발을 앞으로 한 걸음 옮겨 자세를 취한 그는 몸을 자연스럽게 비틀어 마치 격투기 선수와 같은 자세를 잡았다.

그리고 그 상태에서.

"흡……!"

김현우의 허리가 오른쪽을 기점으로 힘차게 꺾이기 시작했다.

그가 쥐고 있던 주먹이 허리의 축에 따라 그대로 돌아가고.

그의 팔이 마치 쏘아내기 직전 팽팽하게 도르래를 돌린 발리스타처럼 당겨진다, 그와 함께.

쿵…… 쿠궁…… 콰드득!

그가 자세를 잡고 있던 땅이 마치 말라붙은 나뭇가지처럼 갈라지기 시작했다.

"헉……!"

박가문은 그 심상치 않은 김현우의 자세를 보며 본능적으로 들고 있던 스마트폰을 보호하며 몸을 뒤로 물렸지만.

박가문이 한 걸음 몸을 뒤로 움직인 그 순간. 팽팽하게 조여져 있던 김현우의 오른손은 이미 두꺼운 고목을 때리고 있었다.

그리고.

꽈가가가가가강!

"으아아아악!"

마치 부락 내에 폭탄이 터져 나가는 것 같은 소리와 함께 흙먼지가 사방으로 튀어오르기 시작했다.

박가문은 순식간에 일어난 상황 속에서 사방으로 불어치는 바람에 저도 모르게 몸을 엎드려 바닥에 들러붙었고, 갑작스레 일어난 일에 비명을 내질렀다.

귓가에는 무엇인가가 터지고 무너져 내리는 소리가 들렸고.

지반이 실시간으로 덜덜 떨리는, 마치 지진이 일어난 것 같은 느낌을 받으며 한동안 웅크려 있었던 박가문은 지반의 떨림이 멈춤에 따라 겁먹은 눈으로 슬쩍 시선을 올렸다.

그리고.

"와……."

박가문은 흙먼지가 완전히 걷히면서 보이는 풍경에 저도 모르게 입을 벌리고 주변을 바라보았다.

그 남자. 현재 인터넷에서 고인물이라는 이름으로 유명한 남자의 앞에는 '길'이 있었다.

깨끗한 길.

원래 '숲지 부락'의 길처럼 여기저기 나뭇가지가 있는 것도 아니고, 오크나 고블린 같은 몬스터가 보이는 것도 아니었다.

그냥 깨끗한 길.

그래, 그것은 그냥 일직선으로 만들어진 깨끗한 길이었다. 수백 년은 묵은 것 같은 고목들을 주먹 한 방에 뚫어버리고 만들어낸 길.

박가문이 멍하니 그 모습을 바라보자 김현우는 피식 웃으며 말했다.

"야."

"네!"

"가자."

그 말과 함께 휜히 뚫린 길로 걸어 들어가는 김현우를 본 박가문은 저도 모르게 몸에 소름이 돋는 것을 느끼며 생각했다.

'저게…… 고인물……!'

처음 인터넷에서 봤을 때만 해도 그저 감탄했을 뿐이었는데, 이렇게 실제로 눈앞에서 그의 능력을 보니 김현우의 능력은 감탄을 넘어 경외심까지 느껴질 정도였다.

'개간지 난다…….'

박가문은 그런 감상을 남기며 김현우를 쫓아갔다.

그리고 곧 다시 한번 김현우의 경외감이 드는 무력에 저도 모르게 감탄했다.

크에에에에엑!

긴 길을 뚫어 별다른 몬스터를 사냥하지 않고 한 번에 보스 몬스터가 있는 곳까지 도착한 김현우는 그곳에서 '숲지 부락'의 보스 몬스터를 만났다.

트윈헤드오우거.

딱 보기에도 김현우보다 몇 배나 덩치 차이가 나는, 마치 겉으로 보기에는 소인족과 거인이 대결을 펼치는 것 같은 장면에 박가문은 긴장했지만.

꽝!

"오, 피부가 질겨서 몸이 터져 나가지는 않나 봐……?"

뛰어올라 머리를 향해 휘두른 발차기 한 방에 속절없이 땅바닥에 매다 꽂히는 오우거를 보며 전율했다.

'저런 헌터가 있었나?'

혼자서 트윈헤드오우거를 죽일 수 있는 헌터는 많았다. 당장 A+

급만 해도 조금 힘겹기는 하겠지만 혼자서 오우거를 잡을 수 있을 것이고, S급을 넘어가면 말할 것도 없다.

그러나 박가문이 김현우의 모습에 전율하는 이유는 바로 그가 보여주는 압도적인 무력 때문이었다.

A급 헌터들은 마력을 사용한다. 마력으로 자신의 몸을 강화하고 자신이 발전시킨 스킬을 이용해 몬스터를 상대한다. 마법사는 두말할 필요 없이 거의 모든 공격을 마력에 의존하고, 전사나 도적 같은 무투계라고 해도 기본적으로 스킬과 마력을 사용한다.

그런데 저것을 보라.

"이것도 막아봐라, 돼지 새끼야……!"

오우거가 급하게 몸을 일으키려 하자마자 김현우는 그의 머리 중 하나에 힘차게 발차기를 꽂아 넣는다.

꽝!

거대한 폭음과 함께 일어나지도 못한 채 머리 중 하나가 지반에 처박힌 트윈헤드오우거.

'와…….'

김현우가 보여주고 있는 것은 압도적인 무력이었다. 마력이고 스킬이고 뭐고 없는 그저 순수한 신체 능력으로만 보여주는 압도적인 무력. 그 모습에 박가문은 전율을 느꼈다.

◆ ◆ ◆

세계 1위의 동영상 커뮤니티 사이트라고 불리는 유튜브, 항상 세계 각지의 재미있고 놀라운 영상들이 올라오는 그곳에 그 영상이 올라간 것은 불과 하루 전이었다.

'고인물 헌터 김현우의 숲지 부락 솔로 플레이'라는 제목으로 올라온 하꼬 유튜버의 6분 20초짜리 영상. 그 영상은 현재 인터넷상에 퍼지고 있는 이슈를 타고 순식간에 유튜브 조회수를 뻥튀기하기 시작했고, 영상을 본 사람들이 하나같이 감탄하며 외부로 링크를 퍼 나른 결과.

"와…… 이 영상 벌써 올라왔어?"

김현우는 유튜브 앱 실시간 조회수 1위인 자신의 이름이 박힌 영상을 클릭했고, 광고가 나간 뒤 익숙한 장면이 흘러나오기 시작했다.

"오, 잘 찍었는데?"

분명 스마트폰으로 찍었던 것 같은데, 화질이 생각보다 나쁘지 않았다. 물론 중간중간 박가문이 엎드리거나 비틀거려서 과하게 흔들리거나 잘린 부분도 있지만, 이 정도면 찍어야 할 것은 전부 찍힌 것 같았다.

"조회수가…… 일 십 백 천 만 십만…… 백만?"

'백만이면 돈이 어느 정도 들어오는 거지?'

김현우는 순간 생각했으나 이내 어깨를 으쓱이곤 스크롤을 내렸다.

어차피 자세히 몰라서 계산도 못 하니까.

곧 영상에 달린 댓글이 김현우의 스마트폰 화면을 가득 채웠다.

의견 9244

나김두한이다: ??????

┗ 나랑드사2다: ???????

┗ 얇은놈가: 뭐지 시발? 내가 헛것을 보는 건가? 저거 탑 이제 막 빠
　져나온 헌터 맞냐?

이천만원만: 와 씨발, 진짜 그거 팩트였던 거냐? 헌터킬에서 이슈 됐었
던 그 능력치 마력 빼고 올 A등급 썰??? 시발 지린다.

┗ 아이돈노: 아니 시발 야, 이해가 안 가는데 저게 말이 되냐? 마력 빼
　고 A등급인데 오우거를 저렇게 개 패듯 패려면 등급이 A++은 돼야
　할 것 같은데?

기수식대마왕: 시발…… 나는 탑 나와서도 방구석 찐따인데 쟤는 나오
자마자 저렇게 뜨네. 뱀심 터진다 씨바!!! 죽여라! 코로세! 코로세! 코-
로-세!!!!

┗ 머저리를 보면 짖는 개: 월! 월월! 으르르르 컹! 월! 월월! 으르르르
　컹!월! 월월! 으르르르 컹!월! 월월! 으르르르 컹!월! 월월! 으르르르
　컹!월! 월월! 으르르르 컹!월! 월월! 으르르르 컹!월! 월월! 으르르르
　컹!월! 월월! 으르르르 컹!

┗ SSS랭크 : 이 새끼는 헌터킬에서도 이러고 있더니 여기서도 똑같이
　이러고 있네 ㅋㅋㅋㅋㅋㅋㅋ 이 새끼 하는 게 고인물 영상 쫓아가
　서 지랄하기밖에 없냐.

A급헌터이박사: ????? 도대체 저거 어떻게 하는 거냐? 시발 길 뚫는 거
말이 돼? 스킬 있냐?

┗ 노가다장인: ㅅㅂ 나 배관공 하는데 저런 능력이나 있었으면 좋겠
　다 주먹 한번 휘두르면 그냥 쫙쫙 뚫리네. ㅋㅋㅋㅋㅋ 노가다 뛰어
　도 돈 잘 벌겠다.

┗ 파릇한나무: 이 찐따 새끼야 저런 능력이 있으면 헌터를 해야지

노가다 뛸 생각을 하네. ㅋㅋㅋㅋㅋ

난잡하게 어질러져 있는 댓글 창을 보며 김현우가 카페의 의자에 앉아 키득거릴 때, 그의 앞에 앉아 있던 이서연이 물었다.

"그래서 오빠, 오늘은 '눈에 보이는 늪'에 가시려고요?"

"그래야지, 오늘이 보스 리젠 날이라고 시현이한테 들었거든."

여유로운 김현우의 대답.

"……근데, 도대체 그 아레스 길드가 독점으로 가지고 있는 던전에는 왜 가려는 거예요?"

이서연은 도무지 이해가 되지 않는다는 듯한 눈빛으로 김현우를 바라보았다.

그녀도 김현우와 아레스 길드가 서로 척을 지게 되었다는 것은 당연히 알고 있었으나.

'이렇게 적극적으로 아레스 길드를 건드릴 줄은…….'

이서연은 그렇게 생각하며 설명을 요구하는 눈빛으로 김현우를 바라봤지만 정작 그는 굉장히 여유로운 표정으로 말했다.

"말했잖아. 좀 볼일이 있다니까?"

"……던전에 볼일이 있다고요? 경험치나 그런 것 때문에?"

김시현의 말에 김현우는 고개를 저었다.

"그런 건 아니고, 뭐…… 때가 되면 알려줄게."

"설마 아레스 길드 건드리려고 일부러 가는 건 아니죠?"

"……그것도 조금?"

김현우의 답변에 이서연은 조용히 한숨을 내쉬었다.

'사실 현우 오빠가 가지고 있는 능력치만 보면 어디 가서 꿀리진

않을 텐데……'

김시현이 자신에게 해준 이야기가 맞는다면 김현우의 능력치는 어디 가 꿀릴 능력치는 아니었다. 게다가 어제 유튜브에 뜬 김현우의 던전 공략 영상을 보니 정말 쓸데없는 걱정이라는 것을 알았다. 그럼에도 이서연은 그가 막연히 걱정되었다.

'……마치 물가에 애를 내놓은 기분이야.'

물론 그가 걱정이 필요 없을 정도의 능력을 갖추고 있는 건 맞는다. 하지만 그런데도 걱정이 안 되는 건 아니었다.

"후……."

그런 이서연의 걱정을 아는지 모르는지 김현우는 그녀를 보며 물었다.

"근데 서연이 너는 왜 여기에 있냐? 시현이한테 들으니까 최근에 바쁘다며?"

"뭐, 저희도 독점하고 있는 던전들이 있으니까. 그중 등급이 높은 던전은 제가 파티를 이뤄서 가야 보스 몬스터를 잡을 수 있거든요. 그거 때문에 바쁘죠."

"그래? 오늘은?"

"오늘도 바빠요. 근데 오빠가 도대체 왜 그렇게 아레스 길드를 건드리는지 궁금해서 이유라도 들어보려고 온 건데……."

이서연은 불만스럽다는 듯 김현우를 바라보곤 한숨을 내쉬었다.

"아무튼 조심해요. '눈에 보이는 늪'은 A-등급 던전이라 아마 그쪽에서도 날짜에 맞춰서 레이드를 뛰려고 할 테니까요."

김시현에게 그가 대충 어떤 목적으로 던전 안에 들어가는지 들었던 이서연은 그렇게 조언한 뒤 자리에서 일어났다.

"조언 고마워."

조언을 제대로 듣기는 하는 건지, 계속 스마트폰을 바라보고 있는 김현우의 모습에 한숨을 내쉰 이서연은 이내 카페를 떠났다.

◆ ◆ ◆

얼마 뒤 '눈에 보이는 늪'이 있는 중구에 도착한 김현우는.

"이 미친 새…… 켁!"

쾅!

"이 새끼 너 뭐 하는 새끼야? 네가 지금 무슨 짓을 하고 있는지 알아? 어? 너 지금 아레스 길드를 적으로 돌리는 거라고 이 새끼야……!"

김현우는 자신의 앞에서 검을 들고 부들부들 떨고 있는 남자를 보며 피식 웃더니 말했다.

"어째 너희들은 레퍼토리가 변하지를 않냐?"

"뭐, 뭐라고?"

"들어오자마자 다짜고짜 무시하는 것도 똑같고, 무시하다가 나한테 처맞는 것도 똑같아."

김현우는 검을 빼 들고 있는 남자 앞으로 다가가더니 피식 웃고는 말했다.

"게다가, 나중에 다 안 될 것 같으면 자기 길드 이름 팔아서 어떻게든 발악하는 것도 아주 하나부터 열까지 전부 똑같은 거 아냐?"

쿵! 와장창창!

"켁!"

김현우는 그 말과 함께 남자의 머리통에 그대로 딱밤을 날려주었고, 남자는 머리에 딱밤을 맞고 힘없이 널브러졌다. 김현우는 그렇게 널브러진 두 아레스 길드원을 보며 피식 웃은 뒤, 망설임 없이 던전 안으로 이동했다.

그리고.

김현우가 던전으로 들어가고 난 지 얼마 되지 않았을 때, 한 남자가 던전 입구의 문을 열고 들어왔다. 그는 무척이나 평온한 표정으로 들어와 완전히 개박살이 나 널브러진 헌터들을 보며 피식 웃었다.

"화려하게도 벌여놨군."

그렇게 중얼거린 남자, 신천강은 김현우가 들어간 던전을 바라보더니 씩 웃으며 생각했다.

'자, 그럼 느긋하게 한번 처리해볼까?'

그는 망설임 없이 던전 안으로 걸음을 옮겼다.

◆ ◆ ◆

A-급 던전 '눈에 보이는 늪'은 말 그대로 늪지 지형이었다. 바닥에는 보기만 해도 눈살이 찌푸려지는 녹색의 늪지가 있었고, 밟을 수 있는 땅이라고 해도 무른 땅들이 군데군데 있을 뿐이라 던전의 전략적 가치는 낮은 편이었다. 그러나 아레스 길드가 이 던전을 버리지 않고 독점하고 있는 이유는 바로 이 늪의 보스 때문.

꾸륵! 꾸르륵! 꾸륵!

늪지에서 순식간에 무른 땅으로 튀어나와 김현우를 공격하는 이 던전의 보스 '메가 엘리게이터'의 부산물은 현재 헌터 시장에서 상당한 가치를 가지고 있었다. '메가 엘리게이터'는 가죽이 질기고 항마의 성질을 띠고 있기에 상대하기 어려운 보스 몬스터다.

하지만 그것은 반대로 생각하면 얻을 수 있는 소재가 굉장히 좋다는 것이었다. 질기고 단단한 데다 그 자체에 항마력을 가지고 있는 가죽은 매우 비싼 값에 팔리는 장비 소재였고, 메가 엘리게이터의 이빨은 그리 큰 세공을 거치지 않아도 단검으로 만들기에 좋았다.

아무튼, 그런 식으로 부산물의 가치가 높게 나가는 메가 엘리게이터는.

펑!

김현우의 힘이 담긴 발차기에 공기 터지는 소리와 함께 하늘을 날고 있는 중이었다.

쿵!

메가 엘리게이터는 지상으로 떨어지자마자 김현우의 공격을 피하고자 늪지로 들어가려 했으나.

"어딜 가려고!"

끄르르륵!

늪지로 파고들어 가려던 메가 엘리게이터의 꼬리를 붙잡은 김현우는 곧바로 엘리게이터의 몸체를 끌어냈다.

그리고.

"너 자이언트 스윙이라고 아냐? 응?"

끄에에엑!

김현우는 망설임 없이 자신의 몸을 축 삼아 엘리게이터의 몸을 빙빙 돌리기 시작했다.

우직! 우지지직! 우직! 쾅!

거대한 메가 엘리게이터가 늪지 주변에 있는 나무들을 제초기처럼 갈아버리고, 김현우는 그대로 반동을 추진력 삼아 엘리게이터의 몸을 던져버렸다.

콰지지지직!

주변의 나무들을 쓸어버리며 배를 뒤집어 깐 채로 정신을 못 차리는 메가 엘리게이터를 보며 김현우는 곧바로 달려가.

쿠지지직!

턱을 주먹으로 뚫어버렸다.

김현우의 주먹이 턱을 파고들어 가자마자 발작을 하듯 메가 엘리게이터는 사방으로 몸을 틀었지만.

끄엑! 끄르르르엑! 끄륵…… 끄.

이내 메가 엘리게이터의 움직임은 서서히 줄어들었고, 곧 움직임을 멈췄다.

김현우는 완벽하게 죽었는지 확인한 뒤, 만족하며 녀석의 턱을 뚫었던 주먹을 빼냈다.

주르륵…… 주륵…….

"윽…….."

김현우는 자신의 손에 녹색의 점액질과 검붉은 피가 범벅이 되어 있는 것을 보며 인상을 찌푸렸으나 이내 눈앞에 뜨는 로그에 미소를 지었다.

[축하합니다! 당신은 최소한의 증명을 완료했습니다! 당신의 스테이터스 창이 새롭게 업데이트되고 정보 권한: 최하위가 열립니다.]

로그를 확인하자마자 망설임 없이 바뀐 정보창을 열어보기 위해 입을 열었지만.

"?"

김현우는 입을 열기도 전에 순식간에 자신의 온몸을 감싸기 시작하는 붉은빛 마력을 보고 인상을 찌푸리며 중얼거렸다.

"이건 또 뭐야?"

"마력으로 만든 줄이지."

"……뭐?"

김현우는 어느새 자신을 완전히 꽁꽁 감은 붉은 마력 실을 확인한 뒤 고개를 돌려 목소리가 들린 곳을 바라봤고, 그곳에는 한 남자가 서 있었다. 스포츠형으로 깎은 머리에 눈이 째져 있는 남자. 신천강은 자신의 오른손에서 붉은 마력을 뿜어내며 김현우를 바라보고 있었다.

"너는 또 뭐야?"

김현우가 인상을 찌푸리며 묻자, 신천강은 비웃음 가득한 표정을 짓고는 대답했다.

"뭐긴 뭐야, 아레스 길드에서 너 때문에 친히 보낸 귀한 몸이시지."

◆ ◆ ◆

무른 땅에서 모습을 드러낸 신천강을 가만히 보고 있던 김현우는 이내 피식 웃으며 말했다.

"아레스 길드에서 보낸 자객, 뭐 그런 거야?"

"이해력이 빠르네?"

신천강은 그렇게 말하더니 이내 김현우의 뒤에 있던 메가 엘리게이터를 보고 감탄했다는 듯 웃으며 입을 열었다.

"네가 메가 엘리게이터를 잡는 모습은 봤어. 진짜 대단하더군. 자기 몸의 몇 배나 되는 메가 엘리게이터를 그렇게 잡고 돌릴 수 있다니. 진짜 근력 A등급 맞아?"

"왜, 아닌 것 같아?"

몸이 묶인 상황에서도 김현우가 여유롭게 웃으며 말하자 신천강은 붉은 마력을 더욱 뽑아내며 말했다.

"솔직히 근력 A등급으로 그 정도 출력을 뽑아낸다는 게 말이 안되거든……. 아무리 A등급이라고 해도 말이야."

"……그래?"

'보통 A등급이면 이 정도 근력이 되는 거 아닌가?'

애초에 김현우는 다른 사람과 자신의 능력치를 제대로 비교해본 적이 없기에 대충 자신의 능력치 정도가 되면 이런 출력이 나온다고 생각했다.

그러나 신천강의 반응을 보고 김현우는 자신의 능력치에 뭔가 석연치 않은 점이 있다는 것을 어렴풋이 깨달았다.

"뭐, 아무튼 대단한 건 보스 잡는 걸 봐서 알겠는데 마력 사슬에 묶이고도 그렇게 느긋해도 되겠어?"

"마력 사슬? 이거?"

김현우가 턱짓으로 자신의 몸을 감고 있는 사슬을 가리키자 신천강이 웃으며 말했다.

"그래 그거. 보기에는 그냥 붉은 마력으로 만든 사슬이지만, 그 사슬에서 빠져나오려면 마력이 필요하거든. 그것도 마력 A++등급인 나보다 강한 마력이 말이야."

그리고 너는.

"아직 탑에서 빠져나온 지 얼마 안 돼서 마력을 사용하지 못하는 걸로 알고 있는데. 아니야?"

신천강의 물음에 김현우는 시험 삼아 몸에 힘을 주었으나, 정말 마력이 필요한 것인지 마력 사슬은 끊길 기미를 보이지 않았다. 아니, 아예 움직이지도 않았다.

김현우가 새삼스레 붉은 사슬을 보며 신기해하자 신천강이 씩 웃으며 말했다.

"이제 대충 감이 오나? 너는 지금 위기라고."

김현우가 몸에 힘을 주고 있자 신천강이 이제야 네 처지를 알았냐는 듯 잔뜩 비웃음을 머금으며 비아냥거렸다.

몸에 힘을 주던 것을 멈추고 그 모습을 바라본 김현우는 피식 웃으며 말했다.

"내가 위기? 왜?"

"그렇게 억지로 침착한 연기를 할 필요 없……."

"아니, 진짜로 궁금해서 물어보는 건데? 도대체 왜 내가 위기인데?"

김현우가 노골적으로 비웃으며 신천강을 바라보자 신천강이 그제야 입가의 미소를 슬쩍 지우더니 말했다.

"의뢰받은 놈들을 처리할 때마다 느끼는 건데, 어떻게 너희들은 그렇게 하나같이 똑같지?"

"이건 또 뭔 소리야?"

"그래, 지금 네가 하는 말도 똑같아. 뒤늦게 허를 찔려 몸을 구속 당하면 억지로 침착한 척하며 어떻게든 머리를 굴리지. 어떻게 해야 이 함정에서 빠져나갈 수 있을까 하고."

"……."

"그런데 이렇게 침착한 척하면서 오히려 역도발하는 놈들의 특징이 뭔 줄 알아?"

"뭔데?"

신천강이 허리춤에서 2척 길이의 소검을 꺼내 들었다. 딱 보기에도 예기가 흘러넘치는 소검을 든 그는 망설임 없이 도약해 붉은 사슬에 묶인 채 아무런 반응도 보이지 않는 김현우에게 뛰어들었다.

"바로 내 신경을 건드려서 죽음을 재촉한다는 거야!"

그렇게 소리친 신천강은 곧바로 김현우의 몸에 소검을 박아 넣었고, 그와 함께 자신이 가지고 있는 스킬을 입에 담았다.

"맹독."

신천강의 소검이 보라색 빛으로 물들고.

"폭발."

쾅!

보라색 빛으로 물든 소검의 끝이 폭발했다.

공격이 성공한 것에 비릿한 미소를 지으며 신천강은 폭발로 인한 검은색 매연이 가라앉기를 기다렸고.

"어?"

"너, 뭐 하냐?"

상반신이 날아간 김현우의 모습을 확인하려던 신천강은 무척이나 멀쩡하게 자신을 바라보고 있는 김현우의 모습에 저도 모르게 얼빵한 소리를 내고 말았다.

"이런 미친……!"

그것도 잠시, 곧 자신의 공격이 통하지 않았다는 것을 깨달은 신천강은 몸을 뒤로 빼기 위해 소검을 회수해 백스텝을 밟았고.

"어딜 가려고?"

빡!

"끄악!"

동시에 김현우의 왼발에 옆구리를 걷어차이며 그대로 날아가 나무에 처박혔다.

"어떻게……. 어떻게……!"

신천강은 나무에 처박힌 그 순간에도 그동안 수많은 헌터와의 암투에서 본능적으로 터득한 기술로 정신을 잃지 않고 날렵하게 바닥에 착지했지만.

"헉……?"

어느 순간 자신의 앞에 와 있는 김현우의 모습에 기겁을 하고 소검을 휘둘렀다.

카가가각!

"미, 미친……!"

그러나 곧 자신의 소검이 김현우의 팔뚝에 막혀 약간의 상처만을 내고 전혀 먹혀들지 않는 것을 보며 욕을 내뱉었다. 그 모습을 보고 김현우는 씨익 웃으며 비아냥거렸다.

"너는 선택을 잘못 했어."

"뭐, 뭐라고?"

"나를 잡고 싶었으면 내 팔을 묶는 게 아니라 온몸을 이 붉은 사슬로 칭칭 감았어야지. 웅? 아예 움직이지도 못하게."

꽝! 우지지직!

"크엑!"

김현우의 발이 신천강의 가슴을 강하게 찍어 누르자 삽시간에 소검을 떨어뜨린 신천강은 나무에 대롱대롱 매달린 처지가 되었다.

그와 함께 신천강의 집중이 풀렸는지 김현우를 묶고 있던 붉은 사슬이 서서히 사라졌고 김현우는 자세를 바꾸지 않은 채 신천강에게 말했다.

"야."

"끄으으으······!"

"사람을 죽이러 왔으면, 너도 죽을 각오는 하고 온 거지?"

신천강의 눈이 크게 떠졌지만, 김현우는 마치 잘 가라는 듯 씩 웃으며 그를 향해 선고했다.

"이미 늦었어, 병신아."

콰드득! 우지지지지직!

신천강의 가슴을 밟고 있던 발이 힘차게 앞으로 들어가자, 신천강의 몸이 그대로 나무 안쪽으로 푹 꺼져 들어가는 것을 본 김현우는 그에게서 발을 뗀 뒤.

꽝! 우지지지직!

그대로 나무를 발로 차 부러뜨렸다.

우지직거리는 소리를 내며 무너지는 나무.

신천강이 박혀 있던 나무는 곧 완전히 부러져 늪지대에 처박혔고.

크륵······ 크륵, 크륵······.

나무가 아래로 처박히자마자 그 주변에 모여들기 시작한 엘리게이터들을 보며 김현우는 망설임 없이 몸을 돌렸다.

그렇게 김현우가 다른 아레스 길드원이 오기도 전에 빠져나간 그날 밤. 아레스 길드 지하 5층의 관리부.

"……신천강이 죽었다고?"

"예."

"확인 확실히 했어?"

"그게, 시신을 확실히 확인할 수 있는 상황은 아니었습니다."

"뭐라고? 왜?"

"신천강의 시신이 박혀 있던 곳으로 추정되는 나무는 이미 늪 안에 가라앉아 있던 터라……."

남자가 더 이상 말을 하지 않아도 우천명은 자연스레 그다음에 일어났을 일을 짐작했다.

'아마 몬스터들이 신천강의 시체를 남김없이 먹어치웠겠지.'

"쯧, 우선 나가봐."

우천명의 말에 남자는 조용히 고개를 숙이곤 밖으로 빠져나갔고, 부서원이 빠져나가는 모습을 확인한 그는 곧 서류철을 열었다.

이름: 신천강

나이: 24

성별: 남

능력치

　근력: B

　민첩: S+

　내구: B-

체력: S

마력: A-

행운: B

SKILL -

맹독 사슬 폭발 강화

지속 가속

"……신천강이 죽었다고?"

우천명은 부서원에게 들었던 이야기를 떠올리며 서류를 바라보다 헛웃음을 지었다.

"신천강이?"

우천명으로서는 신천강이 졌다는 게 도저히 이해가 가지 않았다. 뒷세계에 들어오며 몬스터를 잡기보다는 사람을 담그는 일을 훨씬 많이 한 신천강이었고, 그의 능력치는 다른 헌터들보다도 상당히 높은 편이었다.

S급인 민첩과 체력. 여섯 개나 있는 각종 유틸과 공격 스킬. 그 외에도 탑에서 빠져나온 후, 아시아 쪽에서 일어나고 있는 아레스 길드의 암투나 한국의 뒷세계에서 활약한 덕분에 그의 이름은 '뒤'에서는 상당히 알려져 있었다.

'근데, 그런 녀석을 이겼다고?'

우천명이 이해가 가지 않는다는 듯 한동안 신천강의 능력치 서류를 바라보고 있을 때, 김현우는 김시현의 집 소파에 앉아 묘하게 두근거리는 마음을 다잡고 입을 열었다.

"정보창."

이름: 김현우 [임시 가디언]

나이: 24

성별: 남

상태: 매우 양호

능력치

　근력: A++

　민첩: A+

　내구: S+

　체력: A+

　마력: --

　행운: B

SKILL -

　정보 권한

[정보 권한]

당신은 최소한의 증명을 완료해 정보 권한 최하위를 얻게 되었습니다.

[당신을 초대합니다.]

시스템에서 '임시 가디언'이 된 당신을 초대합니다. 시스템 옆에 남은 시간이 모두 흘러가면 당신은 부름을 받아 초대됩니다.

남은 시간: 2시간 34분 21초

'이건 또 뭐야?'

　집에 와서 정보창을 열어본 김현우는 능력치 부분을 빼고 생소하게 바뀌어 있는 로그들을 읽으며 고개를 갸웃했다.

'이름 옆에 붙어 있는 '임시 가디언'은 뭐지?'

그 이외에도 증명을 완료했다며 '정보 권한'이라는 스킬이 생겼다. 게다가 그 아래에는 시스템의 초대랍시고 남은 시간까지.

김현우는 서서히 시간 초가 떨어져 내려 2시간 33분으로 넘어간 남은 시간을 보며 슬쩍 스마트폰의 전자시계를 확인했다.

"현재 시간 9시 27분……."

'대충 맞춰보면 딱 12시인가?'

그렇게 짧게 상황을 분석하면서도 김현우는 새롭게 나타난 로그를 몇 번이고 읽다가 이내 혀를 차며 소파에 등을 기댔다.

"……이걸로는 뭐 하나 알 수 있는 게 없네."

혹시나 탑에 대한 정보라도 얻을 수 있을까 싶었는데 나온 건 예상과는 전혀 다른 내용이었다.

'이 시스템의 초대인지 뭔지에 가보면 탑에 대해 알 수 있을까?'

김현우는 혹시나 하는 마음에 시스템의 초대라고 쓰여 있는 로그를 손가락으로 눌러봤으나, 별 반응이 없자 시선을 위로 올렸다.

"정보 권한……?"

[정보 권한을 사용할 인물을 지정해주세요.]

김현우가 입을 열자마자 그의 눈앞에 새로운 로그가 떠올랐고, 이게 뭔지를 생각할 때쯤.

"형 오늘 일찍 왔네요?"

타이밍 좋게 김시현이 문을 열고 들어왔다.

"어?"

"왜요?"

곧 김현우가 자신의 앞에 떠오른 새로운 로그를 보며.

이름: 김시현

나이: 30

성별: 남

능력치

　근력: --

　민첩: --

　내구: --

　체력: --

　마력: --

　행운: --

[정보 권한이 최하위에 해당함으로 능력치를 확인할 수 없습니다.]

SKILL -

[정보 권한이 최하위에 해당함으로 능력치를 확인할 수 없습니다.]

"뭐야, 씨발!"

대부분이 가려져 있는 능력치에 김현우는 저도 모르게 욕지거리를 내뱉었다.

"?"

김현우에게 면전에서 욕을 들어먹은 김시현은 묘한 표정으로 얼굴에 물음표를 띄우며 생각했다.

'……나 뭐 잘못했나?'

◆ ◆ ◆

김현우는 멍하니 의자에 앉아 스마트폰 메인에 떠워져 있는 시계를 바라봤다.

11:58.

아까 전 '정보 권한' 사용으로 인한 해프닝으로 충격받은 듯한 표정을 짓고 있던 김시현을 달래준 김현우는 간단하게나마 새롭게 생긴 스킬이 어떤 종류인지 알 수 있었다.

다만.

'아니, 근데 이거 이름이랑 나이, 성별만 뜨면 별 의미 없는 거 아니야?'

그는 김시현의 로그를 보며 생각했다. 제대로 뜬 건 이름과 나이, 그리고 성별뿐이고 나머지는 정보 권한이 최하위라 열람하지 못한단다.

'……이거 있어도 그만, 없어도 그만이잖아.'

알 수 있는 거라곤 상대방 나이랑 이름뿐인데, 스킬을 써가면서까지 이름을 알고 싶은 상대는 아예 없었다.

'뭐, 보니까 정보 권한이 점점 오르면 그에 따라서 상대방 능력치를 조금 더 많이 볼 수 있는 건 알겠는데.'

정보 권한은 또 어떻게 올리는지 모르는 김현우로서는 지금 새로 생긴 스킬이 별 의미 없는 쓰레기 스킬로 받아들여졌다.

'뭐, 이것도 그 시스템의 초대인가 뭔가를 받으면 자세히 설명을 들을 수 있겠지.'

다만 김현우는 12시에 있을 시스템의 초대라는 것에 은근히 기대를 품으며 소파에 앉아 기다렸고.

마침내 12시가 되자.

"?"

김현우가 있던 곳이 바뀌었다.

마치 불을 껐다 켠 것처럼 완전히 바뀌어버린 김현우의 주변 풍경.

"……."

분명 조금 전만 해도 김현우는 김시현의 집 소파 위에 앉아 있었다. 그는 파란색의 앤틱한 소파에 앉아 있었고, 앞에는 유리로 된 테이블이, 그리고 맞붙어 있는 벽에는 거대한 TV가 있었다.

그런데 지금 풍경은 어떠한가?

"이건……."

김현우는 주변을 돌아보았다. 그가 있는 곳은 방 안이었다.

5평이나 될까 싶을 정도로 작은 방. 방바닥은 온통 하얀색의 대리석으로 깔려 있고, 벽에는 마치 어느 사무실에서 볼 수 있을 것 같은 그레이 색의 벽지가 붙어 있었다.

어디선가 본 취조실처럼 꾸며놓은 방 안에서 김현우는 테이블을 앞에 두고 앉아 있었다. 갑작스럽게 바뀐 환경에 김현우는 놀라면서도 침착하게 주변을 파악했고, 곧 얼마 있지 않아 밖으로 통하는 통로라고는 아무것도 없던 맞은편에 한 명의 여자가 나타났다.

"?"

"안녕하십니까."

마치 처음부터 거기에 있었다는 듯 나타난 여자.

처음부터 앉은 상태로 갑작스레 나타난 터라 키는 잘 모르겠지만 상당히 어려 보인다는 인상이 돋보이는 긴 백발의 한 여자가 김현우를 바라보며 말했다.

"반갑습니다, 가디언. 저는 당신의 조력자입니다."

"……조력자?"

"어차피 당신이 살아 있는 한 자주 볼 사이니 편하게 '아브'라고 불러주시면 됩니다."

"뭐? 아브?"

"네."

"뭐…… 그래."

김현우는 자신을 아브라고 소개한 여자를 보며 고개를 끄덕였다.

그리고.

"……."

"……."

"……."

"……."

"……저기?"

"왜 그러십니까, 가디언?"

마주 보며 고개를 갸웃거리는 아브를 보며 김현우는 슬쩍 인상을 찌푸리곤 물었다.

"뭐, 설명 같은 거 안 해줘?"

"……무슨 설명 말입니까?"

"무슨 설명이냐니……."

'뭐야 이게?'

'보통 이런 곳에 오면 대충 설명해주지 않나?'라고 막연하게 생각했던 김현우는 아브의 대답에 저도 모르게 말문이 턱 막혔으나 이내 한숨을 내쉬며 물었다.

"그럼 내가 질문해야만 답할 수 있는 거냐?"

"맞습니다."

김현우의 질문에 고개를 끄덕인 아브.

김현우는 어떤 질문을 해야 할까, 또 어디서부터 상황을 설명해야 할까를 대략적으로 생각한 뒤 그녀에게 물었다.

"그럼 나를 튜토리얼 탑에 가둬놓은 사람이 누군지 알 수 있어?"

"정보 권한 최하위로는 답변이 불가능한 정보입니다."

"뭐?"

"정보 권한 최하위로는 답변이 불가능한 정보라고 말씀드렸습니다."

"……설마 여기도 정보 권한이 높지 않으면 답변 못 받고…… 뭐 그런 거야?"

"잘 알고 있으시군요. 설명할 필요가 없어서 좋습니다."

그렇게 말하면서 고개를 끄덕거리는 아브를 보며 허 하고 웃은 김현우는 어처구니없지만, 우선은 수용하겠다는 듯 고개를 끄덕이더니 물었다.

"그럼 우선 정보 권한이 높으면 나를 탑 안에 가둬놓은 사람이 누군지 알 수 있다는 소리야?"

"정보 권한 최하위로는 답변이 불가능한 정보입니다."

"……아니 이건 그냥 물어보는 거잖아!"

"결국에는 정보 권한 상위에 관련된 질문이라 답변이 불가능합니다."

"……."

"……."

"그럼 튜토리얼 탑이 뭔지에 대해서는?"

"정보 권한 최하위로는 답변이 불가능한 정보입니다."

"튜토리얼 탑을 만든 이유는?"

"정보 권한 최하위로는 답변이 불가능한 정보입니다."

"……현대에 몬스터가 있는 이유는?"

"정보 권한 최하위로는 답변이 불가능한 정보입니다."

"이런 씨발, 나랑 장난쳐?"

빡!

"꺅!"

김현우가 저도 모르게 성질을 내며 얄밉게 앉아 있는 아브의 머리를 때리자 아브가 새된 비명을 지르며 눈을 휘둥그레 뜬 채 두 손으로 머리를 감싸 쥐었다.

"끄ㅇㅇㅇㅇㅇㅇ~~~ 아아아아!"

순간적으로 고통이 몰려온 듯 비명 어린 신음을 지른 아브.

"아니 씨발, 최하위 권한은 대체 뭔데!"

김현우가 화를 내자 아브는 도끼눈을 뜨고 빼액 소리를 질렀다.

"정보 권한 최하위로는 답변이 불가능한 정보라고요!"

"이게 진짜……!"

"히익!"

김현우는 저도 모르게 주먹이 올라갔지만, 곧 자신을 마주 보고 있는 아브의 눈빛에 신경질적으로 주먹을 내리곤 말했다.

"그럼 가디언은 뭐야?"

"2주 동안 빤 것 같지도 않은 추리닝을 입고 있는 당신의 정보 권한으로는 답변이 불가능한 정보…… 히익!……는 아니라 말씀해드릴 수 있을 것 같아요."

……기계처럼 말하다 김현우가 손을 들어 올리자 급하게 말을 바꾸는 아브의 모습에 김현우는 어처구니없는 표정으로 그녀를 바라봤다.

눈물이 그렁그렁한 채 김현우를 바라보던 아브, 그러나 곧 그렁그렁한 눈물을 집어넣곤 다시 무감정한 목소리를 내기 시작했다.

"가디언은 방어하는 자입니다."

"……"

"……"

"……?"

"……?"

김현우의 갸웃거림에 맞춰 같이 고개를 갸웃거리는 아브.

"그게 끝?"

"네, 끝입니다."

"……너 나한테 지금 싸움 거는 거지? 응? 지금 싸움 거는 거지?"

김현우가 빡침을 웃음으로 승화하며 이를 악물고 손을 올리자 아브는 짐짓 억울하다는 몸짓으로 아까 맞은 곳에 손을 올리며 말했다.

"말씀드렸듯이 정보 권한 최하위에게 제공할 수 있는 정보는 극히 소수라 어쩔 수 없다고요……!"

자신이 손을 올리느냐 마느냐에 따라 말투가 바뀌는 아브를 본 김현우는 헛웃음을 짓곤 소리쳤다.

"그럼 네가 도대체 뭘 대답할 수 있는데?"

"……가디언이 앞으로 해야 할 일에 대해?"

"……결국 궁금증은 해결할 수 없다는 거 아니야?"

"당신이 본격적으로 '임시 가디언'직을 벗어던지고 나면 당신이 원하는 것에 대해 알고 싶지 않아도 아주 세세하게 알게 될 겁니다."

아브를 불만스럽게 노려보던 김현우는 쯧 하고 혀를 찬 뒤 말했다.

"내가 해야 할 일이 뭔데?"

"5일 뒤, 당신이 사는 지역에 '크레바스'가 열릴 겁니다."

"……크레바스? 그건 또 뭐야."

김현우가 물었으나, 그녀는 대답하지 않고 말했다.

"그 크레바스의 제일 깊숙한 곳에 정보 권한을 올릴 수 있는 열쇠가 있을 겁니다. 그걸 얻는다면 당신은 '임시 가디언'이 아니라 진짜 '가디언'이 되죠."

아브는 뭔가 고민하는 듯 고개를 슬쩍 갸웃하곤 말을 이었다.

"그렇게 가디언이 되고 나면 아마 당신이 원하는 진실에 조금 더 가까워질 겁니다……?"

"……어째 말이 의문문이다?"

아브는 김현우의 말에 대답하지 않고 그저 어깨를 으쓱였다.

"제가 해드릴 수 있는 말은 여기까지고."

"……또 있어?"

그녀는 불만스러운 표정으로 김현우를 바라보면서도 어쩔 수 없다는 듯 입을 열었다.

"……네, 있습니다. 우선 '임시 가디언'이지만 최소한의 자격을 얻은 만큼, 가지고 있는 '권한 사용'의 스킬을 업그레이드해드리도록 하겠습니다."

"업그레이드? 그거 그냥 정보 권한이 높으면 보이는 거 아니었어?"

"그 이외에 기능을 하나 더 추가해드리는 거죠."

"뭐, 그래……."

'어떻게든 스킬의 성능이 올라간다는 건 나쁜 게 아니니까.'

김현우가 그렇게 혼자 수긍하자 아브는 말했다.

"그럼 이제 전할 말은 모두 끝냈으니 원래 있던 곳으로 돌려보내드리도록 하겠습니다. 그럼 다음에는 열쇠를 가진 채로 만나 뵙도록 하겠습니다."

"뭐?"

김현우가 되물었으나, 곧 김현우는 다시 한번 세상이 변하는 것을 느꼈다. 순식간에 자신이 앉아 있던 의자가 파란색의 앤틱한 소파로 변하고, 아브가 있던 곳에는 유리 테이블과 TV가 위치한다. 마치 스위치를 변경한 것처럼 한순간 바뀌는 풍경에 김현우는 고개를 돌려 주변을 둘러봤지만 아까 그 풍경은 사라지고 없었다.

마치 그 한순간 헛것을 본 게 아닐까 싶을 정도로 기묘한 느낌에 김현우는 정보창을 열었다.

"……정보창."

그리고 곧 정보창에 주르륵 떠오르는 로그를 보다가, 그는 오묘한 표정으로 로그 끝에 새롭게 업데이트 되어 있는 내용을 노려봤다.

이름: 김현우 [임시 가디언]

나이: 24

성별: 남

상태: 매우 양호

능력치

　근력: A++

　민첩: A+

　내구: S+

　체력: A+

　마력: --

　행운: B

SKILL -

　정보 권한

[증명]

최소한의 증명을 완료했지만 그것은 말 그대로 최소한의 증명일 뿐, 이제 곧 일어날 '크레바스'의 깊은 곳에서 '열쇠'를 획득하는 것으로 당신을 증명하세요.

위치: 경기도 화성시 일대

남은 시간: 4일 21시간 33분 32초

◆ ◆ ◆

넓은 공동.

흑백을 조화롭게 맞춰놓은 타일이 깔려 있는 그 공동의 한가운데, 무척이나 거대한 원탁이 있었다. 족히 50명 정도가 둘러앉아도 제대로 들어차지 않을 것 같은 원탁. 그 원탁에, 누군가가 앉아 있었다. 외모는 제대로 묘사할 수 없었다. 그의 몸 주변에 모이는 검은 오라가 그의 형체를 가리고 있었으니까.

그러나.

"'9계층'이 각성했습니다."

"그래?"

의자 뒤에 나타난 남자의 말에 대답한 그 검은 무언가의 목소리가 굵다는 단서 하나로, 그가 남자라는 것을 어렴풋이 짐작할 수 있을 뿐이었다.

형체를 알 수 없는 오라를 뿜어내는 무언가는 남자에게 물었다.

"완전히 각성했나?"

그의 물음에 몸이 보이지 않을 정도로 긴 기장의 검은색 로브를 입은 남자는 조용히 고개를 숙이며 대답했다.

"아닙니다. 아직 완전히 각성하지 않았지만, 머지않아 확실히 직책을 가지게 될 것 같습니다."

"그래, 뭐 그리 나쁜 타이밍은 아니군."

검은 무언가는 그렇게 대답하더니 이내 손을 가볍게 저었다.

그러자 검은 로브를 입은 남자가 꾸벅하고 고개를 끄덕이곤 그 자리에 없었다는 듯 사라졌고, 형체가 보이지 않는 검은 무언가는 기대된다는 듯 톤을 살짝 높여 중얼거렸다.

"과연 얼마나 할 수 있는지 볼까?"

그의 목소리가 거대한 공동 안에 울려 퍼졌다.

크레바스

"미궁으로 내려가면 뭘 얻을 수 있는데?"

다음 날 점심, 어제 미궁 탐사에서 돌아왔다던 한석원을 포함한 옛 동료들과 점심을 같이 먹게 된 김현우는 미궁에 대한 이야기를 듣다가 문득 질문을 했다.

"미궁? 뭐, 여러 가지가 있지."

한석원은 전혀 변함없는 모습으로 입안에 스테이크를 밀어 넣으며 말했다.

"던전이랑 다르게 미궁은 아티팩트를 얻을 수 있거든."

"……아티팩트?"

"그래, 보통 던전에서 얻을 수 있는 건 몬스터들을 죽이고 나온 마정석을 제외하면 그 던전의 지형에서 나오는 특수한 자원이라든가 몬스터의 부산물뿐이거든."

"그런데?"

"미궁에서는 아티팩트…… 그러니까 한마디로 장비를 파밍할 수 있다 이 소리지."

"장비? 그건 몬스터 부산물로도 만들 수 있는 거잖아?"

김현우가 그렇게 질문하자 그의 옆에서 스테이크를 썰고 있던 이서연이 대답했다.

"그렇긴 한데 미궁에서 얻을 수 있는 장비는 일반적으로 가공해서 얻을 수 있는 방어구보다 훨씬 좋은 경우가 많아요."

"그래?"

"뭐…… 보통 등급이 높아서 그런 것도 있는데, 그것보다 아티팩트 장비가 더 좋은 이유는 인챈트가 되어 있거든요."

"……인챈트? 게임에 나오는 그거?"

김시현에게 스마트폰을 선물 받은 뒤로 열심히 게임만 하는 김현우가 자연스레 게임에 빗대 묻자 이번에는 김시현이 답했다.

"네, 그거요. 인챈트 같은 거 해보면 막 아이템 능력치가 올라가고 그러잖아요?"

"그렇지?"

"그런 상태로 장비가 파밍된다고 보면 돼요. 거기에 이런저런 스킬까지 붙어 있는 장비도 많고요."

"……그거 완전 게임 아니냐?"

"그렇죠? 저도 어떨 때 보면 게임 속에 들어와 있는 기분이라니까요."

김시현이 피식 웃으며 말하는 걸 들은 김현우는 이내 시선을 돌려 한석원을 바라봤다.

"그래서, 이번에 미궁 내려가서 수확은 있었어?"

"당연! 미궁에 내려가던 중에 보물 창고를 발견해서 말이야."

"보물 창고······? 미궁은 그냥 몬스터 득실거리는 데 아니었어?"

"그랬으면 내가 내려갔겠어? 미궁은 깊게 내려가면 내려갈수록 몬스터도 강해지지만 사이에 숨어 있는 보물 창고가 있거든."

거기에서 아티팩트를 얻는 거지.

한석원은 그렇게 말하더니 김현우에게 반지 하나를 건네주었다.

"반지?"

"그냥 평범한 반지가 아니야. 미궁에서 구한 아티팩트지."

김현우는 한석원이 내민 아티팩트를 받았고, 곧 김현우의 눈앞에 새로운 로그가 출력되기 시작했다.

이탈람의 반지

등급: A+

보정: 없음

SKILL: 염화

[스킬, 정보 권한으로 숨겨진 설명 확인이 가능합니다.]

'······정보 권한으로 숨겨진 설명 확인 가능?'

김현우는 아래에 있는 로그를 읽으면서 말했다.

"이 염화라는 스킬은 뭐야?"

"음, 부여계 마법인데, 자기가 들고 있는 무기나 자기 몸에 속성을 부여하는 거야."

"그래?"

김현우는 태연하게 대답하면서 어제 얻은 스킬인 정보 권한을 이용해 아이템의 추가 설명을 열어 보았다.

그리고,

이탈람의 반지

등급: A+

보정: 없음

SKILL: 염화

[정보 권한]

이탈람의 반지는 5계층의 (권한 부족)가 가지고 있던 반지로 그는 (권한 부족)덕분에 이 반지를 가지고 있게 되었다. 그는 (권한 부족)에 (권한 부족), 그리고 (권한 부족)을 막아내려……

"이런 개……."

'병신 쓰레기 스킬을 봤나 진짜.'

김현우는 아니나 다를까, 자신의 눈에 밟히는 권한 부족의 향연에 저도 모르게 욕을 하려다 조용히 반지를 한석원에게 돌려주었다.

"그래서 그건 팔면 얼마 정도 하냐?"

"글쎄? 이런 아티팩트는 똑같은 매물이 없으니까 정해진 가격이 없는 편인데 이건 등급도 A+에 염화가 붙어 있어서 한 20억쯤은 가지 않을까?"

"……20억?"

"응, 20억."

"집 두 채 값이라고?"

176

"그렇지?"

한석원의 태평한 말에 김현우는 허탈하게 웃더니 말했다.

"그 조그만 반지 하나에 20억?"

"세금 떼면 한 17억 정도 되지 않을까?"

"……."

김현우는 조만간 일이 끝나고 궁금증을 풀면 미궁 탐험을 하기로 결심하곤, 대기하고 있는 안내인을 불렀다.

"여기에 있는 음식 전부 하나씩 가져다주세요."

"너 다 먹을 수 있어?"

"다 먹는다."

김현우의 말에 한석원은 피식하고 웃더니 말했다.

"그래 그래, 많이 먹어라."

"형…… 애예요?"

"오빠……."

한석원의 어쩔 수 없다는 듯한 말투와 동시에 김시현과 이서연이 김현우의 의중을 눈치채고 가는 눈으로 그를 바라봤지만.

"뭐?"

김현우는 당당했다.

그렇게 안내인이 주문을 받고 빠져나가자 김현우는 문득 어제 있던 일을 떠올리곤 물었다.

"야, 너희들 크레바스라고 알아?"

"크레바스? 당연히 알죠. 겪어본 적은 없지만."

"그래?"

"근데 그건 왜요?"

"그냥 궁금해서."

"나무위키 검색해보면 금방 나오기는 하는데……."

'아, 이 형 어차피 지금 스마트폰 게임기로밖에 사용 안 하지.'

대략 2주 정도 김현우과 같이 살아본 김시현.

그는 김현우의 스마트폰이 그 어떤 용도로도 사용되지 않고, 오로지 게임 용도로만 사용되고 있다는 것을 깨닫고는 새삼스레 이해했다는 듯 고개를 끄덕였다.

"음, 그냥 그건 일종의 재앙 같은 건데……."

"재앙?"

김시현은 그 뒤로 간단하게 크레바스에 대해 설명해주었다.

"……그러니까 그 크레바스라는 건 그냥 던전이나 미궁이 아니라 갑작스레 땅속에 균열이 생기는 거고, 거기서 몬스터가 끝도 없이 올라온다는 거야?"

"뭐, 그렇죠. 그래서 실제로 크레바스를 겪었던 독일이랑 중국에서는 '헬게이트'라고 말하기도 한다네요."

'진짜 생각해보니 그러네.'

갑자기 땅바닥에 균열이 생기더니 거기서 몬스터가 올라온다.

어떻게 보면 지옥문이 열리는 것과 비슷할 것 같다는 생각을 한 김현우는 계속해서 질문했다.

"그럼 크레바스가 한번 일어나면 지옥이겠네?"

"지옥 수준이겠어요? 그냥 조기에 진압 못 하면 박살 나는 거죠."

"사실 크레바스에도 등급이 있기는 해. C등급부터 A등급까지 말이지."

김시현을 이어 한석원이 말했다.

"그래?"

"C등급은 2년 전에 중국에서 한 번 일어났는데 패도 길드가 크레바스를 막는 데 성공했고, B등급은 독일에서 한 번 일어났는데 아주 개박살 났어."

"……등급 차이가 좀 있나 보네?"

"그렇지. 예를 들어 C등급, 그러니까 고블린들이 잔뜩 올라오는 거라면 물량으로 막을 수 있지만, B등급 몬스터들이 올라오면 막을 수 있는 헌터도 확연히 줄어들고 위험도도 올라가지."

한석원의 말을 들으며 김현우는 정보창을 띄워 점점 내려가고 있는 시간을 바라보곤 인상을 찌푸렸다.

'……아니 아무렇지도 않게 말하길래 별거 아닌 줄 알았는데.'

알고 보니 지금 나보고 재앙을 막으라고 한 거야?

김현우는 이 상황에 투덜거렸지만, 어느새 테이블 위에 새롭게 세팅되는 음식을 보며 물었다.

"만약 우리나라에 크레바스가 열리면 막을 수 있을까?"

"……크레바스가 우리나라에 열리면?"

김현우의 말에 김시현이 저도 모르게 따라 말하며 침음 같은 신음을 흘렸다.

"막을 수는 있겠지."

"그래?"

"다만 크레바스가 열린 지형은 끝장일걸……. 불모지행일 거야, 분명히."

"……C등급이라도?"

"그렇지. 어차피 크레바스 일어난다고 해봤자 적극적으로 움직

이는 건 우리랑 소수의 한국 길드뿐일 거고, 아레스 길드는 미적거
릴 테니까."

"……해외 기업이라?"

"그렇지. 굳이 아까운 헌터 보내서 죽일 이유가 없다 이거지. 아,
물론 헌터 독점하려고 어영부영 계약한 애들이나 보내놓고 자기들
은 같이 막았습니다~ 이따위 정치질이나 하고 있겠지."

아오, 이 새끼들 생각하니까 또 빡 치네?

김시현이 그렇게 중얼거리며 신경질적으로 물을 마시는 모습을
본 김현우는 그들에게 말했다.

"그럼 크레바스가 일어나면 아예 장점은 없는 거냐?"

"장점? 있기는 있지."

"뭔데?"

"우선 크레바스를 막는 데 성공하면 정부랑 국제헌터협회에서
상금을 뿌리고, 거기에 더해서 크레바스 내에 있는 아티팩트들을
전부 먹을 수 있지."

다만 크레바스가 한번 열리면 그 아티팩트를 먹는 걸로는 복구
가 불가능할 정도로 피해를 입으니까 문제지만.

김시현이 그렇게 뒷말을 끝내며 스테이크 후식으로 나온 빵을
먹었다.

김현우는 그런 동료들을 보며 말했다.

"4일 뒤까지는 편히 쉬어둬."

"갑자기 무슨 소리야?"

"보면 알게 될 거다."

◆ ◆ ◆

아레스 길드 상층에 있는 회의실, 고풍스럽게 만들어진 그곳에 총 세 명이 앉아 있었다. 제일 상석에는 아레스 길드 한국 지부의 지부장인 흑선우. 그의 옆자리에는 인사부서의 부장인 유병욱, 그 맞은편에는 관리부장 우천명이 앉아 있었다.

조용한 회의실. 침묵 속에서 흑선우가 처음으로 입을 열었다.

"그래서, 처리하지 못했다는 거야?"

"면목 없습니다."

고개를 숙인 우천명을 바라보다 흑선우는 이내 어깨를 으쓱이곤 말했다.

"아니 뭐, 그렇게 고개를 숙일 필요는 없어. 인사부장의 말을 들어보니 관리부에서 제일 잘나가는 놈을 보냈는데 그렇게 죽었으면…… 뭐 어쩔 수 없지……. 씨발."

흑선우는 한순간, 아무렇지도 않았던 표정을 악귀처럼 일그러뜨리더니 테이블을 후려쳤다.

콰지지지지직!

순식간에 부서져 두 개로 나뉜 테이블이 또 한 번 박살 난 뒤에야 흑선우는 손을 거두곤 크게 숨을 내쉬었다.

"그래, 뭐. 어쩔 수 없지? 응? 자네를 탓하는 게 아니야. 그 녀석이 너무 비정상적으로 강했던 거지."

흑선우는 우천명을 바라보며 그렇게 말하더니 이내 가죽 의자에 몸을 기대곤 눈을 감았다.

또 한번 이어지는 침묵.

곧, 흑선우의 잔잔한 목소리가 회의실을 울리기 시작했다.

"유 부장."

"예."

"지금부터 그 새끼 물어. 알지, 내가 무슨 말 하는지?"

유병욱은 흑선우가 자신에게 언플을 지시하고 있다는 것을 깨닫고는 고개를 숙였다.

"예, 알겠습니다."

"바로 시작하지 말고, 천천히 해. 대충 5일 정도가 좋겠군. 그 녀석 조질 수 있는 거라면 모두 모아서 그냥 조져버려."

흑선우는 곧 우천명을 쳐다보곤 이어서 말했다.

"그리고 우 부장 자네는 당분간은 중국 패도 길드 쪽에 집중하라고 하고 싶지만, 인원 몇 명 더 빼놔. 그 저번에 보냈다는 놈보다 강한 놈으로."

"용병을 구해도 되겠습니까?"

"맘대로 해. 돈은 밀어주지. 다만 비밀 보장이 확실해야 한다는 건 말하지 않아도 될 테고."

"예."

"용병 구한 뒤에는 패도 길드에 집중해라. 요즘 들어 패도 길드 쪽에서도 가면무사인가 뭔가 별 엿 같은 별동대를 구성해서 우리 길드원들을 쳐내고 있는 것 같으니까."

흑선우의 말에 그는 말없이 고개를 숙이는 것으로 대답했고, 흑선우는 부서진 테이블을 보며 중얼거렸다.

"내 마음대로 되지 않는 게 있어서는 안 되지. 내 마음대로 되지 않는 게 있어선 안 돼……."

◆ ◆ ◆

현재 김포국제공항에서 일어난 크레바스 사태로 인해 공항은 긴급히 폐쇄되고 헌터들이 투입되고 있습니다. 김포국제공항 반경 5km 내에 거주 중인 모든 시민들에게 긴급 대피 명령이 내려왔으며, 현재 크레바스를 막아내려 협회 소속 헌터들이 투입되고 있지만, 상황은 점점 악화일로를 걷고 있습니다.

아나운서의 설명과 함께 모니터의 화면이 넘어가며 김포국제공항을 비추기 시작했다. 공항 안에 있는 비행기 정차장에는 딱 봐도 무척 거대한 크기의 균열이 생겼고, 그 안에서는 끊임없이 몬스터가 튀어 나오고 있었다. 던전이나 미궁에서 볼 수 있는 몬스터가 현실에 나와 활공장 내에 있는 항공기들을 부수고, 공항 안을 박살 내고 돌아다니는 모습.

몬스터와 헌터가 모여서 싸우는 모습을 중계하는 뉴스. 뉴스에서는 곧 화면을 돌리고 모니터 하단 타임라인에 '긴급 속보'라는 자막을 띄우며 시민들에게 위험을 알리는 방송을 계속해 나갔다.

김포국제공항의 외곽 쪽.

"야! 거기 막아! 여기서 몬스터 밖으로 내보내면 진짜 끝이야, 끝!"

"거기 막으라고, 이 새끼야!"

"창후야! 창후야!"

그야말로 아비규환이라는 말이 어울릴 정도로, 사방이 몬스터와 헌터의 괴성과 비명으로 가득 찬 그곳. 거기에서 같은 헌터에게 명령을 내리던 심강찬은 몰려오는 몬스터를 보며 이를 악물었다.

"속박."

닫았던 입을 열자마자 달려오던 도중 몸이 묶여 그대로 꼬꾸라진 오크의 머리에 칼을 박아 넣은 그는 주변의 몬스터들을 상대하며 인상을 찌푸렸다.

'수가 너무 많다. 지원은 도대체 언제 오는 거야!'

심강찬은 쉴 새 없이 검을 움직여 몬스터의 몸을 베어내고 새롭게 달려오는 몬스터의 공격을 방어해내면서도 주위를 살폈다.

주변은 아수라장.

같이 출동했던 헌터들은 몬스터의 물량 공세에 밀려 주춤주춤 방어선을 벗어나고 있었고, 특히 몇몇은 몬스터에게 이미 공격당해 중상을 입거나 죽은 이들도 있었다.

'이런 씨발……!'

그는 신경질적으로 오크의 글레이브를 쳐낸 뒤 머리에 검을 꽂아 넣고는 암담한 표정을 지었다.

'상황이 안 좋아.'

몰려오는 몬스터는 다행히도 C급 정도의 고블린과 오크, 그 뒤로는 C+급인 놀들뿐, 그런데도 상황은 좋지 않았다.

첫 번째 이유는 바로 압도적인 물량.

김포국제공항 내부에 생긴 크레바스는 심강찬이 몬스터를 베어버리고 있는 순간에도 그에 몇 배나 되는 몬스터를 내뱉고 있었고.

"쫄지 마, 병신아! 쫄면 뒤진다고!"

두 번째는 바로 상황의 생소함이었다.

던전이든 미궁이든 몬스터를 상대할 때면 항상 다수로, 전략을 짜서 최대한의 안정성을 추구하며 몬스터를 잡았던 헌터들은 그 습관 때문에 곤욕을 치르고 있었다. 이렇게 넓은 외부에서는 지형을 이용한 전략도 짜지 못하는 데다가, 넓은 공간을 방어해야 하니 팀플보다는 개인의 역량이 더 중요했다.

크에에엑!

조금 전 자신의 뒤를 노리고 달려온 놀의 허리를 그대로 두 동강 내는 데 성공한 심강찬. 그는 점점 몬스터의 괴성보다 많이 들려오는 헌터들의 비명을 들으며 인상을 찌푸리고 상황을 되짚었다.

불과 세 시간 전에 갑작스레 김포국제공항에 만들어진 크레바스. 크레바스가 만들어지며 생겼던 거대한 진동으로 비행기의 운행이 중지되고 시민들은 재빠르게 공항을 벗어나 인명 피해는 그리 크지 않았지만, 문제는 그다음이었다.

크레바스 안에서 끈덕지게 흘러나오는 몬스터들. 그 시점부터 헌터협회는 길드에 긴급 호출을 보냈으나, 크레바스가 나타나고 30분, 아직 김포국제공항에는 그 어떤 길드의 지원도 오지 않았다.

'씨발, 씨발!'

욕지거리를 하며 몬스터를 베어 넘기던 심강찬은 자신 옆에서 놀에게 죽을 위기에 처해 있던 헌터를 구했다.

"가…… 감사합니다, 팀장님!"

"인사는 나중에 하고 빨리 일어나! 여기서 몬스터들한테 먹히고 싶어?"

"예!"

심강찬의 목소리에 헌터가 서둘러 자리에서 일어났고, 심강찬은 다시 몸을 돌려 몬스터를 처리하며 주변 상황을 관찰했다.

'그래도 A등급 헌터가 10명은 있어서 어느 정도는 버틸 수는

있어.'

이 주변에 퍼져 있는 10명의 A등급 헌터. 그들은 A등급이 딱지치기로 얻은 게 아니라는 것을 보여주듯 침착하게 다른 하위 헌터들을 통솔해 몰려오는 물량에 대응하고 있는 듯했다.

'어디가 전멸했다는 무전이 오지는 않으니까…… 우선은 다행이다.'

심강찬이 그렇게 생각하며 몬스터를 베고 있을 때쯤.

"끄아아아아악!"

"어…… 어어? 저, 저거 뭐야! 저거 뭐냐고!"

갑작스럽게 터지는 비명에 심강찬은 고개를 돌렸고, 곧 그는 그곳에서 보아서는 안 될 것을 보았다.

"저…… 저거!"

"자이언트 스켈레톤?"

"아니 왜 저 몬스터가 갑자기……!"

A+급 몬스터! 자이언트 스켈레톤! 발견!

주변의 헌터들과 귀에 꽂은 수신기에서 동시에 들려오는 소리에 심강찬이 혼란스러워하고 있을 때 스켈레톤이 움직였다.

크기만 해도 오크의 다섯 배는 되어 보이는 자이언트 스켈레톤은 고작 몇 걸음을 움직여 심강찬이 맡은 구획에 오더니 그대로 들고 있던 쇠몽둥이를 휘둘렀다. 그 제물이 된, 카이트쉴드를 쥐고 있던 B급 헌터는 쇠몽둥이를 피하는 게 늦었다고 판단해 그대로 방패를 들어 올렸으나.

"끄아아아악!"

"호천아!"

두꺼운 카이트쉴드라도 압도적인 체급 차이에서 나오는 중력과 힘을 이기지는 못했다.

카이트쉴드 주변을 둘러싸고 있던 몬스터와 함께 하늘을 날게 된 헌터. 그는 순식간에 저 멀리 날아가 망가진 자동차에 처박혔고, 심강찬은 그쪽으로 다가가는 자이언트 스켈레톤을 보며 외쳤다.

"속박!"

그와 함께 푸른색의 마력들이 튀어나와 움직이는 자이언트 스켈레톤의 몸을 묶었으나 그것은 말 그대로 잠시뿐.

"이런 젠장……!"

불과 5초도 되지 않은 시간에 그의 속박을 아무렇지도 않게 풀어 버린 자이언트 스켈레톤은 곧바로 몽둥이를 들어 차에 처박힌 헌터가 있던 곳을 향해 몽둥이를 찍어 내렸고.

"안 돼!"

콰드드드드득! 콰직!

심강찬의 비명과 함께 자이언트 스켈레톤의 머리가 터져 나갔다.

그와 함께 나타난 남자.

"저 사람은……?"

검은 추리닝을 입은 채, 머리를 잃어 뒤로 넘어가는 자이언트 스켈레톤에게 발차기로 최후의 일격을 선물한 그 남자는 바로 김현우였다.

"후……."

그는 한숨을 내쉬더니 이내 자신의 앞에 떠 있는 로그를 보며 인상을 찌푸렸다.

[증명]

최소한의 증명을 완료했지만 그것은 말 그대로 최소한의 증명일 뿐, 이제 곧 일어날 '크레바스'의 깊은 곳에서 '열쇠'를 획득하는 것으로 당신을 증명하세요.

위치: 경기도 화성시 일대

남은 시간: 0시간 22분 32초

"아니 시간은 남았는데……! 이런 씨발 뭐 하나 제대로 알려주는 게 없어……?"

신경질적으로 정보창을 끈 김현우는 주변을 둘러봤다.

그야말로 아수라장.

그는 현재 상황을 그렇게 일축해 머릿속에 집어넣고는 이내 공항 쪽을 바라봤다.

"……."

그곳에서 김현우가 볼 수 있었던 것은 '몬스터 밭'이라는 말이 어울릴 정도로 소름 끼치게 많은 몬스터들이었다.

그동안 전혀 본 적 없는 압도적인 물량. 사람이 제대로 발 디딜 틈도 없을 정도로 가득 메워져 있는 몬스터들의 모습을, 김현우는 어이없는 웃음을 터뜨리며 바라봤다.

'더럽게 많네.'

짧은 감상.

여기 있는 헌터들 중 그 누구도 가볍게 보지 못했던 압도적인 물량을 보며 김현우는 그저 간단한 감상평 하나만을 남긴 채 곧 입가를 비틀어 올렸다.

'어차피 녀석들이 온다고 했으니 이대로 들어가고 싶지만…….
그래도 시간이 걸릴 테니 좀 처리해주는 것도 나쁘지 않겠지.'

그는 공항 안에서 끝도 없이 흘러나오는 몬스터를 보며 생각을
이어 나갔다.

'그렇다고 해도 하나하나 잡기에는 너무 시간이 오래 걸리고…….'

몬스터의 수는 압도적.

전부 때려죽일 수는 있지만, 시간이 오래 걸릴 것이었다.

'……차라도 던질까? 대량으로 죽일 수 있나?'

압도적인 물량을 최대한 빠르고 신속하게 죽이기 위해 고민하던
김현우. 그는 곧 고개를 돌리던 중, 자신의 뒤쪽에 떨어져 있는 물
건을 보며 미소를 지었다.

'그렇지.'

자이언트 스켈레톤이 쥐고 있던 쇠몽둥이. 그의 앞에는 그것이
있었다. 결정은 빨랐고, 김현우는 곧바로 행동하기 시작했다. 자신
의 몇 배나 되는 크기의 거대한 몽둥이 앞으로 다가간 그는 두 팔로
쇠몽둥이를 집어 들었다.

크그그그긍!

그와 함께 땅속을 파들었던 쇠몽둥이가 김현우에 의해 끌려 나
왔다. 양팔로 가득 안아도 손이 닿지 않을 정도의 굵기를 가지고 있
는 쇠몽둥이를 든 채, 김현우는 그대로 몸을 웅크렸다.

쿠궁…… 콰자자작!

김현우가 발에 힘을 주자마자 콘크리트가 그 힘을 이겨내지 못
해 부서지고 그의 주변에 작은 크레이터가 생겼다.

그리고 어느 순간.

꽝!

그는 콘크리트를 터뜨리며 자이언트 스켈레톤의 쇠몽둥이를 들고 날아올랐다.

"헉……!"

"미친, 저걸 어떻게 들고 뛰는 거야?"

김현우에게 집중된 헌터들의 시선. 그러나 김현우는 헌터들이 자신을 바라보는 것에 딱히 신경 쓰지 않고 자신이 할 일을 하기 시작했다.

"후우우우웁!"

김현우가 몸을 회전시키자 하늘에서 거대한 몽둥이가 회전한다.

한 바퀴, 두 바퀴.

점점 빠르게 회전하는 쇠몽둥이와 함께 헌터들의 시선이 일제히 하늘에 떠 있는 김현우에게로 쏠린다.

후우우우우웅! 후우우우우웅!

쇠몽둥이를 회전시킴에 따라 나오는 육중하고도 둔중한 바람.

그리고 어느 순간.

"이거나 처먹어라……!"

김현우는 회전하고 있던 몽둥이를 타이밍에 맞춰 그대로 놔버렸고, 몽둥이는 그대로 몬스터가 우글거리고 있는 김포국제공항 쪽으로 날아갔다.

콰가가가가각!

그와 함께 터지는 폭음!

쇠몽둥이는 바닥에 닿았는데도 불구하고 회전력을 잃지 않은 채 주변의 몬스터들을 마치 믹서기처럼 갈아버리며 앞으로 나아갔고.

쿠구구구구궁!

그와 함께 지반이 떨리며 김포국제공항의 외벽이 순식간에 무너져 내리기 시작했다. 회전하는 쇠몽둥이에 맞은 몬스터들의 몸이 사정없이 터져 나가고, 무너지는 외벽에 깔린 몬스터들이 생매장되는 엄청난 광경.

심강찬은 멍하니, 하늘에서 떨어져 조금 전 그 풍경을 만들어냈던 남자를 바라봤고.

"새…… 생각났다! 고, 고인물, 고인물이다……!"

옆에서 들리는 자신의 후임 헌터의 말에 심강찬은 저 익숙한 듯 익숙하지 않은 남자의 정체를 떠올릴 수 있었다.

탑에 12년 동안 갇혀 있었던 남자.

현재 남아 있는 3대 한국 길드의 길드장들과 동료였던 남자.

고인물 김현우.

심강찬은 김포국제공항이 무너지며 생긴 붉은 화마를 바라보는 김현우에게 저도 모르게 경외감을 느꼈다.

◆ ◆ ◆

심강찬이 김현우를 바라본 지 얼마나 되었을까.

쿵!

김현우의 몸이 일순 높이 뛰어오르는가 싶더니 몬스터들이 모여 있는 김포국제공항 쪽으로 쏘아지기 시작했다.

엄청난 속도.

몇 백 미터나 되는 주차장을 짧은 시간 안에 주파한 그는 김포국제공항 너머로 움직여 순식간에 심강찬의 시야에서 사라졌다.

"후……!"

그제야 심강찬은 다시금 본인이 어디에 있는지 자각했다.

몬스터들의 전장 한가운데.

조금 전 나타난 고인물 덕에 위험한 순간을 모면하고 몬스터들을 거의 쓸어버리다시피 했지만 그럼에도 끈질기게 살아남은 몬스터들이 있었다. 김현우의 공격 속에서 살아남은 몬스터들이 꾸역꾸역 기어 올라오고 있는 모습이 심강찬의 시야에 들어온다.

그가 검을 들어 태세를 정비하고 달려오는 몬스터를 향해 몸을 움직이려 할 때.

"일 검!"

오크들이 일자로 베였다.

"……!"

달려오던 오크들이 그 상태 그대로 몸이 절반으로 나뉘어 차가운 도로 주차장에 녹색 피를 흩뿌린다.

"괜찮나?"

심강찬의 앞에 나타난 한 남자.

"……다, 당신은!"

심강찬은 그 사람을 알고 있었다. 흑빛의 동양 무갑을 입고 허리춤의 5척짜리 환도에 손을 대고 있는 남자.

"너무 늦진 않은 것 같군."

"서울 길드……!"

심강찬은 저도 모르게 환희했다.

아무리 김현우가 몬스터를 정리했다고 해도 몬스터는 여전히 많왔다. 김포국제공항 전역에 넓게 퍼져 있는 몬스터들 중에는 김현우의 압도적인 일격을 피해 간 녀석들도 많았다. 그런 상황에 서울 길드의 지원. 심강찬으로서는 굉장한 희소식이었다.

허리춤에 있는 검은 흑도에 손을 올린 채 걷는 김시현의 뒤로 서울 길드원이 나타나고.

파직! 콰강!

그와 함께 공항 주차장 내 몬스터가 밀집해 있는 곳에 천둥이 떨어져 내렸다. 메케한 매연과 사방으로 터져 올라가는 콘크리트 더미, 그리고 그 위에 파직거리며 돌아다니는 뇌전.

"뭐가 너무 늦진 않아? 공항 상황 안 보여?"

"그래도 전멸하기 전에 도착한 게 다행이다."

"또 또, 또 중2병 걸렸네."

"이…… 이서연."

서울 길드원이 몬스터를 잡기 위해 합류함과 동시에 김시현 뒤로 푸른빛의 로브를 입은 이서연이, 그 뒤로는 온몸을 중갑으로 무장한 한석원이 걸어 나왔다.

그와 함께 서서히 맞기 시작하는 머릿수.

김시현, 이서연, 한석원이 끌고 온 길드원들은 하나도 남김없이 공항에서 빠져나오고 있는 몬스터들을 토벌하기 위해 달려들었고, 한석원도 마찬가지로 들고 있던 방패를 크게 내리쳤다.

"자, 그럼 나도 한번 가볼까……! '가속'."

한석원이 마치 전차처럼 거대한 방패를 앞세워 몬스터들이 밀집해 있는 지형으로 돌격한다.

쿵! 쿵! 하는 육중한 발소리가 들림에도 불구하고 흔들림 없이 빠른 속도로 이동한 한석원은 마주 달려오는 몬스터와 그대로 부딪혔다.

콰지지직!

아니, 몬스터들을 갈아버리기 시작했다.

한석원의 카이트쉴드에 얻어맞은 오크가 그대로 공중으로 떠오른다. 고블린이 짓눌리고, 놀의 머리통이 깨져 나간다.

수십, 어쩌면 수백일지도 모르는 몬스터가 한석원을 죽이기 위해 달려들었지만 몬스터들은 그의 돌격을 막을 수 없었다.

그 모습을 가만히 보고 있던 김시현이 혀를 차며 중얼거렸다.

"쯧, 형이 저렇게 나가버리면 일 검도 못 쓰는데."

"스킬 좀 그만 쓰고 몸으로 뛰어 좀."

이서연이 김시현을 나무라며 자신의 전용 스킬인 '뇌전'을 다룬다. 공중에 떠올라 있는 4개의 전격 구체가 사방으로 어지럽게 튀어 나가며 몬스터들에게 벼락을 선사한다.

김시현은 구체를 움직이고 있는 이서연을 불만스러운 표정으로 바라보다 이내 어쩔 수 없다는 듯 한숨을 내쉬며 검을 잡아 들고는 앞으로 걸어갔다.

그리고.

김시현 앞에 있던 몬스터는 보이지 않는 일격에 자신이 죽는지도 모른 채, 목이 잘려 나갔다.

◆ ◆ ◆

크에에에에엑!

"시끄러 새끼야."

쾅!

비명을 질러대는 놈의 머리통을 박살 낸 김현우는 쉴 새 없이 몬스터가 터져 나오고 있는 그곳을 보며 인상을 찌푸렸다.

'길이 있기는 한데.'

김현우는 크레바스가 그냥 균열이라고 생각했지만 예상 외로 크레바스 내에는 몬스터들이 올라오는 길이 있었다. 문제는 그 길이 몬스터로 빽빽하게 들어차 있다는 것.

"흐음……."

'어떻게 내려가지?'

그냥 아무 생각 없이 점프나 해볼까 싶었지만 그러기에는 크레바스의 지하가 보이지 않았다. 그렇다고 몬스터들을 일일이 처리하며 내려가려니 그것도 오래 걸릴 것 같다.

김현우는 어떤 식으로 내려갈까를 고민하며 시선을 돌렸고, 그러던 중 시선이 어느 한곳에 고정되었다.

"……."

그의 시선이 고정된 곳, 그곳엔 크레바스 근처에 아슬아슬하게 걸쳐 있는 한 대의 승용차가 있었다.

"괜찮겠는데?"

김현우는 망설임 없이 크레바스 끝에 걸쳐 위태롭게 덜렁거리고 있는 차량으로 다가가 그것을 그대로 들어 올렸다.

쾅! 콰지지직! 쿵!

하지만 차량은 정상이 아니었다. 차체는 멀쩡하지만 하단부는 완전히 박살이 나 있는 상태였고, 앞에 달린 엔진부도 무엇에 의한 건지는 모르겠지만 완전히 날아가 있었다.

하지만 김현우는 그런 것은 아무래도 상관없다는 듯 씨익 웃으며 차를 그대로 끌고 나왔다.

그리고.

우지지지직!

김현우가 승용차의 앞문을 뜯어냈다. 마치 종이를 찢듯 가볍게 앞문을 뜯어낸 김현우는 곧바로 몸을 움직여 반대편에 있는 차 문도 뜯어냈다.

우지직!

처음과 마찬가지로 아주 부드럽게 뜯기는 차 문.

김현우는 만족한 표정으로 차 문을 뜯어낸 차량의 프레임을 그대로 발로 차 크레바스 아래로 떨어뜨려버렸다.

끄에에엑! 하는 몬스터의 비명이 들려왔지만 그런 것은 아무런 상관도 없다는 듯 그는 곧 뜯어낸 양쪽의 차 문을 각각 한 손으로 들어 올려 앞으로 치켜들었다.

"오, 이거 괜찮은데?"

만족스럽다는 듯 차 문 유리로 앞을 보며 혼잣말한 김현우는 곧바로 입가에 진한 미소를 띠곤 그대로 크레바스 안쪽 길로 뛰어들었다.

크게겍!

꽈지직!

조금 전까지 벽을 타고 오르던 고블린이 김현우의 발에 깔려 머리가 터져 나갔고, 그는 차 유리문 밖으로 보이는 엄청난 숫자의 몬스터를 한 번 더 확인한 뒤.

"청소 한번 해볼까……!"

차 문을 그대로 앞쪽으로 치켜올리며 뜀박질을 시작했다.

김현우가 차 문을 들고 뛰어들자 몬스터들은 당황해하면서도 괴성을 지르며 제각각 들고 있던 무기를 그에게 휘두르기 시작했지만.

콰직! 콰가가가가가각!

그들의 움직임은 그저 의미 없는 허우적거림일 뿐.

김현우는 말 그대로 길을 청소하듯 몬스터들을 전부 다시 크레바스 안쪽으로 밀어 넣으며 전진했다.

몬스터와 몬스터 사이에 끼어서 짜부라지는 고블린. 무기 한번 휘두르다 동족의 머리에 도끼를 선물해준 오크. 미늘창을 가지고 어떻게든 해보려다 김현우의 돌격에 밀려 자기가 올라왔던 크레바스 지하로 떨어지는 놀.

몬스터들의 비명은 줄지 않았지만, 웃기게도 몬스터는 무척이나 빠른 속도로 크레바스의 길목에서 사라지고 있었다.

얼마나 달렸다고 사정없이 찌그러져 버리는 문에 김현우는 슬쩍 불만을 품었지만, 몬스터를 밀면서 가기에는 아직까지 무리가 없었기에 계속해서 전진했다.

전진, 전진, 또 전진.

차 문에 붙어 있는 유리는 어느새 깨져 있다.

차 문 사이사이에는 미늘창과 오크의 글레이브가 붙어 있고, 그나마 덜 깨진 오른손에 들고 있던 차 문에는 오크의 팔이 덜렁거리며 위태롭게 걸쳐 있다.

그렇게 길을 따라 올라오는 몬스터를 밀어버리던 김현우는 곧 크레바스의 바닥이 보이는 것을 확인하고는 이제는 거의 부서질 듯 위태롭게 덜렁거리는 차 문을 그대로 앞으로 내던졌다.

콰가가가강!

던져진 두 개의 차 문이 당황하던 몬스터들의 머리통을 깨버리고, 김현우는 조금 전까지 몬스터를 밀어버렸던 낭떠러지로 점프했다. 한순간 붕 떠올랐던 김현우의 몸이 중력의 힘을 받아 급속하게 아래로 떨어져 내리고, 김현우는 곧 자신이 낭떠러지로 밀어버렸던 수많은 몬스터의 시체 위에 안전하게 착지할 수 있었다.

!@# @#%# @ $@#.

크레바스의 끝에서 김현우는 인간의 형태를 한 어느 몬스터를 볼 수 있었다. 몸은 인간의 형태와 비슷했다. 다만 다른 점은 붉은 색의 피부와 이마에 달려 있는 뿔. 머리 한가운데에는 자신의 머리 크기 정도의 거대한 뿔이 달려 있었고, 이빨은 마치 상어처럼 날카로워 보였다.

!@#!@# !@#%%% #$%#$ @!#!@!!

어찌 보면 도깨비와 비슷하기도 한 그 녀석은 몬스터의 시체를 밟고 올라 서 있는 김현우를 보며 입을 열었다.

"저건 또 뭐라는 거야?"

물론 김현우는 그 도깨비의 말을 제대로 이해하지 못했다.

상의는 입지 않고 가죽바지를 입은 그 도깨비의 패션을 보던 김현우는 그의 허리춤에 있는 이질적인 열쇠를 보며 웃음을 지었다.

'저거다.'

김현우는 본능적으로, 자신을 보며 알 수 없는 말을 내뱉고 있는 도깨비가 퀘스트의 목표인 것을 깨닫자마자 달려들었다.

생각을 하고 나면 행동은 빠르다.

몬스터들의 시체를 밟고 한순간 도깨비에게 도약한 김현우는 망설임 없이 주먹을 뻗었다. 깔끔하게 직선으로 움직이는 김현우의 주먹,

"?"

꽝!

분명 조금 전까지만 해도 입을 열고 있던 도깨비는 얼굴 앞에 도달한 김현우의 주먹을 피해냈다. 김현우의 눈이 오른쪽으로 피하는 도깨비의 움직임을 놓치지 않고 곧바로 발을 움직여 도깨비의 배를 노렸지만.

팡!

이내 공기가 터지는 소리와 함께 역으로 날아간 건 김현우였다.

"?"

순간 몸이 붕 뜨는 감각을 느낀 김현우는 본능적으로 다가오는 도깨비를 보면서도, 자신이 왼발을 휘둘렀지만 복부를 파고들어 왔던 무언가를 생각했다.

쾅!

붕 떠서 날아가는 김현우의 몸을 향해 도깨비가 몸을 꺾어 주먹을 날린다.

옆구리로 꽂아 들어오는 주먹.

그러나 김현우는 허공을 나는 상태에서 몸을 비틀며 자세를 바꿔 도깨비의 공격을 피해냈고, 허공에 뜬 상태로 도깨비의 주먹을 잡아챈 뒤.

"흡!"

그대로 그의 몸을 끌어 올리며 안면에 발차기를 먹였다.

순간 크게 뒤로 돌아가는 도깨비의 머리.

김현우는 도깨비의 몸을 그대로 몬스터의 시체 밭 쪽으로 던지며 자세를 잡았다.

콰드드득! 콰득!

도깨비의 몸이 몬스터의 시체를 뚫고 들어가며 섬뜩한 소리가 터져 나온다. 몬스터들의 파육이 사방으로 튀어 오르고 녹색의 피가 크레바스의 바닥을 질척하게 만들었지만.

!@%$@#%.

도깨비는 그 몬스터들의 파육 속에서 아무렇지도 않게 빠져나와 녹색의 피를 뒤집어쓴 채로 김현우의 앞에 섰다.

◆ ◆ ◆

크레바스 안에서 공방이 이루어진다. 김현우의 손발이 보이지 않는 속도로 빠르게 움직이며 도깨비의 몸을 노린다.

쿵! 쿵! 쾅!

한 방, 한 방, 때릴 때마다 나는 육중한 소음.

그런 육중한 소음이 김현우의 손발에 담긴 힘을 짐작게 하고 있음에도 불구하고, 도깨비는 분명 김현우의 공격을 막아내고 있었다. 인상을 찌푸리며 김현우의 발차기와 주먹질을 몇 번이고 막아낸 도깨비는 김현우가 깊게 훅을 휘두른 그 순간 반격을 노리며 주먹을 쳐올렸다.

쾅!

깔끔한 클린히트에 김현우의 턱이 위로 들어 올려짐과 동시에 도깨비의 공격이 이어진다. 오른발을 휘둘러 옆구리를 찍어 내리고 땅바닥에 처박힌 김현우의 몸에 축을 돌던 왼발을 휘두른다.

콰가가가가각!

도깨비의 발이 크레바스의 땅을 파고들어 가 바닥에 박혀 있는 김현우의 몸을 차올렸다.

꽝! 콰직! 콰드드득! 뿌드득!

김현우의 몸이 쌓여 있는 몬스터들의 시체 쪽으로 날아가면서 시체들을 박살 냈다. 고블린의 머리가 터져 나가며 나온 녹색 체액이 김현우의 몸을 더럽혔다.

"이런 씨발……!"

도깨비의 공격으로 인해 쌓여 있는 시체 안에 파묻힌 김현우는 신경질을 내며 몸을 크게 움직였다.

우르르르르! 콰!

오크들의 시체가 사방으로 터져 나가며 김현우가 빠져나온다.

"윽……!"

인상을 찌푸린 김현우.

그의 몸에 묻은 녹색 체액에서 나는 냄새는, 김현우의 인상을 삽시간에 일그러뜨리기에 차고 넘칠 정도로 고약했다.

'이 새끼…… 생각보다 센데?'

김현우는 눈앞에 서 있는 도깨비를 보며 그렇게 평가했다.

12년 동안 튜토리얼 탑에 갇혀 몬스터만 잡았던 김현우. 물론 처음에는 고블린 한 마리를 잡는 것도 힘겨웠지만, 탑을 클리어한 회차가 늘어나면서 그는 점점 강해졌다. 그리고 나중에, 김현우는 주먹 한 방으로 탑 100층의 보스인 발록조차도 보내버릴 수 있는 힘을 가지게 되었다.

보스를 한 번에 죽이는 힘뿐이겠는가? 탑의 1층부터 10층을 한 번에 뚫어버릴 정도의 파괴력과 탑 안에 있는 몬스터한테는 아무리 맞아도 별 상처도 안 생기는 경지에 다다랐다.

그런데 눈앞에 보이는 도깨비는 어떤가? 분명 힘겨워 보이기는 했지만, 도깨비는 김현우의 공격을 막아내고 있었다. 오히려 김현우가 방심한 틈을 타 반격까지 했고.

'조금, 욱신거리는데?'

그는 조금 전 발로 차였던 옆구리가 욱신거리는 것을 느끼며 헛웃음을 짓고는 도깨비를 바라봤다.

"야."

김현우가 입을 열었다.

물론 서로의 말이 통하지 않는다는 것을 잘 알고 있었음에도.

"넌 이제 뒤졌다."

김현우는 담백하게 선고하며 자세를 잡기 시작했다.

그의 기세가 순간 달라진다.

조금 전 도깨비와 싸웠을 때 얼굴에 느긋함을 담았던 김현우는, 무척이나 진지한 얼굴로 눈앞의 도깨비에 집중했다.

양다리가 적절하게 앞뒤로 벌어지며 어깨도 마찬가지로 움직인다. 오른손은 배 아래에, 그리고 왼손은 어깨 위로 들어 올려 쭉 편 김현우는 왼손바닥을 펼친 채 도깨비를 조준했다.

갑작스레 바뀐 김현우의 자세에 도깨비가 긴장한 모습을 드러내며 그의 모습을 관찰했다. 하지만 도깨비가 그러든 말든 그는 그저 손바닥을 펼치고는 마치 길이를 가늠하듯 붉은 도깨비를 바라보고 있을 뿐.

움직이지 않는다. 분명 몬스터들이 넘치나는 크레바스인데도 불구하고 어느새 정적이 가득 차 있는 그곳에서.

콰드득!

김현우는 지반을 부수면서 달려드는 도깨비를 보며 웃음 지었다.

탑을 수도 없이 클리어하고 무료함에 미쳐 돌아갈 때쯤, 김현우는 언젠가 봤던 웹소설을 떠올리며 그런 생각을 한 적이 있었다.

'혹시 무술 같은 것으로 '깨달음'을 얻는다면 이 탑에서 나갈 수 있지 않을까?' 하는 생각.

아무런 근거도 없는 무의식에서 발의한 생각이었지만 김현우는 곧바로 실행했다. 그는 탑에 지쳐 있었고, 그곳에서 빠져나가기 위해서는 무엇이라도 할 수 있었으니까.

그렇게 해서 시작한 김현우의 무술 수련.

물론 잘되지는 않았다. 애초에 사회에서 무술이라고는 애니나 무협 웹소설, 그리고 영화에서나 본 것들이 다였고, 실전 무술은 전혀 알지 못했으니 당연히 잘될 리가 없었다.

하지만 그것도 잠시뿐.

김현우가 탑을 수백 번 클리어하며 그의 몸에 생긴 압도적인 능력치들은 그가 엉망진창으로 창안한 무술들을 '진짜'로 탈바꿈시켜줬다.

웹소설에서나 있는 말도 안 되는 공격 기술.

애니에서 보이는 화려함을 추구한 기술.

그리고 영화에서 봤던, 근거는 있어 보이지만 사실무근인 기술들.

그런 엉터리 지식들은 김현우의 머릿속에서 뒤섞여, 그의 말도 안 되는 신체 요건이 뒷받침되자 하나의 무술이 되었다.

정면 돌파는 안 된다는 듯, 앞으로 다가오던 도깨비가 돌연 각도를 틀어 김현우의 측면으로 돌아 주먹을 휘둘렀다.

그리고.

"?"

어느새 주먹을 휘두르던 도깨비의 머리 앞에, 김현우의 왼손이 닿았다. 펼쳐진 손끝이 도깨비의 이마에 닿고, 도깨비의 주먹이 금방이라도 그의 얼굴을 짓이길 듯 파고들어 간다.

그때, 김현우는 도깨비의 이마에 닿았던 손을 말아 쥐었다. 도깨비의 주먹은 이미 김현우의 몸 안쪽으로 파고들어, 이제 콤마의 시간이 지나면 그의 머리통을 부술 것이었다.

하지만.

"패왕!"

'경.'

콰아아아아아아앙!

김현우가 밟고 있던 크레바스의 지반이 사정없이 일그러지고, 그의 몸이 순간적으로 움직인다.

굉장히 짧고 간결한 하나의 움직임. 그러나 그 하나의 움직임으로, 크레바스 안에서는 거대한 폭음이 터져 나왔다.

그리고.

도깨비의 주먹이 김현우의 얼굴에 닿았을 때, 이미 도깨비의 머리는 사라지고 없었다. 어깨 위에는 마치 처음부터 아무것도 없었다는 듯 허한 도깨비의 몸체는 곧 뒤로 기울어지며 완전히 침묵했다.

털썩.

초라한 소리.

김현우는 자세를 바로잡은 채로 도깨비를 바라보다,

"아오…… 말할 뻔했네."

저도 모르게 기술명을 외칠 뻔한 자신을 탓하며 녹색 피가 달라붙은 손으로 머리를 긁적였다.

'흑역사는…… 꺼내지 말자.'

튜토리얼 탑에서 제자한테 기술을 가르치고 혼자서 기술을 수련할 때마다 기술명을 외친 탓인지 저도 모르게 쪽팔린 이름을 내뱉을 뻔했다며 깊은 한숨을 내쉰 김현우. 그는 곧 자신의 앞에 떠오른 로그를 보며 웃음 지었다.

[증명]

최소한의 증명을 완료했지만 그것은 말 그대로 최소한의 증명일 뿐, 이제 곧 일어날 '크레바스'의 깊은 곳에서 '열쇠'를 획득하는 것으로 당신을 증명하세요.

[등반자 '홍마 아르키르'를 잡는 데 성공하셨습니다!]

당신은 홍마 아르키르를 잡고 스스로를 증명하는 데 성공했습니다!! 스테이터스 창에 변화가 일어납니다.

[당신을 초대합니다.]

시스템에서 정식으로 '가디언'이 된 당신을 초대합니다. 시스템 옆에 남은 시간이 모두 흘러가면 당신은 부름을 받아 초대됩니다.

남은 시간: 3일 21시간 12분 34초

◆ ◆ ◆

그다음 날, '헌터킬'은 어제 일어난 크레바스 사태와 동시에 현재 유튜브 1위를 찍고 있는 영상 때문에 불타고 있었다.

정말로 활활 타고 있었다.

※ 이 글은 베스트 게시물로 선정되었습니다!

이번에 일어난 크레바스 사태 드론 촬영한 거 떴다 ㅅㅅㅅㅅㅅㅅ!!!

글쓴이: 이거 실화야

어제 술 처먹고 꼴아서 뭔 일이 일어났는지도 몰랐는데 오늘 아침에 일어나보니 김포공항에 크레바스 터졌다고 해서 ㄹㅇ 깜놀했다.

근데 시발 이거 영상 보다 보니까 크레바스 터진 게 깜놀한 게 아니라 고인물 때문에 더 깜놀한 거 아냐?ㅋㅋㅋㅋㅋㅋㅋㅋㅋㅋㅋㅋㅋㅋㅋ

(사진)

[김현우가 승용차 문짝 두 개를 떼서 방패로 사용하기 위에 몸을 막고 있는 사진]

시발ㅋㅋㅋㅋㅋㅋㅋㅋㅋㅋㅋㅋㅋㅋ 이게 뭐야ㅋㅋㅋㅋㅋㅋㅋㅋㅋㅋㅋㅋㅋㅋㅋㅋㅋㅋㅋㅋㅋㅋㅋㅋㅋㅋㅋㅋ

이걸 뭐라고 부르냐? 문짝 탱커라고 부르면 되냐?ㅋㅋㅋㅋㅋ

솔직히 여기서 그냥 웃고 말았는데 더 소름 돋는 건 저 차 문 들고 진짜 크레바스 쭉 밀고 들어가더라?

지금 저 모습 보고 반해서 고인물 팬카페 가입했다 ㅆㅂ ㅋㅋㅋㅋㅋㅋ

댓글 3423개

아라이상: 와 씨발 진짜 어케 했노 씨X련아!?!?

　　ㄴ B급헌터김진섭: 아니 이거 실화야? 저거 실화냐고 ㅋㅋㅋㅋㅋ 유
　　　튜브 영상 보니까 진짜 미쳤더라. 불도저임 불도저.

　　ㄴ 헌터하고싶다: 저거 진짜 창의적인 또라이 아니냐? ㅋㅋㅋㅋㅋㅋ
　　　ㅋ 무슨 차 문 두 개 뜯어서 방패로 들 생각을 하냐. 진짜 창의력 대
　　　장상 줘야 한다.

　　ㄴ 이창사릉: 목숨이 두렵지 않은 자…… MARCH.

'풋.'

고인물파티: 지금 김현우 네이버 팬카페 가입자 수 실화냐? ㅋㅋㅋㅋ
ㅋㅋㅋㅋ 개설한 지 12시간도 안 됐는데 가입자 수 2만 명 뭐냐 시발 ㅋ
ㅋㅋㅋ

　　ㄴ 오로커: 링크좀

　　　ㄴ 고인물파티: https://cafe.naver.com/GOINMUL1123

　　　ㄴ 하와와와와: ㄱㅅㄱㅅ

C급헌터: 시발 저거 진짜 사람이냐? 진짜 영상 보면서 오랜만에 한국
3대 길드장 싸우는 거 봤는데 진짜 김현우 따라갈 새끼가 없네. ㅋㅋㅋ
ㅋㅋㅋㅋ 시발 문짝탱커 씨발 ㅋㅋㅋㅋㅋ

　　ㄴ 여고생쟝: 진짜 저걸로 어케 한 거지? 문짝 다 찌그러지지 않냐?

　　ㄴ 와아아악: 근데 나는 좀 신기하게 생각하는 게 저게 진짜 A등급 헌
　　　터라고? 말이 안 된다 ㅅㅂ 존나 사기야.

ㄴ 아일랜드산: ㄹㅇ 나도 그렇게 생각한다. 사실 신입이 올 A라고 하
길래 진짜 개뻥이다 ㅅㅂ 이랬는데 영상으로 보니까 A등급이 아
니라 S등급인데? ㅋㅋㅋㅋㅋㅋㅋㅋ

이름만들어도: 야 근데 그거 이외에도 마지막 장면에 김현우 저거 뭐냐.
가만히 있는데 같이 싸우던 도깨비 대가리 터지는데?? ㄹㅇ 머지 ㅅㅂ

ㄴ 앙리띠: 솔직히 문짝 불도저에 가려서 그렇지 진짜 김현우의 힘을
확인하는 건 저 장면이 ㄹㅇ인 것 같다ㅋㅋㅋㅋㅋㅋ 가만히 서서
뚝배기를 날리는데 저거 근력 몇 돼야 가능??? 응???

낭인기수식: 아 시발 부럽다! 부럽다부럽다부럽다! 나도 재능 가지고 싶
다!! 개 같은 재능충 새끼들……!!! 코로세! 코로세!!!!! 코-로-세!!!!!

ㄴ 병신을 보면 지저귀는 새: 짹짹 짹 째짹! 짹짹 짹 째짹!짹짹 짹 째
짹!짹짹 짹 째짹!짹짹 짹 째짹!짹짹 짹 째짹!짹짹 짹 째짹!짹짹 짹 째
짹!짹짹 짹…… 더 보기

'이건 또 뭔 미친놈이야?'

멍하니 김시현의 집 소파에 누워 있던 김현우가 피식 웃은 뒤, 스
마트폰을 주머니에 넣으며 자리에서 일어나자 기다렸다는 듯 방에
서 나온 김시현이 입을 열었다.

"형, 가요."

"그거 꼭 가야 돼?"

"가야죠. 포상금 안 받을 거예요?"

"아니, 받기는 받을 건데 귀찮아서……. 그냥 안 가고 받을 수는
없어?"

"……그럴 수는 있는데, 가는 게 좋겠죠?"

김시현의 설득에 김현우는 어쩔 수 없다는 듯 자리에서 일어났다.

김현우와 한국의 3대 길드가 막아낸 크레바스 사태에 정부는 급하게 자리를 만들어 그들을 표창하려 했다.

"형."

김현우가 자리에서 일어나 걸어오자 김시현은 묘한 표정을 짓다가.

"왜?"

"아니, 옷 그렇게 입고 가려고요?"

"……이게 어때서?"

김현우가 입고 있는 파란색 추리닝을 보며 김시현이 입을 열었다. 김현우가 처음 탑에서 빠져나왔을 때 입고 있던 검은 추리닝은 크레바스 사태 때 그린스킨의 피에 젖어버렸고, 그 김에 김시현은 옷이라도 사라고 카드를 줬는데…….

"아니, 진짜 추리닝밖에 안 샀어요?"

"이게 편해."

김현우의 단답에 김시현은 한숨을 내쉬었다.

뭘 막으라고?

'이게 뭐야?'

아레스 길드 상층의 회의실.

긴 테이블의 끝에 켜져 있는 거대한 프로젝터에서 재생되는 영상을 보며 흑선우는 혀를 내둘렀다. 양옆에 앉아 있던 유병욱과 우천명도 마찬가지였고. 유병욱의 옆에 앉아 있던 헌터협회 한국 지부 정보과의 앨리스도 마찬가지였다.

회의실에 배치되어 있는 프로젝터에서는 현재 대한민국을 떠들썩하게 만들고 있는 영상이 재생되고 있었다.

"……."

그것은 바로 김포국제공항에서 일어났던 크레바스 사태의 영상. 더 정확히 말하면, 한번 터지면 도시가 완전히 날아가버린다는 크레바스 사태를 단신으로 들어가 막아버린 김현우의 영상이었다.

영상에서는 김현우가 자동차의 문짝을 떼어낸 채 그것을 방패 삼아 몬스터들을 밀어내며 내려가고 있는 장면이 나오고 있었고, 그렇게 카메라의 시야에서 그가 사라진 뒤. 뒤늦게 김현우의 모습을 따라 크레바스의 안쪽으로 내려간 드론은, 그의 마지막 일격을 찍을 수 있었다. 카메라로는 제대로 찍히지 않을 정도의 속도로 움직인 붉은 도깨비가 한순간 김현우의 측면으로 나타나 주먹을 휘둘렀고.

쾅아아아아앙!

박살이 난 것은 가만히 있던 김현우가 아닌, 오히려 조금 전까지 역동적으로 움직이던 붉은 도깨비였다.

김현우가 드론을 의식한 듯 시선을 위로 들어 올리는 것으로 끝난 영상과 함께 회의실은 침묵에 빠졌다.

정적, 그리고 또 정적.

"저게, A급이라고?"

마침내 그 무거운 정적 속에서 입을 연 것은 회의실 상석에 앉아 있는 흑선우였다.

"우선 파악한 바로는······."

유병욱이 입을 열었지만 흑선우는 그의 옆에 앉아 있던 앨리스를 바라보며 물었다.

"A급 맞아?"

"서류를 보시면 아실 텐데, 이번에 제가 드린 서류는 분석반에서 분석한 게 아닌, 저희 헌터협회 측에서 공식적으로 김현우 헌터의 능력치를 측정한 거예요."

앨리스의 말에 흑선우는 앞에 있던 서류철을 펼쳐 들었다.

헌터협회의 정보부장인 그녀가 아레스 길드의 본사까지 직접 찾아올 수밖에 없었던 이유인 서류철.

이름: 김현우
나이: 24(36)
성별: 남
능력치
　근력: A++
　민첩: A+
　내구: S++
　체력: A+
　마력: --
　행운: B
SKILL -
능력치를 고려한 헌터 등급 A+

그 안에 있는 한 장의 A4용지. 내용은 그게 끝이었다. 그 짧은 몇몇 단어를 흑선우는 짧지 않은 시간 동안 멍하니 훑어보더니 이내 어처구니없다는 듯 고개를 저었다.

"내구가 S++…… 그래, 이건 확실하게 예상하지 못했어. 솔직히 탑에서 처음 나온 녀석이 가지고 있는 능력치라고 보기에는 말도 안 되지. 그런데 문제는 말이야."

흑선우는 서류철을 툭툭 치며 이야기를 이어 나갔다.

"지금 영상에서 보이는 저 녀석의 능력은 '고작' 이 정도가 아니라는 거야.”

“그사이에 마력이 개화했을 확률은요?”

앨리스가 물었지만, 그는 고개를 저었다.

“만약 마력을 당장 C등급, 아니 애초에 천부적인 재능이 있어서 B등급으로 개화한다고 하더라도 저건 말이 되지 않아.”

“……그런가요? 하지만 저런 던전 공략 영상은 꽤 있지 않나요?”

“저 녀석을 잘 봐.”

우천명의 말에 앨리스는 고개를 돌려 조금 전 영상이 재생되었던 프로젝터를 바라봤다. 김현우가 크레바스 안으로 내려가는 장면에서 정지되어 있었다.

우천명이 입을 열었다.

“확실히 자네 말대로 그런 영상은 유튜브를 찾아보면 흔하진 않지만 찾아볼 수는 있지. 미국에 있는 S급 상위 랭커 ‘폭군’ 제이크는 그런 학살 영상을 흥미 본위로 찍어 올리니까. 하지만 그것과 이건 본질적으로 달라.”

우천명은 손을 움직여 김현우를 가리켰다.

“저 녀석이 뭘 입고 있지?”

“……추리닝?”

“그래, 추리닝이지. 들고 있는 건?”

“……차 문?”

앨리스는 대답하고 나서야 알겠다는 듯, 눈을 휘둥그레 뜨더니 중얼거렸다.

“……아이템을 하나도 안 끼고 있어?”

아이템.

그것은 헌터에게 있어 매우 중요하다. 아무리 시스템의 축복을 받고 능력치가 높다고 해도, 압도적인 신체 능력과 몸집을 가지고 있는 몬스터를 상대하기 위해서 헌터들은 더 강해야 할 필요가 있다.

그런 '강함'의 비율을 상대적으로 높게 끌어올려주는 '아이템'은 헌터에게 떼려야 뗄 수 없는 필수 요건이다. S등급 랭커에 오른 헌터들이라도 정기적으로 아티팩트를 얻을 수 있는 미궁 탐사를 지속하는 것을 보면 '아이템'이 헌터에게 얼마나 필요한 것인지 짐작할 수 있다.

앨리스가 멍하니 영상을 바라보고 있자 우천명이 중얼거렸다.

"알겠어? 저 녀석이 한 짓은 쉽게 말하면 게임에서 아무런 장비도 안 입고 보스를 클리어한 거랑 똑같다고."

게임으로 치면 빤스런이랑 똑같은 거야 저거.

"……."

우천명의 중얼거림이 끝남과 동시에 다시 조용해진 회의실.

"유 부장."

"네. 지부장님."

"자료는 전부 모았나?"

"우선 모을 수 있는 것까진 전부 모았습니다."

유병욱의 긍정.

흑선우는 망설임 없이 말했다.

"오늘 중으로 확실하게 준비해서 내일 바로 터뜨려."

"……정말 그래도 되겠습니까?"

"당연하지."

흑선우는 자신 있게 대답하며 툭툭 치던 서류철을 들었다. 다시 한번 펼쳐봤지만 변함없는 단어들. 김현우의 능력치를 찬찬히 읽어본 그는 짧게 생각했다.

'절대 이 능력치일 리가 없다.'

흑선우는 슬쩍 시선을 돌려 정지되어 있는 프로젝터 화면을 보면서 아까 전 영상을 회상했다.

말도 안 될 정도의 강력함. 차 문을 방패로 써 몬스터들을 낭떠러지로 떨어뜨리는 건 그렇다고 치지만. 그가 마지막에 보여준 그 일격. 그것은 흡사 S등급 상위권 랭크인 제이크의 고유 스킬 중에서도 필살기라고 할 수 있는 '블레스트'를 떠올리게 할 정도로 강력한 것이었다.

'마력도 없고, 스킬도 없이…… 그 정도의 파괴력.'

적으로 돌리면 그야말로 재앙이라고도 부를 수 있을 것 같은 압도적인 모습.

하지만.

'그런 압도적인 강함이 통하지 않는 상황도 있지.'

강함은 압도적이지만, 압도적이지 않다.

모순이지만, 이 말은 현재의 헌터 업계를 가장 잘 반영해주고 있는 말이기도 하다. 아무리 강한 힘을 가지고, 또 강한 능력을 가지고 있다고 하더라도 '언론'과 그 언론에 낚인 '시민'들의 힘은 무시할 수 없다. 거기에 미리 돈 좀 먹여둔 '권력'까지 한 줌 풀어준다면 그야말로 금상첨화다.

순수한 강함으로는 이길 수 없는 또 다른 강함.

'어차피 지금 와서 재권유를 하기엔 너무 늦었어. 그러니 지금이라도 빨리 뭉개버려야 한다.'

흑선우는 그렇게 생각하며 책상에 서류철을 내려놓았다.

◆ ◆ ◆

헌터협회 한국 지부.

평일 오후. 평소라면 사람 한 명 돌아다니지 않을 그곳은 현재 수많은 사람으로 가득 차 있었다. 연이어 들려오는 셔터 소리와 자판 두들기는 소리. 주변에 몰려 있는 시민들과 협회원. 단상 위에는 김현우를 비롯한 한국 3대 길드의 길드장인 김시현과 이서연 그리고 한석원이 차례대로 서 있었다.

사람들이 모여 있는 건, 이 자리가 바로 크레바스 사태 해결에 적극적인 도움을 준 헌터들을 표창하기 위해 만들어진 자리이기 때문이다.

그리고.

'대박……. 대박이다……!'

서울 길드에 소속되어 있는 헌터 '박가문'은 서울 길드원의 특혜로 표창식을 가장 앞에서 볼 수 있는 특혜를 누리게 되었다. 물론 그 기회를 놓칠 수 없었던 박가문은 유튜브 생방송을 열었고.

'시발 이게 몇 명이야?'

최근 떡상하기 시작한 자신의 구독자 수보다도 많이 들어온 시청자 수를 보며 입이 찢어질 듯 올라갔다.

오로나민CBCK: 이거 표창식 맞냐? 김현우 개웃기네ㅋㅋㅋㅋㅋㅋㅋ

가라: 오 이제 들어왔는데 딱 맞춰서 하고 있네.

216

이영천선생님: 아니이거왜이렇게채팅을못치겠지.

김현우홍보대사: 헉헉 김현우 떴다 떴뜨아!!!

고인물이되고싶은: ㅋㅋㅋㅋㅋㅋㅋㅋㅋㅋㅋ 시발 저것 봐 단상 위에 올라가 있는 사람들 김현우만 추리닝이네. 다른 애들은 전부 정장인데.

나는인싸이다: ㅋㅋㅋㅋㅋㅋㅋㅋㅋㅋㅋㅋㅋㅋㅋ파란색ㅋㅋㅋㅋㅋ ㅋㅋㅋㅋㅋㅋㅋㅋㅋ추리닝ㅋㅋㅋㅋㅋㅋㅋㅋㅋㅋㅋㅋㅋ

holyss: ㅋㅋㅋㅋㅋㅋㅋㅋㅋㅋㅋㅋㅋㅋㅋㅋㅋㅋㅋㅋㅋㅋㅋㅋ ㅋㅋㅋㅋㅋㅋㅋㅋㅋㅋㅋㅋㅋㅋㅋㅋㅋㅋㅋㅋㅋㅋㅋㅋ ㅋㅋㅋㅋㅋㅋㅋㅋㅋㅋㅋㅋㅋㅋㅋㅋ

찬은이안이: 저거 일부러 엿멕이려고 입고 나온 거 아니냐. ㅋㅋㅋㅋㅋ ㅋㅋㅋㅋㅋㅋㅋㅋㅋㅋㅋㅋㅋㅋㅋㅋㅋㅋㅋㅋㅋㅋㅋㅋㅋㅋㅋ ㅋㅋㅋ

국방부 장관의 입이 마치 중학교 교장 선생처럼 별 의미도 없고 재미도 없는 말을 하고 있을 무렵에도 채팅방은 순식간에 뜨거워졌다. 채팅방의 주된 이야기는 크레바스에 대한 것도 있었지만, 지금은 바로 김현우가 입고 온 옷에 관한 이야기가 대부분이었다.

표창을 받으러 나온 3대 길드의 길드장, 그리고 그 옆에 서 있는 협회 소속의 팀장급 인원. 그들은 모두 정갈한 정장을 입고 차렷 자세로 서서 국방부 장관의 말을 경청하고 있었다.

허나 김현우는 어떠한가?

입고 있는 것은 파란색의 추리닝. 심지어 신발도 깔맞춤인지 파란색 슬리퍼를 신고 나왔다. 추리닝 지퍼라도 좀 올리면 좋으련만

지퍼는 가슴께까지 내려와 있었고. 분명 차렷 자세를 취하고 있었지만, 그 모습이 굉장히 엉성했다. 마치 제대를 하루 앞둔 말년 병장 같은 자세.

그렇게 끓어오르던 채팅방의 열기는 김현우가 표창장을 받을 때 터져버리고 말았다. 발단은 바로 국방부 장관의 농담인지 핀잔인지 모를 말이었다.

"흠, 제가 김현우 헌터의 옷을 좀 사드려야 할 것 같습니다."

그는 김현우에게 표창장을 수여하며 그런 말을 던졌고, 김현우는 그런 국방부 장관의 말을 표창장을 받으며 받아쳤다.

"신경 쓰지 마십쇼."

"……."

순식간에 묘한 정적이 흐르게 된 단상 위.

김시현을 포함한 다른 길드장들의 눈이 확대를 누른 것처럼 커지고, 기자들이 김현우의 말을 들으며 타자기를 멈췄다.

하지만 그에 반해 박가문이 틀어놓은 채팅방은.

아르타민: ㅋㅋㅋㅋㅋㅋㅋ

칼르르를: 으하하하핳핳핳

ㅁㄴㅇㄹ: ㅋㅋㅋㅋㅋㅋㅋㅋㅋㅋㅋㅋㅋㅋㅋㅋㅋㅋㅋ 신경 쓰지 마십쇼. ㅋㅋㅋㅋㅋㅋㅋㅋㅋㅋㅋㅋㅋㅋㅋ

고인물이되고싶은: 와 ㅋㅋㅋㅋㅋㅋㅋㅋㅋ 국방부장관 아가리 한방으로 버로우 시키는 거 봐라. 괜히 고인물이 아니다. ㅋㅋㅋㅋㅋㅋㅋㅋㅋㅋㅋ

이천년전: ZZZZZZZZZZZZZZZZ

탈룰라: ㅋㅋㅋㅋㅋㅋㅋㅋ

칼튼98923: ㅋㅋㅋㅋㅋㅋㅋㅋㅋㅋㅋㅋㅋㅋ 실화냐ㅋㅋ

채팅방의 로그가 순식간에 올라 무슨 채팅이 올라왔는지도 제대로 확인할 수 없는 상태로 변해버렸다.

그렇게 유튜브의 채팅방 트래픽이 한순간 과도하게 늘어나 더 이상 로딩이 되지 않고 지연이 걸릴 때쯤.

국방부 장관이 굉장히 불편하면서도 어색한 표정으로 '襃賞金'(포상금)이라고 쓰인 봉투를 김현우에게 주었고, 그 봉투를 받은 김현우는 국방부 장관이 발을 옮기기도 전에.

"저 이제 가봐도 되죠?"

그 누구의 시선도 신경 쓰지 않는다는 듯, 추리닝 바지에 손을 집어넣고 단상 아래로 걸어 내려가기 시작했다.

◆ ◆ ◆

중국, 베이징 수도 외곽에 있는 거대한 궁전과도 같은 성.

거대한 산을 밀어버리고 그 위에 지어진 성 안에는 수십 개의 건물이 빽빽하게 들어서 있어 소형 도시라고 생각해도 될 정도였다.

마치 중세 시대의 영지 개념이 되살아난 듯한 풍경. 그런 성 중심에 있는 거대한 궁전의 안.

"……"

궁전의 안쪽은 무척이나 휘황찬란했다. 벽에는 고풍스러운 동양화가 여러 점 걸려 있고, 바닥은 딱 봐도 비싸 보이는 붉은 목재를 사용해 마감했다.

그리고 그런 궁전의 한쪽 방.

"……."

그곳에는 한 소녀가 앉아 있었다.

엉덩이까지 내려오는 긴 흑발. 홍안紅眼은 기묘할 정도의 무심함을 머금고 있었고, 그녀의 등 뒤에 그려져 있는 가면 문신은 머리카락 사이에 가려져 있었으나, 그 독특함이 유독 눈에 띄었다.

그런 그녀가 대리석으로 만든 것 같은 비싼 욕조 안에서 한 영상을 보고 있었다. 이번에 한국에서 뜨거운 이슈로 떠오르고 있는 김현우의 크레바스 영상. 김현우가 문짝을 뜯어 몬스터를 학살하고, 붉은 도깨비를 만나 일전을 치르는 그때까지도 그녀는 그저 무감정한 눈빛과 표정으로 욕조 안에 몸을 담그고 있을 뿐. 아무런 반응도 보이지 않았다.

하지만.

"……!"

어느 한순간, 그녀의 눈빛에 무심함이 사라지고 다른 것이 깃들기 시작했다. 그것은 바로 영상이 10초 정도 남았을 때, 드론에 찍힌 김현우의 모습. 아니, 정확히 말하면 김현우의 모습 때문이 아닌, 그가 취하고 있는 자세 때문이었다.

"저건, 저건……!"

그녀가 저도 모르게 입을 열며 몸을 일으켰다. 그녀의 나신이 궁전 내부에 있는 이들에게 보였지만, 그녀는 신경 쓰지 않은 채 화면에 집중했다.

영상 속의 김현우는 자세를 취하고 있었다. 양팔과 다리를 벌리고, 오른손을 배 아래, 그리고 왼손은 어깨 위로 올려 손을 펼치고 있는 모습. 붉은 도깨비가 측면으로 돌아 김현우를 공격했을 때, 김현우는 움직였는지도 모를 그 한순간에 도깨비의 머리를 날려버렸다.

그렇게 끝나는 영상.

무심했던 그녀가 눈가에 이름 모를 감정을 담고 욕조에 서서 TV를 바라보고 있는 것도 잠시.

"……저자의 이름이 뭐라고?"

옥구슬이 흘러가는 듯한 작고 귀여운 목소리. 그러나 모순되게도 그 목소리에는 알 수 없는 묵직한 기운이 담겨 있었다.

그녀의 물음에 뒤에 서 있던 건장한 체격의 남자가 조용히 고개를 숙이며 답했다.

"이번에 한국에서 튜토리얼 탑을 빠져나온 '김현우'라는 헌터입니다."

"김현우……."

그녀는 조용히 읊조리며 검게 변한 화면을 바라보다 이내 입을 열었다.

"그를 조사해봐라."

"……조사라 하시면?"

"모든 걸, 전부 조사해. 뭐 하나 빠뜨리지 말고 그의 과거부터 지금까지의 행적 전부 다."

"알겠습니다."

어찌 보면 이유가 궁금할 법한 명령인데도 불구하고 별다른 말 없이 고개를 숙이는 남자.

그녀는 어느새 하녀들이 가져온 황금색의 가운을 입으며 말했다.

"위연 길드는?"

위연 길드.

그들은 현재 중국을 한 손에 넣고 흔드는 초대형 길드 중 하나였다. 패도 길드에 꽤 많은 지분을 빼앗겼으나, 아직도 중국 던전 지분율 45퍼센트 이상을 차지하고 있는 길드.

"이번에 홍콩 쪽에 있는 주요 던전을 전부 빼앗는 데 성공했습니다."

"다른 특이 사항은 있었나?"

"이번 홍콩 던전을 점령하는 과정에서 아레스 길드와 마찰이 있었습니다."

"그래?"

"예, 결국 홍콩 주요 던전들을 전부 점령하는 데 성공하긴 했지만, 저희 쪽 인원 중에서도 간부급 한 명이 그쪽 길드의 꾐에 당했습니다."

"……당했다고?"

"예, 아마 정황상 살아 있는 채로 납치당한 것 같습니다."

"그런가."

남자의 말에 그녀는 그저 무심하게 대답하고는 가운을 입은 채 엉덩이까지 내려오는 머리를 왼쪽으로 모아 묶었다. 머리를 모아 묶자마자 그녀의 키와 머리 스타일이 조화되어 상당히 어려 보이는 인상을 얻게 된 소녀. 그녀는 사이드테일로 묶어 올린 머리를 만지작거리다 이내 손을 내리곤 말했다.

"속도를 더 내라. 고작 같은 땅덩어리에 있는 길드 하나 제대로 먹어 치우지 못해서야 내 맹세를 이루는 것은 불가능하다."

"알겠습니다. 그리고 납치당한 길드원에 대한 건은……."

"놔둬라. 고작 그런 머저리에게 방심해서 간부까지 달아놓고 납치당할 녀석이라면 이곳에 그 녀석이 있을 자리는 없다."

혹시라도 살아서 돌아온다면 모르겠지만 말이야.

그녀의 말에 남자는 고개를 숙였다.

"알겠습니다."

소녀는 이내 시선을 돌려 영상 재생이 끝난 어두운 화면을 바라봤다. 그 화면에 비친 그녀의 눈빛에는 처음과 같이 무심함이 깃들어 있었으나, 눈빛 한구석에는 '무언가'에 대한 묘한 기대감이 생겨나 있었다.

베이징 외곽에 지어진 궁전이자 '패도' 길드의 본진이라고 할 수 있는 '패왕성'의 중심지에서 그런 말이 오가고 있을 때, 한국에서는.

"……오빠 지금 완전 유명 인사 된 거 알아요?"

"그래?"

카페에서 스마트폰을 만지작거리고 있던 김현우가 대답하자 앞에 앉아 있던 이서연은 한숨을 내쉬었고, 그 옆에 있던 한석원은 큭큭거리면서 말했다.

"그냥 유명 인사도 아니고 아주 대단한 유명 인사가 됐지."

"이게 지금 웃을 일이 아니라고 생각하는데요……."

한석원이 웃는 모습을 보며 진한 한숨을 내쉬는 김시현을 보고, 스마트폰 게임을 하고 있던 김현우는 어깨를 으쓱였다.

"왜 그래?"

"아니, 형 뉴스도 안 봐요?"

"보기는 하지."

"그럼 이것도 봤을 것 아니에요?"

김시현이 스마트폰을 조작해 화면을 들이밀었다.

[12년 만에 탑에서 빠져나온 고인물 헌터 '김현우'! '자신감'인가 '오만' 인가?]

'인성' 최악? 국방부 장관의 얼굴 찌푸려질 정도

[김현우, '내가 다 부숴버릴 수 있어' 압도적 자신감!!]

[크레바스를 홀로 박살 내버린 남자 '김현우' 그는 어디까지 달려갈 것 인가?]

[김현우와 친하게 지내고 있다는 3대 길드장의 비호? 진짜인가?]

김시현의 스마트폰 화면에 올라와 있는 자극적인 뉴스의 헤드라 인들을 보고 김현우는 피식 웃으며 말했다.

"아주 이때라고 달려드는구만. 어째 기자라는 새끼들은 12년 전 이나 지금이나 변하질 않냐."

"형이 그럴 만한 소재를 던져줬으니까 그렇죠."

"내가 뭘?"

김현우가 나는 모르겠다는 투로 묻자 이서연이 한숨을 내쉬더니 이어 말했다.

"누가 표창식 하는데 자기 상 받았다고 그냥 쓱 내려가서 가버려 요? 게다가 옷도 파란색 추리닝에 파란색 슬리퍼……. 다른 사람들 은 전부 정장 차림으로 왔거든요?"

이서연이 따지듯 그에게 말하자 김현우는 고개를 절레절레 저으 며 스마트폰을 바라보곤, 이내 자기 생각을 주장했다.

"뭘 그런 걸 일일이 신경 써? 어차피 포상금만 받으면 이 이상 만 나지도 않을 사람인데. 그리고 내가 말했잖아? 나는 나 꼴리는 대로 하면서 살 거야."

다만, 자신이 생각하기에 쪽팔리다고 생각할 만한 일은 빼고.

그렇게 김현우는 스마트폰으로 시선을 가져가려다 무엇인가 떠올렸다는 듯 자리에서 일어났다.

"어디 가요?"

김시현이 묻자 김현우는 씩 웃으며 말했다.

"약속 때문에."

"약속?"

"약속이요?"

김시현과 이서연이 동시에 인상을 찌푸리며 묻자 김현우가 뚱한 표정으로 그 둘을 봤다.

"왜, 나는 약속 있으면 안 되냐?"

"아니, 오빠…… 친구 없다면서요?"

"맞아, 저번에 갑자기 인터넷 같은 거 둘러보더니 자기는 친없찐이라고 하더만."

이제 슬슬 인터넷에 적응해가는 그가 말이 재미있다며 써먹었던 것을 기억하고 김시현이 말했지만, 김현우는 걸음을 옮기며 말했다.

"걱정하지 마, 금방 끝나니까."

"아니, 형 저희 저녁 약속은?"

"그 저녁 약속 끝나기 전에 온다니까? 걱정하지 말고 한 시간…… 아니, 30분만 기다려."

김현우는 그렇게 말하며 카페의 문을 열고 나갔고, 김시현과 이서연은 그런 그의 모습을 멍하니 보다 한숨을 내쉬었다.

"걱정이다……. 걱정이야."

이서연이 중얼거리자 한석원은 피식 웃더니 커피를 마시며 입을 열었다.

"뭐가 걱정이냐? 저런 능력을 가지고 있는데."

"그것도 그렇지만 원래 사람 일이라는 게 모르잖아요. 자고로 적이란 많이 만들지 않는 게 좋다고요."

"어차피 녀석은 이미 아레스 길드랑 적대 관계잖아?"

"그러니까! 안 그래도 골치 아픈 녀석이 적으로 있는데 적을 쓸데없이 늘리는 건 좋지 않다 이 말이죠."

김시현의 걱정에도 한석원은 여전히 웃음을 지었다.

"걱정하지 마라, 저 녀석은 아무런 생각 없이 배짱부리고 다닐 놈은 아니니까."

한석원의 믿음 어린 말투에 이서연이 무엇인가를 말하려 했으나, 그녀는 이내 입을 다물고 손에 쥐고 있던 카푸치노를 입에 머금었다.

그렇게 카페에서 길드장들이 기다리고 있는 사이.

김현우는 인적이 드문 골목길 안에 들어가 눈앞에 있는 로그를 바라보고 있었다.

[당신을 초대합니다.]

시스템에서 정식으로 '가디언'이 된 당신을 초대합니다. 시스템 옆에 남은 시간이 모두 흘러가면 당신은 부름을 받아 초대됩니다.

남은 시간: 0시간 0분 14초

김현우가 잠깐 카페에서 나온 이유.

그것은 바로 시스템의 초대가 다가왔기 때문이다.

남아 있던 타이머가 서서히 떨어지며 0초를 향해 달려간다.

그리고 타이머의 시간이 0초가 되었을 때.

"……이건 참 신기하네."

김현우는 저번에 봤던 그 공간 안에 있었다. 외부로 통하는 그 어떤 경로도 없는 작은 방. 가운데에는 테이블이 있고, 그 맞은편에는 기계적인 표정을 짓고 있는 소녀 아브가 서 있었다.

"반갑습니다."

"그래, 나도 반갑다. 그래서, 네가 준 퀘스트는 클리어했는데, 이제 그 정보 권한인가 뭔가는 좀 올라갔냐?"

"네, 이번에 본격적으로 등반자를 처리하면서 김현우 헌터는 정보 권한 최하위를 넘어 정보 권한 하위를 얻게 되었습니다."

"……최하위에서 하위?"

"네."

"……그거, 결국 제자리걸음이랑 좀 비슷한 것 같은데 어떻게 생각하냐?"

"흠, 사실 최하위에서 하위로 올라왔다고 해도 열람할 수 있는 정보가 도긴개긴이기는…… 히익! 손 올리지 말아요! 저는 배운 대로 말하고 있을 뿐이라고요!"

"누구한테 배운 대로 말하고 있는데?"

"시스템님이요!"

아브는 말을 하는 도중, 조용히 손을 들어 올린 김현우를 보며 기겁한 듯 입을 열었다.

김현우는 어느새 머리 위로 손을 올리고 있는 아브를 보며 왠지 폭행자의 입장이 된 듯한 기분에 손을 내리곤 혀를 찼다.

"쯧."

그가 혀를 차는 모습을 조심스럽게 바라보던 그녀는 이내 들고 있던 손을 내리더니 김현우의 눈치를 보며 말하기 시작했다.

"아무튼…… 정보 권한이 최하위에서 하위로 오르고 이제 임시 가디언에서 등반자를 처리하고 정식으로 '가디언'이 된 만큼 본격적으로 당신이 해야 할 일을 말씀드리겠습니다."

"……해야 할 일?"

"네, 가디언으로 임명된 당신은 이제부터 등반자들을 막아야 합니다."

◆ ◆ ◆

"등반자……?"

"네, 등반자요."

"그 녀석들은 또 뭔데?"

"그들은 탑을 오르는 이들입니다."

빡!

"끄아앙!"

"한 번만 더 그딴 소리 하면 이번에는 진짜 고통이 뭔지 가르쳐 주지. 내가 탑에서 이것저것 좀 많이 해봐서 그런 건 아주 잘 알거든? 응? 몬스터한테 여러 가지 실험을 해봐서 말이야."

김현우가 주먹을 들어 올리며 말하자 아브는 눈물이 그렁한 상태로 얼굴에 슬쩍 공포의 빛을 띠며 말했다.

"아, 알았어요."

기계적이었던 목소리랑은 다른 인간과 다름없는 아브의 목소리에 김현우는 손을 내렸고, 곧 아브는 아직까지도 딱밤을 맞은 머리가 아프다는 듯 몇 번이고 같은 부위를 문질렀다.

"……제대로 설명해드리겠습니다."

그러곤 그렁그렁한 눈물을 닦지도 않고 김현우를 노려보며 설명하기 시작했다.

"우선, 등반자를 설명하기 이전에 이 이야기를 제대로 이해하기 위해서는 다른 사전 지식이 필요하니 그 부분을 이야기하겠습니다."

그렇게 시작된 아브의 말.

김현우는 그저 가만히 앉아 아브의 말을 듣고 있을 뿐이었지만, 시간이 지나면 지날수록 그의 눈가가 점점 찌푸려지기 시작했다.

그리고 아브의 이야기가 끝났을 때, 김현우는 물었다.

"……그러니까 한마디로, 지금 내가 살고 있는 '지구'가 '탑'이라는 소리야?"

"네."

아브의 확답에 김현우의 입이 저도 모르게 벌어졌다.

그녀에게 들은 내용은 김현우에게 있어서는 꽤 충격적이었다.

김현우는 인상을 찌푸리며 자신의 미간을 꾹꾹 누르더니 입을 열었다.

"자, 그러니까 네게 들은 이야기를 처음부터 간단히 정리해보도록 하자."

"……이해 안 되는 부분이 있는 겁니까?"

아브의 물음에 김현우는 아니라는 듯 고개를 젓고 말했다.

"우선 첫 번째로, 지금 내가 살고 있는 '현실'은 탑 안이라는 소리
야?"

"정확히 말하면 총 12계층의 탑에서도 가디언이 현재 지키고 있
는 곳은 9계층입니다."

"……그러니까 한마디로, 나는 지금 탑을 벗어났다고 생각하고
있었는데, 사실 탑을 벗어난 게 아니라는 소리네?"

"정확히 말하면 9계층에서 '인간'들이 직접 명명한 '튜토리얼
탑'에서는 벗어나지 않았습니까? 어차피 당신이 살던 곳은 탑 안이
었으니 탑을 벗어났다는 소리는 또 어떤 의미로 보면 조금 모순되
긴 합니다."

담담하게 말을 끝맺는 아브.

김현우는 할 말을 잃었다는 듯 그녀를 바라보곤 무엇인가를 고
민하듯 테이블에 두 손을 올리고 머리를 슬쩍슬쩍 움직이다가.

"아니 씨발, 이거 생각해보니까 조금 열 받네?"

"?"

갑작스레 열이 받는다는 듯 아브를 쳐다봤다.

무슨 상황인지 순간적으로 이해를 못 한 것인지 아브는 명한 표
정으로 김현우를 바라봤고, 그는 계속해서 입을 열었다.

"아니, 씨발 분명 나는 그냥 단순히 나를 누가 탑에 박아 넣었는
지 알고 싶었단 말이야? 근데 이거 계속하다 보니까 알고 싶은 정
보는 알지도 못하고 오히려 해야 할 일이 늘어나네?"

"아…… 아니, 그……."

"아니야, 맞아?"

김현우가 다시 주먹을 들며 으르렁거리자 아브는 겁먹은 표정으

로 맞지도 않은 머리를 감싸 쥐더니 눈치를 보며 말했다.

"아니 그…… 맞기는 한데, 그…….."

"뭐?"

"그…… 어차피 '등반자'들을 막지 않으면 9계층은 멸망하는데요? 그렇게 되면 어차피 당신이 살 곳은 사라지니까, 그……."

"아~ 한마디로 어차피 해야 할 일이다 이거네?"

"그, 그렇죠?"

"그러니까 한마디로, 어차피 해야 할 일이니까 닥치고 해라…… 이거네?"

쫘득…… 쫘드드드득!

김현우가 쥐고 있던 책상을 부숴버리자 아브의 얼굴이 사색이 되더니 급하게 입을 열었다.

"아아아아아니! 닥치고 해라!라는 소리가 아닌데요!"

"그럼 뭔데?"

"그…… 만약 진짜 닥치고 해라!라고 말할 거면…… 아니! 진짜로 그렇게 말했다는 게 아니라! 그 손 좀 치워줄래요!"

히이잉……!

김현우의 올라가는 손을 보고 울상을 지으며 습관처럼 두 손을 머리에 올린 아브.

허나 김현우가 손을 내려놓는 일은 없었다.

"다음 말해."

김현우의 냉정한 말투에 아브는 끅! 하는 소리를 냈다.

'내가 그래도 명색이 9계층의 시스템 관리자 중 한 명인데……!'

아브는 순간 반항적인 눈빛을 0.1초, 아니 콤마 단위로 드러냈으나, 그것도 김현우의 눈길에 사라질 뿐이었다.

"그, 그러니까. 저희들이 굳이 당신을 '가디언'으로 찍은 이유는 '등반자'를 막는 데 도움을 드리기 위해서예요."

"……흠."

김현우가 탐탁잖은 눈빛으로 보자 그녀는 계속해서 말했다.

"거…… 거기에 보상도!"

아브가 급하게 덧붙이자 김현우는 그제야 약간 흥미가 생겼다는 듯 표정을 슬쩍 풀고 물었다.

"무슨 보상?"

"그, 그러니까…… 제가 아는 선에서 가능한 건 어느 정도 선까지……? 그, 그리고!"

"그리고?"

"등반자를 처리하면 처리할수록 메인 시스템에 대한 공적치가 높아져서 분명 당신이 원하는 진실에 도달할 수 있을 거예요!"

"그 말은 결국 내가 원하는 진실을 듣고 싶다면 등반자를 조지라는 소리네?"

"그, 그렇죠? 거기에 보상도 얻고……."

"그러니까, 구체적으로 무슨 보상이냐니까?"

"그, 그건 시스템 공적치에 따라 제가 또 따로 판단을 해야 하는 문제라 지금 당장 무슨 보상을 어떻게 줄 수 있는지는……."

말꼬리를 흐리며 김현우의 눈치를 보는 아브.

김현우는 이내 한숨을 내쉬며 자리에 앉았다. 발을 슬쩍 움직여 부서진 테이블을 한쪽으로 밀어버린 김현우는 아브를 가만히 바라보더니 말했다.

"좋아, 알겠어. 대충 이해했어."

"네, 네에……."

"그러니까 이 한 가지만 확실하게 물어보자."

"네…… 네, 말씀하세요."

아까처럼 기계적인 말투가 아닌, 공손해진 아브의 말투.

김현우는 물었다.

"튜토리얼 탑을 만든 놈이랑, 나를 튜토리얼 탑에 가둔 씹새끼에 대한 정보는 지금 들을 수 없지?"

"네, 그건 지금 정보 권한 등급으로는……."

본능적으로 두 손을 머리로 가져가는 아브를 보며 김현우는 말했다.

"그럼, 그 정보를 듣는 데는 어느 정도의 정보 권한이 필요한데?"

"그 정보를 들으려면 최소 상위 등급의 정보 권한이 필요합니다."

"……상위 등급의 정보 권한은 그 공적치를 얼마나 쌓아야…… 아니, 그러니까 그 등반자라는 놈을 몇 명이나 잡아 족쳐야 얻을 수 있지?"

김현우의 물음에 그녀는 어물쩍거리면서 답했다.

"그것도 조금 다 다르긴 한데요…… 그, 등반자들도 다들 좀 급이 달라서…… 그, 상위 등반자 다섯 명? 아마 그 정도면 상위 권한이 풀릴 것 같은데……."

자신이 없다는 듯 그의 눈치를 보며 말하는 아브.

"내가 처음 잡았던 녀석은 어느 정도인데?"

"네?"

"그 녀석 있잖아. 붉은 도깨비 그 녀석도 등반자라고 뜨던데…….

그러니까, 이름이 뭐였지? 아르…… 아르카르?"

"아, 홍마 아르키르라면, 하위 등반자일…… 거예요. 아마도."

아브의 말을 끝으로 김현우는 더 이상 말할 것도 없다는 듯 몸을 일으켰다.

◆ ◆ ◆

그날 밤, 김시현의 집에 딸린 집무실. 여기저기 제대로 읽을 수 없는 한문으로 된 이름표가 가득 들어차 있는 책들 사이에, 김현우는 서 있었다. 그는 주변의 책들을 보면서 피식 웃었다.

'이런 거 다 읽지도 않을 거면서 괜히 겉멋으로 들여놨구만.'

책 표지 위로 선명하게 쌓인 먼지를 본 김현우는 실소하며 김시현의 책상 앞으로 가 앞에 있던 지구본을 건드렸다.

"탑…… 탑이라."

'내가 지금까지 살아온 곳이 탑…….'

김현우는 그렇게 생각하면서 입에 걸린 실소를 지우지 않고 한숨을 내쉬며 정보창을 열었다.

이름: 김현우 [9계층 가디언]

나이: 24

성별: 남

상태: 매우 양호

능력치

　근력: A++

민첩: A+

　내구: S+

　체력: A+

　마력: --

　행운: B

SKILL -

　정보 권한 [하위]

　알리미

"쯧."

시스템의 초대로 그곳에 갔다 온 뒤, 김현우의 정보창은 다시 한 번 소소한 변화가 있었다. 분명 아무것도 쓰여 있지 않던 정보 권한에는 그 옆에 하위라는 이름이 붙었고, 그 아래 '등반자'가 올라올 때를 미리 알려주는 '알리미' 기능이 생겼다. 그 이외의 변화는 없었으나, 김현우는 왠지 그 변화가 크게 느껴졌다.

특히 오늘 아브에게 들었던 이야기. 결국 간단명료하고도 담백하게 요약했지만, 실질적으로 아브가 해주었던 말들은 더 많았다.

사실 지구가 탑의 일부라는 것부터 시작해서. 이 세계에 '튜토리얼 탑'과 '던전', '미궁'이 생기게 된 이유를 아브는 전부 그에게 설명해주었다.

다만 김현우는 그런 설명이 쓸데없다고 생각했을 뿐.

'그런 자잘한 것까지 신경 쓰고 살기에는 머리가 너무 아프지. 그러니까.'

"딱 하나."

김현우는 지구본을 돌리며 생각을 이었다.

'딱 하나만 본다.'

어차피 이렇게 저렇게 생각해봤자 자신이 할 일은 변하지 않았다. 튜토리얼 탑에 자신을 누가 처박아놨는지 알아내는 것. 그것을 위해 '등반자'를 조진다. 물론 거기에 세계를 구하는 건 김현우에게 있어서 덤이었다.

'확실하게 딴지 걸고 싶은 게 한두 개가 아니기는 하지만. 그건 내가 정보 권한을 얻어 모든 사실을 알아낼 때까지 미룬다. 그래, 그 정도의 여유는 있으니까.'

김현우가 그렇게 홀로 생각하고 있을 무렵 그의 주머니에 들어 있던 스마트폰의 벨소리가 울리기 시작했다.

"?"

김현우의 스마트폰에 뜬 발신인은 바로 '이서연'.

그는 이제 익숙해진 스마트폰을 조작해 전화를 받았다.

"무슨 일이야?"

―오빠 큰일 났어요. 뉴스 봐요! 뉴스!

이서연의 다급한 목소리에 김현우는 슬쩍 인상을 찌푸리면서 물었다.

"아니, 그게 무슨 소리냐니까?"

―아니! 아우 답답해 진짜! 그냥 지금 당장 거실 달려가서 뉴스 켜보라니까요!

이서연의 말에 김현우는 어깨를 으쓱하면서도 김시현의 집무실에서 빠져나가 거실로 향했다.

이미 예능 프로그램이 틀어져 있는 TV. 그 상태에서 김현우는 리

모컨을 조작해 채널을 돌리기 시작했고, 곧 화면에 뉴스가 나왔다.

"……이건 또 뭐야?"

헤드라인에 떠 있는 글자를 읽으며 김현우는 저도 모르게 말을 내뱉었다.

[김현우, 아레스 길드가 관리하는 던전에 들어가 아레스 길드원 살해?]

화면 아래 측에 박혀 있는 헤드라인 위에서 여자 아나운서가 입을 열었다.

네, 소식이 좀 충격적이라 현재 여론이 굉장히 뒤숭숭합니다. 바로 12년 전 탑에 들어갔다 이번에야 빠져나온 김현우 헌터가 아레스 길드원을 던전에서 살해했다는 소식입니다. 뉴스를 취재한 이진명 기자가 보도합니다.

화면이 전환되고 기자의 설명이 흘러나왔다. 주된 내용은 바로 이번에 탑에서 빠져나온 김현우 헌터가 아레스 길드가 독점하고 있는 던전에 강제로 들어가 사냥을 하고 있던 길드원을 죽였다는 것이었다.

─오빠 이제 어떻게 할 거예요?

이서연이 스마트폰 너머로 보채듯 입을 열었다.

그리고.

"이 새끼들 봐라?"

김현우는 재미있다는 표정으로 뉴스에서 떠들어대는 내용을 보며 입가를 비틀어 올렸다.

수틀리게 하지 마라

12년 만에 탑에서 빠져나온 김현우가 아레스 길드의 헌터를 살해했다는 뉴스는 언론을 타고 단 하루 만에 세상을 뜨겁게 달궜다.

지금까지만 해도 헌터 업계 쪽에서만 이슈가 되던 김현우. 그는 안 그래도 크레바스를 혼자 클리어했다는 사실 덕분에 주변국의 이목을 집중시켰는데, 이번에 터진 이슈 덕분에 동아시아 전체의 이목을 끌게 되었다. 거기에 덤으로 그와 친하다고 알려진 한국의 3대 길드장, 김시현과 이서연, 그리고 한석원까지 논란거리로 꼬인 상태였다.

"쯧……."

한석원이 살고 있는 목동의 2층 저택. 마치 TV 광고에나 나올 것 같은 고풍스러운 목조로 꾸며놓은 저택 안에서 이서연은 자신의 스마트폰이 진동하는 것을 봤다.

"아주 불나겠네."

"이게 누구 때문인지 아는 거예욧?"

김현우의 말 한마디에 이서연이 히스테리를 부리며 소리를 빽 질렀다. 그래봤자 김현우는 별다른 표정 변화 없이 소파에 몸을 누이고 피식 웃으며 이서연을 달랬다.

"걱정 마, 뭘 그렇게 걱정해?"

"아니, 그럼 지금 걱정 안 하게 생겼어요? 안 그래도 저번에 아레스 길드랑 척졌다고 말했을 때부터 불안하다 싶더니……. 사람이 좀 유도리 있게 살아야죠! 여기가 탑인 줄 알아요?"

이서연이 여유로워 보이는 김현우에게 따지듯 대꾸하자 그는 묘한 표정으로 그녀를 바라봤다.

"야."

"왜요!"

"이렇게 듣고 있으니까 뭔가 굉장히 바가지 긁히는 것 같은데……?"

마누라는커녕 여자친구도 없었는데…….

학창 시절에는 고아, 고아원에서 나온 뒤에는 열심히 일하다가 인생이 참 힘들어서 군대에 자원입대했다. 그리고 제대하자마자 탑에 12년 동안 갇혀 있었던 그로서는 여자친구를 만들어본 적이 없었다. 근데도 뭘까 이 기분은.

'이거, 진짜 묘하게 바가지 긁히는 것 같은 기분인데?'

"너 나 좋아하냐?"

"오빠, 진짜 한마디만 더 씨부리면 제가 뇌전으로 지져드릴 수 있는데 한마디만 더 해보실래요?"

자신의 농담에 이서연의 표정이 한순간 굳어지는 것을 보며 김현우는 흠칫 떨었다.

뭐, 지금 상태로 이서연과 싸워도 지지는 않겠지만, 뭔가 여기서 더 장난치면 안 될 것 같다는 기분이 들었기에 그는 누워 있던 소파에서 일어나 앉았다.

그 모습을 보던 김시현이 한숨을 내쉬며 스마트폰을 흔들었다.

"제 폰 좀 봐요."

[이창진 기자]

뚝.

부재중 전화 (182)

[오영택 팀장]

부재중 전화 (183)

"세상 세상, 저 처음 나왔을 때 빼고 부재중 전화 이렇게 많이 본 건 처음이라니까요……."

"그래서 나는 그냥 폰을 꺼버렸지."

한석원의 대답에 김시현은 깊은 한숨을 내쉬며 말했다.

"아니 형은 왜 그렇게 태평해요? 지금 저희들 다 같이 사회적으로 매장되기 직전이라니까요? 길드원들한테 이야기해놓기는 했는데……."

김시현의 한숨에 김현우는 스마트폰을 조작해 현재 포털사이트 검색어 순위를 쭉 둘러보았다.

1. 고인물
2. 고인물 헌터 김현우

3. 김현우 살인

4. 아레스 길드 피해자

5. 아랑 길드

6. 고구려 길드

7. 서울 길드

8. 김시현

9. 이서연

10. 한석원

11. …….

…….

…….

…….

'이야, 실시간 검색어 1위를 먹어보긴 또 처음이네.'

물론 그가 처음 빠져나와 튜토리얼 존을 클리어했을 때도 실시간 검색어 1위를 먹긴 했지만, 김현우는 그때 당시 본인이 1위를 하는 것도 몰랐다.

그는 실시간 검색어 밑에 있는 헤드라인도 살펴봤다.

[고인물 헌터 나오자마자 살인 용의자!?]

[3대 길드 길드장 그들도 사실 김현우와 비슷한 성향?]

[아레스 길드의 열띤 증언, 진짜일까?]

[김현우에게 맞았다는 아레스 길드 피해자 증언하다]

자극적인 제목의 향연.

그는 한석원을 바라보며 물었다.

"형, 기자회견은 몇 시예요?"

"이제 30분 뒤야."

오늘 김현우를 포함한 다른 동료들이 한석원 집에 머물고 있는 이유가 바로 그것 때문이었다.

김현우는 어젯밤 이서연에게 소식을 듣고 TV 뉴스를 접하자마자 한석원에게 연락해 기자들을 모아달라고 전했고, 한석원은 그의 말대로 인맥을 동원해 기자들을 모아주었다.

"오빠, 기자들 모아서 뭐 하시려고요?"

이서연이 묘하게 불안하다는 듯한 눈빛으로 김현우를 바라보자 그는 떨떠름한 표정으로 그녀를 바라봤다.

"아니, 왜 그런 눈으로 봐?"

"……정말 모르는 거 아니죠?"

이서연이 '진짜로 몰라요?'라는 표정으로 김현우를 바라봤지만, 김현우는 당당한 얼굴로 말했다.

"내가 왜?"

그 말에 김시현과 이서연이 저도 모르게 서로 눈을 맞췄다.

김현우는 그런 둘의 모습을 보며 어깨를 으쓱이더니 걱정 말라는 투로 가볍게 이야기했다.

"내가 항상 말했잖아? 걱정하지 마, 내가 알아서 할 테니까. 내가 설마 아무런 준비도 안 하고 기자들 모아달라고 했겠어?"

"……형 스타일이면 그럴 것 같기도 한데……?"

"기자들 후려 패면서 아레스 길드도 박살 내겠다고 지랄하려는 거 아니에요?"

"……."

김현우는 생각보다 무척이나 많이 떨어져버린 신뢰에 할 말을 잃었다.

◆ ◆ ◆

그렇게 한석원의 저택에서 30분밖에 안 남은 기자회견을 준비하고 있을 때, 강남에 있는 아레스 길드의 본사에서는 흑선우가 유병욱에게 보고를 받고 있었다.

"우선 현재 상황은 성공적입니다. 언론들은 정보를 풀자마자 달려들어서 어젯밤 거의 모든 뉴스에서 이 사건에 대해 다뤘고, 오늘 낮쯤에는 토론회도 열릴 예정입니다."

"그래?"

"그 이외에도 기자들이 열심히 정보를 퍼다 새로운 의혹을 만들어내고 있으니 아마 당분간 여론의 열기는 식지 않을 겁니다."

그의 말에 흑선우는 좋다는 듯 몇 번이고 고개를 끄덕끄덕하고는 말했다.

"자, 그래서 그 녀석들은 어떻게 하고 있지?"

"우선 현재 들어온 정보로는 오늘 오후 2시경, 기자회견을 연다고 하더군요."

"그래?"

"하지만 그 기자회견에서 김현우가 어떻게 행동한다고 해도 현재 여론을 바꿀 수는 없을 겁니다."

여론은 무조건 먼저 치는 게 압도적인 점유율을 가져오니까요.

유병욱 인사부장의 말에 흑선우는 맞는다는 듯 고개를 끄덕거렸다.

'그래, 모든 건 선빵 필승이지.'

뭐든지 먼저 시작하는 게 좋다. 다른 사람보다도 한 걸음 더 먼저 내딛는 게 성공의 지름길이다. 심지어 그 한 걸음이 다른 사람을 짓밟기 위해 내딛는 한 걸음이라면 무조건 먼저 내디뎌야 한다. 그래야 조금 더 앞에서 그 녀석을 확실하게 눌러버릴 수 있으니까.

'게다가 그 녀석이 어처구니없는 짓을 해서 더 좋았지.'

흑선우는 키득거리며 며칠 전에 있었던 표창식을 떠올렸다. 굉장히 싸가지 없는 포지션으로 국방부 장관에게 표창과 포상금을 받고 그냥 내려가버리는 김현우의 모습에 사람들은 약간의 반감을 가졌다. 뭐, 그렇다고 해도 그때까지는 반감보다 김현우를 경외하거나 좋아하는 사람들이 많았던 것 같지만.

지금 뿌린 정보로 인해 상황은 완전히 반전되었다. 김현우가 크레바스를 단신으로 클리어하고 얻은 인기가 그대로 독이 되어 김현우에게 돌아가는 상황.

흑선우는 이 즐거운 상황에 미소를 지으며 입을 열었다.

"기자회견은 생방인가?"

"예, 아무래도 주변국들의 시선도 집중되어 있다 보니 아마 지상파와 케이블에서도 실시간으로 송출할 예정인 것 같습니다."

"아주 인기가 넘치다 못해 터지는군."

"아, 그리고 기자회견장에서 일어날 혹시 모를 사태를 대비해 몇 명 정도 사람을 보내놓았습니다."

유병욱의 말에 흑선우는 고개를 끄덕거렸다.

'그러니까 깝치지 말았어야지.'

흑선우는 저 꼴리는 대로 행동했던 김현우의 모습을 생각하며 비웃듯 입가를 비틀어 올렸다.

그렇게 흑선우가 느긋하게 김현우의 기자회견을 기다리고 있을 때쯤. 목동의 기자회견장에는 수많은 사람이 들어서 있었다.

앞에서 카메라를 체크하듯 이리저리 돌리는 기자부터 시작해서, 무릎 위에 노트북을 올려두고 언제든 기사를 적을 준비를 하고 있는 기자들. 그 이외에도 별다른 통제가 없다 보니 기자들이 앉아 있는 뒤에는 일반 시민들도 와서 스마트폰으로 회견장 내부를 촬영하고 있었다.

엄청난 인파. 공연장으로 사용되는 꽤 넓은 홀인데도 불구하고 자리가 꽉꽉 들어차 있는 그곳에.

"왔다! 김현우다!"

"진짜다!"

기자들이 무대 위로 올라가는 김현우의 모습을 보며 자리에서 일어나 카메라를 들이대며 다가왔지만 김현우는 빠른 속도로 마이크로 다가가 입을 열었다.

"자, 다들 앞으로 오지 마시구요. 서로서로 에티켓 지켜줍시다."

울리는 김현우의 말에 엉덩이를 들었다가 다시 착석한 기자들.

김현우는 혼자서 기자들과 시민들 앞에 섰다.

기자들은 집중하려는 듯 눈을 부릅뜨고 김현우를 바라봤고, 시민들은 웅성대면서도 스마트폰을 쥔 채 김현우를 촬영하고 있었다.

그런 상황 속에서도 김현우는 여유롭게 입을 뗐다.

"자, 우선 제가 기자회견 하는 법을 잘 몰라서, 그냥 제가 아는 대로 할게요. 저한테 질문하실 분?"

김현우의 말에 너 나 할 것 없이 손을 드는 기자들.

"네, 그쪽 기자."

김현우는 앞에 있는 안경을 쓴 남자를 지목했다.

"현재 심정이 어떠십니까?"

"네, 그냥 좆같네요."

"네?"

"좆같다고요."

김현우의 말에 순간 벙 찐 기자.

그는 망설임 없이 다음 기자를 호명했다.

"네, 그쪽 기자분은?"

지명된 기자는 얼떨떨한 표정을 짓다 질문했다.

"아시고 계신지는 모르겠지만 현재 이번 일로 인해 모든 이목이 김현우 씨에게 쏠렸는데, 아레스 길드가 일부러 노렸다고 생각하십니까?"

"누가 봐도 그렇게 보이지 않나요? 당연히 노렸다고 생각합니다."

"어제 아레스 길드의 길드원을 살해하신 것으로 굉장히 이슈가 되고 있는데 진실 여부가 궁금합니다."

"안 그래도 그거 대답해주려고 기자회견 연 거잖아요?"

기자의 말에 그렇게 대답한 김현우는 곧바로 주머니에 손을 집어넣고는 무엇인가를 꺼냈다.

"저건?"

김현우의 주머니에서 나온 것, 그것은 바로 그가 가지고 있던 스마트폰이었다.

그는 입가에 자신감 넘치는 미소를 지은 채 입을 열었다.

"이야, 저는 솔직히 아레스 길드 위쪽이 이렇게 무식할 줄은 몰랐는데……."

김현우는 스마트폰을 이리저리 조작하며 말을 이어가기 시작했다.

"솔직히 저는 이 일을 이렇게 키울 거라고는 생각하지 않았거든요."

김현우의 말에 조금 전 질문했던 기자는 추가로 입을 열었다.

"그 말은, 지금 현재 아레스 길드의 길드원을 살해하셨다고 인정하시는 겁니까?"

기자의 질문에 김현우는 피식 웃으면서 말했다.

"네."

"헉!"

그 말에 기자회견장이 술렁이기 시작했다.

삽시간에 퍼지기 시작하는 웅성거림, 그러나 김현우는 스마트폰 조작을 끝마치고.

"단."

입을 열었다.

"그 기자님들 손가락 놀리시는 건, 이 내용을 전부 듣고 나서 해 주시면 감사하겠습니다."

김현우는 그렇게 말하며 스마트폰의 재생 버튼을 눌렀고,

─뭐긴 뭐야, 아레스 길드에서 너 때문에 친히 보낸 귀한 몸이시지.

곧 스마트폰에서 켜진 소리가 마이크를 통해 회견장을 울리기 시작했다.

◆ ◆ ◆

─아레스 길드에서 보낸 자객, 뭐 그런 거야?

─이해력이 빠르네?

스마트폰에서 김현우의 목소리와 함께 다른 이의 목소리가 들린다.

─뭐, 아무튼 그렇게 대단한 건 보스 잡는 걸 봐서 알겠는데 마력 사슬에 묶이고도 그렇게 느긋해도 되겠어?

─마력 사슬? 이거?

그 목소리의 주인은 바로 예전, 김현우가 최소한의 증명을 위해 아레스 길드가 가지고 있는 던전을 클리어할 때, 김현우를 죽이러 왔던 남자 '신천강'의 목소리.

─내가 꼭 아레스 길드에서 의뢰받은 놈들을 처리할 때마다 느끼는 건데, 어떻게 너희들은 그렇게 하나같이 똑같지?

─이건 또 뭔 소리야?

─그래, 지금 네가 하는 말도 똑같아. 뒤늦게 허를 찔려 몸을 구속당하면 억지로 침착한 척하며 어떻게든 머리를 굴리지. 어떻게 해야 이 함정에서 빠져나갈 수 있을까 하고.

김현우의 스마트폰에서 들려오는 신천강의 목소리가 자신만만하게 기자회견장에 사실을 고백하고 있었다.

그저 스마트폰 안의 녹음기가 재생되었을 뿐이었지만.

─…….

─그런데 이렇게 침착한 척하면서 오히려 역도발하는 놈들의 특징이 뭔 줄 알아?

—뭔데?

—바로 내 신경을 건드려서 죽음을 재촉한다는 거야!

—콰아아앙!

그 뒤에 들리는 거대한 폭음을 끝으로 김현우는 재생이 멈춰진 스마트폰을 바라보곤 눈을 돌려 기자회견장을 바라봤다.

얼어붙은 기자회견장.

김현우가 말했다.

"이것 참, 아레스 길드의 높으신 분들이 제가 또 아무런 증거를 안 남겨놓았을 거라고 생각하신 것 같은데. 이것 참 유감이네요?"

마치 비웃는 것 같은 미소를 지은 김현우는 자신의 스마트폰을 과시하듯 흔들더니 또 한번 스마트폰을 조작하기 시작했다.

"혹시 지금 김현우 씨가 틀어준 소리는 어디서 녹음된 겁니까?"

그렇게 스마트폰을 조작하던 도중, 들려오는 기자의 말에 김현우는 대답했다.

"그건 여러분이 더 잘 아실 것 같은데? 제가 왜 이 녹음을 이곳에서 틀었겠습니까?"

김현우의 말에 순간적으로 웅성거리는 기자들.

그들은 곧바로 자판에 손을 가져가 움직이기 시작했고, 시민들과 앞 대열에 있는 기자들은 김현우 쪽으로 카메라를 돌려 사진을 찍었다.

그러던 중, 한참이나 웅성거리던 사람들 사이에서 한 기자가 손을 들지도 않고 큰 목소리로 말했다.

"그렇지만 고작 녹음일 뿐 아닙니까? 녹음은 얼마든지 조작이 가능하다고 생각합니다."

담백한 표정으로 말했지만 기자의 눈 속에 은근히 녹아들어 있는 초조함을 본 김현우는 피식 웃으며 대답했다.

"네, 안 그래도 그 이야기가 안 나오면 섭섭할 뻔했네요."

김현우는 그렇게 말하며 자신의 주머니를 뒤적거렸다.

"뭐, 언제 녹음된 파일인지 까보면 그걸로도 충분한 증거가 된다고 생각하지만, 굳이 또 저렇게 질문하실 분들이 있을 것 같아서 하나 더! 증거를 준비해드렸습니다."

그와 함께 김현우는 주머니 속에서 꺼낸 스마트폰을 다시 한번 들이밀었다.

모여 있던 기자들과 시민들의 시선이 일제히 김현우의 스마트폰을 향해 움직일 때 김현우가 입을 열었다.

"자, 이게 뭘까요?"

"그건……?"

"이건 바로 저를 죽이러 왔던 헌터의 스마트폰입니다. 뭐, 사실 록이 걸려 있어서 제대로 확인은 못 했지만……."

으쓱.

"그거야 보안 업체나 경찰관님들한테 맡기면 다 나올 테니까 우선 한번 보시라고 가지고 나와봤습니다."

그는 그렇게 말하며 스마트폰을 몇 번 정도 주변에 보여주는 것처럼 왔다 갔다 하더니 문득 기억났다는 듯 입을 열었다.

"아, 이건 말해두려던 건데, 대충 그때 상황을 모르시는 분들이 있을 것 같아 좀 요약해보려고 합니다."

김현우는 단상에 두 손을 올리곤 느긋하게 몸을 기댄 상태로 말했다.

"저는 그 사람을 죽일 의도가 전혀 없었습니다. 근데 죽이려고 달려드는데 어쩌겠습니까? 저는 이제 막 탑에서 빠져나온 신입인데, 열심히 반항했죠."

웃기는 소리라고, 회견장에 모여 있는 기자들과 시민들은 생각했다. 그도 그럴 것이 지금 눈앞에서 회견을 열고 있는 남자는 비록 탑에서 나온 지 얼마 되지 않았을지는 모르겠지만 그 능력은 이미 입증되었기 때문이다. 단신으로 크레바스에 들어가 안에 있는 보스 몬스터를 처리하고 홀로 그 재앙을 멈춘 남자. 그게 바로 김현우였다. 그렇기에 세간의 집중이 김현우에게 쏟아졌던 것이다.

모두가 그 사실을 알고 있음에도, 김현우는 마치 기만을 하듯 과장되게 몸을 으쓱거리며 말했다.

"그래서 필사적으로 '죽지' 않으려고, 네 거기 자판 치고 계신 기자분 잘 알아들으셨습니까? 저는 '죽지' 않으려고 싸운 겁니다."

자판을 치고 있는 기자를 굳이 손가락질까지 하며 입을 여는 그의 모습. 자판을 치던 기자는 김현우의 손가락질에 얼어붙었지만, 그의 입은 계속해서 말을 내뱉고 있었다.

"아무튼 그런 식으로 정당방위로 싸우다 보니, 결국 그는 그 던전에서 나오는 보스 몬스터인 '메가 엘리게이터'한테 기습을 당해 죽고 말았습니다. 이것 참, 이렇게 보면 제가 죽인 것도 아닌데, 그죠?"

김현우는 그렇게 말하고는 들고 있던 스마트폰을 다시 주머니 안쪽으로 집어넣은 뒤 입을 열었다.

"아무튼 뭐, 저도 아레스 길드랑 딱히 척을 지고 싶지는 않아서 조용히 넘어가려고 했는데 이렇게 판을 키워주시니……. 저도 저 나름대로 열심히 해보겠습니다."

끝까지 능글거리는 미소를 지우지 않은 채 김현우는 그렇게 말하며 무대에서 몸을 돌렸고, 그 순간을 끝으로 기자회견장은 아수라장이 되었다.

기자들은 들고 있던 카메라를 두고 급하게 노트북을 꺼내 기사를 작성하기 시작했고, 시민들은 너 나 할 것 없이 SNS에 자신들이 찍은 사진이나 영상을 업로드하거나 글을 쓰기 시작했다.

그리고 아레스 길드의 뒷돈을 받아먹은 몇몇 기자들을 제외한 회견장 안에 있는 기자들은 기사를 작성하며 입가에 미소를 지었다. 지금 김현우가 내뱉은 말은 하나하나가 전부 특종감이었으니까.

사실 어제 TV 정보에는 김현우가 던전에 들어가기 전 아레스 길드원들을 폭행했던 사례도 같이 올라왔지만 기자들은 그런 것은 신경 쓰지 않았다.

그도 그럴 것이, 혼자인 김현우 헌터보다는 세계적인 기업체인 아레스 길드를 물어뜯는 게 더 많은 조회수가 나올 테니까.

김현우는 회견이 열렸던 무대를 떠나며 키보드를 치고 있는 기자들을 한번 봤다.

'이슈는 더 큰 이슈로 덮는다.'

옛날, 고아원에서 지낼 때 막연하게 고아원 원장 새끼를 고발하겠다는 일념하에 이런저런 방송 관련 책을 보다가 김현우의 머릿속에 깊게 박혀버린 그 문장.

"내가 그렇게 쉽게 당할 줄 알았어?"

신천강이 자신을 습격하러 온 던전에 들어가기 하루 전, 김시현은 김현우에게 몇 번이고 되도록 조심하는 소리를 했다. 정말 혹시나 하는 마음에 그는 그날 던전에 들어가면서 스마트폰의 녹음기를 켜두었고, 가는 날이 장날이라는 속담이 괜히 있는 것은 아닌지 신천강이 왔다.

김현우는 혹시나 해서 저장해둔 녹음이 이렇게 도움이 될 줄은 몰랐다는 듯 스마트폰을 괜히 문지르곤, 김시현이 미리 대기시켜놓은 차를 향해 발걸음을 옮겼다.

◆ ◆ ◆

오후 2시에 있었던 김현우의 기자회견 뒤로, 전세는 크게 기울었다.

정부 권력에 돈을 먹이고 적당한 때에 헌터협회와 경찰을 이용해 김현우를 구속하려 했던 아레스 길드. 물론 고작 의혹뿐인 데다가, 실질적으로 CCTV에 찍힌 것은 김현우가 아레스 길드 헌터들을 폭행한 것뿐이라 처벌 수위도 낮았다. 게다가 애초에 헌터들끼리의 문제는 국가 공권력보다도 협회 지부에 일임했다. 공권력은 결국 인간이지만, 지부에는 헌터들이 있으니까.

하지만 그런 아레스 길드의 계획도 전세가 크게 기울어버린 덕분에 제대로 실행조차 되지 못하고 있었다. 그나마 있던 증거들은 이미 김현우가 터뜨린 새로운 이슈에 묻혔다. 아레스 길드와 은밀하게 연결되어 있는 언론에서 그 사실을 애써 언급하며 발악해도 그 이슈는 순식간에 묻혀버렸다.

그야말로 김현우의 '이슈는 더 큰 이슈로 덮는다'는 전략이 제대로 먹힌 상황에서.

"이런 씨발!"

와장창!

유병욱은 자신의 책상 위에 올려져 있던 컴퓨터 모니터를 책장을 향해 던져버렸다. 책장에 부딪힌 모니터가 산산이 부서지며 큰 소리가 났지만, 불이 꺼져 있는 인사부서에는 침묵만이 있을 뿐이었다.

'씨발…… 씨발!'

유병욱은 신경질적으로 의자에 앉은 뒤 눈을 질끈 감았다.

'좆됐다…… 좆됐어……!'

몇 번이고 발을 구르던 유병욱은 아까 전 눈에 띄게 굳은 표정으로 자신을 바라보던 흑선우의 얼굴을 떠올렸다.

'실책이다……. 실책이야……!'

그는 몇 번이고 입술을 깨물며 바닥을 쿵쿵 찼다.

유병욱은 자기 자신의 안일함을 탓했다.

'그 개새끼가 그렇게 준비를 하고 있을 줄이야……!'

누구라도 한 번은 '혹시'에 대해서 생각해보곤 한다.

그 혹시, 그러니까 '만약'의 상황에 대해서 유병욱이 생각을 하지 않았던 것은 아니었다. 자료를 조사하면서도 그가 혹시 이 판을 뒤집을 수 있는 증거나 또 다른 무언가를 가지고 있다면? 그런 생각은 당연히 유병욱도 했다. 꽤 많이 했다.

그는 매사에 의문을 많이 달고 다니던 사내였으니까. 그 의문과 의심을 통해 아레스 길드에 입사하고 인사과에 들어와 흑선우의 인정을 받고 인사부장 자리까지 꿰찰 수 있었으니까.

하지만 그런 유병욱이라도 김현우를 깊게 의심하지 않았다. 그것은 바로 김현우가 보여주는 일상 때문. 처음 자료를 준비하기 위해 김현우에게 사람을 붙였을 때도, 유병욱은 도저히 그를 의심할 생각을 하지 못했다.

"끄……!"

그의 생활은 단순했으니까. 집에서 나오지 않는 것은 일상다반사였고, 혹시 집에서 나온다고 하더라도 자신의 동료라던 길드장들과 밥을 먹고 카페를 가는 것 정도였다. 그 이외에 다른 곳으로 이동하지 않았다.

게다가 여러 방송 매체에서 특유의 오만하고 타인의 시선을 전혀 신경 쓰지 않는 모습을 보면서 유병욱은 우습게도 그를 더 이상 의심하지 않았다. 그 시점에서 이미 김현우는 유병욱의 머릿속에 '힘만 세고 세상 적응을 제대로 하지 못하는 머저리'로 저장되었으니까.

"하……."

그런 그가 이런 증거를 숨기고 있을 거라고 그는 도저히 생각하지 못했다. 한참이나 책상에 얼굴을 묻은 채 몇 번이고 알 수 없는 괴성을 내지른 유병욱은 순간 자리에서 일어났다.

쿠당탕!

거칠게 일어남과 동시에 의자가 나가떨어졌지만 유병욱은 신경 쓰지 않고 걸음을 옮겼다.

'지금이라도 수습해야 한다.'

그러지 않으면 다음 인사이동 때, 아니 그다음 인사이동을 볼 수 없을지도 모른다는 것을 그는 무척이나 잘 알고 있었다.

그렇게 유병욱이 이를 갈며 일을 수습하기 위해 무엇인가를 준비하고 있을 때쯤. 강남에 위치한 고급 양식집의 룸에서는 김현우를 비롯한 그의 동료들이 저녁을 먹으며 강남역의 뷰를 보고 있었다.

"으엑, 이게 뭐야."

"왜요?"

"아니, 이건 뭐 양도 적고 나는 맛이라고는 채소 맛밖에 없잖아?"

채소 소스가 곁들어진 고기를 삼킨 김현우는 옆에 있던 물을 들이켜곤 말했다.

"나는 역시 이런 고급 음식은 안 맞나 봐."

김현우가 그렇게 말하며 입을 슥 닦자 그런 그를 바라보고 있던 김시현이 입을 열었다.

"형, 그보다 그건 언제 챙긴 거예요?"

"응? 뭘?"

"그 스마트폰이요. 전 진짜 방송 보면서 깜짝 놀랐다니까요? 그걸 언제 챙겼나 하고요."

"그러게, 솔직히 저도 깜짝 놀랐어요. 분명 기자 폭행이나 안 나오면 다행이라고 생각했는데."

김시현과 이서연이 차례대로 말하자 그들을 바라보던 김현우는 어깨를 으쓱이며 말했다.

"그거, 뻥이었는데?"

"……?"

"……뭐라고요?"

"스마트폰 뻥이었다고."

◆ ◆ ◆

"거짓말이라고요?"

"응."

김현우는 그렇게 말하며 와인 잔에 담겨 있던 물을 한 모금 머금었다.

"아니, 진짜 아니었어요?"

"아, 내가 녹음해놓은 재생 파일은 진짜지. 하지만 걔들한테 보여 줬던 스마트폰은."

김현우는 자신의 가슴속에서 스마트폰을 꺼내 들었다.

검은색 스마트폰.

얼굴에 자신만만한 표정을 지으며 그는 말을 이어갔다.

"그냥 네 집에서 굴러다니던 폰 하나 집어 왔어."

"네?"

"네 서재에 가보니까 폰 많이 있던데? 그래서 그냥 하나 주워 왔지."

김현우의 말에 어처구니없다는 표정을 지은 김시현.

김시현은 폰을 꽤 자주 바꾸는 성격이라 그의 서재 한쪽 구석에는 1년도 쓰지 않은 스마트폰이 몇 개나 그대로 남아 있었다.

"아니, 그렇게 거짓말 치다가 들키면 어쩌려고 그래요?"

이서연이 톡 쏘듯 말하자 김현우는 곧바로 대답했다.

"들킬 일 없어."

"도대체 뭘 믿고 그렇게 호언장담을 해요? 그러다가 진짜 들키면 어쩌려고."

"그러니까 들킬 일 없다니까?"

김현우는 그렇게 말하며 조금 전 애피타이저로 나온 홍시를 먹었다.

이서연과 김시현이 도무지 알 수가 없다는 표정으로 그를 바라보자 한석원이 말했다.

"너무 너만 알고 있는 거 아니야? 우리한테도 좀 알려줄 수 있잖아?"

한석원의 농담 반 진담 반의 아쉬운 소리.

"뭐, 별건 아니야."

"그럼 뭔데."

"그냥, 어차피 이 스마트폰을 보안 업체에 넘기기 전에, 그 녀석들이 찾아오지 않을까 싶어서 말이야."

"……어떻게 그렇게 확신을 해? 아니, 생각해보면 분명 그럴 수도 있겠지만 그래도 너무 희망적인 진로만 생각하고 있는 거 아니야?"

"야, 너희들은 뭐 그렇게 걱정만 늘었냐?"

김현우의 말에 김시현과 이서연은 한숨을 내쉬었다.

"걱정이 안 늘려야 안 늘 상황이 아니니까 그렇지. 지금 형이 누구랑 붙고 있는지는 제대로 인지하고 있는 거야?"

아레스 길드.

그들은 이미 길드를 뛰어넘어 초대형이라는 말이 앞에 붙어야할 정도로 엄청난 세력을 가지고 있었다. 그들의 본거지인 미국은말할 것도 없고, 거의 전 세계 곳곳에, 던전과 미궁이 있는 곳에는손을 뻗치지 않은 곳이 없을 정도로 그들은 거대한 세력을 구축하고 있었다. 뭐, 한국처럼 압도적으로 던전 점유율을 빼앗긴 나라도 없기는 했지만.

　아무튼, 그런고로 김현우의 동료인 그들이 걱정을 하는 것은 당연한 일이었다. 하지만 그런 동료들과 다르게 김현우는 홍시를 퍼먹으면서도 냉정하게 상황을 정리했다.

　'이제 어떻게 나오시려나?'

　대충 김현우의 머릿속에서 떠오르는 것은 두 가지 정도가 있었다.

　'나랑 협상을 하려고 하거나, 아니면 또 멍청하게 달려들거나.'

　사실 그것 이외에도 이 상태로 빠꾸 없이 앞으로 달려 나갈 수도 있겠지만, 실질적으로 큰 세력을 가지고 있는 아레스 길드가 그럴 리 없을 거라고 김현우는 은연중에 확신했다.

　'그쪽은 나랑 싸워서 잃을 게 많지만, 나는 없거든.'

　게다가 판도 뒤집혔고, 거기에 덤으로 아레스 길드에게 돌아가는 상황도 불리하다.

　뭐 압도적인 몸집으로 짓누르겠다고 달려들면 이쪽에서도 생각하는 게 따로 있지만…….

　'아마 거기까지 가지는 않겠지.'

　한번 선택해봐라.

　김현우는 속으로 그렇게 짧은 생각을 마치며 때마침 나온 등심 스테이크를 썰기 시작했다.

　그렇게 김현우가 저녁 식사를 마치고 집으로 돌아오는 도중.

　"나는 잠깐 산책 좀 하다가 들어갈게."

　"네? 그건 또 무슨 뚱딴지같은 소리예요?"

　"말 그대로 산책 좀 하다가 들어간다고."

　김현우는 그렇게 말하더니 곧바로 몸을 돌려 김시현의 말을 들기도 전에 아파트 밖으로 걸음을 옮겼고.

"따라오지 마라."

김시현은 그를 따라가려다 들리는 목소리에 한숨을 내쉬며 몸을 옮겼다.

'……어째 형 오고 나서 점점 한숨이 느는 것 같단 말이야. 따라오지 말라고 하니…….'

김시현은 멀어지는 그의 뒷모습을 바라보다 이내 아파트로 몸을 돌렸다.

'……형이 어련히 하겠지.'

그가 크레바스 사태 때 보여준 압도적인 무력을 떠올린 김시현은 이내 김현우에 대한 걱정을 지워버리고 아파트 안으로 들어갔다.

그리고.

"이야, 들어가자마자 아주 바로 나오시네?"

아파트를 빠져나와 얼마 걷지도 않고 으슥한 골목으로 걸어가자마자 주변에서 빠져나오는 검은 옷을 입은 흑의인들을 보며 김현우는 이죽거렸다.

"이 새끼들 패션 감각이 왜 그래? 너희가 중세 시대 어쌔신이냐?"

키득거리며 그들을 놀린 김현우.

하지만 검은색의 갑옷에 얼굴까지 가린 그들은 별다른 미동 없이 그저 김현우의 앞뒤를 막을 뿐이었다. 사람들에게 둘러싸였다는 압박감이 들 만한데도 김현우가 여유로운 표정으로 서 있자, 그 사이로 한 명의 흑의인이 걸어 나왔다.

"당신을 찾는 사람이 있다."

"아레스 길드의 높은 분께서 나를 찾아?"

“…….”

입을 다무는 흑의인.

“입 다무는 거 보니까 맞나 보네?”

“네가 조용히 따라가면 알기 싫어도 알게 될 거다.”

“지랄.”

흑의인의 말에 짧게 욕설을 되돌려준 김현우는 주변을 둘러싼 흑의인들을 쭉 둘러보았다.

‘진짜 이렇게 혼자 다니면 나올까? 생각했는데…….’

진짜로 나왔다.

게다가 무더기로.

‘그렇다고 해서 전혀 쫄리지는 않지만.’

김현우는 입을 열었다.

“내가 가기 싫으면 어쩔 건데?”

“그럼 강제로 끌고 갈 뿐이지. 네가 우리를 전부 감당할 수 있다고 생각하나?”

“자신감이 아주 팡팡 터지다 못해 넘치시네? 너 나 누군지 몰라?”

분명 자신의 크레바스 영상을 봤을 텐데도 불구하고 저렇게 자신감이 넘치는 모습에 김현우는 웃으며 물었고, 남자는 묵직하게 대답했다.

“네가 누군지 알아도 마찬가지다. 우리는 그저 너를 데려오라는 명령을 들었을 뿐이다.”

“아, 그래서 나를 강제로 끌고 갈 수가 있다?”

“못 할 것 같나?”

묵직하고 조용하지만 그 자신감 넘치는 목소리에 김현우는 슥 웃고는 이내 시선을 돌려 땅바닥을 바라보기 시작했다.

그리고.

"……?"

김현우는 낡은 골목길 사이, 아무렇지도 않게 놓여 있는 화단에서.

후드드득.

"야, 너 이리로 와봐."

심어져 있는 대파를 뽑아냈다.

김현우는 파를 툭툭 털어내더니 파를 들고 있는 손을 까딱거렸다. 일순 가면 속에 가려져 있는 흑의인의 얼굴이 흠칫하고 떨리더니, 곧 어처구니없다는 듯 고개를 좌우로 꺾으며 그에게 다가갔다.

'나를 고작 던전 입구나 지키고 있는 애송이로 생각하고 있는 것 같은데…….'

흑의인은 인상을 찌푸리며 두 손에 마력을 유형화하기 시작했다.

순식간에 넘실거리기 시작하는 푸른 마력. 흑의인은 이제 세 걸음 뒤면 사정거리 안에 들어오는 김현우를 보고 주먹을 꾹 쥐며 생각을 이어 나갔다. 김현우가 얼마나 강한 헌터인지 어렴풋이 알고 있었다. 어떻게 했는지는 모르겠지만 관리부 소속인 신천강을 역으로 살해한 게 그라는 것도 알고, 크레바스 사태를 그가 단신으로 처리한 것도 알고 있다.

그가 튜토리얼 존을 클리어하는 영상 또한 봤다. 도저히 하달받은 자료에 있던 등급이라고는 믿기지 않을 정도의 능력. 하지만 김현우가 그렇게 엄청난 힘을 가지고 있다고 해서 쫄지 않았다. 오히려 자신이 있었다.

'신천강 그 새끼는 혼자였지만.'

지금 주변에는 자기와 비슷한 등급의 헌터들이 무려 10명 가까이 있었다. 이제 곧 하위이기는 하지만 S등급에 진출할 수 있는 최소 자격을 갖춘 헌터들이 10명. 이 전력이면 중위권 정도에 있는 S등급도 어떻게 상대해볼 수 있는 레벨이었다. 그렇기에 주변에 서 있는 흑의인들에게 눈짓을 주고, 김현우에게 마력을 욱여넣을 수 있는 마지막 한 발자국의 사정거리를 좁혔고.

　콰직! 쾅!

　다시 정신을 차리는 일은 없었다.

　"……?"

　흑의인들은 순간 무슨 일이 일어났는지 파악하지 못하, 붉은 벽돌을 뚫고 머리가 처박혀 기절한 자신들의 리더를 바라봤다.

　거대한 소리와 함께 일어난 잠시의 정적.

　흑의인들은 멍하니 머리가 처박힌 리더를 바라보며 머릿속에 물음표를 하나둘 띄우기 시작했고, 곧 앞에 있는 김현우를 바라봤다. 그는 손에 쥐어져 완전히 박살 난 파를 보며 쯧 하는 소리와 함께 내버렸다.

　"역시 파는 약하네."

　사실 파로 때린 것이라기보단 주먹으로 때렸지만 김현우는 파의 나약함을 탓하며 완전히 박살 난 파를 버리곤 다시 몸을 숙였다.

　그리고 이번에 그가 주운 것은.

　"……."

　누르는 부분이 망가졌는지 골목 한편에 버려진 300원짜리 볼펜이었다. 그는 볼펜의 끝부분을 잡고 흑의인들을 보며 씩 웃었다.

　"다음엔 이거다."

말과 함께 정적에 휩싸인 공간.

흑의인들은 서로 아무 말도 하지 못한 채 그 모습을 바라만 보고 있었고, 곧 리더 옆에 있던 흑의인이 눈짓과 함께 달려드는 것을 시작으로 주변의 흑의인들이 제각각 무기를 뽑아 들었다.

"끄악!"

볼펜을 쥐고 있던 주먹에 맞은 흑의인의 비명이 터져 나온다.

"감속."

"속박."

"중독."

"혼란."

흑의인들의 입에서 순식간에 수십 개의 단어가 튀어나온다.

형상화된 마력이 다음 상대를 기다리는 김현우의 몸 주변으로 움직이고 그 언어에 따라 고유한 형상을 재현한다. 땅속에서 튀어나온 검은색의 밧줄과도 같은 무언가가 김현우의 하체를 붙잡고, 김현우의 몸이 마치 슬로모션이라도 걸린 것처럼 느려진다. 그와 함께 김현우의 피부가 약간이지만 묘하게 누런 색으로 변하고 흑의인들을 노려보던 눈빛이 흐려진다.

"가속!"

"극점!"

"강화!"

"치중!"

대기하고 있던 흑의인들이 각각의 무기를 뽑아 들고 제 몸에 버프를 걸며 달려든다. 순식간에 김현우가 흑의인들의 사정거리 안에 들어가고, 그들은 제각각의 무기로 김현우를 공격했다.

흑의인의 두 검이 김현우의 배와 오른쪽 팔을 향해 움직인다. 측면에 있던 흑의인의 창이 김현우의 오른쪽 허벅지를, 쌍수 단검을 들고 있던 흑의인이 양손에 쥔 단검으로 발목을 내리친다.

목숨을 빼앗지는 않지만, 저 공격 중 단 하나라도 당한다면 평생 장애를 안고 살아가야 할 만큼 치명적인 부위에 망설임 없이 무기를 꽂아 넣는 그들. 그들은 무기가 김현우의 몸에 닿기 직전, 그가 전혀 움직이지 않는다는 것을 알아차리고 망설임 없이 무기를 찔렀다.

하지만.

"무슨……?"

김현우의 몸에 무기가 박혔다.

그래 박혔다.

그의 피부에.

김현우의 배와 오른쪽 팔을 향해 휘두른 검에 피가 맺힌다. 창에도 마찬가지로 붉은 피가 맺히고, 쌍수 단검의 양쪽 칼끝에도 붉은 피가 방울방울 맺힌다.

그래.

그게 끝이다.

"미친……!"

다섯 명이 한꺼번에 달려들었던 공격. 거기에서 그들은 움직이지 않는 김현우의 몸에 무기를 꽂기는 했지만, 김현우에게 타격을 주지는 못했다.

아니, 주기는 했다. 그의 피부에만.

"하고 싶은 일은 전부 끝냈냐?"

흑의인들의 무기는 김현우의 몸을 뚫고 들어가지 못했다.

김현우가 씨익 웃으며 자신 주변에 무기를 들이밀고 있는 흑의인들을 한번 둘러본다. 그리고 김현우의 팔이 움직였다.

꽈득!

"끄엑!"

앞에서 배를 찌르던 흑의인이 괴성을 내지르며 날아간다.

투두두두둑!

김현우의 몸을 속박했던 검은 무언가가 끊어져 나가고, 흑의인은 아차 하는 마음과 동시에 몸을 빼려 했지만.

"어딜……!"

김현우는 뒤로 몸을 튕기며 쌍수를 잡고 있는 흑의인을 붙잡았다. 그 찰나의 순간, 자신의 손에서 벗어나기 위해 몸부림치는 흑의인을 보며 김현우는 이죽거렸다.

"영광으로 생각해라."

흑의인의 몸이 김현우의 팔 궤적을 따라 크게 휘둘린다!

"생명을 무기로 쓴 건 네가 처음이니까……!"

꽝!

김현우는 엄청난 힘으로 쥐고 있던 흑의인을 뒤로 빠지고 있는 녀석들에게 던져버리고.

꽝! 콰가강! 콰직!

곧바로 달려 들어가 남은 흑의인들을 쥐어 패기 시작했다.

뒤늦게 몸을 빼려던 흑의인들은 단 하나도 빠짐없이 김현우의 손에 잡혀 얼굴이 갈리고.

"히…… 히이이익!"

"너는 특별히 살려주지."

김현우는 마지막으로 남아 부들부들 떨며 창을 붙잡고 있는 흑의인을 보며.

"안내해라, 나를 부르는 녀석이 있는 곳으로."

김현우는 웃었다.

◆ ◆ ◆

경기도 광주 외곽 산맥에 있는 지하 벙커.

아레스 길드가 여러 가지 비밀스러운 일을 위해 정부에 돈을 먹여 극비로 제작한 곳. 밖에서 볼 때는 그저 낡은 철문 하나밖에 없지만 실상은 현대 문명의 이기가 잔뜩 들어가 있는 곳이다.

그런 철문 앞에서, 두 명의 흑의인이 가장자리에 기대 이야기를 나누고 있었다.

"에휴, 씨발 우리 길드는 뭐 이렇게 돈을 이런 데다 꼬라박냐?"

"그런 말 하지 마라. 이런 데가 생겼다는 게 우리 같은 머더러 헌터들이 일할 수 있는 환경을 만들어준 거잖아?"

머더러 헌터.

협회와 국가에서 민간인 '살인'이나 혹은 그에 준하는 범죄를 저지른 헌터들을 이르는 말이다. 보통 헌터끼리의 싸움은 던전 안에서 이뤄지는 터라 증거도 없고 거의 모든 수사가 애매하지만, 머더러 헌터들은 던전 안이 아닌 현실에서 시민이나 헌터들을 죽인 이들이다.

그 말을 들은 흑의인 중 한 명이 낡은 철문을 한번 바라보곤 낄낄거리며 말했다.

"그렇긴 하지. 이런 것들을 만들어두니까 우리도 재미있게 작업할 수 있고 말이야……. 그치?"

"아, 그러고 보니까 그, 관리부 1팀 녀석들 작업 나간 거 이쪽으로 온다고 했었나?"

"아니, 지부장님은 오늘 잠깐 일이 있어서 여기에 들른 거고 우리가 그 고인물인가 뭔가 하는 녀석 볼 일은 없을걸?"

"그래?"

"너 좀 아쉬워 보인다?"

한 명이 물었고, 다른 한 명이 어깨를 으쓱하며 말했다.

"솔직히, 요즘에 TV에서 존나 띄워주니까, 좀 처맞고 질질 끌려오거나 쫄아가지고 1팀 애들한테 둘러싸여서 오는 거 보면 좀 웃길 것 같았는데."

"그렇지? 나도 그 생각 하기는 했다."

그렇게 철문에 기댄 흑의인들이 키득거리고 있을 때.

쿵!

그들의 앞에 한 명의 남자가 떨어져 내렸다. 갑작스레 하늘에서 뚝 떨어진 남자를 보며 흑의인들은 말을 멈추고 그를 바라봤지만. 그는 긴장감이라곤 전혀 없는 투로 주변을 둘러보더니 자신의 손에 들린 남자를 흔들었다.

질질…….

"야, 여기 맞아?"

"예…… 예예! 맞…… 맞습니다!"

파란색 추리닝에 마찬가지로 파란색 슬리퍼를 깔로 맞춘 남자가 손에 잡혀 있는 흑의인을 탈탈 털자마자 나오는 대답.

"좋아."

그는 만족한 표정으로 흑의인을 바라보더니.

쿵! 꽈드드득!

"끄게에에엑!"

"죽이지는 않았다."

흑의인의 얼굴을 그대로 흙바닥에 처박으면서 말했다.

"뭐…… 뭐야?"

갑작스레 앞에서 일어난 유혈 사태에 흑의인들이 당황하며 기댔던 자세를 풀려고 했지만.

"끅……!"

"끄아아아아아악!"

이미 두 명의 흑의인은 김현우의 손에 얼굴을 잡혀 비명을 지르기 시작했다. 그의 손에 들린 채로 몸을 버둥거리는 흑의인들에게 김현우는 짧게 선고했다.

"뭐긴 뭐야? 너희들 저승으로 보내줄 저승사자지."

쾅!

두 흑의인의 머리를 벽에 그대로 처박아버린 김현우는 쓱 하는 웃음을 머금으며 낡은 철문을 그대로 차 날렸다.

"이야, 돈 많이 처발랐나 보네?"

철문이 날아가자마자 보이는 내부의 풍경에 김현우는 절로 감탄하며 주변을 둘러보았다. 조금 전 대문이었던 낡은 철문의 이미지와 달리 내부는 굉장히 깔끔했다.

마치 고급 빌라의 인테리어를 그대로 따온 듯한, 어찌 보면 모델

하우스처럼 깨끗하게 꾸며져 있는 그곳을 감상하던 도중.

"누구냐!"

"저 새끼다, 저 새끼!"

"저건 또 무슨 또라이 새끼야!"

하나밖에 없는 통로로 몰려들기 시작하는, 제각각의 무기를 든 헌터들을 보며 김현우는 씩 웃었다.

"찾아갈 필요 없이 이렇게 몰려와주니까 정말 몸 둘 바를 모르겠구먼?"

김현우는 몰려오는 헌터들을 보며 입가를 길게 찢었다.

김현우가 몰려드는 헌터들을 상대하기 위해 걷기 시작했을 때, 벙커의 제일 안쪽 방에서는 아레스 길드의 지부장인 흑선우가 붉은 마력에 묶여 있는 한 여자를 보고 있었다.

온몸에는 고문의 흔적이 여실해 보이는 상처들이 여기저기에 나 있고, 눈은 금세 맛이 갈 것처럼 흐리멍덩해져 있는 여자의 모습.

흑선우는 그런 여자를 무감정하게 바라보며 입을 열었다.

"이 친구야, 이제 그만 좀 버티는 게 어때? '패도' 길드에서도 널 버렸다니까?"

"……."

"내가 몇 번이나 제안했지만, 또 한번 제안하도록 하지. 네가 여기서 패도 길드 내부 정보와 인원 취약점만 알려주면 원하는 대로 해주겠다니까?"

응?

흑선우는 그렇게 말하며 흐리멍덩한 눈빛을 가진 여자와 눈을 맞췄지만 그녀는 이내 힘겹게 시선을 다른 곳으로 돌렸다.

명백한 거절의 표현.

"이야, 이거 독한 년이네? 야, 한 발 더 못 넣냐?"

"헌터한테도 마약 치사량이 있습니다. 이 이상 투여하면 온몸에서 피를 줄줄 흘리면서 죽을 겁니다. 사실 지금도 더 이상 '원래'로는 돌아오지 못할 겁니다."

"쯧, 돌겠네."

흑선우는 아쉽다는 듯 입맛을 다시더니 다시 무릎을 굽혀 그녀와 시선을 맞췄다.

"들었어? 너 이 이상 가면 진짜 큰일 난다는데 정말 그렇게 뻐팅길 거야? 응? 너 저기 있는 친구들 보이지?"

흑선우는 방 안에 있는 총 여덟 명의 헌터를 쭉 가리켰다.

"쟤들 취향 좀 센 애들이다? 응? 너 진짜 여기서 말 안 하면 좆된다니까? 몸도 박살 나고 정신도 박살 나."

이런 말에도 아무런 말 없이 고개를 돌리는 그녀를 보며 흑선우는 알겠다는 듯 고개를 끄덕거리며 자리에서 일어나 옆에서 대기하고 있던 남자에게 말했다.

"야, 한 발 더 놔줘."

"그럼 잠깐 동안은 말을 하겠지만 결국에는 취조를……."

"어차피 이렇게 두면 말도 안 할 것 같은데 뭐. 그냥 시원하게 한 방 놔주고 망가질 때 여기 친구들한테 한번 쫙 돌려줘. 해소라도 하라고."

아무렇지도 않게 사람의 인생을 나락으로 떨어뜨리는 말을 한 흑선우. 그의 명령에 남자가 옆 테이블에 있던 주사기를 쥐며 묶여 있는 여성에게로 다가갔고.

쾅!

그와 함께 닫혀 있던 문이 부서져 나가며, 그 앞으로 김현우가 튀어나왔다.

"뭐……? *끄엑!*"

콰드득.

김현우는 문 옆에 어리둥절한 표정으로 자신을 바라보고 있는 남자를 그대로 발로 차버린 뒤, 방 안의 상황을 관찰했다.

방을 두르고 서 있는 헌터들.

그 가운데에 있는 딱 봐도 멋들어진 정장을 입고 있는 남자와 그 앞에 묶인 상태로 흐리멍덩한 눈을 자신에게 보내고 있는 여자.

그녀의 몸에 있는 숱한 상처와 팔뚝에 있는 주삿바늘, 그리고 오른쪽 테이블 위에 놓여 있는 주사기들을 보며 김현우는 입을 열었다.

"이거 사람을 불러놓고 다른 사람 먼저 부르는 건 예의가 아니지 않나?"

"넌 김현우……! 네가 어떻게 여기에…… 관리1팀은……?"

여자의 앞에 서 있던 흑선우가 몸을 돌리며 입을 열자 김현우가 추리닝 주머니에 손을 넣고는 말했다.

"아, 네가 보낸 그 친구들? 다 차가운 길바닥에서 잘 자고 있을걸? 얼굴에는 끈적끈적하게 피도 흘러나와서 입이 돌아가진 않을 거야."

낄낄거리는 웃음을 짓는 김현우의 모습.

그의 맞은편에 서 있던 흑선우는 김현우가 발로 차고 걸어왔던 그 길 뒤로 잔뜩 쌓여 있는 아레스 길드 소속의 헌터들을 보았다.

"아, 여기에 있는 네 친구들도 마찬가지고."

"죽어라, 이 새끼야!"

김현우의 말이 끝나자마자 옆에 서 있던 헌터가 순간 가속을 사용한 속도로 김현우의 목 아래까지 치달았다.

꽝! 우탕탕탕!

하지만 당한 건 김현우가 아닌 그.

김현우는 발로 남자의 몸을 후려치곤 말했다.

"이것 참, 분명 나는 초대를 받고 온 것 같은데……? 왜 이렇게 친구들이 과격하지? 응? 나랑 한번 해보고 싶다 이거야?"

그의 말에, 방 안에 있는 이들이 순간 긴장한다.

분명 눈앞에 있는 남자는 보기만 해서는 그저 평범했다. 아니, 평범한 것도 아니다. 외모만 보자면 그냥 백수에 가까웠다. 입고 있는 건 파란색 추리닝, 머리도 자르지 않아 더벅머리에다가, 발에는 파란색 슬리퍼를 끼고 있었다.

자세 또한 마찬가지였다. 바지 주머니에 양손을 집어넣고, 싸울 준비라고는 단 하나도 되어 있지 않은 느긋한 자세. 그런데도 그에게서 뿜어져 나오는 압도적인 오라에 흑선우는 저도 모르게 이를 악물었다.

'저게 A급이라고?'

지랄, 지랄이다.

저건 A급이 아니었다.

S급, 그중에서도 상위.

이 벙커는 최하가 B+등급에서 높으면 A+등급의 '머더러 헌터'들이 모여 있는 곳이다.

그런데 그런 곳에 단신으로 온다?

단신으로 와서 그 헌터를 전부 쓰러뜨리고 자신 앞에 서 있다?

저런 실력을 가진 헌터가 A+등급일 리가 없다.

게다가 분명 S급 하위 예정자들로만 이뤄져 있는 관리1팀을 보냈는데, 그 녀석들이 전부 당했다는 것만 생각해봐도 흑선우는 그의 등급을 감히 측정할 수 없었다.

'내가 싸워서…… 이길 수 있을까?'

S급 중상위권, 452위라는 랭킹을 가지고 있는 흑선우. 그는 과연 자신의 무기와 방어구를 들고 왔을 때, 지금 그를 상대해서 이길 수 있을까, 라는 생각을 해봤지만.

'답이 나오지 않는다.'

그렇게 흑선우가 여러 가지 생각을 하고 있을 무렵. 김현우는 슬쩍 인상을 찌푸렸다.

"야, 귀먹었어? 빨리 정하라니까? 나한테 뒤지게 맞고 여기서 다 같이 매장될래? 아니면 나랑 이야기를 좀 할까?"

아레스 길드 한국 지부장의 위치에 올라서서는 들어본 적도 없는 폭언에 욱했지만, 흑선우는 우선 숙이기로 했다.

'그가 정확히 어느 정도인지 알기 전에는 움직이지 못한다.'

"이야기를 좀 하는 걸로 하지."

"좋아."

김현우는 자신만만하게 웃으며 터벅터벅 걸음을 옮겨 테이블 앞에 있는 의자에 앉았다.

털썩 소리가 나게 자리에 앉는 김현우.

이곳이 적진이라고는 생각하지도 않는 자연스러운 모습.

그 맞은편에 흑선우가 앉자 김현우는 기다렸다는 듯 웃으며 이야기를 시작했다.

"그래서, 너는 내게 무슨 보상을 해줄 수 있는지 좀 들어볼까?"

"뭐?"

"우선 헌터들을 내게 보내서 귀찮게 한 것도 있고, 나를 살해하려고 사람을 보낸 것도 있고, 니들이 먼저 잘못해놓고 언론 터트려서 물먹이려 하고, 응?"

흑선우의 얼굴이 점점 굳어갔다.

◆ ◆ ◆

어두운 세상.

하늘에는 잿빛 먹구름이 드리워져 있고 지상에는 부서진 돌 잔해들이 널려 있었다. 아마 멀쩡했다면 고급스러운 분위기를 풍겼을 저택은 이제는 그 기둥밖에 남지 않아 초라함을 더하고 있었고. 깨끗함을 유지하고 있던 냇물과 자연의 녹색 빛을 만연에 퍼뜨리던 나무는 이미 시들고 메말라 회색빛의 세상에 동화되어 있었다.

아무것도 없는 메마른 세상. 아무것도 없이 부서진 저택 속에서, 한 남자가 걸어 나왔다.

검은 흑발을 뒤로 묶은 말총머리에 옛날 동양풍의 푸른색 무의를 입은 남자는 회색빛으로 물들어버린 세계를 감상하듯 시선을 주곤 이내 걸음을 옮겼다. 그가 조금 걸음을 옮기자마자 그의 눈앞에 이 멸망해버린 회색빛 세상과는 어울리지 않는 건축물이 들어왔다.

"……."

거대한 '탑'.

멸망한 세상에서 오직 그 탑만이 회색빛 하늘을 뚫고 높게 솟아 올라 있었다.

하늘 높은 줄 모르고 솟아 있는 그 탑을 보던 말총머리의 남자.

그 어느 곳에서는 '뇌신'이자 마교의 '천天'이라고도 불렸던 남자. 그가, 탑을 오르기 시작했다.

◆ ◆ ◆

"그게, 지금 말이 된다고 생각하나?"

"왜? 이 정도면 괜찮은 것 같은데."

김현우의 말에 흑선우의 표정이 찌푸려졌다.

그 모습에 김현우는 마치 흑선우를 놀리듯 입가에 진한 웃음을 지으며 이죽거렸다.

"그러니까 사람도 봐가면서 건드렸어야지. 누가 날 건들래? 막말로 그냥 나 안 건들고 잘 넘어갔으면 이렇게 될 일도 없었을 텐데. 응?"

"……."

'이 개자식이……!'

김현우의 이죽거림.

흑선우는 속으로 이를 갈았지만 어쩔 수 없다는 듯한 표정으로 물었다.

"하지만, 아무리 생각해도 그건 내 손을 벗어난 일……."

"그래? 진짜 그렇게 이야기해도 되겠어?"

"……."

김현우의 장난스러운 눈빛이 어느 순간 화사하게 빛났다.

누가 봐도 장난스러운 눈빛 뒤에 섬뜩한 표정을 머금은 김현우를 보며 흑선우는 이를 꾹 깨물었다.

"내가 그렇게 큰 걸 바라는 건 아니잖아? 그냥 피해 보상금 100억 정도에, 거기에 덤으로 나한테 니들이 가지고 있는 독점 던전 몇 개만 내주면 된다니까?"

김현우가 빙글빙글 웃으며 미소를 짓자.

"하지만 지금 네가 말하고 있는 건⋯⋯!"

'지금 우리가 힘들게 먹어 치운 초급 던전들을 먹어 치우겠다는 거잖아!'라는 말을, 흑선우는 속으로만 외쳤다.

김현우가 협상 조건으로 내놓은 것, 그것은 바로 자신의 정신적 피해 보상금 100억 원과 독점 던전의 인수권이었다.

그래, 100억 정도까지는 괜찮다. 계약금도 아닌 순수하게 100억이라는 돈을 차출하는 것은 조금 힘들지만, 시간을 들이면 무난하게 해결할 수 있는 금액이다. 문제는 그게 아닌 독점 던전의 인수권.

김현우가 요구한 네 개의 던전은 바로 신입 헌터들이 사냥하기에 좋은 초급 던전이다. 그 독점 던전의 인수권을 달라는 것은 곧 지금까지 아레스 길드가 유지해온 신입 헌터의 절대 독점권을 빼앗겠다는 말과 다를 바가 없었다.

흑선우가 아무런 말도 하지 않고 가만히 있자 김현우는 그를 보며 느긋하게 기다리는 듯하더니 입을 열었다.

"시간 끄네? 5억 추가."

"뭐? 그게 뭔 개⋯⋯!"

"또 끄네? 저기에 묶여 있는 저 여자도 추가."

"이런 씨⋯⋯."

"욕하네? 5억 추가."

마치 친구에게 말장난을 하듯 조건을 계속해서 올리는 김현우의 모습에 흑선우는 입을 열었다.

"잠깐……!"

"왜, 이제야 좀 할 마음이 들었어? 그런데 어쩌나 조건이 계속 올라서 지금은 10억 추가에 저 여자도 같이 사은품으로 받아야 할 것 같은데? 응?"

"김현우 헌터…… 당신이 강한 건 인정하지. 하지만 과연 우리랑 '진짜'로 싸우고 감당할 수 있을……."

"와…… 진짜 이 새끼들 답답하네."

흑선우의 말을 끊어버리고, 김현우는 어처구니없다는 듯 입을 열었다.

"야. 너희들은 뭐 똑같은 단어 주입식 교육이라도 받냐? 어떻게 하는 레퍼토리가 이렇게 똑같아?"

"뭐라고?"

"그 얼마 없는 알량한 힘 좀 믿고 깝치다가 역으로 찍어 눌릴 것 같으면 알량한 권력 꺼내서 휘두르고…… 응?"

김현우는 그렇게 말하고 의자에 등을 기대곤 얼굴에 웃음을 지웠다.

"만약, 그 권력도 안 먹히면, 어떻게 할 거냐?"

한순간 바뀐 김현우의 분위기에 방 안에 서 있던 헌터들이 긴장하기 시작하고, 흑선우의 낯빛이 순간 어두워진다.

엄청난 중압감.

하지만 조금의 시간 뒤, 김현우는 다시 그 중압감을 풀곤 입가에 미소를 지으며 말했다.

"나는 밀당을 싫어해. 애초에 그런 건 잘하지도 못하니까. 그러니까 우리 그런 밀당 말고 확실하게 하자."

김현우는 웃으며 말했다.

"내가 원한 조건대로 해줄래? 아니면……."

그는 더 이상 말하지 않았다. 그저 발을 까딱거리며 흑선우의 대답을 기다릴 뿐. 김현우의 입가는 미소 짓고 있었지만, 어째서인지 흑선우에게 가해지는 중압감은 이전보다도 강했다.

'싸울까?'

찰나에 든 생각.

흑선우는 고개를 저었다.

불가능.

그 어떤 상황을 상정해도 지금 이곳에서는 그에게서 도망칠 수 있다는 결론이 나오지 않았다. 직접 싸워보지도 않았지만, 그가 여기까지 오면서 일으킨 일들을 보면 대충 어느 정도의 능력을 가지고 있는지는 어렴풋이 알 수 있다.

'실수.'

실수다. 마력을 사용하지 못하니까. 그 정도 인원이라면 그래도 충분히 컨트롤할 수 있지 않을까, 생각했던 본인의 실수.

흑선우는 결국 입을 열었다.

"조건을 받아들이도록 하지."

"좋아."

김현우는 그 말을 들음과 동시에 자리에서 일어나 묶여 있는 여자 쪽으로 다가가기 시작했다.

"지금 무슨……!"

"왜? 내가 받아가기로 했잖아?"

김현우는 여자를 묶고 있던 줄을 가볍게 끊어버렸다.

'아티팩트로 이루어져 있는 마력 밧줄을 저렇게 쉽게……?'

헌터들이 놀라는 와중에도 그는 흐리멍덩한 눈으로 자신을 바라보는 여자를 어깨에 짊어진 채 부서진 문 쪽으로 걸음을 옮기다 문득 기억났다는 듯 탄성을 질렀다.

"아, 그리고 혹시나 해서 하는 말인데."

김현우는 손에서 스마트폰을 들어 올렸다.

"우리가 한 대화 여기에 고스란히 저장되어 있으니까. 혹시라도 발뺌이나 일 복잡하게 만들지 말자 우리, 응? 인수권 보낼 길드는 내가 또 따로 만들어서 연락 줄게, 알았지?"

김현우는 그 말을 끝으로 벙커의 밖으로 향했고, 흑선우는 그가 완전히 떠난 뒤.

"이런 씨발 새끼!"

쾅! 콰지지직!

김현우와 마주 보고 앉았던 테이블을 그대로 부숴버리며 혼자 알 수 없는 괴성을 내질렀다.

"으아아아악! 씨발! 씨발! 씨발! 씨발!"

쾅! 쾅! 쾅!

흑선우는 구겨진 자존심에 더해서 김현우에게서 느낀 중압감에 그가 녹음을 하고 있을 거라는 생각도 하지 못한 자신에게 한심함을 느끼며 주변 가구를 개박살 내기 시작했고.

그렇게 흑선우가 혼자서 날뛰기 시작했을 때, 빠른 속도로 벙커

밖으로 빠져나온 김현우는 피식 웃으며 스마트폰을 바라봤다.

'야부리가 잘 먹혔으려나?'

이런 상황이 생길 것을 어느 정도 선에서는 미리 인지하고 있기는 했지만 정작 녹음을 안 했다.

그렇다. 김현우는 아까 그 상황에 깜빡하고 녹음기를 켜놓지 않았다. 한마디로 흑선우에게는 거짓말을 친 것이었다.

한동안 스마트폰을 바라본 김현우는 스마트폰을 주머니 안쪽으로 집어넣고 이내 걸음을 옮겼다.

'쯧, 뭐 어때.'

김현우는 그냥 편하게 생각하기로 했다.

◆ ◆ ◆

그다음 날.

김시현은 자신의 침대를 대신 차지하고 있는 여자를 보며 김현우를 바라봤다.

"……그래서 얘를 데려왔다고요?"

"응."

"거기에 덤으로 110억이랑 초급 던전 인수권까지 합쳐서?"

"그렇지."

"……그 권력 욕구로 꽉꽉 들어차 있는 흑선우가 그렇게 해줘요?"

"뒤지기 싫으면 해줘야지."

김현우의 대답에 김시현은 머리가 아프다는 듯 고개를 절레절레 저었다. 정확히는 머리가 아프다기보단 인지 능력이 상황을 제대로 못 따라가서다.

'아니, 어떻게 한번 혼자 나갔다 오더니 이런 대형 사고를……'

김시현이 누워 있는 여자를 바라보고 김현우를 보았지만 정작 김현우는 데려온 여자는 관심 밖이라는 듯 스마트폰을 들여다보고 있었다.

"아니, 근데 얘는 대체 왜 데려왔어요?"

"인질용. 써먹을 수도 있을 것 같아서. 겸사겸사 좀 궁금한 것도 있어서 말이야."

"궁금한 거요?"

"응, 이건 뭐 개인적인 거니까 그렇게 신경 안 써도 된다."

"개인적인 건 또 뭐예요……."

김시현은 김현우의 말을 듣더니 이내 머리가 아프다는 듯 손을 휘적거리곤 자리에서 일어났다.

"아무튼, 형은 오늘 안 나갈 거죠? 저 오늘 좀 늦게 들어올 거예요. 오늘 순회해야 하는 던전이 좀 많아서."

"그래?"

"오늘이 보스들이 무더기로 리젠되는 날이거든요. 하루만 늦게 잡아도 손해니까 오늘 안에 싹 잡아줘야죠."

"그래 그래, 파이팅."

성의 없는 파이팅을 외친 김현우를 보며 김시현은 익숙하다는 듯 집을 나갔고, 곧 스마트폰을 두들기던 김현우가 아, 하고 입을 열었다.

"길드, 어떻게 만드는지 물어봤어야 했는데."

물론 협회에 가서 길드를 만든다는 것을 알기는 했지만, 세부적인 필요 요건을 몰랐다.

'나중에 물어보면 되지.'

그렇게 생각을 마친 김현우는 이내 스마트폰을 그만두고 소파에서 일어나 누워 있는 여자를 바라봤다.

어깨까지 내려오는 단발을 가지고 있는 꽤 미형의 여성.

"정보 권한."

김현우가 외치자마자 그의 눈앞에 로그가 떠올랐다.

이름: 홍린

나이: 24

성별: 여

상태: 안정 중(중독 상태)

능력치

　근력: B+

　민첩: A+

　내구: C++

　체력: B+

　마력: S-

　행운: B

SKILL -

정보 권한이 하위에 해당함으로 능력치를 확인할 수 없습니다.

'이제 조금 있으면 눈을 뜨려나?'

눈앞에 주르륵 떠오르는 정보창을 보며 김현우는 생각했다.

김현우가 그녀를 굳이 데리고 온 이유.

그것은 그녀를 일종의 인질로 사용하려는 의도도 있었지만, 그것보다도 '흥미' 때문이었다.

'이 여자의 오른쪽 어깨에 그려진 문신.'

그래, 그녀의 오른쪽 어깨에 그려져 있는 문신 때문에.

덮고 있던 이불을 치우자 보이는 그녀의 쇄골. 그리고 그 옆에 그려져 있는 문신. 상당히 넓게 그려져 있는 그 문신은 김현우가 잘 알고 있는 어느 '가면'의 모양과 매우 흡사했다.

'아무리 봐도 똑같은데…….'

그는 가만히 집중한 채 시야에 들어온 문신을 감상했다.

이마 위에 나 있는 두 개의 뿔, 그 아래로 양 눈가에는 붉은 안광이 그려져 있지만, 언밸런스 하게도 입 아래는 도깨비의 이빨을 끝으로 턱이 그려져 있지 않은 가면 문신.

'이건…… 아무리 봐도.'

김현우는 옛날, 정확히는 햇수를 제대로 세지도 않고 있던, 탑에 있었을 때. 자신이 만들었던 어느 한 가면을 떠올렸다.

웹소설에서 봤던, '무'는 자신을 버리는 것부터 시작한다는 어느 작가의 머리에서 나온 발상 덕분에 김현우는 나름대로 진지하게 자신을 버린다는 상징으로 '가면'을 만들었다.

물론 멋지진 않았다.

애초에 태어날 때부터 조각은 배워보지도 않았고, 거기에 탑에 들어왔을 때도 문화생활을 즐겨본 지 꽤 오래 지났던 그는 그저 생각나는 대로 가면을 만들었다.

'……아무리 생각해도 이 문신은 내가 만들었던 가면인데?'

근데 지금 그녀의 어깨에 그려져 있는 가면은 분명 약간 어레인지 되기는 했지만 그때 만들었던 그 가면과 무척이나 비슷하다.

그렇기에 김현우는 거기에 흥미를 느껴 이 여자를 데려왔다. 이 가면 문신에 대해 묻기 위해서.

그렇게 김현우가 쇄골에 그려져 있는 문신을 뚫어져라 보고 있을 무렵.

"응?"

그의 눈에 새로운 로그가 떠오르기 시작했다.

알리미
9계층의 통로로 새로운 '등반자'가 등반을 시작합니다.
남은 시간: ??시 ??분 ??초

"뭐야 이게?"

김현우가 저도 모르게 소리를 내자 그의 앞에 새롭게 떠오르는 로그.

[당신을 초대합니다.]
시스템에서 정식으로 '가디언'이 된 당신을 초대합니다. 시스템 옆에 남은 시간이 모두 흘러가면 당신은 부름을 받아 초대됩니다.
남은 시간: 0시간 0분 05초

김현우는 곧바로 소환되었다.

뇌신雷神인가, 천天인가

"'그'가 오고 있습니다."

"그? '등반자' 말하는 거야?"

"네, 등반자입니다."

김현우는 묘한 표정으로 앞에 앉아 말하는 아브를 보며 말했다.

"그래, 뭐. 그건 들어서 알고 있기는 했는데, 설마 이 알리미 스킬도 그 정보 권한이 올라야 완벽해지고 그런 거냐?"

"네, 그렇습니다."

빡!

"끄앙! 왜 때려요?"

"너는 이게 알리미냐? 알리미야? 응?"

김현우는 앞에 떠 있는 로그를 다시 읽었다.

알리미

9계층의 통로로 새로운 '등반자'가 등반을 시작합니다.

남은 시간: ??시 ??분 ??초

"이게 뭐냐고! 남은 시간이 표시가 안 되면 알리미 의미가 있냐이 말이야!"

"아니 저도 몰라욧! 왜 때려요? 그거야 가디언의 정보 권한이 낮으니까 어쩔 수 없는 거잖아요!"

평소 같으면 맞은 부위를 감싸며 히익거렸을 아브가 드물게 눈물이 그렁그렁한 눈으로 쌍심지를 켜며 대답하자 김현우는 더 크게 소리를 질렀다.

"때릴 만하니까 때리지! 애초에 이 시스템이 말이 된다고 생각하냐?"

"그러니까 그걸 왜 저한테 화내고 저를 때리냐고욧! 저는 아무 잘못도 없단 말이에요! 아무튼 부모님한테 가정교육을 어떻게 받아서……!"

아브는 머리를 매만지며 소리를 빼액 지르다 생각했다.

'계속 이렇게 맞기만 해서는 안 돼……!'

아직 가디언이 성장하지 않아서 많은 권한이 없기는 하지만 그래도 명색이 9계층의 메인 시스템 간부. 엄연히 말하면 가디언과 동급인데 언제까지고 이런 취급을 받을 수는 없었다.

'동요하고 있어……!'

아브는 머리를 매만지면서도 자신의 빼액거림에 어처구니없다는 듯 주먹도 쥐지 않고 우두커니 서 있는 김현우를 바라봤다.

그리고.

"나 부모님 없는데?"

"네…… 네?"

"부모님 없다고."

갑작스러운 김현우의 고백에 아브는 혼란에 빠졌다.

"아, 아니, 그…… 아…… 아닌데? 분명히 있다고…….'

"나 어릴 때 두 분 다 교통사고로 돌아가셨는데?"

"아, 아니, 그…… 양부모…….'

"나 고아원에서 자랐는데?"

"……."

"……."

"……."

갑자기 싸해진 방 안의 분위기.

아브는 시선을 어디에 둬야 할지 모르겠다는 듯 큰 눈망울을 이리저리 굴리더니 이내 슬쩍 시선을 옆으로 돌리며 조그마한 목소리로 말했다.

"그, 저기…… 그…… 미안…… 미안해요. 그…… 그럴 생각은."

"후…….'

'낄낄낄, 이거 골 때리네.'

김현우의 깊은 한숨에 아브는 당황했지만, 김현우는 속으로 당황스러워하며 눈알을 굴리고 있는 아부의 모습을 즐기며 키득거리고 있었다.

김현우에게 부모님이 없는 건 그리 큰 상처가 아니었다. 뭐, 예전에 들었으면 조금 욱할 수도 있는 내용이었지만 적어도 지금은 아니었다.

그렇게 당황하는 아브를 지켜보고 있던 것도 잠시, 김현우는 입을 열었다.

"됐어, 별로 신경 안 쓰니까 우선 부른 이유나 말해봐."

"아…… 그…… 네……."

조심스럽게 대답하며 자리에 앉는 아브. 그녀는 슬쩍 눈치를 보는가 싶더니 입을 열었다.

"그, 제가 부른 이유는 말 그대로 '등반자'가 오고 있어서 그런데……."

"그런데? 그건 전에 들었던 설명이잖아? 뭐, 네가 직접 올라오는 시간이라도 말해주려고?"

"아뇨, 그건 저도 불가능해요. 우선 그, 가디언인 당신이랑 저는 뭔가 협업 관계……? 같은 느낌이라 당신이 모르는 건 저도 모르거든요."

"……그래?"

김현우는 머릿속 한구석에 그 정보를 욱여넣었다.

"그럼 부른 이유는?"

"그, 이번에 오는 '등반자'는 충분히 조심하실 필요가 있기 때문이에요."

"……조심할 필요? 이번에 올라오는 등반자가 네가 말한 그 '상위급 등반자'인가 그거냐?"

김현우의 물음에 아브는 고개를 저었다.

"아뇨, 적어도 지금은 상위급 등반자가 올라오는 일은 없을 거예요. 아니, 애초에 상위급 등반자가 올라오면 정말 위험해요."

"······그렇게 강해?"

"앞에 '상위급'이라는 단어를 붙였다는 건 그야말로 단위급 재앙이 아닌 세계급 재앙이라고 보면 돼요, '등반자'들이 위험한 건 사실이지만 상위급은 그냥 나타나는 것만으로도······. 세계가 멸망할 수도 있어요."

아브의 말에 김현우는 고개를 끄덕였다.

'멸망······ 멸망이라.'

경험한 적이 없기에 와닿지 않았다.

다만, 상위급은 엄청나게 강하구나, 라는 감상만이 어렴풋이 느껴질 뿐.

"그래서, 아무튼 그건 그렇다 치고. 이번에 올라오는 등반자는 어느 정도인데?"

"그게."

"?"

"이번에 올라오는 등반자의 등급은 이제 막 중위라고 부를 수 있을 정도이기는 한데······."

"······중위급이면 중위급이지, 뭔데?"

김현우의 물음에 아브는 고민하는 듯하더니 말했다.

"말 그대로 시스템이 등반자의 등급을 매기는 것은 순수하게 '능력치'에 대한 등급이라 실질적으로 올라오는 등반자는 더 강할 수도 있어요."

"······그게 무슨 문제야?"

김현우의 물음에 아브가 김현우를 바라보더니 후 하고 한숨을 내쉬며 말했다.

"만약 이번에 등반하는 등반자가 중위 초입 이상이라면…… 당신이 상대하기에는 무리가 있을 수도 있어요."

"뭐……?"

갑작스러운 위험 선고에 김현우가 어리둥절해 있는 사이 아브가 말했다.

"그러니까 지금이라도 빨리 '마력'을 깨우치세요!"

"마력을 깨우치라고?"

"네, 적어도 지금의 당신은 마력이 없으면 중위급 이상을 상대하지 못할 거예요. 그, 마력이 없어도 중위급 초입을 상대할 수 있다는 건 대단하지만……."

아브는 그렇게 말하며 김현우를 슬쩍 바라봤고, 김현우는 고개를 숙이고 테이블에 손가락을 올려놓았다.

툭. 툭.

'마력, 마력이라.'

분명 능력치 한편에 있었던 마력. 확실히 언제인가 한번 마력을 겸사겸사 개발해야겠다는 생각을 하고 있기는 했지만 어쩌다 보니 잊고 있었는데…….

"뭐, 아무튼 알았어."

뜻밖의 과제를 받은 김현우는 고개를 끄덕이며 수락했고, 이어서 질문을 던졌다.

"그래서, 그 등반자가 언제 오는지는 모르지? 위치 같은 것도 몰라?"

"네, 처음에 말했다시피 당신이 모르는 정보는 저도 몰라서……. 그리고 아마 위치도 랜덤일 거예요."

"그럼 이번에도 그 녀석이 나오면 크레바스가 나타나나? 저번에
그랬던 것처럼."

"아뇨, 등반자가 어떤 형태로 나타날지는 그가 나타나기 전까지
는 몰라요."

"……그것도 몰라?"

김현우가 핀잔을 주듯 입을 열자 아브는 묘하게 억울하다는 투
로 입을 열었다.

"가지고 있는 능력치나 업적 같은 것에 따라 등반자의 등장 형태
는 여러 가지라서."

여전히 물어봤자 대부분 알려줄 수 있는 게 없는 아브.

김현우는 한숨을 내쉬며 자리에서 일어났다.

"뭐, 아무튼 알았어."

김현우는 아브에게 들었던 내용을 정리했다.

"……."

내용을 정리했다.

"……."

'내용이 없잖아. 씨발!'

어쭙잖은 지라시 정보들은 몇 개 들었지만, 그다지 도움이 되는
정보는 아니었다.

……한참 동안 다시 한번 아브를 면박 줄까 생각하던 김현우는
이내 고개를 저으며 말했다.

"돌려보내줘."

"네……."

"아, 참 그리고."

"네?"

"나 화 안 났으니까 그렇게 걱정하지 마."

김현우의 말에 아브는 눈을 휘둥그레 떴고, 그때 김현우는 이미 사라졌다.

그리고.

'그렇게 나쁜 사람은 아닐지도……?'

사람 경험이라고는 김현우가 처음인 아브의 순수한 생각이 그의 장난 하나로 인해 너무나도 쉽게 비틀리기 시작했다.

◆ ◆ ◆

김현우가 아브에게 호출을 받고 난 그다음 날.

"우선 모든 요건이 충족되셨으니 길드는 충분히 설립하실 수 있을 것 같네요."

"그래요?"

"네, 원래 길드를 만들기 위해서는 총 5명의 인원이 필요한데, 사실 이것도 어느 정도 협회에 금액을 지불하시면 만들어드리거든요."

"얼마인데요?"

"한 사람당 100만 원씩 해서 총 400만 원이요."

"……400만 원?"

김현우의 입이 묘하게 벌어졌다 다시 닫혔다.

"……낼 테니까 설립 신청서 주세요."

"네, 알겠습니다. 저쪽 창구에서 조금만 기다려주세요."

그녀는 웃음을 짓고는 접수처 뒤로 향했고, 김현우는 뚱한 표정으로 그 모습을 바라봤다.

'진짜 많이 받아 처먹네.'

1명당 100만 원, 총 해서 400만 원.

물론 지금 김현우에게 400만 원은 절대 큰돈이 아니었지만, 그렇다고 해서 400만 원이 크지 않은 돈도 아니었다.

정말 모순적이긴 하지만, 김현우는 12년 전의 자신과 지금의 자신 사이에서 금전적인 혼란을 겪고 있었다. 지금 들고 있는 돈에서 400만 원 빼봤자 별 티도 안 나지만, 12년 전의 그에게 400만 원은 굉장히 큰돈이었다.

그 사이에서 느껴지는 괴리감.

'역시 적응이 안 된단 말이야.'

솔직히 요즘에는 돈 쓸 때 얼떨떨했다. 특히 자주 사 먹던 250밀리리터짜리 콜라가 700원이 아니라 1,300원이라는 사실은 정말 그 가격표를 볼 때마다 멈칫멈칫하게 했다.

김현우가 길드 서류를 기다리며 손가락을 두드리고 있자.

"저기……."

"?"

"그, 혹시 김현우 헌터…… 아니세요?"

그의 옆에 한 여자가 다가왔다.

허리춤에 칼을 차고 있는 것을 보아 그녀가 헌터라는 것을 알아챈 김현우는 고개를 끄덕이며 말했다.

"그런데요?"

"그, 혹시…… 사인 좀 부탁드려도 될까요?"

"네?"

"사인 좀……."

"저한테요?"

그녀는 더 말하지 않고 그저 조용히 고개를 끄덕이곤 자신의 사이드 백에서 수첩과 볼펜을 꺼내 들었다.

곧, 김현우가 얼떨떨하게 그녀가 내민 볼펜과 수첩을 받아들자 여자가 환하게 웃으며 말했다.

"감사합니다!"

"아, 예……."

김현우는 여자의 말에 얼떨떨하게 대답하면서도 수첩을 펼치고 볼펜을 누르다 멈칫했다.

'사인을…… 어떻게 하더라?'

'아니, 애초에 내가 쓰던 사인이 있었나?'를 진지하게 고민한 김현우는 이내 모르겠다는 듯 한글로 자신의 이름을 휘갈겼고,

"그, 괜찮으시면 아래에 '나예진에게'라고도 좀 써주실 수 있을까요……?"

그녀의 부탁에 곧바로 아래에 그 글귀까지 써 넣고 나서 그녀에게 수첩을 건네주었다.

"와! 정말 감사합니다."

"아니, 뭐…… 별말씀을."

사인 된 수첩을 가지고 협회 내를 신나게 뛰어가는 그녀를 보며 김현우는 묘한 감정을 느꼈다.

'……내가 유명해졌나?'

본인이 유명해졌다는 사실은 어렴풋이 느끼고 있었다. 다만 이런

식으로 직접 누군가가 다가와 사인을 받는 일은 처음이기에 그는 기묘한 느낌을 받았다.

……뭐, 유병욱이 얼마 전에 조사한 것처럼, 카페와 집을 반복해서 오가며 가끔가다 동료들이랑 밥 먹는 것밖에 없는 것이 김현우의 생활 루트였다. 그러다 보니 애초에 타인을 만날 일이 적은 것이었지만 정작 김현우는 그 사실을 인지하지 못했다.

김현우가 그녀가 사라진 협회의 저편을 바라보고 있을 무렵.

"오래 기다리셨죠? 이쪽에 차례대로 작성해주시면 됩니다."

김현우의 앞으로 들이밀어진 한 장의 문서.

"길드 설립서를 모두 작성하고, 승인 절차를 밟고 난 후에 정식으로 길드 활동이 가능하시고, 기부금은 어떻게 하실래요……? 카드? 현금?"

협회원의 물음에 김현우는 지갑 속에서 카드를 꺼내 건네주었다.

카드를 건네주자마자 다시 저쪽으로 사라지는 협회원에게서 시선을 거둔 김현우는 이내 설립서를 작성해 나가기 시작했다.

그리고.

"……이름이라."

김현우는 설립서 맨 마지막 줄에 있는 길드명을 작성하는 곳을 보며 볼펜으로 툭툭 테이블을 누르다 길드명을 적어 나갔다.

◆ ◆ ◆

김현우가 길드를 창설하고 4일 뒤, 광진구에 있는 아랑 길드의 고층 빌딩.

"그러니까, 그 느낌이 도대체 뭐냐니까?"

지하 3층에 있는 거대한 연습실.

"설명해드렸잖아요? 말 그대로 느낌이라고요 느낌! 마력이 자기 안으로 들어오는 그런……?"

거대한 연습실의 한구석. 거대한 마력진이 그려져 있는 그곳에서, 이서연은 답답하다는 듯 가슴을 퉁퉁 치며 고민하더니 말했다.

"그냥 자연스럽게 생각해요. 오빠는 헌터로 각성했으니까 분명히 몸 안에 뭔가 돌아다니고 있는 기운이 느껴질 거라니까요?"

지금까지 본 사복과는 다르게 붉은색 트레이닝복을 입고 있는 이서연은 자신의 스태프를 바닥에 퉁 하고 내리쳤다.

사아아아.

그러자 그녀의 주변에 피어오르는 파직거리는 기운.

"자, 대충 이런 느낌으로요."

"아니, 너는 어떻게 말이 계속 다르냐?"

"뭐가요?"

"처음 물어봤을 때는 밖에서 안으로 들어오는 느낌이라고 하더니 지금은 또 안에서 돌아다니는 기운을 느끼라고 하고. 도대체 뭐에 맞춰야 해?"

김현우의 투덜거림에 이서연은 복잡하다는 듯 머리를 부여잡고는 말했다.

"그러니까……! 제가 말했잖아요! 딴짓했어요?"

"여기서 어떻게 딴짓을 하냐?"

"제가 말했잖아요! 마력은 밖에서 받아들이는 '외부 마력'이랑 안쪽에 원래부터 존재하는 '내부 마력'으로 나뉘어 있다고! 그리고 그건 본인이 직접 마력을 느끼기 전에는 모른다고!"

그러니까 둘 다 해보란 말이에요, 둘 다!

빼애애애애액!

이서연의 고성에 김현우는 저도 모르게 귓가를 틀어막았다.

김현우는 도저히 이서연의 설명이 이해되지 않아 답답했지만, 그것은 이서연도 마찬가지였다.

'하아…… 오빠가 이렇게 돌머리일 줄이야.'

이서연은 어질어질한 머리를 붙잡고 김현우를 바라봤다.

분명 처음 김현우가 마력을 가르쳐달라고 했을 때는 그가 지금까지 보여온 압도적인 무력을 생각하며 금방이라도 마력을 깨우칠줄 알았다.

'그런데…….'

그가 마력을 느끼겠다고 노력하기 시작한 지 4일째.

"아니 씨발! 이거 안 되는 거 아니야?"

"하…….."

"이거 사기야 사기! 사기라고! 이 마법진도 사기야 씨발!"

"아아아아아! 그거 만지지 말라고요, 오빠! 그거 50억짜리예요, 50억짜리! 헌터 중에서도 '작성' 고유 스킬이 있는 헌터만 만들 수있는 거라고요! 그거 지우면 오빠 머리 찍어버릴 거예요!"

신경질적으로 발을 구르던 김현우는 이서연의 영혼 어린 외침에 흠칫하더니 이내 들었던 발을 내려놓았다.

"뭐 마법진 그리는 데 그렇게 돈이 많이 들어?"

"원래 그렇거든요! 저는 오히려 오빠가 더 신기하다고요!"

보통 튜토리얼 탑에서 빠져나온 헌터는 마력을 깨치는 데 그리

오랜 시간이 걸리지 않는다. 몬스터를 사냥하며 자연스레 마력을 깨치는 사람도 있고, 이렇게 옆에 선생이 붙어서 '마법진'까지 준비해 지도해주기만 한다면 하루 내로 마력을 깨우치는 것도 가능했다.

근데 김현우는?

"설마 나 마력 같은 거 못 느끼는 체질, 뭐 그런 거 아니야?"

인상을 팍 쓰는 그.

이서연이 말했다.

"헌터 중에 그런 사람 있다고는 못 들어봤거든요? 아무리 늦어도 전부 마력을 깨우치기는 해요……. 그런데…… 오빠는 답이 안 보여요."

이서연은 입을 다물고는 한숨을 내쉬었다.

4일, 4일이다.

4일 동안 이서연은 김현우의 옆에 붙어서 마력을 느끼게 해주기 위해 별 생쇼를 다 하고 있었다.

현재 회사가 가지고 있는 물건 중에 가장 가치가 높은 '마력 집중진'을 수백 개의 마정석을 박아 넣어가면서 활성화하고, 거기에 덤으로 이서연 본인의 마력도 항상 주변에 뿌려두었다. 그것은 '무투계'라면 불가능했지만, '마법사'인, 그것도 S등급 중위 서열의 이서연이기에 가능한 배려였다. 보통 이 정도의 배려를 받는다면 신입 헌터들은 하루 내지 이틀 안에 마력을 느낀다.

하지만 김현우는…….

"에이 씨 몰라!"

그대로 뒤집어지는 김현우를 보며 이서연은 스태프를 놓고 한숨을 내쉬었다.

'아무래도 현우 오빠가 강한 건 그 탑에서 12년 동안 돌아서 그런 건가?'

김현우가 막 탑에서 빠져나오고 자신의 힘을 드러낼 때, 이서연은 그의 힘을 보고 질투심을 넘어 경외심을 느꼈다. 하지만 지난 4일간, 그가 마력 하나를 느끼는 데 이렇게 개고생을 하는 것을 보며 그녀는 김현우의 강함에 이유가 있다는 것을 다시 한번 상기하고, 또 깨달았다.

그는 천재가 아니었다.

12년.

그의 강함은 자그마치 12년 동안 탑 안에 있으면서 쌓인 노력의 산물이었다.

"형, 아직도 그대로예요?"

그렇게 이서연이 자빠져서 투정 아닌 투정을 부리고 있는 김현우를 바라보고 있을 때 들려온 목소리.

"왔냐……?"

"왜 그렇게 누워 있어요?"

김시현은 추리닝을 입은 둘을 보며 다가왔다.

"왜긴 왜겠냐? 마력이 더럽게 안 느껴지니까 그렇지."

"와, 아직도요? 이제 4일째 아닌가?"

"놀리냐? 응? 응?"

"아니, 뭘 그렇게 반응해요? 그냥 4일 동안 마력을 못 느꼈다길래 좀 놀라서 그런 거죠."

김시현의 말에 김현우는 죽겠다는 듯 입으로 끅끅 소리를 내며 마법진 위에 엎어졌다.

"몰라……. 시발, 마력이고 뭐고 그냥 신경 안 쓸래."

"흠, 마력 있는 게 좋을 텐데."

"마력이란 게 그렇게 꼭 필요하냐?"

"필요하죠. 원래 헌터의 힘의 원천은 마력이라고 불러도 무방할 정도인데. 헌터들 중에 마력 안 쓰는 사람은 신입들이랑 형밖에 없어요."

"……."

김시현의 말에 아아아아 하는 괴상한 소리를 내며 늘어진 김현우. 그런 그를 보며 김시현은 들고 있던 종이를 내밀었다.

"이건 뭐야?"

"길드 설립 승인서요. 집으로 왔길래 길드 업무 끝내고 집 갔다가 다시 전해주러 온 거예요."

"뭘 굳이 그렇게까지."

김현우는 서류를 받아 들었고, 김시현은 여전히 누워 있는 그를 바라보며 피식 웃은 뒤 말했다.

"형. 근데 길드 이름은 왜 그렇게 지었어요?"

"뭐?"

"길드 이름 '가디언'이던데."

"그게 어때서?"

"아니, 형 스타일이랑 좀 안 어울리지 않아요?"

"……내가 어때서? '지키는 자' 멋지지 않냐?"

"전혀 형이랑 안 어울리는데요?"

김시현의 말에 옆에 있던 이서연은 김현우의 행적을 차근차근 떠올렸다.

탑에서 빠져나와 튜토리얼 존에 가자마자 튜토리얼 장비들을 망가뜨려 협회원을 엿 먹이고, 거기에 덤으로 아레스 길드에게 수많은 엿을 먹였다. 아레스 길드 독점 던전을 혼자 뚫고 들어가서 보스를 처치하고 나와버리고, 자기를 죽이러 왔던 헌터를 역으로 죽여버렸다.

거기에 크레바스 사태 때에는 혼자 크레바스 안으로 밀고 들어가 보스 몬스터를 처치하고, 최근에는 아레스 길드의 한국 지부장을 설득해 돈과 초급 던전의 독점권을 빼앗았다.

뭐, 독점권은 지금 당장 받지는 못했지만, 아마 곧 있으면 받겠지.

김현우가 탑에서 빠져나온 지는 이제 불과 한 달이 약간 안 됐지만, 그가 보여주고 있는 행보는 도저히 '가디언'과는 어울리지 않는 모습이었다.

"뭐 어때, 그냥 길드 이름인데."

"……그렇기는 하죠, 뭐. 그렇기는."

"아, 그보다 걔는 일어났냐?"

"걔……? 아, 그 여자요? 아뇨, 아직도 그대로예요."

김현우가 5일 전 아레스 길드의 은밀한 벙커에서 구한 여자는 시간이 꽤 지난 아직까지 잠에서 깨어나지를 못하고 있었다.

"……걔 뇌사 상태 아니지?"

"아니라니까요."

이미 그 여자가 쓰러지고 2일이 지나도록 일어나지 않았을 때, 김시현은 비밀리에 집 안에 간호사를 들여 그녀의 상태를 진단한 적이 있었다.

"듣기로는 그냥 쇼크에 의해 눈을 뜨지 않을 뿐이라는 건데……."

"그럼 됐어……. 그보다, 진짜 어떻게 하지……."

"뭘요?"

"마력 말이야, 마력."

김현우는 답답하다는 듯 자기가 깔고 앉은 세밀한 마력진을 툭툭 치며 말했다.

"이게 어떻게 된 게 전혀 마력을 느낄 수가 없단 말이지."

"……음, 그렇게 답답하면 그냥 차라리 진짜 마력을 뚫어줄 수 있는 사람을 찾아가보는 게 어때요?"

"……마력을 뚫어줄 수 있는 사람?"

"네, 일본에 있는 '이자나미' 길드의 길드장인 '나카가와 야스미'라는 사람인데, 그 친구가 '무투계' 스타일에 마력을 기가 막히게 다루는 헌터거든요."

"그래?"

"고유 스킬도 '혈도'라는 스킬이라서, 저번에 들어보니까 마력을 제대로 활용하지 못하는 헌터의 혈도를 뚫어줘서 마력 등급을 올려줬다는 소리도 들었던 것 같아요. 물론 오피셜은 아니고 지라시지만요."

김시현의 뒷말에도 김현우는 주머니에 넣어 놓았던 스마트폰을 꺼내 '나카가와 야스미'라는 이름을 검색했다.

"이 사람이야?"

"네, 이 사람 맞아요."

스마트폰 화면에는 한 여자가 있었다. 차가워 보이는 느낌에 검지와 중지를 편 채로 기수식을 잡고 있는 여자.

김현우가 사진을 보며 손가락으로 툭툭 치던 도중.

쿠득.

"어?"

조금 전까지 환한 빛을 내던 마력진이 갑자기 정전이 된 듯 꺼져 버렸다. 그 상황에 순간 이서연과 김시현은 얼굴에 물음표를 띄우며 김현우를 바라봤고, 그도 마찬가지로 물음표를 띄우며 그 둘을 바라봤다.

"?"

"?"

"?"

그리고 자신의 손에 짓눌려 있는 돌 부스러기를 발견한 김현우는 곧 시선을 돌려 오른손이 있었던 곳을 바라봤다.

그리고.

"아."

김현우는 자신이 저도 모르게 손가락을 꾹꾹 누르다 마법진의 끝부분을 짓눌러버렸다는 것을 깨달았다.

그리고 곧 아랑 길드 지하 3층에.

"잠깐! 진정해! 내가 돈으로 고쳐줄게!"

"야…… 야! 나는 뭔 죄야! 나는 무슨 죄냐고! 끄아아아악!"

마법진의 빛보다도 강한 푸른빛의 뇌격이 터져 나오기 시작했다.

그렇게 아랑 길드 지하 3층에서 동료들 간의 전투가 일어났을 때, 일본 도쿄 스기나미에 있는 '중급 미궁'에는 무척이나 많은 사람, 아니, 헌터가 모여 있었다.

제각각의 방어구를 입고 있지만 그들의 방어구 어딘가에는 반드시라고 해도 될 만큼 초승달 문양의 표식이 새겨져 있었고, 그런 헌터들이 모여 있는 가운데에.

한 명의 여성이 서 있었다.

여러 가지 방어구를 걸치고 있는 다른 헌터와 같이 몸에 검붉은 색의 가죽 튜닉을 입고 있는 여성. 손에는 푸른색의 권갑을, 다리에는 마찬가지로 화염의 수가 놓여 있는 각반을 끼고 있는 그녀는 바로 일본의 대형 길드 '이자나미'의 길드장이자 S급 중에서는 중상위 서열인 172위의 랭크를 가지고 있는 헌터였다.

그녀의 입에서 차가운 목소리가 흘러나왔다.

"상황은?"

"이제 곧입니다, 길드장님."

"……참으로 특이하군요. 미궁 앞에 생겨나는 크레바스라니."

나카가와 야스미는 그렇게 말하면서도 냉정한 눈으로 전황을 파악했다.

'다른 대형 길드인 '오로치'가 오기까지는 대략 30분. 만약 열리는 크레바스가 하위 크레바스라면 클리어, 중위 크레바스라면 망설임 없이 전력을 뺀다.'

크레바스라는 재앙이 열림에도 불구하고 냉정하게 손익을 계산하고 있는 그녀는.

그그그그긍.

곧 부들부들 떨리기 시작하는 땅을 느끼며 자세를 잡았다.

다른 헌터들도 긴장한 채로 제각각의 무기를 잡고 협회 일본 지부에서 예정해주었던 크레바스의 진원지를 바라봤고.

"……?"

아무 일도 일어나지 않았다.

땅이 그저 잠시 흔들렸을 뿐, 아무런 일도 일어나지 않았다.

보이는 것은 그저 텅 빈 미궁.

들리는 것은 긴장한 헌터들의 막힌 숨소리뿐.

나카가와 야스미가 이상함을 느끼며 입을 열려고 할 때, 그 소리는 들려왔다.

터벅. 터벅.

작은 소리, 하지만 무척이나 선명하게 귓가에 꽂히는 그 걸음 소리에 나카가와 야스미가 긴장하기 시작했고, 곧 미궁 안에서 한 사내가 걸어 나왔다.

"……?"

"사람?"

남자.

지반이 흔들린 뒤, 미궁에서 걸어 나온 것은 한 남자였다.

몸에는 현대 사람들은 절대 입지 않을 듯한 흑의를 입고, 길게 기른 머리는 뒤로 묶어 말총머리를 하고 있는 남자. 그 어떤 방어구도 갖추지 않고, 그저 한 손에 척 보기에도 낡은 검 하나를 가지고 나온 그.

헌터들이 어리둥절함을 느끼며 미궁 안에서 걸어 나온 그를 바라보고 있을 때.

나카가와 야스미, 그녀만이 격앙된 어조로 입을 열었다.

"모두 공격……!"

그리고.

그 어느 세계에서 '뇌신'이자 '천天'이라고 불렸던 그가.

촉!

검을 휘둘렀다.

◆ ◆ ◆

"?"

그곳에 있던 모두가 느끼지 못했다.

미궁에서 걸어 나온 그가 검을 뽑았다는 것을 느끼지 못했고, 어느새 낡은 검집에서 나와 있는 검이 자신들을 베었다는 것을 느끼지 못했다.

다만 그들은 결과를 봤을 뿐이다.

그래, 결과를.

츳! 츠츳!

앞에 서 있던 무투계 헌터들의 몸에 불규칙한 사선이 생겨났다.

그 사선이 자신의 몸을 긋고 있는 와중에도 헌터들은 무슨 일이 일어난 줄 모른 채, 그저 긴장하고 있을 뿐.

그곳에서 그 현상을 알고 있는 것은 바로 검을 뽑아 든 남자와 무투계 헌터들의 뒤에 있던 나카가와 야스미뿐이었다.

그리고.

"크……!"

"뭐…… 뭐야?"

사선이 그어졌던 헌터들은, 제대로 된 비명 한마디도 지르지 못한 채 그어진 사선대로 몸이 잘려 붉은 피를 내뿜었다.

"이…… 이게 뭐야!"

"무…… 무슨, 무슨 일이 일어난 거냐. 끄억!"

동료가 고깃덩이가 되었다는 사실에 금세 동요하기 시작한 헌터들은 혼란스러워하며 대열을 망가뜨렸다.

나카가와 야스미는 그 모습을 보며 필사적으로 길드원들의 멘탈을 잡기 위해 소리쳤지만.

"그만! 진정해라! 대열이 망가지면 모두 죽은 목숨……!"

"대열을 유지해봤자 죽는 건 전부 똑같을 뿐이지."

야스미의 목소리를 뚫고 남자의 목소리가 울려 퍼졌다.

분명 조곤조곤하지만, 그 목소리는 묵직하게 미궁 주변에 있는 헌터들의 귓가를 울렸고. 그와 함께, 남자의 검이 다시 한번 휘둘러졌다. 횡으로 휘둘러졌던 검이 위에서 아래로 내리쳐진다.

마찬가지로, 아까와 같이 허공을 가르는 검.

그러나 그 별 의미 없어 보이는 한 번의 휘두름은, 또 한번 측면에 서 있는 헌터를 정확히 반으로 갈라버리는 결과를 보여주었다.

"사…… 살려줘!"

"도대체 뭐냐고……. 도대체 뭐……!"

"나…… 나는 이곳에서 빠져나가겠어!"

그것으로 끝.

분명 대형 길드에다 미궁 탐사도 열다섯 차례나 무사고로 성공한 이자나미의 헌터들은 속절없이 무너져 대형을 이탈하기 시작했다.

나카가와 야스미는 순식간에 전열을 이탈하는 헌터들을 보며 이를 악물었다가, 곧바로 입을 열었다.

"모두 철수해! 철수!"

철수.

그것이 나카가와 야스미가 생각한 최선의 방법이었다.

S등급 몬스터의 레이드까지 성공해봤던 나카가와 야스미는 눈앞에 나타난, 어떻게 보면 인간과도 흡사해 보이는 그 남자가 S등급의 레이드 보스보다도 강하다고 판단했다.

'공격이, 전혀 보이지 않아……!'

아무리 강한 보스라도, 공격이 보인다면 방어할 수 있다.

하지만 공격이 보이지 않는다면?

대비할 수 없다.

회피할 수도 없고, 막을 수도 없다.

그렇다면 남은 결과는 단 하나뿐.

죽음.

'도대체 무슨 스킬을 사용하길래……!'

그녀의 말이 울려 퍼짐과 함께 그나마 전열을 지키고 있던 헌터들도 몸을 내빼기 시작했다.

일본 헌터 업계에서 미궁 탐사의 최고봉이라고 불리는 헌터들이 대열도 지키지 않은 채 꼴사납게 후퇴하는 모습은 웃음거리가 되기에 충분했지만 야스미는 개의치 않았다.

'전력을 잃는 것보다는 낫다.'

어차피 막지도 못하니 그럴 바에는 이런 식으로 도망치는 게 더 효과가 좋겠지.

그녀는 짧은 감상을 마치고 헌터들과 함께 몸을 뒤로 내뺐다.

그리고.

"!"

검을 쥐고 있던 남자가 어느새 그녀의 앞에 와 있었다.

몸을 돌리는 그 한순간에, 남자는 이미 나카가와 야스미의 앞에 서서 검을 들어 올리고 있었다.

찰나의 시선 교환.

남자의 무심한 눈빛이 야스미를 훑고 지나갔고, 그 상태에서 그녀는 거의 본능적으로 몸을 비틀었다. 발목에 무리가 갈 정도로 몸의 축을 틀며 얼마 없는 반동을 이용해 몸을 반대쪽으로 날린 야스미는 천마의 검을 피할 수 있었다.

츠악!

"끅!"

그 대신 야스미를 놓친 천마의 검은, 도망치고 있는 한 헌터의 몸을 갈라놓았다. 마치 종이 인형처럼, 허무하게 갈려 피를 흩뿌리는 사람을 본 야스미는 떨리는 눈으로 힘겹게 자세를 잡으며 남자의 앞에 섰다. 어차피 도망치지 못할 것이라는 생각이 그녀의 머릿속에 새롭게 각인되었기에, 그녀는 그와 싸우는 것을 택했다.

정적.

사방에는 헌터들의 소란스러운 발소리와 혼란스러운 말소리가 퍼지고 있었지만, 그 와중에도 그와 그녀가 있는 곳은 조용했다.

정적.

"도대체 당신은 뭡니까……?"

그 정적 속에서 나카가와 야스미는 물었다.

그녀의 물음에 남자는 검을 아래로 늘어뜨리며 그녀를 쳐다봤다.

"원래라면 답하지 않겠지만, 너는 비록 운이라도 내 검을 피했으니 답해주도록 하마. 하지만……."

그는 지독히 무심하면서도 지루한 듯한 눈빛으로, 그저 담담히 뇌까렸다.

"나는 네게 어떤 이름을 말하면 좋을까."

"뭐라고……?"

"어떤 대답을 원하지? 나는 너희 계층인들에게 무수히 많은 이름으로 불렸다. 누구는 나를 '등반자'라고 부르기도 하고 '파괴자'라고 부르기도 하지."

그는 계속해서 말했다.

"'악마'라 불릴 때도 있었고, '마신'이라 불릴 때도 있었다."

계속해서.

"'구도자'라 불릴 때도 있었고, '사도'라고 불릴 때도 있었다."

말했다.

"그리고 아주 먼 옛날에는…… 그래, '뇌신'으로 불리기도 했고, 또한 '천天'이라고 불리기도 했지."

그는 거기까지 중얼거리곤, 이내 감정이라고는 하나 없을 것 같은 그 얼굴에 미미한 웃음을 띠며 말했다.

"그래, 네가 원하는 대답에는 그렇게 대답해줄 수 있겠군."

"!"

그는 칼을 들어 올렸다. 그리고 그녀가 올라가는 칼을 제대로 인지할 사이도 없이, 그는 담담하게 입을 열었다.

"본좌는……."

남자의 목소리가 들림과 동시에 그의 검이 휘둘러진다.

짧게, 한순간처럼.

그와 함께 나카가와 야스미의 의식이 순간적으로 점멸한다. 점멸하기 시작한 그 의식 사이로, 그녀는 질문의 답을 들을 수 있었다.

"……천마다."

그녀의 의식이 완전히 점멸했다.

◆ ◆ ◆

알리미

통로를 통해 새로운 '등반자'가 9계층에 도착했습니다.

위치: 일본 도쿄 스기나미

남은 시간: 00시 00분 00초

"……뭐?"

이서연이 흩뿌리는 치사량의 뇌격을 피해 아랑 길드를 빠져나온 김현우와 김시현. 그녀가 진정할 때까지 잠시 도망가는 것으로 생각을 맞춘 그들은 망설임 없이 차를 타고 아랑 길드를 빠져나왔다.

그러던 중 눈앞에 뜬 로그.

"……일본 도쿄 스기나미? 일본에 등반자가 나왔다고?"

김현우는 저도 모르게 입을 벌리며 인상을 찌푸렸다.

'아니 왜 해외에 등반자가 등장해?'

김현우는 이상하다고 투덜거렸지만, 곧 생각을 고쳐먹었다.

'생각해보니 아브는 분명 지구 전체가 9계층이라고 말해줬고.'

등반자는 이 9계층을 멸망시키기 위해 온다고 했으니, 종합적으로 해외에 등반자가 나타나는 것이 예상하지 못할 일은 아니었다. 다만 김현우가 본인 편한 대로 생각하다 보니 자연스럽게 흘러나왔던 에러일 뿐.

"쯧."

김현우는 짧게 혀를 차고는 김시현에게 물었다.

"야."

"네?"

"여기서 일본 도쿄까지 가려면 몇 시간이나 걸릴까?"

김현우의 갑작스러운 물음에 김시현은 묘한 표정으로 그를 보더니 말했다.

"글쎄요……? 여기서 인천공항까지 한 두 시간, 거기에 가장 빨리 있는 비행기를 타면 대충 다섯 시간 정도 걸리지 않을까요?"

"그래?"

"네, 그 정도면 충분히 가죠……가 아니라, 형 설마 서연이 피해서 일본까지 날아가게요?"

"아니."

"그것도 아니면……. 아, 설마 제가 아까 말해줬던 그 나카가와 야스미요?"

"그것도 아니야."

"아니, 그럼 그걸 왜 물어본 거예요?"

김시현의 물음에 김현우는 대답하지 않고 스마트폰으로 검색을 했다.

검색어는 '도쿄 스기나미 크레바스'.

검색을 누르자마자 삽시간에 떠오르는 여러 정보들.

[이번에 일본 협회에서 아티팩트를 이용해 독자적 개발에 성공한 '던전' 레이더. 크레바스 신호 포착?]

[오후 2시경, 스기나미에 크레바스가 일어난다. 日 헌터협회]

[스기나미 긴급 대피 발령]

김현우는 뉴스의 헤드라인이 위에서부터 시간대순으로 배열되었다는 사실을 깨닫고 제일 아래에 있는 '스기나미 긴급 대표 발령'을 클릭했다.

누르자마자 순식간에 로딩되는 기사.

스기나미 긴급 대피 발령되다.

일본의 도쿄에 속한 구 스기나미는 일본 시 2시 20분을 기점으로 스기나미구를 포함한 도쿄 전체에 긴급 대피 경보를 발령했다.

대피 경보 발령의 원인은 바로 미궁 속에서 나온 사내 때문.

[사진]

어느 국적인지 알 수 없는 이 신원 미상의 남자는 미궁에서 빠져나오자마자 순식간에 이자나미 길드원 17명과 이자나미 길드의 길드장인 '나카가와 야스미'를 살해하고, 현재 무차별적으로 사람들을 살해하고 있는 중.

그나마 사진에 보이는 남자의 이동속도가 빠르지 않아 대피는 신속하게 이루어지고 있지만, 그를 막기 위해 투입된 헌터는 죄다 죽음을 맞이했으며, 이에 헌터협회 일본 지부는 각 근처 지부에 S급 헌터의 지원을 요청 중이다.

댓글 32개

구석에서산다: 와, 저거 사진 뭐냐? 컨셉샷 아니냐ㅋㅋㅋㅋㅋㅋㅋㅋㅋ개잘찍혔네 ㅋㅋㅋㅋ 쟤도 김현우처럼 팬카페 생기냐?

└ 이천사는헌터: 이 새끼 인성 터진 거 봐라? 새끼야 여기는 드립 치는 공간이 아니다, 지금 위에 시민들이랑 헌터들 살해됐다는 글자 안 보이냐 새끼야.

└ 구석에서산다: 진지충 뭐냐ㅋㅋㅋㅋ

나혼자100: 일본 현지에서 이야기해준다. 지금 도쿄 살고 있는데 위로 쭉쭉 올라가고 있다. ㅅㅂ 이러다가 방사능 터진 곳까지 올라가겠누;;

└ 구와아아악: 지금 일본 상황 어떠냐 혼란의 도가니임?

└ 나혼자100: ㄴㄴ 우선 내가 있는 곳은 그렇지 않은데 앞에는 난리 났다는데.

짧은 뉴스와 함께 업로드 되어 있는 사진과 영상.

사진에는 이 시대와는 어울리지 않는, 마치 무협 소설에나 나오는 흑의를 입은 남자가 검을 들고 있는 장면이 찍혀 있었다.

'……알리미를 보면 지금 뉴스에 나온 저 녀석이 등반자인 건 확실한 것 같은데…….'

김현우는 멍하니 스마트폰을 바라보다 고민했다.

'마력을 아직 배우지 못했는데, 괜찮으려나?'

김현우는 며칠 전, 아브가 말해주었던 것을 아직 기억하고 있었다. 만약 마력을 제대로 배우지 못한다면 등반자를 이길 수 없을 거라고 떠들었던 아브.

그렇게 아브가 했던 말을 짧게 회상했던 김현우는 입을 열었다.

"시현아."

"네?"

"지금 인천공항으로 가자."

"네? 농담이죠?"

"아닌데?"

그 대답에 질렸다는 듯 김시현을 바라보는 김현우.

그는 스마트폰을 끄고는 앞을 바라봤다.

'애초에 옛날부터 내가 강하고 상대방이 얼마나 강한지 같은 건 생각도 안 해봤는데 지금 와서 무슨…….'

옛날에도 그랬고, 탑을 오를 때도 마찬가지였다.

김현우는 상대방이 자신보다 얼마나 강한지에 대해서는 전혀 생각하지 않았다. 그도 그럴 게 어차피 그렇게 생각해봤자 나오는 것은 없으니까.

탑을 탈출하고 싶으면 도저히 이길 수 없을 것 같은 몬스터들을 어떻게든 뚫고 올라가야 했고, 그렇기에 그는 상대의 강함을 신경 쓰지 않았다. 신경 쓰는 건 오직 나 자신뿐. '내가 어떻게 해야 저 녀석을 이길 수 있나'에만, 김현우는 온 신경을 쏟아부을 뿐이었다.

그렇게 김현우가 스스로에 대해 생각하고 있을 때, 김시현이 물었다.

"그런데 형."

"왜?"

"진짜 갑자기 일본에 가겠다는 건 알겠는데…… 형, 여권 있어요?"

"……아."

김시현의 말에 그는 나지막하게 탄식했다.

♦ ♦ ♦

도쿄에 있는 헌터협회 일본 지부의 상층 회의실.

그곳에서는 모두가 무거운 침묵을 지키고 있었다.

방 안에 앉아 있는 사람들은 총 네 명.

회의실 테이블의 제일 상석에 앉아 있는 남자는 바로 헌터협회 일본 지부의 지부장을 맡고 있는 남자였고, 그 옆으로 일본을 대표하는 '길드'의 길드장들이 앉아 있었다.

양옆에는 후쿠오카를 주축으로 활동하는 '카라스' 길드의 길드장인 '킨 케이칸'과, 오사카를 주축으로 활동하는 '오로치' 길드의 길드장인 '쿠로 시로기'가 앉아 있었다.

그리고 그 옆.

"……."

그곳에는 분명 '천마'가 나타났을 때, 그의 검에 몸이 두 갈래로 나뉘었던 여자, 도쿄를 주축으로 활동하고 있는 '이자나미' 길드의 길드장인 '나카가와 야스미'가 살짝 힘겨운 표정으로 앉아 있었다.

침묵. 그리고 또 침묵.

그들이 자리에 앉은 지는 꽤 오랜 시간이 흘렀지만 그 누구도 입을 열지 않았다.

그러던 중.

"그래서, 너는 분명 죽었다고 들은 것 같은데, 어떻게 살아 있지?"

상당히 차가워 보이는 인상을 가진 남자. 킨 케이칸이 야스미를 보며 질문하는 것으로 이야기가 시작되었다.

그녀는 케이칸을 슬쩍 바라보곤 말했다.

"얼마 전에 미궁 탐사를 내려갔을 때 얻은 아티팩트가 있어서, 그것 덕분에 목숨은 부지할 수 있었습니다."

"뭐? 아티팩트?"

"자세한 건 설명하기 어렵지만, 아티팩트 덕분이라고 생각하시면 됩니다."

그렇다.

분명 천마에게 베여 죽음을 맞이했을 그녀는 얼마 전 미궁 탐사를 하며 얻었던 아이템 덕분에 죽음을 면할 수 있었다. 그녀가 미궁 탐사에서 얻었던 아티팩트인 '소생자의 목걸이'는 목걸이를 걸고 있는 대상에 한해 사용자가 죽으면 목숨을 살려주는 능력을 가지고 있었다.

물론 공짜는 아니다. 아티팩트가 능력을 발하는 즉시, '소생자의 목걸이'는 그대로 깨져 사라져버리고, 살아나는 대상은 시스템상으로 모든 등급이 한 단계 아래로 내려가게 된다.

애초에 능력치가 부실한 헌터는 금방 능력치를 복구할 수 있겠지만, 그녀같이 S등급 랭킹 상위권에 오른 인물에게 있어서 능력치가 깎인다는 것은 '몇 년'을 날리는 것과 같았다. 하지만 그걸 미쳤다고 사실대로 풀어놓을 리 없는 야스미는 능숙하게 화제를 전환했다.

"그래서, 어쩔 겁니까?"

"뭘 말이지?"

"……'그'에 대해서입니다."

그녀는 그렇게 말하며 곧바로 시선을 돌려 회의실 중앙에 걸려 있는 프로젝터를 돌아보았다.

프로젝터에서는 하나의 영상이 재생되고 있었다. 마치 드론으로 촬영된 듯 애매한 허공에서 뷰를 잡고 있는 영상에는 한 남자가 찍히고 있었다. 낡은 흑의를 입고, 각각 손에는 검집과 검을 잡은 채 아무도 없는 도로를 걷고 있는 남자.

그는 천마였다. 천마가 검을 휘두른다.

쿵! 쿠구구궁! 콰가가가가각!

그가 휘두른 일 검.

고작 그 일 검에, 도로에 세워져 있던 작은 2층 주택이 산산이 부서져 나간다.

"꺄아아아악! 살⋯⋯! 꺽!"

"어⋯⋯ 엄마⋯⋯ 어⋯⋯."

푹!

곧 무너진 건물에서 들린 비명 소리는, 멀리서 움직이고 있던 천마의 검질 한 번에 조용해졌다. 평범한 사람들이라면 눈을 질끈 감았을 텐데, 드론은 아무런 감정 없이 그 장면을 자세히 촬영했다.

그리고 곧.

카메라의 뷰가 넓어지며 주변의 풍경을 찍어내기 시작했다.

"하⋯⋯."

누구의 탄식인지는 모른다.

하지만 드론이 찍고 있는 이 풍경은 누가 보더라도 탄식을 내뱉을 수밖에 없는, 그런 풍경이었다. 사람들의 혼란스러운 목소리조차 없는 죽은 도시에서, 천마가 걸어온 길만이 핏빛으로 얼룩져 있었다. 그가 걸어온 길에는 무너진 건물의 잔해와 수많은 시체가 있었다.

평범한 시민들의 시체. 그중에는 양복을 입은 회사원도 있었고, 평범한 옷을 입은 주부도, 그리고 아직 멋모르고 놀이터에서 뛰어놀 나이인 아이들의 시체도 있었다.

그리고 그런 시민들 사이에 섞여 있는 헌터들의 시체.

저마다 무기를 들고 필사적으로 무엇인가를 외치는 듯 입을 벌린 채 죽은 시체였다. 무엇인가를 두려워하듯 공포에 질린 시선으로 죽어 있는 시체도 있었고, 보기 싫은 것을 봤다는 듯 눈이 꾹 감긴 시체도 있었다.

그 모든 장면, 그 모든 풍경이 빠짐없이 담고 있는 화면을 보며, 협회 내에 있던 지부장과 길드원은 망연한 분위기를 감추지 못했다.

"미치겠군……."

그동안 한마디도 입을 열지 않던 남자. '쿠로 시로기'가 욕설을 내뱉었다.

"지금이라도 추가로 협회 헌터들과 길드 내의 헌터들을 보내야……."

그 모습을 보며 지부장이 슬쩍 입을 열었다.

"제정신입니까, 지부장?"

"그럼 대안이 없잖소! 우선 시민들이 대피할 때까지 어떻게든 시간을 벌어야……."

"개소리하지 마! 지금 네 눈에는 저게 안 보이나? 저 시체가 안 보이냐고! 지금 저 녀석을 막으려고 투입된 헌터만 200이 넘는다고! 근데 어떻게 됐어?"

시로기는 격앙된 목소리로 외쳤다.

"다 뒤졌다! 한 놈도 빠짐없이 전부! 200명이 넘어가는 헌터가 저 미친 괴물 새끼의 발걸음 한 번을 잡지 못하고 모조리 죽었다고! 저 녀석이 휘두르는 저 검에!"

"그렇다면 이대로 저 녀석이 시민들을 죽이는 것을 보고만 있자 이 말인가!"

"지부장! 네 녀석이 뭔가 잘못 생각하고 있는 모양인데, 헌터는 사람 아니야? 헌터도 똑같은 사람이라고 이 새끼야! 네가 뭔데 희생을 강요해!"

"그만하세요."

시로기와 지부장의 목소리가 점점 올라가던 중, 나카가와 야스미가 입을 열었다. 그들은 야스미를 보더니 이내 큰 소리를 내며 다시 자리에 앉았다. 야스미는 그런 그들을 보며 한숨을 내쉬고는 입을 열었다.

"어차피 지금 이 상황에서 여기에 모여 있는 사람들이 전부 달려든다고 해도 저 천마를 이기기는 힘들 겁니다."

그의 말에 야스미를 제외한 다른 길드장의 얼굴이 굳어졌다.

사실이다. 지금 일본에는 나카가와 야스미의 S등급 세계 랭킹과 크게 차이 나는 헌터가 없으니까.

킨 케이칸은 150위, 쿠로 시로기는 174위였다.

100위권 안으로, 아니 50위권 안으로 들어가면 각 순위가 가지는 전투력의 차이가 엄청나지만, 실질적으로 100위보다 낮은 서열에 있는 헌터들의 능력은 그야말로 종이 한 장 차이였다. 한마디로, 나카가와 야스미가 쪽도 못 쓰고 당했다면 그것은 다른 헌터들도 마찬가지라는 소리였다.

"그러니까 결국 저희들이 도움을 받아야 하는 건 외부의 힘인데……. 지부장님, 지원은 요청하셨습니까?"

"지원 요청은 이미 사태가 발생했던 일곱 시간 전에 신청했네……. 다만."

"다만?"

"지원을 온다는 곳이……."

지부장이 말끝을 흐리는 것을 보며 나카가와 야스미는 한숨을 내쉬었다.

그래, 있을 리가 없다.

S등급 헌터가 국가의 전력으로 취급되는 세상. 그곳에서 선뜻, 그것도 S등급 헌터를 잃을 수도 있는 이런 상황에 투입한다는 것은 말도 안 됐다.

'만약 내가 죽지 않았다면…….'

아마 거금의 보상금을 미끼 삼아 S등급 헌터들의 지원을 이끌어낼 수 있었겠지만, 이미 그녀가 죽었다는 뉴스가 전 세계에 보도된 시점에서 헌터들의 지원을 바라는 것은 힘들다.

설령 헌터가 원한다고 해도 국가가 막을 터.

"후……."

야스미가 긴 한숨을 내쉬자 지부장이 입을 열었다.

"있기는 하네."

"있나요?"

야스미가 깜짝 놀라자 오히려 앉아 있던 지부장이 더 흠칫 놀라는 모습을 보였지만, 그는 이내 흠흠 하고 목을 정리하며 입을 열었다.

"그런데……."

"그런데……?"

"단 한 곳뿐이라네."

그래도 괜찮다.

나카가와 야스미는 생각보다 빠르게 상황을 정리했다.

자신이 죽었다는 뉴스를 보고도 일본에 지원을 오겠다는 헌터가 절대 쭉정이일 리가 없다. 최소 50위권, 그녀는 그렇게 생각하며 지부장의 다음 말을 기다렸지만.

"……한국일세."

"……한국?"

나카가와 야스미는 저도 모르게 맥 빠진 소리를 냈다.

'한국에 그런 헌터가 있었나?'

그녀는 혹시나 하는 마음에 머릿속의 정보를 여기저기 두드려봤지만, 적어도 자신이 알기에 한국에는 50위권 내에 있는 S등급 헌터가 없었다.

"……지원을 오겠다고 한 헌터는 누구입니까?"

"김시현일세. 그리고 나머지 한 명은 요즘 한국에서 유명하다던…… 김현우……?라고 하더군."

"김현우……. 아, 설마 그……."

김시현의 이름에 침착하게 고개를 끄덕였던 그는 이내 지부장의 입에서 나온 생소한 이름에 고개를 갸웃하다 그 이름에 대해 깨달았다.

"그 있지 않은가? 혼자서 크레바스 안으로 들어가 보스 몬스터를 죽였다던."

그녀는 필연적으로 실망했다.

'김시현은 S등급 헌터 랭킹……. 자세하게 기억나지는 않지만

160위대 초반, 그리고 같이 오는 그 김현우라는 헌터는······.'

랭킹조차 없다.

야스미는 저도 모르게 밀려오는 묘한 절망감에 한숨을 내쉬었다. 그가 아무리 크레바스를 혼자 클리어한 장본인이라고 해도, 지금 일본에 나타난 자는 누가 보더라도 명확히 '규격 외'라고 표현할 수 있는 존재였다. 물론 탑에서 빠져나온 지 얼마 되지 않아 크레바스를 홀로 클리어했다는 것은 위대한 업적으로 남을 수 있겠지만.

'저 괴물을 막을 정도는 아니야.'

야스미는 우울한 눈으로, 실시간으로 드론이 촬영하고 있는 프로젝터를 바라봤고.

"어?"

그곳에서 이상한 것을 보았다.

그녀가 저도 모르게 어벙한 소리를 내자, 회의실에 앉아 있던 다른 헌터들도 마찬가지로 프로젝터를 돌아보았다. 드론의 카메라를 통해, 그들은 모든 걸 핏빛으로 물들이고 있는 천마 앞에 서 있는 한 남자를 볼 수 있었다.

이제 막 석양이 된 해를 등지고 선 남자. 검은색의 추리닝이 석양 빛에 의해 붉게 물들어 있고, 그의 발에는 한국에서 누구나 한 번은 신어본다는 검은색의 삼선 슬리퍼가 신겨 있었다. 부스스한 머리는 바람에 휘날려 이리저리 모양을 바꾸었고, 지나가면서 모든 것을 베어버리는 천마 앞에서, 그는 양손을 추리닝 바지에 넣은 채 서 있었다.

"뭐야, 저거?"

멍하니 상황을 지켜보던 '쿠로 시로기'가 저도 모르게 입을 열었고, 나카가와 야스미는 본능적으로 그 모습을 보며 천마의 앞에 서 있는 게 누구인지 깨달았다.

"저…… 저 사람, 김현우?"

김현우.

바로 조금 전까지 그녀가 생각하고 있었던 남자.

그가 천마의 앞에 서 있었다.

그렇게 협회 내부의 길드장과 지부장이 드론이 찍고 있는 영상으로 김현우를 바라보고 있을 때, 김현우는 자신의 앞에 마주 선 남자를 보았다. 뒤로 묶은 말총머리, 눈은 무감정했지만 그 안에는 숨길 수 없는 무료함을 내포하고 있고, 양손은 각각 검집과 낡은 검을 붙잡고 있었다.

김현우는 은근슬쩍 '정보 권한'을 통해 앞에 서 있는 남자의 능력치를 훔쳐보려 했지만.

[확인 불가.]

'역시 안 되나.'

간단명료하게 떠오르는 로그에 그는 짧게 혀를 찼다.

말 없는 대치 상태.

먼저 말을 건 것은 김현우다.

"너는 뭐냐?"

그의 대답으로 날아온 것은 천마의 검이었다.

인간의 동체 시력으로는 쫓을 수 없을 정도의 빠르기로 휘두른 천마의 검. 그 검에서 빠져나온 무형의 기운은 김현우의 목을 노리고 날아갔지만.

"……!"

"허."

김현우는 천마가 검을 휘두른 그 순간, 이미 그의 앞에서 어이없는 듯한 미소를 짓고는 곧바로 주먹을 쳐들었다.

"검을 휘두르지 말고 대답을 해, 이 씨방새야……!"

꽝!

김현우의 주먹이 힘껏 내리쳐지며 느껴지는 거대한 충격파, 그러나 그는 본능적으로 공격을 당한 남자가 타격을 일절 받지 않았다는 것을 깨달을 수 있었다.

"일 검을 버텼으니, 대답해주지."

아니나 다를까, 폭음 속에서 검집을 손에 쥔 채 걸어 나온 남자는 김현우를 바라보며 입을 열었다.

"나는 천마다."

그리고, 천마의 검이 다시 한번 번뜩였다.

◆ ◆ ◆

"후……."

헌터협회 일본 지부. 헌터 지원을 통해 긴급하게 일본으로 올 수 있었던 김시현은 일본 지부의 상층으로 걸어가면서도 자신의 옆자리를 보며 한숨을 내쉬었다.

"형은 또 어디 간 거야……."

비행기에서 내리자마자 무엇인가를 열심히 검색하더니 자신에게 별말도 하지 않고 열심히 튀어나간 김현우를 생각하며, 김시현은 머리가 아프다는 듯 고개를 저었다.

"도대체 뭐냐고……."

김시현은 그렇게 중얼거리며 스마트폰에 떠올라 있는 뉴스를 보았다. 2시를 기점으로 일본에 시작된 재앙. 김현우는 기다렸다는 듯이 그 재앙을 막으려는 것처럼 김시현과 함께 일본에 왔다.

'이거, 뭐 있는 거 아니야?'

생각해보면 저번에도 김현우는 크레바스가 나올 날을 정확하게 예측해서 자신들에게 전해주었다.

'……'

'정말 뭔가 있을 것 같은데?' 하고 짧게 생각하던 김시현은 이내 한숨을 내쉬고는 계속해서 걸음을 옮기며 짧게 생각했다.

'뭐, 당장 이렇게 생각하는 것보다 이번 일이 끝나면 물어보는 게 낫겠지. 게다가 그것보다도……'

김시현은 어느 한 문구를 다시 한번 읽어 나갔다.

"'이자나미' 길드장의 사망이라……'

……진짜 형 괜찮으려나?

김시현이 그렇게 일본 지부의 회의실로 걸어 올라가며 김현우를 걱정하고 있을 때, 싸움은 이미 시작되어 있었다.

쾅!

천마의 검이 휘둘러짐과 동시에 김현우의 몸도 움직인다.

'빠르다.'

눈에 어렴풋이 보일 정도의 속도. 하지만 못 피할 것은 아니었다.

천마가 검을 휘두름과 동시에 느껴지는 무형의 기운. 검에서 피지는 그 무형의 기운은 굉장히 얇고 예리했지만, 그렇기에 반대로 느낄 수만 있다면 피하기는 쉬웠다.

김현우의 뒤에 있던 상가가 천마의 검에 무참히 박살 난다.

김현우는 천마에게 도약하는 것이 아닌, 한 걸음 한 걸음씩, 확실한 족적을 남기며 다가가고 있었다.

천마의 검이 휘둘러진다.

다른 사람의 눈에 보이는 것은 한 번, 하지만 김현우는 그 한 번의 휘두름으로 보이는 그것이 사람을 수십 조각으로 분해할 정도로 수많은 참격이라는 것을 깨닫는다.

오른발에 힘을 주고 힘껏 밀어내 천마의 참격을 피한다.

천마의 참격이 이어진다.

또 피한다.

김현우가 천마에게 다가가는 고작 5초 남짓한 사이에 벌어지는 수백의 공격과 수백의 도피. 그 수백 번의 과정을 통해, 김현우는 천마의 앞에 도달할 수 있었다.

천마의 눈동자에 놀람의 기색이 스치고, 김현우는 곧바로 주먹을 휘둘렀다.

�꽝!

"큭!"

김현우의 주먹이 천마의 얼굴을 노리고 날아들었지만, 그것을 기적 같은 움직임으로 막아낸 천마는 인상을 찌푸렸다.

그리고.

쾅! 콰가가강! 쾅!

드디어, 진짜 싸움이 시작됐다.

조금 전처럼 회피 일변이나 공격 일변의 싸움이 아니었다.

천마의 검이 날카롭게 휘둘려져 김현우의 심장을 노린다. 김현우의 몸이 한계까지 비틀려 천마의 참격을 피해내고 발을 휘두른다.

막고, 도피하고, 공격한다.

천마는 사거리에서 압도적인 우위를 점하겠다는 듯 계속해서 몸을 뒤로 내빼며 검을 휘둘렀지만, 반대로 김현우는 천마가 멀어지려는 틈을 주지 않고 가까이 붙었다.

'근접, 초근접이 내게는 유리하다.'

천마가 들고 있는 장검은 기본적으로 사정거리가 어느 정도 확보되어야만 위력을 발하는 무기였다. 하지만 주먹 한번 휘두를 틈도 없는 아주 좁은 거리는, 오히려 천마에게 있어서는 약점이 된다.

콰가가가각!

김현우의 공격을 허공에서 막아낸 천마가 그 반탄력을 버티지 못해 저 멀리 날아간다.

날아가며 기다렸다는 듯 검을 휘두르는 천마.

김현우는 기다렸다는 듯 아예 그 '공간'을 비워버리는 것으로 공격을 피하고.

"!"

날아가고 있는 천마의 앞에 도착해.

"이거나 처먹어라."

허공에서 자세를 잡고, 주먹을 크게 당겼다.

발리스타처럼 팽팽하게 조여지는 근육들.

허나 그런 상황에도 불구하고 허공에 떠 있는 천마는 대응하지 못한다.

그리고.

꽝!

김현우의 주먹질이, 천마의 검집을 깨부수고, 그의 배에 직격타로 들어갔다. 폭죽 100개가 한 번에 터지는 것 같은 엄청난 소리. 천마의 눈이 휘둥그레 커지며 입에서 피를 토해내고, 몸이 스스로가 부쉈던 건물에 처박힌다.

콰가가가각! 쾅!

부서졌던 콘크리트 잔해들을 헤치고 천마의 몸이 파묻힌다.

김현우는 틈을 주지 않고 공격하기 위해 천마가 처박힌 콘크리트 잔해를 향해 쏜살같이 튀어 나갔지만.

"신기하군."

"?"

치지지직…… 쾅!

김현우의 몸은, 바로 앞에서 내리쳐지는 뇌격에 그대로 멈추어버리고 말았다.

부서진 잔해 사이에서 천마가 걸어 나온다. 입고 있던 흑의가 찢어지고, 오른손에 들고 있던 검집은 어느새 버려버린 천마. 그는 걸어 나오며 말했다.

"지난 계층에도 없었고, 지지난 계층에도, 나를 상대할 수 있는 녀석은 없었던 것 같은데……. 너는 누구지?"

치직…… 치지직…….

콘크리트 잔해에서 걸어 나온 천마는 몸에 푸른 전력을 내뿜고 있었다.

김현우는 대답하지 않고, 달려들기 위해 몸을 움직이려 했지만.

쾅! 쾅쾅쾅! 콰가가가각!

김현우의 주변에 내리치는 수십 줄기의 번개가 그 움직임을 제재했다. 석양이 진 마른하늘에서, 푸른색의 뇌전이 내리꽂힌다. 기상으로 보면 기이하고도 괴변스러운 일. 하지만 그것을, 천마는 아무렇지도 않게 해내고 있었다.

김현우가 인상을 찌푸리며 입을 열었다.

"씨발, 그건 또 뭔 말도 안 되는 스킬이야?"

그의 입에서 처음 나온 투덜거림.

천마는 그 말을 받았다.

"스킬? 너는 이게 스킬로 보이나?"

"그럼 아니라고?"

김현우의 물음에 천마는 묘한 표정으로 그를 바라보다 이내 쥐고 있던 검을 다시 한번 고쳐쥐고 나서 입을 열었다.

"그래, 확실히 계층을 오를 때 나를 막아서던 녀석들은 항상 죽기 직전에 그런 말을 하더군. 내가 가지고 있는 스킬은 사기라고."

천마의 입가가 미미하게 올라갔다.

무감정하던 그 눈빛에 약간의 빛이 돌아왔다.

"그래, 항상 그랬다. 내가 그 누구로 불리든 그들은 항상 내게 '스킬'에 대해 물어왔지. 물론 그 누구에게도 답을 들을 가치가 없어 그 사실에 대해 답해주지 않았지만."

천마는 미미하게 올라간 입가를 지우지 않은 채 검으로 김현우를 가리키며 말했다.

"너는 나를 한 번 때렸으니 답해주도록 하지."

"마조히스트 같은 새끼."

김현우가 인상을 찌푸리며 입을 열었고, 천마는 아랑곳없이 말을 이었다.

"내가 사용하는 건 그 어느 것도 '스킬'이라는 미개한 시스템의 힘에서 파생된 게 없다."

천마는 그렇게 말하며 김현우의 앞으로 다가왔다.

"!"

순식간의 일.

김현우는 알아채지 못했다.

"처음 내가 사용했던 참격도, 지금 내 몸을 감싸고 있는 '뇌령신 공'도, 그리고 지금 너를 베어버릴 '천마신검'도. 스킬이라는 이름 아래에 묶인 것은 없다."

천마의 뒷말과 함께 김현우는 휘둘러지는 천마의 검을 바라봤다.

찰나, 시간이 느려진다.

천마의 검이 느릿하게 올라갔다. 정확히 김현우를 일도양단하기 위해 움직인다. 그 찰나에 김현우의 눈알이 움직인다.

'씨발.'

피해야 한다.

김현우의 뇌리에 깊게 박힌 생각.

하지만 그의 검이 느리게 움직이는 속에서도 김현우는 몸을 움 직일 생각조차 하지 못했다. 정확히는 움직일 공간을 찾지 못했다.

뒤로 빠진다? 천마의 검에 사정거리를 더해주는 것뿐이다.

위나 아래로? 그 뒤에 천마의 이어지는 연계기에 베이겠지.

김현우는 본능적으로 깨닫고 있었다. 다른 잡놈들의 검에 비해 서, 천마가 쥐고 있는 저 검은 한번 걸리는 순간 두부처럼 자신을 베어버릴 것이라는 사실을.

그러기에 김현우는.

"말하면서 공격하는 게 어디 있어!"

역으로 천마의 얼굴에 그대로.

"이 씨발 새끼야!"

박치기를 했다.

쾅!

천마의 느릿하게 움직이던 검이 순간 궤도를 잃어버린 채 비틀거리고, 천마의 눈이 과하게 찌푸려진다.

설마 이럴 줄은 몰랐다는 천마의 표정.

'다음 공격을 하기 전에, 천마를 끝낸다.'

김현우는 인정했다. 천마는 적어도 '지금의' 자신보다는 강했다. 그러기에 그는 곧바로 움직였다. 검을 잡고 있는 천마의 손을 내리친다.

"큭!"

천마의 입에서 처음으로 튀어나온 신음.

그는 검을 놓쳤다.

뒤늦게 기묘한 보법을 밟으려 움직이는 천마의 다리 사이에 발을 끼워 넣은 김현우는 그대로 어깨를 쳐올렸다.

턱이 올라가는 천마.

곧바로 그의 주변에 뇌전이 쏟아졌지만 김현우는 피하지 않았다.

꽝!

몸에 뇌전이 직격했지만, 김현우는 부릅뜬 눈으로 천마라는 목표를 향해 달려간다. 천마의 뇌격을 피했다간 연계가 끝나고, 연계

가 끝나면 이런 기회는 오지 않을 거라는 것을, 김현우는 잘 알고
있었다.

콰가가가각!

김현우의 몸이 다시 한번 움직여 천마의 몸을 후려친다.

천마가 막아내려 급하게 양손을 들어 올리지만, 미처 그 힘을 전
부 받아내지 못하고 뒤로 날아갔다.

그리고.

"흡!"

곧바로 날아오는 천마의 뒤로 도약한 김현우는, 천마가 날아오는
그 경로에서 자세를 잡았다. 붉은 도깨비를 상대할 때 사용했던, 그
자세를 다시 한번 잡는다.

그리고 천마의 몸이 김현우의 몸에 닿았을 때.

'패왕경.'

김현우가 탑에서 연구했던 그만의 무술이 다시 한번 세상에 모
습을 드러냈다. 짧지만, 역동적인 움직임. 천마의 몸이 크게 흔들리
고, 김현우에게 날아올 때와는 차원이 다른 속도로 날아간다.

쾅! 콰가가강! 쾅! 쾅!

부서진 잔해를 파고 들어가, 그 뒤에 있는 건물까지 박살 내는 듯
잔해 뒤에 있는 건물이 무너지는 모습을 김현우는 바라보고 있었고.

얼마의 시간이 지나.

쿵…… 쿠구구궁!

"……!"

김현우는 잔해를 헤치고 빠져나온 천마를 바라봤다. 입고 있는
흑의는 이미 전부 다 해져 상체를 온전히 드러내고 있었고, 오른손

에는 부서진 검집만이 쥐어져 있었다.

자신의 무기를 잃은 그 상황에서, 천마는 웃었다. 지금까지 보지 못했던 확연한 웃음을 입가에 머금었다.

"그래, 너는 신기한 게 아니라 대단한 것이었군. 내가 맨 처음 등반자가 될 때를 제외하고 사용하지 않았던 전부를 사용하게 하다니……!"

"뭐?"

김현우는 그렇게 물으면서도 자세를 잡고는 발로 짓누르고 있던 천마의 칼을 꾹 쥐었다. 아무리 세게 찍어 눌러도 부서지지 않기에 잡고 있는 것이 고작이었지만, 천마가 무기를 잡지 못하게 하면 충분하다고 김현우는 생각했다.

천마의 몸에서 폭발적인 기운이 쏟아져 나온다.

"!"

푸른색의 기운이 사방으로 뻗어 나가고, 그의 주변에 쉴 새 없이 뇌전이 내리친다. 석양이 지고 어둠이 내려앉은 그 공간에 내리치는 뇌전이 천마의 주변을 밝게 비춤과 동시에 그의 등에 푸른 아지랑이가 솟아 나와 하나의 원을 만든다.

푸른빛으로 이루어진 광원.

그동안 아무것도 느끼지 못했던 김현우가 직접 몸으로 체감할 수 있을 정도의 엄청난 마력이 천마의 몸 안에서 흘러나오고, 천마의 몸이 푸르게 빛나기 시작했다.

그리고.

천마가 입을 열었다.

"지키는 자여."

"……?"

"혹시, 검이 없으면, 내가 검술을 쓰지 못한다고 생각하는 건가?"

천마의 손에, 푸른색의 검이 만들어지기 시작했다. 불안정한 형태의, 검이라고 부를 수 없을 정도로 난폭하게 파직거리는 뇌전의 기운이 한데 뭉친다.

그 모습에 김현우는 본능적으로 위험함을 느끼고 그에게 달려들려 했다.

"보여주마."

김현우의 몸이 도약해 천마에게로 튀어 나간다.

쾅!

하늘에서 뇌전이 떨어져 내리지만, 이번에도 김현우는 그 벼락을 몸으로 받아냈다. 온몸에 저릿저릿한 격통을 느끼면서도 그는 튀어 나가길 멈추지 않았다.

그리고.

"이게 바로."

김현우의 손이 천마의 끝에 닿았지만.

"내가, '뇌신'이자 '천'이라 불렸던 이유다."

'극 – 천뢰령신검.'

이미 천마는 뇌전의 검을 휘둘렀다.

◆ ◆ ◆

"세상에……."

회의실에 있는 그 누구도 입을 다물지 못했다.

김현우에게 당한 직후, 온몸에 푸른 뇌전을 감고 있는 상태로 각성한 천마는 드론의 카메라로는 잡히지도 않는 빠른 김현우의 도약을 막아내고, 뇌전의 검을 휘둘렀다.

그로 인해 일어난 압도적인 풍경.

"……이거 진짜야?"

쿠로 시로기가 저도 모르게 중얼거렸다.

나카가와 야스미도 아무런 말도 하지 못한 채, 멍하니 TV 화면을 보고 있었고, 킨 케이칸과 헌터협회의 지부장, 그리고 방금 전 회의실에 도착한 김시현까지 말을 잇지 못했다.

"……씨발, 말도 안 되는 괴물이잖아?"

그러던 중, 김시현의 입에서 튀어나온 욕설.

드론이 보여주는 그 장면은 김시현이 그렇게 입을 열기에 충분했다. 천마의 검이 지나간 부채꼴의 공간 안에 남은 것은 없었다. 마치 그곳만이 세계에서 깔끔하게 지워진 듯, 천마의 푸른 뇌전이 스치고 지나간 곳에는 무엇 하나 남지 않았다. 남은 것이라고는 석양이 졌는데도 색을 구분할 수 있을 정도로 시꺼메진 땅과 위태롭게 서 있는 저택의 몇몇 철골뿐.

"뒤에 서 있던 빌라들이……."

그 이외에는 순식간에 사라졌다.

"저 새끼, 도대체 정체가 뭐야?"

킨 케이칸이 멍하니 중얼거리고, 상석에 앉은 지부장은 어떤 대꾸도 하지 못한 채 그저 멍하니 드론이 비추고 있는 화면을 바라본다.

그리고 그런 그들 사이에서, 김시현은 그 공격을 맞은 김현우의 존재를 찾기 위해 눈알을 굴렸다. 드론의 비행고도가 그리 높지 않기에 사람을 구별하는 것을 어렵지 않게 할 수 있었고, 김시현은 곧 아무것도 존재하지 않는 검은 땅을 바라보다 시선을 돌려 천마가 있는 곳을 봤다.

그리고 그런 천마의 측면에.

"……"

"상황 판단 하나는 빠르군, 검을 휘두르는 그 순간 내 옷깃을 잡고 몸을 비틀 줄이야."

김현우가 있었다.

천마가 극-천뢰령신검을 운용하며 검을 휘두른 그 순간, 김현우는 천마의 옷깃을 잡고 몸을 측변으로 비틀어 신검의 사정거리에서 벗어날 수 있었다. 하지만, 그 여파는 피할 수 없었다.

파직…… 파지지직!

김현우의 몸에서 튀어 오르고 있는 뇌전, 분명 다음 공격을 해야 했음에도 불구하고 김현우는 움직이지 않고 있었다.

아니, 정확히는 멈추어 있었다.

그의 몸을 타고 들어오는 엄청난 뇌전 때문에.

그리고 눈에 들어오는 수많은 로그 때문에.

[마력을 개화했습니다! 첫 마력 등급은 E- 입니다!]
[외부 마력이 몸으로 강제 침입합니다. 마력이 강제 개화됩니다. 마력 등급이 올라갑니다.]
[외부 마력이 몸으로 강제 침입합니다. 마력이 강제 개화됩니다. 마력 등급이 올라갑니다.]
[외부 마력이 몸으로 강제 침입합니다. 마력이 강제 개화됩니다. 마력 등

급이 올라갑니다.]

……

……

……

'에이 씨발 싸우고 있을 때 개화하면 어쩌라고……!'

김현우는 눈앞에 떠오르는 로그에 신경질을 내다가도 힘겹게 몸을 움직여 천마의 옷자락에서 손을 놓고 사정거리를 벌렸다. 어차피 저렇게 변해버린 상황에서 사정거리는 별 의미가 없다는 것을 깨달았으니까.

천마는 김현우가 무슨 짓을 하든 여유로운 표정이었다. 오히려 그의 눈동자는 이전보다도 살아 있는 것 같았다. 푸른색으로 빛나는 눈동자는 무감했던 아까의 눈동자와는 다르게 생기를 가지고 있었다.

그의 몸 주변이 크게 파직거리며 푸른색의 뇌전이 다시금 모인다. 그의 뒤에 푸른빛으로 이루어진 광원이 기이한 소리를 내며 돌아간다.

누가 봐도 이미 인간을 초월한 모습에 김현우는 혀를 내둘렀다.

천마가 몸을 돌려 김현우를 마주 본다.

파직거리는 뇌전이 사방으로 튀어 나가며 지반을 터트리고 돌조각들을 날려 보낸다.

김현우는 자신의 앞에 서 있는 그를 인정했다.

시스템의 스킬에 구애받지 않고, 순수하게 자신의 힘으로 만들어낸 그 기술들.

천마.

시스템의 도움을 전혀 받지 않고서 그가 올라선 저 인외의 모습은 무술에 대해 아무것도 모르는 사람이라도 경외할 수밖에 없는 것이었다.

하지만.

'경외한다고 해서, 대적할 수 없는 것은 아니지.'

"대단하군. 이 모습을 보고도 아직 싸울 생각을 하다니."

천마가 이죽거린다.

"왜, 그 모습을 보여주면 전의가 꺾일 줄 알았어?"

김현우의 장난스러운 물음에 천마는 진심으로 재미있다는 듯 웃었다.

"지금 네게서 나오는 자신감은 '만용'과 '오만'이 들어가 있군. 설마 지금 네가 이 상태의 나를 이길 수 있을 거라고 생각하나?"

인간의 몸으로 무武를 익혀 그 끝에 다다랐다고 감히 자부하는 천마는 김현우의 자신감 넘치는 얼굴을 보며 웃음을 비웃음으로 바꾸었다.

그 모습을 보며 김현우는 웃었다.

"그래, 뭐 그건 맞는 말이지."

깔끔한 인정.

"?"

천마가 묘한 표정으로 그를 바라보자. 김현우가 이어서 말했다.

"맞아, 적어도 지금 가지고 있는 내 힘으로는 너를 이길 수 없어."

"……모든 걸 포기해버린 자의 여유였나?"

비웃음을 머금고 있던 천마의 인상이 찌푸려진다.

그 모습을 보고 김현우는 다시 웃었다.

"아니, 아니지."

김현우는 그렇게 말하며 인상을 찌푸리고 있는 천마의 앞에서, 불과 조금 전까지는 깨닫지도 못했던 마력을 이끌어냈다. 온몸을 거칠게 찌르는 뇌전들은 통각으로써 김현우에게 마력이 어떤 식으로 움직이는지 말해주었고, 그 결과로, 김현우는 자신의 몸에서 검붉은 마력을 내뿜기 시작했다.

쿠구구구궁!

"……!"

천마의 미간이 일순간 역팔자로 휘고 김현우를 바라보며 파직거리는 뇌전의 검을 집어 든다. 그 모습을 보면서도 김현우는 움직일 기색조차 없이 처음으로 뿜어내는 자신의 마력을 컨트롤 했다.

옛날, 탑 안에서 무술을 수련했을 때, 김현우는 여러 가지 말도 안 되는 기술들을 실험해보곤 했다. 그중에는 애니에서 무척이나 과장되어 실제로는 비슷하게라도 따라 할 수 없을 움직임도 있었고, 슥슥 넘기던 무협 웹소설에서 보던 '천마신공'도 있었다.

천마신공.

적어도 무협이라는 장르에서 그것을 익힌 자들은 그 어디에 가서든 최강이자 '천하제일인'이라는 소리를 들을 수 있다고 설명되는 천마신공도 물론 김현우의 머릿속에 있었다.

처음 천마신공을 따라 하려 했을 때, 김현우는 실패했다.

애초에 김현우에게 내공은 없었고, 그 내공이 무슨 혈이 어떤 혈도를 타고 어떻게 지나가는 과정 따위, 김현우의 머릿속에는 남아 있지 않았기 때문이다. 그 대신 김현우의 머릿속에 남아 있는 것은 천마신공의 다양한 기술들. 적어도 그가 읽었던 수십 개의 작품에서 나오는 천마들이 쓰는 천마신공에 속한 기술.

그는 수많은 웹소설 속의 천마를 스승 삼아 그들이 사용했던 기술들을 수련했다. 물론 그 기술을 전부 수련했다고 해도 천마에게 있는 내공이 없는 이상 그는 천마신공을 사용하지 못했다. 그가 수련했던 것은 그저 겉모습뿐.

그렇기에 김현우는 아쉬워했다.

쿠구구구구구구궁!

김현우의 몸에서 검붉은 마력이 터져 나온다.

순식간에 대기를 장악하고 천마의 뇌기에 대항하는 김현우의 마력.

천마가 인상을 찌푸릴 때쯤, 그가 입을 열었다.

"10초."

"……?"

"10초다."

"그게 무슨 소리냐?"

천마의 물음에 김현우는 씨익 웃으며 말했다.

"10초 동안, 너는 내 스승이었다."

그렇기에 그는 '진짜' 천마에게 감사했다.

웹소설로 읽었던 수많은 천마에게서 얻을 수 없었던 마지막 한 가닥. 눈앞에 있는 천마는, 김현우에게 그 한 가닥을 보여주었다.

콰가가가가가각!

김현우의 마력이 터져 나간다.

대항하고 있던 마력이 천마의 뇌령신공을 잡아먹을 듯 증식한다.

도저히 이제 막 마력을 개화한 헌터라고는 믿기지 않을 정도의 엄청난 마력 증폭에 천마가 저도 모르게 뇌전의 검을 치켜든다.

하지만.

"……뭣?"

곧 천마는 자신의 앞에서 일어나는 변화에 경악을 내뱉었다.

김현우의 몸에서 변화가 생기고 있었다. 그의 몸이 검붉은 색의 마력을 증기기관처럼 뿜어내고, 그의 등 뒤로, 천마의 것과는 다른 검붉은 흑 원이 생겨난다. 그와 동시에 김현우는 자신의 몸속에 들어온 마력을 돌리기 시작했다.

물론 혈도의 위치 같은 것도 하나도 모르는 김현우는 그저 되는 대로 마력을 때려 박고 돌릴 뿐이었다. 그것이 다른 사람들은 곧바로 죽음을 맞이할 만큼 위험한 일임에도 불구하고, 김현우의 내구 S 등급은 그의 난폭한 마력 운전을 그저 격통 정도로 낮추어주었다.

그 모습을 바라보던 천마가 본능적으로 느껴지는 위기감에 인상을 찌푸리며 뇌전의 검을 휘두른다. 다시 한번 푸른 마력이 도로를 지배하며 확장된다. 사정거리 내에 있는 것이라면 그 어느 것도 무로 돌릴 정도의 강력한 파동이, 김현우에게 달려들었다.

그리고 김현우는.

"!"

"네게 배웠으니 바로 보여주도록 하지."

검을 휘두른 천마의 앞에 있었다.

김현우가 등에 쥐고 있는 흑 원 뒤로, 마치 날개와도 같은 검붉은 아지랑이가 생겨나며 하늘에서 내리꽂히는 뇌격을 막아낸다.

천마가 등 뒤의 광원에서 급하게 뇌격의 창을 만들어냈지만, 김현우는 두 손으로 만들어지는 뇌격의 창을 붙잡아 경로를 틀어막았다. 그리고 김현우는 자신의 혈도를 타고 달리는 마력들을 한곳으로 집중했다.

그의 왼쪽 다리에 폭발적으로 집중되는 검붉은 마력.

수많은 천마의 무공을 그저 겉으로 따라 했을 뿐이던 그 탑 안의 기억이, 눈앞에 보이는 천마의 능력과 함께 재정립된다.

김현우는, 그 짧은 한순간, 단 한 가닥의 정보로, 천마의 무공을 따오는 것에 성공했다.

김현우는 검붉은 마력에 휩싸인 상태로 입가에 진득한 미소를 지우지 않고 나지막한 목소리로 입을 열었다.

"네 기술이다. 받아봐라."

김현우가 왼쪽 다리를 움직였다.

검은 마력에 의해 폭발적으로 증가된 각력이 천마의 몸을 걷어차며, 마치 증기선처럼 검붉은 마력을 방출했다.

극.

"패왕."

그리고 그 마지막, 김현우는 날개를 유지하고 있던 마력을 모조리 왼쪽 발에 집중해,

'괴영각.'

발출했다.

콰가가가가가가가가가가강!

시민들이 대피해 아무도 존재하지 않던 유령도시는 귀가 먹먹할 정도의 소음에 사로잡혔다.

헌터협회 일본 지부로 영상을 보내던 드론은 터져 나온 마력의

여파에 휩쓸려 이리저리 움직이다 결국 날개가 부러져 그대로 땅바닥에 처박혔고, 땅바닥에 처박힌 드론은 옆으로 쓰러진 채 김현우와 천마가 있었던 그곳을 금이 간 카메라의 렌즈로 계속해서 송출했다.

그렇게 해서 보인 마지막의 풍경.

그것은 바로 그 자리에 서 있는 김현우와 흔적도 없이 사라진 천마였다.

그리고 김현우는.

알리미

통로를 통해 새로운 '등반자'가 9계층에 도착했습니다.

위치: 일본 도쿄 스기나미

남은 시간: 00시 00분 00초

[등반자 '천마' '무월'을 잡는 데 성공하셨습니다!]

[정보 권한의 실적이 누적되기 시작합니다!]

[당신을 초대합니다.]

시스템에서 당신을 초대합니다. 시스템 옆에 남은 시간이 모두 흘러가면 당신은 부름을 받아 초대됩니다.

남은 시간: 10일 3시간 8분 11초

눈앞에 떠오른 로그를 보며 미소를 지었다.

흑역사를 깨우지 마라

김현우가 일본에 나타난 재앙, 천마 무월을 쓰러뜨린 그다음 날, 한국의 커뮤니티 '헌터킬'은 또 한번 김현우에 대한 주제로 불타오르기 시작했다.

※ 이 글은 베스트로 선정된 게시물입니다.

제목: 킹갓제네럴엠페러 고인물 김현우 모음집＋일본 커뮤니티 2hunter 반응.
작성자: 고인물이되고싶다

[사진]
[사진]

[사진]

[사진]

ㅎㅇ, 이미 이슈게가 불타고 있어서 알겠지만 이건 어제 자랑스러운 대한민국의 헌터 고인물 김현우가 일본에서 '재앙'이라고 불리던 '천마'를 죽일 때 찍힌 사진이다.

정확히는 사진이 아니라 영상 편집해서 만든 거지만 진짜 어느 장면을 편집해도 예술이더라.

아무튼 현재 퍼질 대로 퍼져서 전 세계에서 다 아는 사실은 좀 넘겨두도록 하고, 오늘 이렇게 글 쓴 이유는 지금 김현우가 일본에서 천마를 쓰러뜨린 사실이 각 해외 커뮤니티에서 유행이란다.

근데 글 보다 보니까 미국 커뮤니티랑 러시아, 중국 커뮤니티 번역해놓은 게 베스트 게시물 선정돼서 나도 베스트 가보고 싶은 마음에 김현우에 대한 일본 반응 번역해 왔다. ㅋㅋㅋ

번역한 건 일본에서 가장 유명한 사이트인 2ht, 그러니까 2hunter라는 곳임.

물론 전체 번역은 아니고 재미있고 웃긴 것, 그리고 통상적인 반응 몇몇 개만 번역함.

1

김현우가 일본 도쿄 스기나미에서 재앙급 보스 몬스터로 분류된 '천마'를 잡는 데, 성공했다…….

2

영상 봤는데…… 이거 인간 맞아?

3

김현우 상, 진짜 존나 멋져어wwwwwwwwwwwwwwwwww

4

진짜 영상 보고 그야말로 실금해버렸어w 그 상대인 천마가 뇌전 번쩍번쩍거릴 때는 진짜냐ww 이거 어떻게 이겨www 했는데 그 뒤에 김현우의 공격을 보니…….

52

>>4 wwwwwww 나도 그렇게 생각해. 현우 상 진짜 멋져. 솔직히 김현우에게는 일본 국적을 주고 일본에 안착시켜야 한다구. wwww

142

야스미 짱이랑 김현우 은근히 잘 어울리지 않아? 둘이 결혼해~ 그리고 일본 지켜줘!!!!

210

이건…… 명백하게 일본이 김현우에게 신세를 졌습니다. 일본도 도울 수 있을 때 김현우를 도울 수 있었으면 한다.

422

wwwwwwwwwwwwwww 너희들 바보 아냐? wwwwwww 어차피 김현우 그 녀석은 우리의 식민지였던 춍(조선인이라는 뜻;)이라구. wwwwwww 속국은 당연히 본국을 지켜야 하는 법이야. wwwwwwww

445

422>>> 머저리 같은 새끼. 죽어.

542

422>>> 너 같은 쓰레기는 사라지는 게 나아. 너 같은 것 때문에 일한관계가 점점 망쳐지는 거야 이 머저리야.

722

422>>> 너같이 어린 녀석들만 돌아다녀서 일본 사회가 이 꼴이 나는 거다 꼬맹아w. 좀 더 대국적으로 봐라. 너 같은 놈들 때문에 일본과 한국의 동맹 관계가 체결되지 않는 거라고 어이.

…….

…….

…….

…….

.

1000

이 게시판은 1,000개의 댓글을 모두 소모했습니다! 다음 게시판으로 넘어가주세요.

ㅋㅋㅋㅋㅋㅋ 너희들도 보다시피 현재 일본도 김현우 관련해서 난리다. 특히 일본의 피규어 회사가 김현우와 접촉해 피규어를 만든다는 소문도 있더라.

아무튼 나는 출근해야 하니 번역은 여기까지 하고 가본다. 베스트 가 있으면 다른 반응도 좀 번역해서 올려봄.

댓글 9921개

방구석김씨: 와……. 일본애들 질질 싸는 것 보소. ㅋㅋㅋㅋㅋㅋㅋㅋㅋㅋ 역시 갓인물 센세…… 믿고 있었습니다!

　└ 이차원킥: 와, 근데 사진도 사진인데 마지막 사진 진짜 씹간지다. 검붉은 마력 날개처럼 퍼져 있는 거 뭐냐, 진짜로 개간지네.

　└ 기수식: 아…… 진짜 존나 멋있다. 저기서 직관했으면 존나 좋았을

것 같다 진짜로.

하와와여고생쟝: 와, 진짜 아침 출근길부터 지금까지 말이 안 나와서 계속 영상 돌려보고 있다. 진짜 저거 뭐냐? 김현우 뭐 무술인이라거나 그런 거냐?

    ㄴ 아첨자: 나도 계속 돌려보고 있는데 씨발 이건 말도 안 된다. 이런 간지는 S등급 상위 서열에서도 제대로 찾아볼 수 없는 좆간지임. 진짜 일본애들이 왜 피규어 만든다는지 알 것 같더라.

    ㄴ 하와와여고생쟝: 나 이거 피규어 나오면 산다, 씨발 진짜 퀄리티 제대로만 뽑히면 무적권 사 무적권!

그렇습니다MO: 와 시발련아 진짜로 어떻게 했누, 저게 인간이냐??? 저 정도면 일본에서 진짜 포상금이랑 총리가 직접 나와서 절하고 표창 줘도 모자라겠다. ㅋㅋㅋㅋㅋㅋㅋㅋ

    ㄴ 나는얇고길게살고: 리얼인데? 오늘 3시인가 4시에 그 총리가 표창 직접 수여하고 거기에다가 달러로 포상금까지 지급한다고 하더라.

    ㄴ 꼰대기질: 김현우 이 새끼 또 포상금 받고 휙 나가버리는 거 아니냐. 존나 웃기겠다. ㅋㅋㅋㅋ

    ㄴ 리폰인: 우효wwwwwwwwww 현우 상의 쿨함 너무 멋져버린다구!!! 우효wwwwwwww

"……와, 이거 장난 아니네."

화면에 떠 있는 '헌터킬'의 이슈게시판 베스트 게시물을 보며 김시현은 혀를 내둘렀다.

엄지를 이용해 몇 번을 내려도 댓글의 행렬은 끝나지 않았다.

하나하나가 전부 김현우 찬양.

그중에는 가끔가다 어그로를 끌기 위해 나타난 녀석들도 있었지만, 그런 녀석들은 다른 댓글들의 공격에 댓글을 삭제하거나 신고로 댓글이 삭제당했는지 금방 보이지 않았다.

"*끄ㅇㅇㅇㅇㅇ*."

"형, 괜찮아요?"

"너는 이게 괜찮아 보이냐, 인마……? 끅."

"아니, 뭐…… 그래도 그 엄청난 일을 해낸 사람치고는 멀쩡해 보이는데."

김시현은 일본에서 준비해준 최고급 호텔의 스위트룸 소파에 앉아 힘겹게 몸을 움직이고 있는 김현우를 바라보았다.

몸을 한번 움직일 때마다 뚜둑거리는 소리가 섬뜩하게 들려왔지만 김현우는 신음을 흘리면서도 몸을 움직이는 걸 멈추지 않았다.

어제 천마 무월을 처리한 뒤, 그의 시체가 마치 먼지처럼 흩어지는 것을 볼 때까지는 분명 괜찮았다.

문제는 그 뒤. 시간이 지나면 지날수록 긴장이 풀어짐에 따라 김현우는 나름대로 대가를 치르고 있었다.

투드드득!

"*끄억!*"

"……형, 그러다 죽는 거 아니죠?"

"내가 왜 죽어, 인마……!"

몸을 움직일 때마다 느껴지는 엄청난 고통.

물론 그것은 김현우가 자초한 일이기는 했다.

처음 얻어서 아직 회로조차 제대로 잡혀 있지 않은 몸에, 그는 처음 만들어진 마력을 있는 대로 끌어다 썼다.

거기에 천마에 의해 공기 중에 농염하게 물들어 있는 마력과 천마에 의해 강제로 주입된 마력까지. 김현우는 닥치는 대로 혈도를 달리게 만들어 연료로 사용했다.

김현우의 내구 능력치가 S급을 넘어 죽음과 심각한 부상은 피했지만, 그 대신 엄청난 고통을 수반하는 근육통이 왔다. 제대로 정착하지도 않은 힘을 한계치까지 끌어다 쓴 결과였다.

"씨발…… 이러다 죽겠네……!"

"아까는 안 죽는다면서요……?"

"그건 말이 그런 거고 새끼야……!"

아오…….

김현우는 뒷골을 잡으며 몸을 비틀었다.

김시현이 떨떠름한 표정을 지으며 입을 열었다.

"그러면 그냥 일정 취소하고 한국으로 돌아갈래요?"

"그럼 돈은?"

"돈이야 당연히 주겠죠. 물론 총리가 직접 전달한다는 돈은 못 받겠지만."

"……그 돈이 얼마인데?"

"……글쎄요? 생각해보면 국제 포상금이야 원래 지급하게 되어 있긴 한데……. 총리가 지급하는 포상금은 얼마인지 모르죠."

"그래?"

김현우는 짧게 고민했다.

그리고 정했다.

"받자."

"네? 몸 아프다면서요?"

"받을 수 있을 때 받아놔야지. 사람 앞일은 모르는 거야."

"그게 뭔 소리예요?"

"대비는 철저하게 해야 한다는 소리지."

마치 자기는 언제 끝날 줄 모른다는 듯한 말에 김시현은 어이없는 웃음을 터트렸다.

누가 김현우의 어제 영상을 보고 그런 말을 할 수 있을까.

김시현이 그렇게 김현우를 보며 탄식하는 도중에도 김현우는 자신 앞에 떠 있는 로그를 확인하고 있었다.

이름: 김현우 [9계층 가디언]

나이: 24

성별: 남

상태: 매우 양호

능력치

  근력: A++

  민첩: A++

  내구: S+

  체력: A++

  마력: C+

  행운: B

SKILL -

  정보 권한 [하위]

알리미

그렇게 큰 차이는 없었지만 로그는 확연하게 변해 있었다. 우선 근력과 체력에는 +가 하나씩 붙었고, 마력 같은 경우 E였던 등급이 한번에 C+까지 올라 있었다. 하지만 달라진 능력치를 보며 별 감상을 내뱉을 새도 없이 김현우의 몸은 굉장한 고통을 호소하고 있었다.

그렇게 끅끅거린 지 얼마나 지났을까. 스위트룸의 문을 두드리는 소리에 김시현이 문을 열었고.

"……나카가와 씨?"

"안녕하십니까."

"여기에는 무슨 일로……?"

문 앞에 서 있는 나카가와 야스미는 슬쩍 김시현의 뒤쪽으로 시선을 돌리며 말했다.

"그, 김현우 헌터가 어제의 전투로 후유증에 시달리고 있다고 들어서 제가 도움이 될까 해 와봤습니다."

정중하게 말하는 나카가와의 말에 김시현은 잠깐 고민했지만 이내 몸을 틀어 길을 내주었다.

"우선 들어오세요."

"감사합니다."

김시현의 말에 따라 방 안으로 들어온 나카가와 야스미는 이내 온몸을 뒤틀며 고통스러워하고 있는 김현우를 보며 인사했다.

"안녕하세요?"

"뭐……? 곤…… 뭐?"

김현우가 무슨 소리를 하냐는 듯 인상을 찌푸리자 나카가와가 슬쩍 당황했고, 그제야 김시현은 아차 하는 표정과 함께 그에게 반지 하나를 주었다.

"형, 이거 깜빡했어요."

"이건 뭔데."

"통역 반지요."

"뭐? 통역 반지?"

김현우는 김시현에게 받은 반지를 바라봤고, 곧 그의 앞에 로그가 떠올랐다.

통역 반지

등급: D+

보정: 없음

SKILL: 통역

간단한 설명.

김현우가 반지를 끼자.

"제 말이 잘 들리시나요?"

놀랍게도 일본어로 말하던 나카가와의 입에서 한국어가 흘러나왔다.

"와, 뭐야 이거?"

"형, 그거 비싼 거니까. 혹시 서연이 것처럼 망가뜨리면 안 돼요."

김시현이 뭐라고 하든 몇 번이고 자신의 손에 끼워져 있는 반지를 뺏다 꼈다 하며 나카가와의 말을 들은 김현우는 놀라며 말했다.

"이거 겁나 신기하네……는 그렇다 치고 당신은 누구?"

김현우의 질문에 나카가와는 얼굴색 하나 바뀌지 않고 자신을 소개했다.

"저는 도쿄를 주축으로 활동하는 이자나미 길드의 길드장인 나카가와 야스미라고 합니다. 이번에 저희 일본을 도와주신 것에 대해 감사 인사라도 할 겸 전투의 후유증을 겪고 있다고 들어서……."

나카가와 야스미는 간단히 자신이 온 이유에 대해 설명했다.

"아마, 지금 김현우 헌터가 겪고 있는 게 근육통을 동반한 마력 과도로 인한 혈도 부동 현상이라면, 제가 좀 고통을 완화해드릴 수 있을 겁니다."

"그래? 그렇다면 좀 도와줘요."

그렇게 말하며 단번에 소파에 몸을 뉘는 김현우.

나카가와 야스미는 그 모습을 굉장히 신기한 듯 바라봤지만, 이내 그 시선을 지우고 자신의 스킬을 사용했다.

나카가와 야스미가 이곳에 온 이유.

그것은 말 그대로 일본을 지켜준 김현우에게 감사를 표현하기 위한 마음도 있었다. 그도 그럴 것이 나카가와 야스미 입장에선 도쿄가 피해를 입는다는 것은 곧 자신의 활동 영역이 아득히 줄어드는 것을 의미했으니까.

하지만 그것 이외에도 나카가와 야스미가 굳이 후유증을 겪고 있다는 김현우에게 온 이유.

'궁금하다.'

궁금했다.

어떻게 하면 탑에서 나온 지 한 달도 되지 않은 헌터가 저런 힘을 가질 수 있을까부터 시작해, 그가 마지막에 보여주었던 압도적인 마력이 방출되는 기술.

'그것은 대체 무엇이었을까.'

궁금하다.

어제 김현우의 그 압도적인 광경을 직접 목도한 나카가와는 그가 너무나도 궁금해졌다. 자신이 일 검을 버티지 못했던 그 남자와 대등하게 겨루고, 전투 끝에 이겨낸 김현우. 그것은 나카가와 야스미의 안에 있던 '압도적인 강함에 대한 이유 없는 동경'을 끌어냈고, 그것이, 나카가와 야스미를 이곳에 서 있게 했다.

"그럼 시작하겠습니다."

끄덕.

소파에 누워 고개만을 한 번 까딱이는 김현우의 모습에도 그녀는 반응하지 않고 오로지 그의 몸에 시선을 집중하고 눈을 감았다.

"혈도."

자신의 고유 스킬인 '혈도'는 혈도의 움직임이나 크기 등을 통해 마력이나 근력을 정확히는 아니지만, 어느 정도는 파악할 수 있었다.

나카가와 야스미는 긴장한 표정으로 눈을 떴고.

"헉……."

곧 경악했다.

◆ ◆ ◆

베이징 수도 외곽에 있는, 거대한 산을 깎아서 만든 영지와도 같은 성. 그 성 한가운데에 있는 궁전의 제일 거대한 방.

흑색의 대리석 타일이 바닥에 깔려 있고, 중앙에는 그 누구라도 알아볼 수 있는 거대한 가면의 문양이 황금으로 음각되어 있었다.

그리고 방의 끝에 있는 옥좌. 마치 옛날 사극 드라마에서나 보던, 그 누가 보더라도 사치의 끝이라고 부를 수 있을 만한 그 옥좌에 한 소녀가 비스듬히 누워 있었다.

그 소녀의 앞뒤로 줄을 서서 몰려 있는 수많은 사람. 그 사람들 사이에서 마치 황제처럼 오만한 자세로 옥좌에 자리를 잡고 있는 소녀는 손에 쥔 서류와 눈앞에 재생되고 있는 영상을 번갈아 보고 있었다.

그것은 바로 하루 전, 김현우와 천마가 싸움을 벌였던 그 장면이었다. 분명 인터넷에 올라온 영상은 적절한 편집을 가했는데도 불구하고, 현재 그녀가 보고 있는 것은 전혀 편집을 가하지 않은 무편집 영상.

소녀의 눈에 영상이 비친다. 처음에는 인간과 인간으로 싸웠던 전투가, 영상이 진행됨에 따라 인외와 인외의 전투로 바뀌어간다.

온몸에 푸른 기운을 끌어올려 번개를 치는 천마의 모습은 신화 속에서나 나오는 뇌신과도 같은 모습이었고, 반대편에서 그런 뇌신에 대항해 검붉은 마력을 뿜어내는 남자 김현우는 패도 길드에서 동경하는 패왕의 모습을 그대로 보여주고 있었다.

등 뒤에 펼쳐지는 검붉은 날개. 검은 날개가 떨어지는 번개를 무위로 돌리고, 나중에는 그의 몸으로 빨려 들어가 초유의 일격을 만든다.

"……."

그녀는 눈 한번 깜빡이지 않고 그 영상을 전부 보고, 시선을 내려 서류를 바라봤다.

서류에 작성되어 있는 것은 누군가의 신상명세서.

"김현우…… 김현우……."

소녀가 조용히 읊조린다.

그리고 문득, 검게 변한 화면을 보며 정말 오래전에 있었던 탑의 기억을 떠올렸다.

자신이 약했을 때.

혼자서는 무엇도 하지 못했을 때.

그래서 탑을 오르다 다가오는 죽음에 무력하게 손을 놓고 있었을 때 만났던 스승님에 대한 기억.

탑을 오르는 헌터들이라면 은신을 해서 지나갈 정도로 끔찍한 아귀들이 살아가는 서식지. 그 서식지에서 낙오되어, 죽음을 맞이할 예정이었다.

수백에 달하는 아귀에게 머리를 뜯어 먹히려던 그 순간 나타난, 머리에 기괴한 가면을 쓴 남자.

자신이 처음으로 '위'로서 섬기게 된 그 남자.

자신에게 무武를 가르친 스승.

"으흣……!"

저도 모르게 몸이 뜨거워지는 느낌에 소녀는 신음을 흘렸다.

약한 신음.

그러나 궁전 안에 있는 이들은 그 누구 하나도 동요하지 않았다.

아니, 정확히는 동요를 필사적으로 참고 있다고 말하는 게 맞겠지.

허나 그들이 그런 노력을 하든 말든 그녀는 계속해서 상상을 이어 나갔다. 그의 몸이 패도적인 기운을 발산하며 달려드는 아귀들을 때려눕힌다.

일 권에 수십.

그의 손과 발이 그 무엇에도 비견할 수 없는 무기가 되어 달려드는 아귀들을 모조리 쳐 죽이고, 그는 자신에게 무를 알려주었다. 아무것도 없이, 그저 탑에서 낙오했을 뿐인 그녀를 위해, 그는 무를 알려주었다.

그 무엇도 혼자는 가지지 못했던 그녀의 멱살을 쥐고 무를 알려준 그. 그 어떤 대가도 바라지 않았던 그.

그렇기에 그녀는 모종의 이유로 탑을 나가지 않았던 스승에게 맹세를 하고 탑을 빠져나왔다. 탑에서 빠져나가 세상에 스승님의 자리를 만들어놓겠다는 맹세를.

그것이 바로 중국을 4년 만에 반절 가까이 먹어 치운 괴물이자 패도 길드의 길드장을 맡고 있는 그녀.

'미령'의 과거였다.

"하아……"

달아오른 몸에 미령이 저도 모르게 달뜬 한숨을 내쉬었다. 그녀의 옆에 있던 남자가 움찔거리는 모습을 보였지만 그녀는 아랑곳없이 입을 열었다.

"남은 지역은?"

주어는 없었지만 고개를 숙이고 있던 남자는 알아들었다는 듯 곧바로 대답했다.

"이제 위연 길드가 가지고 있는 주요 던전은 동부 쪽입니다."

"한 달."

"예?"

"한 달 안에 위연을 무너뜨려라."

그녀의 말에 고개를 숙이고 있던 궁전 안의 인원들이 움찔했다.

패도 길드가 처음 중국에 드러나고 위연 길드를 무너뜨리며 중국의 지분율을 50퍼센트 가까이 확보하는 데 걸린 시간이 1년 하고도 9개월이었다.

그것은 엄청난 속도였다.

고작 소규모 길드로 시작한 패도 길드의 성장률은 전 세계 그 누가 보더라도 말이 안 되는 속도였다. 그런데 남은 지분율 50퍼센트를 가지고 있는 위연을 한 달 안에 무너뜨려라? 중국이 독점 던전의 유통권을 '길드끼리의 해결'로 걸어놨다고 해도, 그것은 무리였다.

위연은 지금 독이 바짝 오른 상태였다. 패도 길드가 다른 길드들을 흡수하며 말도 안 되게 덩치를 불리고, 그것을 이용해 던전의 지분율을 먹어 치우는 것을 보고 더 이상은 던전을 빼앗기지 않기 위해 결속하고 있었다.

그런 상황에서 미령이 내린 '위연을 무너뜨려라'라는, 정확히 말하면 '중국을 모두 먹어 치워라'라는 말은 불가능이나 다름없는 말이었다.

하지만 그런데도 불구하고.

"알겠습니다."

남자는 대답했다.

패도 길드의 부길드장이자 미령에게 직접 무武의 끝자락을 전수받았던 남자 천영은, 그렇게 대답할 수밖에 없었다. 애초에 자신에게 '알겠습니다' 외에 다른 대답은 허용되지 않았으니까.

미령은 그렇게 고개를 숙인 천영을 한동안 보더니 입가에 미소를 지으며 말했다.

"걱정하고 있군."

"……죄송합니다."

"아니, 죄송할 것 없다. 누구든, 자연스럽게 그렇게 생각할 수 있는 것이지. 그렇지?"

미령은 그렇게 이야기하더니 옥좌에서 내려왔다.

사이드 테일로 묶은 머리가 그녀의 허벅지 아래까지 스르륵 내려오고, 작은 체구임에도 불구하고 치파오를 입고 있는 그녀의 몸은 굉장히 아름다운 곡선을 자랑했다.

미령은 옥좌가 있던 자리에서 내려오며 말했다.

"이번 '위연'을 무너뜨리는 데 미궁에서 탐색한 모든 아티팩트 사용을 허가한다."

"……!"

미령의 말에 인원들이 술렁거린다.

"그리고."

미령은 은연중에 붉은색과 같은 핏빛 마력을 흩뿌리며 입을 열었다.

"이번에는 나도 움직이도록 하지."

그녀는 그렇게 말하곤 궁전의 입구를 바라봤다.

"스승님을 맞이해야 하는데 고작 이런 땅덩어리 반으로는 턱없이 작으니까 말이다."

미령은 진득한 미소를 지었다.

그렇게 중국의 궁전과도 같은 패도 길드의 본거지에서 위연 길드의 향방이 결정되었을 때, 일본에서는.

"일본을 지켜주신 김현우 씨에게 도쿄 시민들을 대표해 감사하는 바이며 저희 측에서 준비한 자그마한 포상금과 표창을 수여하겠습니다.”

김현우가 은근히 불편해하는 것을 알았는지 재빠르게 이런저런 과정을 생략하고 표창과 포상금을 수여하는 총리의 모습에 김현우는 만족스럽게 고개를 끄덕였다.

곧이어 총리가 준비해준 차로 곧바로 나리타 공항까지 이동할 수 있게 된 김현우가 느긋하게 차에 앉자 김시현이 물었다.

“몸은 좀 괜찮아요?”

“아니, 물론 아까보다는 조금 나아졌는데 그래도 아픈 건 마찬가지야. 그래도, 확실하게 나아지기는 했어.”

그렇게 말하며 몸을 여기저기 틀어보는 김현우를 보며 김시현은 계속해서 말했다.

“그건 그렇고 일본 총리는 꽤 똑똑하네요?”

“그게 무슨 소리야?”

“형이 저번에 한국에서 보상받은 것처럼 개판 치면 안 될 것 같아서 그냥 표창이랑 포상만 주고 바로 보내버렸잖아요?”

“뭐…… 그게 똑똑한 거야?”

“그렇죠. 일본에서는 김현우와 별문제 없이 공개적으로 표창이랑 포상해주는 걸로 우선 시민들에게 김현우를 부른 게 일본 측이라고 은연중에 깔아놓고.”

김시현은 곰곰이 생각하는 듯하더니 더 말했다.

“거기에 덤으로 형이 개판 칠 거 생각하고 미리 보낸 다음에 지금 회견하고 있을걸요?”

“……야, 내가 무슨 개판을 치냐?”

“형, 국방부 장관님 단상에서 싸다구 친 지 얼마 안 됐거든요……? 물론 실제로 쳤다는 말은 아니지만……."

"아니, 그게 무슨 싸다구야."

"형, 진심으로 하는 말?"

김시현이 인상을 찡그리며 물었지만, 김현우는 나는 한 치 부끄러운 게 없다는 표정으로 어깨를 으쓱였다.

결국 이번에도 김시현은 김현우를 타박하는 것보다는 한숨을 내쉬는 것으로 대신했다.

물론 김시현이 그렇게 한숨을 내쉬는 와중에도 김현우는 어느새 스마트폰을 집어 들고 자신과 관련된 기사를 찾아보고 있었다.

정확히는 일본 기사.

'이거 진짜 짱이네.'

김현우는 자신의 손에 끼워진 반지를 보고 저도 모르게 미소를 지었다.

김시현의 통역 반지.

말하는 것까지만 통역되는 줄 알았는데 알고 보니 직접 눈으로 보는 시각 정보까지 전부 번역되었다.

그것도 꽤나 준수한 퀄리티로.

그렇게 김현우가 일본의 웹사이트 탐방에 빠져 있을 때쯤, 김시현은 자신의 스마트폰으로 걸려온 로밍 전화를 받았고, 곧 김현우를 불렀다.

"형."

"……."

"형?"

"응? 왜?"

스마트폰을 보다 건성으로 대답하는 김현우.

김시현은 그런 김현우를 바라보다 어쩔 수 없다는 듯 거듭된 한숨을 내쉬며 입을 열었다.

"그 애 깨어났대요."

"걔? 누구?"

"……형 관심 좀 가져요. 걔 있잖아요, 형이 저번에 그 아레스 길드 후드려 패면서 데리고 왔던 그 여자요."

"……아, 걔?"

"네. 걔 깨어났대요."

김시현의 말이 차에 울려 퍼졌다.

그렇게 김시현과 김현우가 한국으로 향하기 위해 나리타 공항을 향해 가고 있을 때.

이제 막 일본의 총리가 연설을 끝내고 내려가는 것을 보며 일본 길드장들은 말없이 서 있었다.

일본을 대표하는 3대 길드.

카라스 길드와 오로치 길드, 그리고 이자나미 길드장이 모여 있는데도 불구하고 그들에게 터지는 플래시 세례는 없었다.

가끔가다 건너편에서 한 번씩 터지는 플래시에 그들이 찍히고 있었다는 것을 깨달을 뿐.

"이거, 우리는 완전히 찬밥이군."

쿠로 시로기가 중얼거린다.

"뭐, 우리가 찬밥 신세인 건 어쩔 수 없지. 결국 우리는 길드원들만 잃었을 뿐이고, 그 미치광이를 멈춘 건 한국에서 온 그 녀석이었으니까."

킨 케이칸의 말에 쿠로 시로기는 불만스럽다는 표정으로 주변을 바라보았지만 이내 어쩔 수 없다는 듯 한숨을 내쉬었다.

"쯧, 그냥 빨리 들어가서 쉬고 싶네."

"절차적 관례다. 총리가 들어갈 때까지는 자리를 지켜야지."

물론 헌터가 그러라는 법은 없었지만, 일본에서는 정부와 헌터협회, 그리고 길드의 관계가 굉장히 우호적으로 조성되어 있기 때문에 이 정도는 어쩔 수 없었다.

……뭐, 결국 정부와 협회, 길드가 한데 끼리끼리 모여 놀 뿐이라 일본은 해외 길드들이 독점하지 못했고, 높은 랭킹을 가진 헌터가 없었지만.

"……그보다, 이자나미 길드장은 왜 그렇게 넋 나간 표정으로 서 있는 거지?"

"아, 음…… 생각 중이었습니다."

사무적인 어투로 대답한 나카가와 야스미였지만 그녀에게 케이칸의 말 따위는 들어오지 않았다.

'김현우…….'

그녀의 머릿속은 온통 몇 시간 전 혈도 스킬을 사용했던 그때 당시에 멈춰 있었다.

'그게 말이 되는가?'

처음 혈도 스킬을 사용했을 때, 나카가와 야스미는 자신의 두 눈을 의심했다. 그도 그럴 것이 김현우의 혈도는 자신이 여태껏 봐온 그 어느 혈도보다도 그 크기가 넓고 거대했으니까.

혈도 스킬로 그의 근육통을 줄여주는 동안에도 그녀는 그 말도 안 되는 혈도의 크기를 보며 김현우에게 물었다. 마력 랭크가 어느 정도 되냐고.

거기에 김현우는 별 의심 없이 답해주었다. C등급이라고.

'그건, C등급이 가질 수 있는 혈도가 아니야.'

최소 S등급, 그 이상.

물론 김현우가 마력을 운용하는 중에 억지로 크기를 늘렸다는 것을 모르는 야스미는 그가 정말 터무니없는 괴물이라는 사실을 그곳에서 깨달았고.

'만약, 그 사람을 잡을 수만 있으면⋯⋯.'

그녀는 모종의 결심을 했다.

◆ ◆ ◆

비행기를 타고 다시 한국으로 돌아왔을 때, 김현우가 도착한 인천공항에서는 엄청난 인파가 그를 기다리고 있었다. 처음에는 그저 기자와 파파라치들이 서 있을 뿐이었지만, 기자들과 파파라치가 서 있는 것을 본 시민들이 덩달아 누가 나오는지 궁금해 몰리기 시작했고. 곧 인터넷 이슈로 김현우가 귀국한다는 소문이 퍼지자마자 인천공항의 게이트 앞은 북새통을 이뤘다.

"아, 거기 밀지 좀 말아요!"

"거참! 밀지 말라고!"

"야! 나 발 밟혔어! 발 발 발!"

"여기 누구 나온대요?"

"이번에 김현우 귀국한다고 해서 다 모여 있는 거 아니에요?"

"사인 받을 수 있나?"

그야말로 아수라장의 끝자락쯤에 와 있는 인천공항의 게이트 앞.

그 아수라장은 게이트의 문이 열리며 김현우가 나오자마자 더욱 심하게 요동치기 시작했다.

"어! 왔다! 김현우다!"

"김현우 씨! 이쪽 한 번만 봐주세요!"

김현우의 옆에 서 있던 김시현은 미처 생각하지 못했다는 듯 낭패한 표정으로 아수라장인 게이트 앞을 바라보았고, 김현우는 몰려 있는 기자들을 보며 인상을 찌푸리곤 입을 열었다.

"전부 조용!"

그와 함께 사그라든 소리에 김현우는 마저 입을 열었다.

"자, 대충 몇 개 정도 질문 받아줄 테니까 우리 시끄럽게 하지 맙시다. 알다시피 제가 지금 좀 피곤해서요. 알겠죠?"

그가 언짢은 표정을 지으면서도 그렇게 말하자, 너 나 할 것 없이 동시에 입이 열리는 기자들을 보며 김현우는 한마디를 더 했다.

"물론 이렇게만 말하면 너 나 할 것 없이 전부 질문하려고 들 테니까 한 사람씩 찍어서 질문 받을게요. 네, 거기 기자."

김현우가 바로 앞에 나와 있는 기자를 손가락질하자 그는 입에 모터라도 달린 것처럼 빠르게 질문을 쏟아냈다.

"네, 김현우 헌터! 어제 일본에 크레바스가 일어났다는 것을 알고 바로 지원을 갔다고 세간에 밝혀져 있는데, 혹시 김현우 헌터는 친일 성향이 있으신 겁니까?"

"좆 까는 소리 하지 마세요."

"네…… 네?"

"기자 양반, 오피셜을 쓰려고 질문을 해야지, 자극적인 기사를 원하고 질문을 하면 제가 퍽이나 대답하겠습니까? 이 멍청한 양반아.”

김현우는 그렇게 중얼거리더니 곧바로 다음 기자를 지목했다.

“네, 김현우 헌터. 아까와 같은 질문이지만 조금 취지가 다른데, 혹시 지원을 바로 가신 이유가 따로 있으십니까?”

아까 기자가 욕먹는 것을 본 탓인지 조심스레 질문하는 기자의 말에 김현우는 답했다.

“뭐, 별건 없습니다. 그냥 볼일이 있어서 들르려고 했다가 우연치 않게 아다리가 맞아떨어졌습니다.”

평범한 답변.

김현우는 곧바로 또 다른 기자를 지목했다.

“혹시 그 볼일이 무엇인지 알 수 있습니까?”

“그건 또 지라시가 퍼질 것 같아서 말 못 하겠네.”

“이번에 국제협회에서 일본에 새로운 형태로 등장한 재앙의 이름을 정하는 데 있어 김현우 헌터가 이름을 지정해주기를 바라고 있는데 어떻게 생각하십니까?”

“뭐 그냥 마음대로 지으면 좋겠네요.”

“김현우 헌터! 이번에 길드에 들어간 것이 아니라 직접 길드를 만드셨는데 헌터 업계에 정식으로 들어서려는 밑거름입니까?”

“그런 거 생각 안 해봤어요.”

그 이후에도 이어지는 수많은 질문.

김현우는 그 질문들에 귀찮음이 묻어난 말투로 나름 성실하게 대답했고, 어느 정도 답변을 했을 때, 손바닥을 펼치며 말했다.

“자, 이제 질문은 그만, 저도 사생활 있는 거 알죠? 또 질문이 있으면 뒤에 회견 같은 거나 방송 같은 거 나가서 답해줄 테니까 더 이상 막지 마세요."

김현우는 그렇게 게이트를 빠져나갔다.

물론 그 뒤에도 끈덕지게 붙는 기자들이 있었지만 그들에게 거하게 욕을 한 사발 먹인 김현우는 입 좀 곱게 쓰라는 김시현의 타박을 들으며 집으로 돌아왔다.

그리고, 그곳에서 김현우는 어느새 깨어나 있는 그 여자를 볼 수 있었다. 그녀는 다짜고짜 김현우를 보더니 90도로 허리를 숙이며 대답했다.

"우선, 저를 구해주셔서 감사합니다. 저는 '홍린'이라 합니다."

"그래도 내가 구해준 건 기억하고 있나 보네?"

내심 그녀가 구해준 은인도 모르고 날뛸 거라 생각한 김현우는 잘됐다는 듯 입을 열었다. 만약 은인도 모르고 날뛰었다면 피곤한 몸으로 참교육을 해야 했기 때문이다.

"이제 내가 궁금한 걸 좀 물어보도록 할까?"

김현우의 말에 홍린은 가볍게 고개를 끄덕이며 입을 열었다.

그리고 김현우는 본격적으로 그녀가 왜 거기에 잡혀 있었는지에 대해 들을 수 있었다.

물론 김현우야 그녀가 왜 거기에 잡혀서 온몸이 구속된 채로 뽕을 맞고 있었는지 단 1퍼센트의 관심도 없었다. 다만, 자기 멋대로 김현우의 이야기를 해석하고 이야기를 시작한 그녀의 진지한 표정 덕분에 김현우는 별로 원하지도 않던 정보를 꾸역꾸역 듣고 있어야만 했다.

'끊으려면 끊을 수 있는데…… 너무 진지해서 못 끊겠다.'

그런 눈치라고는 원래부터 하나도 보지 않던 김현우였지만, 무척이나 순수한 눈빛으로 이야기를 이어 나가는 그녀를 보니 끊을 수 없었다.

"……그러니까, 너는 패도 길드의 간부고, 아레스 길드가 너희 던전을 빼앗으려고 해서 싸우던 도중에 끌려왔다…… 뭐 이런 말?"

"네, 맞습니다."

"아, 그래 뭐……."

별로 궁금한 건 아니었지만 아무튼 잘 알았다, 라고 말하지 않고 속으로만 내뱉은 김현우는 그녀가 설명을 다 끝낸 이후가 돼서야 그녀에게 제대로 된 질문을 할 수 있었다.

"네 쇄골에 있는 문신. 그건 뭐지?"

김현우의 물음에 홍린은 곧바로 답했다.

"제 쇄골에 있는 문신은……."

그녀는 순간 말을 늘이면서 눈치를 봤지만, 이내 입을 열었다.

"제 쇄골에 있는 문신은 패도 길드의 '간부'를 상징하는 문신입니다."

"간부임을 상징하는 문신?"

"예, 저희는 일정한 직책에 오르면 무조건 이 문신을 몸 어딘가에 새겨야만 합니다."

"그 문신이 뭐길래?"

"이 문신은 길드장님이 말씀하시길, 천天의 아래에 있음을 상징하는 문신이라 했습니다."

"그게 뭔 개……."

김현우는 급히 말을 멈췄다.

"……소리야?"

"사실 저도 간부라 해도 패도 길드 내에서는 고작 말단일 뿐이라 그 깊은 뜻에 대해서는 잘 알지 못합니다."

"……그래?"

"다만, 길드장님이 이 문신을 직접 새겨주시며 하신 말씀이 있기는 합니다."

"그 말이 뭔데?"

김현우는 물으면서도 내심, 걱정이 들기 시작했다.

그의 눈에만 유난히 띄는지 모를 그 가면 문신이 마치 자신을 보고 있는 듯했다.

그리고, 그녀가 입을 엶과 동시에.

"그 무엇도 너의 위에 있을 수는 없다."

"끅!"

김현우는 저도 모르게 손가락을 고양이처럼 비틀었다.

하지만 오래전에 들었던 그 말을 기억하느라 눈을 감은 홍린은 그런 김현우의 이상 현상을 감지할 수 없었고, 계속해서 입을 열었다.

"네 위에 있는 것은 오직 한 명, 천天뿐이니."

"그…….."

"그 이외에 모든 것들은 네 아래에 있어야 할 것이다."

"그만……!"

"그러니 너는."

"그마아아아아아안!"

"끼얍!"

갑작스레 괴성을 내지르는 김현우의 반응에 홍린은 저도 모르게 귀여운 소리를 내며 말을 멈췄고, 곧 묘하게 불안한 표정으로 입을 열었다.

"제…… 제가 뭔가 잘못이라도?"

"……아니, 네가 잘못한 건 아니야……."

'내가 잘못한 거지……!'

김현우는 혹시나 했던 자신의 생각이 맞아떨어졌다는 것에 대해 깊은 유감을 느꼈다.

세상에 그 누가 개지랄을 떨어도 눈 하나 깜빡하지 않을 자신이 있는 김현우가 유일하게 치부로 여기고 있던 것, 그것은 바로 그가 탑 안에 있을 때 했던 말들이었다.

물론 모든 말들을 치부로 여기는 것은 아니었다. 김현우가 자신의 치부로 여기는 것들은 바로 그가 한창 무술을 배운다고 심취해 있을 때 자신의 제자들에게 지껄인 말이었다.

'내가…… 내가 미쳤지……. 왜 그런 병신 같은 짓을……!'

김현우는 그때 당시에 지껄인 말들을 떠올리며 다시 한번 몸을 비틀었다.

무술을 배우면 깨달음을 얻어 탑 밖으로 나갈 수 있지 않을까 생각하던 그때를 기점으로, 김현우는 미친 것인지 그 시기에 중2병 비스무리한 것에 걸렸다. 애초에 웹소설에나 나왔던, 무武의 깨달음을 얻기 위해서는 자신을 버리라는 말을 덥석 믿어버린 것부터 감이 오지 않는가?

'이런 씨발…….'

그때의 김현우는 자신이 진짜 무협 속에 나오는 은거기인인 것처럼 행세했다. 수많은 웹소설에 한 번쯤 등장하지 않으면 섭섭한 은거기인들의 말투를 따라 하고, 그들의 뭣도 없는 개똥철학을 심도 있게 탐구하였으며.

'끄아아아아!'

나중에는 은거기인들에게 한두 개씩 붙어 있는 설정인 '사실 나
는 천마다' 같은, 숨어 있던 전 세대의 천하제일인 같은 설정을 가
감 없이 따와 심취해 있을 때였다.

홀로 손가락을 꺾으며 발광을 하기를 잠시, 김현우는 좌절했다.

혹시나, 정말 혹시나 하던 일이 현실이 되어 있었다.

언제까지나 그 탑에 영원히 묻힐 거라고 생각했던 그 치부가 엄
청나게, 그도 모르는 사이에 엄청나게 번져가고 있었다.

"⋯⋯야."

"⋯⋯네?"

"그, 패도 길드는⋯⋯ 대형 길드냐?"

김현우의 물음에 그녀는 담담히 말했다.

"패도 길드는 4년 만에 중국의 헌터 업계 지분율을 절반이나 차
지한 대형 길드입니다."

홍린의 말.

김현우의 기분은 나락을 쳤다.

'뭐지? 무엇이지? 이건 나를 국제적으로 엿 먹이려는 의도인가?'

김현우는 자신이 한창 무술에 취해 있을 때 가르쳤던 두 제자를
떠올렸다. 그리고 볼 것도 없이 결론을 내렸다.

'그 새끼다⋯⋯.'

한 제자가 있었다. 혼자 헌터들 사이에서 낙오돼서 아귀에게 죽
을 뻔한 것을 데려온 자신의 첫 제자.

물론 그녀를 데려온 이유는 별거 없었다. 웹소설 속 은거기인들

에겐 제자들이 꼭 한 명씩 있지 않은가? 그래서 데려왔다. 그리고 그렇게 그 녀석을 데려와 도무지 50층까지 어떻게 올라왔는지 모를 그 녀석에게 자신의 무술을 가르쳤다.

……사실 말이 무술이지 그건 반쯤 폭행이나 다름없었다.

말 안 듣는다고 패고.

제대로 무술 못 쓴다고 패고.

도망치려 해서 패고.

고기 제대로 못 굽는다고 팼다.

'씨발, 생각해보니까 팬 기억밖에 없잖아?'

왜 그렇게 팼냐고 물어본다면, 그것도 마찬가지로 대부분의 은거기인들이 주인공을 존나 패면서 가르쳤기 때문이다.

다른 소설은 모르겠지만, 적어도 김현우가 봤던 웹소설들은 죄다 은거기인들이 주인공을 개 패듯 패면서 가르쳤다.

사실 그렇게 개 패듯 패면서 무술이라도 잘 알려줬으면 모르겠는데…… 그녀에게 알려준 건 김현우가 사용한 무술이라고 할 수도 없는 개판 무술이었다.

그저 김현우라서, 김현우의 능력치라서 가능한 무술들을 그녀에게 억지로 배우게 했다.

그리고 기술을 제대로 못 쓰면 팼다.

'결국 나중에는 내 기술을 애매하게 따라 할 수 있어서 하산하라고 개소리 지껄이면서 내보내긴 했지만.'

생각해보면 그 첫 제자가 뭐라고 했던 기억이 있기는 한데 그때 당시에는 그냥 '기특한 소리' 정도로 치부하고 넘겼던 것 같다.

아무튼 그때 했던 '개소리'를 제자는 아주 훌륭하게 전파하고 있었다. 그것도 중국에서.

헌터 업계 지분율 50퍼센트를 넘어서고 있는 길드의 길드원들에게.

"……."

"……저기?"

홍린이 뭔가 불안한 표정으로 지랄 발광을 멈춘 김현우를 바라봤다.

홍린에게 그 모습은 김현우가 무척이나 깊고 심오하게 무엇인가를 고민하는 듯한 모습으로 보였고, 이내 김현우는 입을 열었다.

"너, 패도 길드로 돌아갈 거지?"

"아, 예. 만약 조금만 도와주신다면 더없이 감사하겠지만 거기까지는……."

"아니, 도와주지. 그 대신."

그는 두 눈을 부릅뜬 채, 홍린을 보며 입을 열었다.

"나를 찾지 마라."

김현우는 수많은 선택 중, 결국 '외면'을 선택했다.

몇 번이나 말했지만, 덤비지 마라

아레스 길드의 본사 꼭대기 층.

강남의 뷰가 한눈에 보이는 그곳에 흑선우와 우천명이 앉아 있었다. 흑선우는 말없이 강남의 뷰를 내려다보고 내려다보았고 우천명은 그런 흑선우의 옆에서 고개를 숙인 채 아무런 말도 하지 않았다.

잠시간의 정적.

흑선우가 말했다.

"유병욱은 잘 처리했나?"

"예, 잘 처리했습니다."

현재 아레스 길드 내부의 상황은 인사이동 기간이 오지 않았는데도 불구하고 폭풍전야와 같은 상태였다. 이유는 바로 아레스 길드 한국 지부의 지부장인 흑선우의 분노. 그의 눈에 조금이라도 거슬리기라도 하는 날엔 인사이동에서 미끄러지는 것은 시간문제고 어쩌면 회사에서 잘릴 수도 있기에 사원들은 흑선우의 시선을 무서워했다.

"어떻게?"

"……예?"

"어떻게 처리했냐고 묻잖아?"

흑선우가 순식간에 인상을 팍 쓰자 우천명은 급하게 고개를 숙이곤 입을 열었다.

"우선 흑선우 지부장님이 아레스 길드 내의 자산을 횡령했다는 명목으로 유병욱 부— 아니, 유병욱을 해임하고 나서…….."

"본론만 말해! 본론만!"

"……지금 현재 혹시 모르는 상황에 대비해 유병욱을 죽이지 않고 지하 벙커에 감금만 해놓은 상황입니다. 이후 서너 달 정도 이슈가 없으면 처리하는 것으로 방향을 잡고 있습니다."

한껏 히스테리를 부리는 흑선우의 성질에도 욱하지 않고 차분히 대답한 우천명.

흑선우는 그제야 만족한다는 듯 한숨을 내쉬었다.

그러나 그의 미간에 잡힌 주름은 펴지지 않았다.

"……독점 던전 인수권은 어떻게 됐지?"

"김현우 헌터가 요구한 건 서울 의정부에 있는 초급 던전 두 곳과 홍대 쪽 던전 한 곳, 그리고 강동구 쪽 던전 두 곳입니다."

"이런 개새끼…….."

우천명의 말에 흑선우는 저도 모르게 이를 갈았다.

유병욱이 자료를 모아 시작한 김현우를 죽이기 위한 공격은 지금 아레스 길드에게 엄청난 타격으로 다가오고 있었다.

물론 다른 초급 던전도 있었다. 부산 지역에도 있고, 전국에 걸쳐 있는 초급 던전의 개수는 아직 5개 정도로 충분했다.

문제는 독과점 형태가 깨져버린다는 것. 아레스 길드는 처음 한국에 진출하며 어마어마한 돈을 뿌렸다. 정부에 뿌리고, 헌터협회에 뿌렸다. 그렇게 한국에 들어온 다른 해외 길드와 한국 내에 존재하던 길드들을 찍어 내리고 돈과 인해전술의 위력으로 던전을 독점하는 데 성공했다.

물론 처음에야 초급 던전에 여러 가지 문제가 걸리기도 했다. 그러나 그것은 돈을 뿌리는 것으로 충분히 무마할 수 있었다.

초급 던전을 차지하는 데 뿌린 돈. 그 돈을 회수하기 위해서는 적어도 이 독과점의 형태가 5년 이상은 더 유지되어야만 했다.

그런데?

툭툭툭툭툭.

흑선우가 발을 덜덜 떨며 짜증을 냈다.

그의 머릿속에선 이 난관을 빠져나가기 위한 수많은 다른 수가 떠올랐으나, 모두 이 난관을 완전하게 헤쳐 나가는 것은 불가능했다.

그리고 이번에 새롭게 등장한 '재앙'을 쓰러뜨리며 더 큰 인기를 구가하게 된 김현우 덕분에 안 그래도 쓸 수 있던 방법의 폭이 더더욱 줄어버렸다.

한참이나 다리를 떨며 초조하게 생각하던 흑선우는 이내 떨던 다리를 멈추고는 강남의 뷰에서 눈을 돌려 우천명을 바라봤다.

"······우 부장."

"예."

"······그 개자식이 말했던 던전들 전부 독점 넘겨줘."

"정말 그래도 되겠습니까?"

우천명의 말에 흑선우는 이를 혀로 핥으며 말했다.

"정말 그래도 되겠습니까?가 아니야. 어차피 해야 한다. 김현우에게 사회적으로 무슨 방법을 쓰기에는 이미 너무 늦었어."

"……."

"그러니까 우선은 넘겨준다. 어쩔 수 없지. 2보 전진을 위한 1보 후퇴라고 생각하자. 우선은 김현우에게 던전을 넘겨주고."

흑선우는 입을 열었다.

"판데모니엄을 불러와."

"……판데모니엄을 말입니까?"

판데모니엄, 그들을 실질적으로 아는 사람들은 거의 없었다. 그러나 그 이름을 단 한 번이라도 들어본 사람들이라면 그것이 평범한 이름이 아니라는 걸 안다.

공포스러운 이름. 판데모니엄은 그 출처를 아는 사람에게 있어서는 무한한 공포를 선사해주는 이름이었다.

"……하지만."

사람들에게 공포를 주는 이름 판데모니엄은 어느 한 용병 집단의 이름이다. 소속되어 있는 사람들은 전부 머더러 헌터.

그러나 중요한 건 그게 아니다. 판데모니엄에 소속된 모든 머더러 헌터들은.

"아마 김현우 그 녀석이라도 100위권 내의 머더러 헌터들이 달려들면 어쩔 수 없을 거다."

지금은 머더러 헌터가 되어 순위권에서 빠져 있으나 판데모니엄의 헌터는 모두 S등급 상위 100위 안에 들어 있던 헌터들이었다. 제대로 된 대가만 지불한다면 그들의 임무 성공률은 100퍼센트에 육박한다.

흑선우의 말에 일어난 잠시간의 정적. 우천명은 곤란하다는 듯 눈치를 보는 듯하더니 입을 열었다.

"지부장님, 판데모니엄을 부르려면 예산이 부족합니다."

그런 악명을 떨친 만큼, 판데모니엄을 부르기 위해서는 엄청난 양의 돈이 필요했다.

한 번에 100억? 그 정도면 우습다. 그들은 암살할 대상을 보고 가격을 책정한다. 더 웃긴 건, 그 암살할 대상을 말하는 것만으로도 다른 암흑 용병단을 10번 정도나 고용할 수 있는 돈을 받아간다는 게 문제였다.

"부족한 예산은 어떻게든 마련해주지."

흑선우는 그렇게 말하며 우천명을 바라보곤 무척이나 진지한 표정을 지었다.

"기억해 우 부장, 지금 당장은 그 머저리를 잘라낸 것으로 대부분의 화살을 회피할 수 있었지만 결국 화살대는 우리를 향해 돌아선다."

그전에.

"해결해야 해. 그 어떤 피해를 감수하고서라도."

"……알겠습니다. 그럼 지금부터 곧바로 준비해보도록 하겠습니다."

◆ ◆ ◆

"오빠."

"왜."

"······진짜 TV 출연할 거예요?"

"나는 하면 안 되냐?"

"오빠 하는 꼴을 보면 좀······."

"야! 내 꼴이 어때서?"

검은색 추리닝에 삼선 슬리퍼를 신고 있는 김현우의 모습을 보며 이서연은 한숨을 내쉬었다.

"그 꼴이 TV에 출연하기 좋은 꼴이라고 생각하는 거예요?"

"아니, 그럼 여기서 뭘 더 해야 하는데?"

"다른 옷은요?"

"다른 옷은 불편해. 그리고 이거 추리닝 아니거든? 뒤에 모자 달린 거 안 보이냐?"

김현우는 자신의 뒤에 달려 있는 모자를 가리키며 말했다.

이서연의 눈이 가늘어졌다.

"그게 뭔 차이인데요?"

"이거 나름 이번에 새로 나온 신상이거든?"

"후······."

김현우의 말에 조용히 한숨을 내쉬는 이서연이 입을 열었다.

"아니, 도대체 다른 옷은 왜 안 입어요? 제가 이번에 TV 출연한다고 옷도 다 따로 보내줬구만."

"그건 너무 불편하더라."

김현우는 이서연이 김시현의 집으로 보내준 정장과 수많은 옷을 생각하며 혀를 내둘렀다. 이서연이 그의 신체 사이즈를 어떻게 안 건지 입는 옷마다 사이즈가 턱턱 맞아떨어졌다. 그럼에도 김현우는 결국 그 옷을 입지 않고 오늘 김시현와 이서연, 한석원이 참가하는 TV 프로그램 〈헌터를 알다〉의 대기실에 왔다.

"아니! 니트 같은 것들도 있었는데."

"아무튼 불편해."

물론 김현우도 이서연의 배려에 그 옷을 입을까 고민하긴 했으나, 너무 불편해서 관뒀다.

탑에서 지낸 12년 동안 그는 거의 상의는 입지도 않다시피 했고, 다 해진 하의를 입고 있었다. 그렇게 12년 동안 살다가 밖으로 나와 보니 지금 스타일의 옷은 너무 딱딱 맞아서 입기가 불편했다. 현재 김현우에게 편한 옷은 한국 회사에서 나오는 추리닝뿐.

그렇게 김현우와 이서연이 옷을 가지고 실랑이를 벌이고 있을 때 대기실의 문을 열고 한석원과 김시현이 들어왔다.

"형 이제 10분 뒤면 나가서 준비해야 해요."

"엉."

김현우가 천마를 잡고 한국에 귀국한 뒤 8일째, 그동안 김현우에게는 나름 많은 일이 있었다.

우선 첫 번째는 아레스 길드에서 구했던 홍린을 바로 중국으로 보내버린 것. 그녀는 도움을 받은 것에 대한 보은을 하고 싶다고 말했지만, 김현우는 절대로 나를 찾지 말라는 소리를 몇 번이고 당부하며 돌려보냈다.

그다음으로는 드디어 아레스 길드에게 전에 이야기했던 독점 던전 인수권을 받을 수 있었다. 그 덕분에 언론에서는 한차례 난리가 터졌다. 뭐, 그것도 아레스 길드에서 언론 통제를 기가 막히게 하는지, 하루가 지나서는 더 이상 이야기가 나오지 않았다.

그러나 독점 던전에 관한 보도가 죽었다고 해서 김현우의 인기가 식은 것은 아니었다. 김현우가 8일 전 게이트에서 했던 발언들은 그대로 인터넷에 올라갔고, 확실한 반응을 끌어냈다. 그중에는 나쁜 반응도 있었다. 그러나 좋은 반응이 압도적이었기에 나쁜 반응은 거의 묻히다시피 했다. 그리고 곧 시민들의 관심은 김현우의 마지막 이야기로 집중되었다.

'오늘은 피곤하니까 나중에 어디 TV나 따로 회견 열어서 질문 받겠다.'

그 말에 사람들은 김현우가 어느 TV 프로그램에 출연할지 관심을 모았고, 그때를 맞춰 각종 TV 프로그램은 김현우에게 섭외를 요청했다. 하나하나가 무척이나 좋은 조건. 김현우는 그 상황을 빠져나가기 위해 그 말을 했던 것뿐이었으나, 그 자그마한 이야기는 기자에게 부풀리고 부풀려져 너무 거대해졌다.

"현우야, 이제 방송 준비해야 한다. 가자."

"응."

물론 김현우가 진짜 세간의 관심을 위해서 이렇게 직접 방송 출연을 결심한 것은 아니었다. 그냥 들어온 섭외 요청을 보다 보니 돈의 액수에 혹해서 결정했고, 거기에 덤으로 할 말도 있어서 수락한 것뿐이었다. 물론 김현우에게 제시된 출연료는 지금까지 그가 받은 돈보다 적었음에도 불구하고, 김현우의 눈에는 여전히 커 보였다.

그렇다. 아직까지 김현우는 물가의 괴리감에서 벗어나지 못했다.

그러다 보니 오히려 거대한 돈은 너무 현실감각이 없어서 그저 그렇게 느끼고, 자신에게 대충 감이 잡힐 정도의 금액은 입을 떠억 벌리면서 좋아했다.

김현우는 대기실을 나와 세트장으로 가자마자 그 안의 스태프에게 인사를 받았다.ㅍ김시현이 미리 이야기를 해놓았는지 사인 권유는 하지 않았다.

"아! 안녕하세요!"

"아, 예."

김현우는 잔뜩 꾸미고 나온, 최근 한국에서 아이돌로 인기를 끌고 있는 여자 이해영의 인사를 건성으로 받고는 자리에 앉았다.

그녀는 그런 김현우의 모습에 잠시 당황하는 듯했지만, 스타트 사인이 얼마 남지 않았다는 것에 곧바로 표정을 고치고 준비를 시작했다. 그 짧은 스타트 사인 시간에 김현우는 PD에게서 여러 가지 주의 사항을 들었다.

"예."

아무튼 뭐라고 한 것 같은데 대충 욕하지 말라는 소리인 것 같아서 김현우는 간단히 대답했다.

곧 방송이 시작되었다. 방송은 그런대로 나쁘지 않게 진행되었다. 이미 이 방송을 15회차 넘게 끌고 가고 있는 길드장들은 완전히 방송인이라도 된 듯 여유롭게 입을 놀렸고, 그것은 MC도 마찬가지였다. 그리고 놀랍게도 TV 출연이 처음인 김현우도 마찬가지로 그들 속에 녹아 대화를 잘 이끌어 나갔다.

정말 매끄러운 진행. 방송 초보라고는 말할 수 없을 정도로 가끔가다 입에서 나오는 욕설을 빼면 이야기가 잘 이어 나가지는 것에

PD는 놀랐다. 물론 그것은 김현우가 별다른 긴장을 하지 않아서였지만. 애초에 탑에서 벌였던 유일한 치부 빼고는 자신이 개지랄했다고 해도 당당해질 수 있는 김현우였기에, 카메라는 그에게 아무것도 아니었다.

생방송에 김현우가 몇 번이나 욕설을 해서 방심위의 권고 조치를 먹을 예정이었으나, PD의 입꼬리는 올라갔다. 권고 조치야 한번 먹고 말면 되는 거고, 시청률이 억 소리 날 정도로 올라가고 있기 때문이었다.

그리고 방송이 끝나기 전, 마지막 김현우의 말.

"제가 길드를 만들었는데, 길드원을 모집하기 위해 TV에 공고를 띄우려 합니다."

'끄아아아아! 이번 실검은 우리 거다!'

그의 말과 함께, PD의 소리 없는 환호성이 울려 퍼졌다.

◆ ◆ ◆

강동구 성내동에 위치한 1층 사무실.

그곳은 김현우가 길드도 만들었으니 대충 사무실이나 구해보자 해서 김시현의 도움을 받아 구한 20평 남짓한 사무실이었다. 그리고 그곳에서 김현우는 사무실 한쪽 자리에 잔뜩 몰려 있는 열 박스짜리 서류를 보며 입을 열었다.

"……씨발."

"형, 제가 그거 하지 말라고 했죠?"

"이렇게 될 줄 알았냐?"

3일 전 나갔던 〈헌터를 알다〉에서 김현우는 길드원을 모집한다는 공고를 했다. 직접 알바천국 같은 데 공고문을 올려본 적도 없는데다가 인터넷으로 알리면 너무 싸 보일 것 같아서 한 행동이었는데…….

'씨발, 이건 좀……. 너무 많잖아?'

김현우는 앞에 있는 박스를 뜯었다.

"씨발."

보기만 해도 인상이 찌푸려지는 서류들이 수천 장이나 쌓여 있었다. 혹시나 이런 상황이 있을까 싶어서 접수 마감 시간도 짧게 만들어놨는데…….

김현우가 인상을 찌푸리며 입을 열었다.

"야."

"왜요?"

"우리나라에 헌터 없다며?"

"없었죠, 옛날에는."

"그럼 지금은?"

"아레스 길드 친구들도 많고 용병 신세인 친구들도 많아요. 게다가 해외에서 원정 뛰러 온 헌터들도 많고요."

"아니 씨발, 도대체 그게 뭔 개소리야? 아레스 길드가 독점했다며!"

김현우가 괜히 짜증을 내자 김시현은 어처구니없다는 표정으로 그를 보더니 말했다.

"아니, 왜 저한테 괜히 화를 내요?"

"씨발 이거 어떻게 하냐고!"

"제가 어떻게 알아요!"

"……."

김시현이 참지 못하고 빽 소리를 지르자 김현우는 하, 하는 한숨을 내쉬더니 그 앞에 서서 무엇인가를 고민하는 듯한 표정을 지었다.

그러고는 곧 입을 열었다.

"전화해서 서연이랑 석원이 형도 부를 수 있으면 불러봐라."

"……같이 까보자 하려고요?"

"그것 말고 뭐가 있냐?"

"……형, 형이 가끔가다 착각하는 것 같은데 저도 어엿한 길드의 길드장이거든요? 지금 이런 거 할 시간 없……."

"초급 던전 안 쓸 거야?"

김현우의 말에 꼼짝없이 입을 다문 김시현은 이내 구시렁거리며 휴대폰 번호를 눌렀다.

그는 김시현의 제압 방법으로 '초급 던전을 사용할 수 있는 권한'을 걸었고, 초급 던전이 부족한 김현우의 동료들은 그 제안에 무척이나 감격하며 수락했다. 뭐, 애초에 그런 조건 없이도 쓰라고 할 생각이었지만 김현우는 굳이 그것까지는 말하지 않았다.

그렇게 세 시간 뒤, 김현우의 사무실에는 총 4명의 사람이 모였다.

아랑 길드의 이서연.

서울 길드의 김시현.

고구려 길드의 한석원.

그리고 김현우까지.

"……얘는 어때요?"

"모르겠는데?"

"애는?"

"마찬가지."

"……그럼 애는?"

"흠, 마찬가지로 모르겠다."

"……형, 저 맘에 안 들죠?"

"그게 뭔 개소리야?"

"아니, 뽑을 생각은 있어요?"

김시현이 인상을 찌푸리며 말하자 김현우는 들고 있던 서류를 툭 던지고는 괴상한 소리를 내더니 입을 열었다.

"뽑을 생각이고 뭐고 애초에 서류가 이상한데? 진짜 하나도 모르겠다고."

김현우는 불만스러운 투로 말하더니 서류를 집어 들었다.

"이거 대체 뭔데?"

능력치가 있는 것은 대충 이해가 된다. 그런데 그 아래에 쓰여 있는, 원래의 이력서라면 자격증을 쓰는 난 대신 있는 던전 기록란은 도대체 어떻게 봐야 할지 이해가 안 된다.

"호구 솔로 플레이 경험 있음. 씨발 이게 뭔 개소리냐고. 자기가 호구라는 소리야?"

"그건 호인의 구덩이를 말하는 것 같네요."

"그럼 눈깔미아 파티플레이 보스 클리어는?"

"그건 '눈 아래에 깔린 미라의 아궁이'라는 던전을 요약한 거네요."

"아니 씨…… 이력서 쓰는데 왜 말을 줄여? 이거 완전 기본이 안된 놈들 아니야?"

'꼰대다.'

'꼰대.'

'꼰대 같다……'

김현우의 묘한 꼰대 말투에 이서연은 한숨을 내쉬며 말했다.

"저기 오빠, 원래 최근에는 전부 말 줄여요. 누가 요즘에 호구나 눈깔미아를 모르겠어요? 그냥 오빠가 12년 동안 탑 안에 있어서 아직 익숙하지 않은 것뿐이라고요."

그녀의 말에 김현우는 마음에 들지 않는다는 듯 한숨을 내쉬었고, 그런 그를 이해가 가지 않는다는 듯 보던 한석원이 물었다.

"근데 왜 굳이 길드를 만들려고 한 거야? 설마, 우리한테 초급 던전 주려고?"

한석원이 혹시나 하는 맘에 말했으나 김현우는 단호하게 고개를 저었다.

"그것도 있긴 한데, 그냥 돈 좀 벌어볼까 해서."

"……뭐?"

"아니, 내가 좀 찾아보니까 던전 독점하면 그냥 애들 몇 명만 딱딱 대기시켜놓으면 돈이 절로 굴러들어오더라?"

"……아니, 그건 맞긴 한데……."

김현우의 말이 맞기는 했다. 우선 던전을 독점하기만 하면 정말 김현우의 말대로 돈이 꼬박꼬박 들어오긴 한다. 헌터들이 소속 던전에서 사냥하고 나온 마정석을 협회에서 교환해 길드에 2를 가져다주고, 또 보스가 나올 때가 되면 보스에게서 나온 아이템을 정산해 또 길드에 2가 들어온다. 물론 길드 유지비로 나가는 돈이 있긴 하나, 분명 돈이 쌓이긴 한다.

"근데 형."

"왜?"

"어차피 이미……. 아니에요."

'어차피 돈 많은데 뭐 하러?'라고 물으려던 김시현은 뻔한 김현우의 대답에 말을 줄였다.

"근데 애초에 이거 몇 명 뽑는 거예요?"

"초급 던전 5개니까, 교대로 지킬 사람 포함해서 한 20명 뽑으면 되지 않을까?"

"……뭐, 던전 5개니까 그 정도 있으면 충분히 돌아가기는 하겠네요……. 근데 그건 최소 인원이고 여유 인원들도 더 뽑아야 할걸요……?"

"……어? 그래?"

"네."

"야, 그럼 돈 많이 드는 거 아니야?"

"……아무래도 그렇겠죠? 초급 헌터들 위주로 뽑으면 그렇게 돈 안 들 수도 있긴 해요. 그냥 걔들은 초급 던전 들어가는 걸로 고마워할 테니까."

게다가.

"형 네임밸류에다가 어차피 저희 던전도 자연스럽게 공유할 테니까 조건이 그렇게 좋을 필요는 없지만, 아무튼 돈이 좀 나가긴 할 거예요."

"……그렇지?"

김시현의 말에 김현우는 쯧 하고 혀를 찼다.

"뭐, 농담이야. 나도 돈 조금 받는 열정 페이가 얼마나 좆같은지는 당해봐서 아니까."

김현우는 그렇게 말하며 잠시 예전을 생각했다.

탑에 들어가기 전, 김현우가 군대에 들어갈 수도 없는 나이였을 때, 그는 쓰레기 같은 원장의 손에서 빠져나와 홀로 고시원에서 생활했던 적이 있었다.

그때 알바를 하면서 느꼈던 부조리함. 자신이 '제대로 된' 학생이 아니라는 것을 깨닫고 돈을 떼먹으려던 점주도 있었고, 애초에 최저시급조차 제대로 쳐주지 않는 점주도 있었다.

'으, 이 개새끼들. 생각하니까 열 받네?'

김현우는 잠깐 인상을 찌푸렸으나 이내 고개를 저었다. 아무튼 그 새끼들처럼 쓰레기가 될 생각은 김현우에게 추호도 없었다.

결국 그렇게 해서 몇 시간 정도를 길드원을 뽑는 데에 투자한 김현우는 저녁쯤이 돼서야 대충 면접을 볼 인원들에게 전화를 돌렸고, 곧 김시현의 집으로 돌아와.

[당신을 초대합니다.]
시스템에서 당신을 초대합니다. 시스템 옆에 남은 시간이 모두 흘러가면 당신은 부름을 받아 초대됩니다.
남은 시간: 0일 0시간 0분 0초

시스템의 초대를 받았다.
"안녕하세요."
"그래."
밝게 인사하는 아브를 보며 김현우는 말했다.

"이제 그 기계 어투는 그만뒀냐?"

김현우의 말에 아브는 흠칫하는 듯하더니 말했다.

"……어차피 유지가 안 돼서……."

"잘 생각했다."

김현우는 피식 웃더니 테이블에 앉았고.

"야, 여기 좀 늘어난 것 같다?"

"아, 네. 당신이 등반자를 처치하고 권한을 얻을 때마다 제가 지내는 이 방도 권한의 누적 크기에 따라 커지거든요."

"그래?"

"네."

아브의 말에 한차례 고개를 끄덕인 김현우는 곧바로 본론으로 넘어갔다.

"그래서, 이번에 나를 소환한 이유는? 또 등반자가 나타났는데 알리미가 등장하지 않았다든가, 뭐 그런 거냐?"

"아뇨, 그건 아니고……. 이번에는 가디언이 가지고 있는 스킬을 전체적으로 업그레이드해주려고 해요."

"업그레이드?"

"네."

"무슨 업그레이드?"

"저번이랑 똑같은 거예요. 권한은 상승되는 게 아니지만…… 부가적인 옵션을 추가로 붙여주는? 뭐 그런 거예요."

아브는 그렇게 말하더니 무엇인가를 조작하듯 손가락을 움직이곤 말했다.

"됐습니다."

생각해보면 저번에는 무슨 기능을 추가했는지 제대로 듣지도 못했던 것 같았다.

'아니, 생각해보면 그때 정보 권한을 받기 전이랑 후랑 업그레이드된 게 있었나?'

……애초에 스킬을 받아놓고 지금까지 사용한 횟수가 5번도 안 되다 보니 잘 모르겠다.

"저번에는 무슨 기능을 추가해준 건데?"

"저번에는 정보 권한으로 열어본 상대의 상태를 간단하게 확인할 수 있는 기능을 추가해드렸습니다."

"……아."

그러고 보니 처음에 열었을 때 상태가 안 떴나?

'……모르겠다.'

뭐 제대로 사용한 적이 있어야지.

"그래서, 이번에는?"

"이번에는 성향 확인 기능을 넣어드렸습니다."

"……성향 확인?"

"네. 물론 절대적인 기준은 아니지만, 시스템에서 표시하는 성향은 9계층의 도덕적 기준점으로 봤을 때 생명체가 한 행동을 도덕적 판단에 빗대어 선악을 판단한 것입니다. 그동안 한 행동으로 인해 성향을 표시하는 것이기 때문에 매우 가변적인 데다가 행동을 종잡을 수 없을 때는 기묘하게 표시되기도 해요."

아브가 그렇게 말하며 말을 줄이려다 이어서 말했다.

"그리고 알리미 스킬도 업그레이드했습니다."

"……어떻게?"

"이번엔 대충 날짜까지는 특정할 수 있을 겁니다. 다만 위치는…….."

"모른다?"

"그건 권한 밖의 일이라 어쩔 수 없어요."

"거참, 더럽게 불편하네."

쯧.

그렇게 혀를 찬 김현우.

"그럼, 우선 할 이야기는 그걸로 끝이야?"

"네, 그러네요."

"그럼 돌려보내줘."

"네, 알겠습니다."

아브는 곧바로 손을 까딱했고, 그와 함께 김현우는 아브의 맞은편에 앉아 있는 것이 아닌 김시현의 집 소파 위에 앉게 됐다.

그리고 그다음 날.

"와, 긴장된다, 진짜……!"

김현우의 자그마한 사무실 안은 면접을 보러 찾아온 헌터들로 인산인해를 이루고 있었다.

그곳의 끝에서 사이좋게 123번, 124번, 125번 번호표를 붙이고 있는 세 명의 헌터. 예전, 아도론의 연구실에 뒷돈을 찔러주고 들어갔다가 김현우의 힘을 처음으로 목격한 이천과 이민영, 김창석은 잔뜩 긴장한 표정으로 사무실 문 너머를 보고 있었다.

그들이 긴장하는 이유. 그것은 김현우의 길드가 아레스 길드에게 착취받지 않고 초급 던전을 들어갈 수 있다는 매력적인 조건과 더불어 상당히 좋은 계약 조건을 내건 것도 있었지만, 이 사무실에 있는 헌터가 모두 긴장한 채로, 목소리도 못 내고 앉아 있는 이유는 바로 안쪽에서 들려오는 소리 때문이었다.

"C급 던전 토벌 경험이 총 25번 정도 있습니다."

"탈락."

"예…… 예?"

"탈락이라고, 다음."

"아니! 왜……? 이력서를 읽어보시면 아실 텐데 저는 C급 헌터 중에서도 상당히 경험이 많은 입장이……!"

"내가 이력서 읽어보고 맘에 안 든다는 데 왜 네가 지랄이야?"

"그러니까 왜 탈락했냐는 겁니다!"

"네 이력서가 마음에 안 들어서 개새끼야! 여기가 내 회사지 네 회사야? 꺼져!"

쿠탕탕탕!

사무실의 안쪽에서는, 기존 길드의 면접과는 전혀 다른 면접이 펼쳐지고 있었다.

◆ ◆ ◆

이름: 심추현

나이: 21

성별: 남

상태: 양호

능력치

　근력: D

민첩: D

내구: D

체력: D

마력: D

행운: B

성향: 이기주의적 성향

SKILL -

정보 권한이 하위에 해당함으로 능력치를 확인할 수 없습니다.

'이새끼는 D랑 친구 먹었나…… 거기에 이기주의?'

"너도 탈락."

"아니, 왜……."

"너도 조금 전에 나간 새끼처럼 머그컵으로 맞아볼래?"

김현우가 손잡이만 남아 있는 머그컵을 흔들자 그는 히익거리는 소리와 함께 밖으로 빠져나갔다. 김현우는 도망치듯 밖으로 빠져나가는 그를 한심하게 바라본 뒤, 피식 웃으며 앞에 떠올라 있는 로그를 바라봤다.

'이거, 상당히 도움 되는데?'

이번에 아브에게 업그레이드 받은 정보 권한은 인재를 뽑는 데에 한해서 굉장한 시너지를 발하고 있었다.

'그 덕분에 너무 많이 거르긴 했는데…….'

김현우는 이 자그마한 사무실에 134명의 헌터를 불렀다.

그리고 122번째를 볼 때까지 뽑은 헌터는 15명.

원래 능력 부분을 중점으로 보지 않으려고 하긴 했지만, 김현우의 업그레이드 된 정보 권한은 그의 그런 생각을 확실하게 어드바이스했다. 덕분에 김현우가 본 건 오로지 성향.

보스를 잡지 않아도 좋았다. 어차피 그건 동료 길드들과 동맹 관계를 맺으면서 자연스럽게 동료 길드의 길드원들이 잡으면 되는 거니까.

그렇기에 지금 김현우에게 필요한 것은 잘 싸우는 길드원들이 아니라 몰래 뒷돈 안 빼먹고 고스란히 회사로 가져오는 헌터들이었다. 한마디로 능력치는 별로 중요하지 않았다.

"다음."

김현우가 입을 열자 긴장한 표정이 역력한 헌터 세 명이 차례대로 들어왔다.

"뭐야? 너희들은 왜 세트로 들어오냐?"

김현우의 물음에 제일 앞에서 들어왔던 헌터, 이천이 어색하게 웃음을 지으며 입을 열었다.

"그…… 파티로 가입 신청해도 된다고 들어서……."

"……들어와."

'그게 뭔데?'라고 물으려던 김현우였으나 또 그렇게 실랑이하기도 귀찮았기에 김현우는 그냥 세 명 다 들여보냈다.

세 명이 전부 서자 김현우는 아래에 있는 서류를 흘끔 보곤 정보 권한을 이용해 자신의 앞에 서 있는 헌터들의 정보를 읽어들였다.

이름: 이천

나이: 27

성별: 남

상태: 양호

능력치

　근력: C+

　민첩: C-

　내구: D

　체력: C++

　마력: E++

　행운: B

　성향: 자기희생적 성향

SKILL -

정보 권한이 하위에 해당함으로 능력치를 확인할 수 없습니다.

이름: 이민영

나이: 23

성별: 여

상태: 양호

능력치

　근력: D++

　민첩: B-

　내구: D-

　체력: C-

　마력: D-

　행운: B

　성향: 기회주의적 성향

SKILL -

정보 권한이 하위에 해당함으로 능력치를 확인할 수 없습니다.

이름: 김창석

나이: 28

성별: 남

상태: 양호

능력치

　근력: D-

　민첩: D+

　내구: D-

　체력: C-

　마력: C++

　행운: B

　성향: 우정 중심 성향

SKILL -

정보 권한이 하위에 해당함으로 능력치를 확인할 수 없습니다.

'……두 놈은 마음에 드는데…….'

양옆의 남자는 각각 자기희생적 성향과 우정 중심 성향이었다.

능력치는 다른 헌터들과 같이 별로 특별할 게 없었다만 뭐 어떤

가. 김현우가 바라는 것은 그냥 던전 제때제때 잘 지켜주는 헌터다.

'근데 얘는 좀……. 기회주의자?'

김창석의 우정 중심 성향도 마찬가지지만 이것도 또 처음 보는

성향이었다.

'나쁜 건가?'

기회주의…… 기회주의자……? 기회주의자는 이기주의자랑 똑같은 거 아닌가?

다른 게 뭐야?

순간 이런저런 지식이 똬리를 틀고 김현우의 머릿속을 헤집었으나 그는 쉽게 차이점을 발견할 수 없었다.

"쯧."

김현우가 혀를 차자 이천을 포함한 헌터들은 저도 모르게 얼어 버린 상태로 김현우를 바라보았다.

탈락하나?

이천의 머리에 그런 생각이 들었을 때쯤, 김현우가 말했다.

"셋 다 합격."

"허, 헉! 정말요?"

"그럼 뻥으로 말하겠니? 나가라."

"가, 감사합니다."

그렇게 말하고 혹시 김현우가 다른 말을 할까 서둘러 나가는 그들을 보며 김현우는 들고 있던 볼펜으로 3개의 번호를 동그라미 쳤다.

이로써 총 18개가 된 동그라미표.

"쯧."

'인원만 더 있었으면 그 여자는 빼는 건데.'

김현우가 그들을 그냥 전부 합격시킨 이유는 단순히 합격 인원이 부족하기 때문이었다. 물론 합격 인원이 부족하면 그 수많은 서류를 꺼내 보고 다시 면접자를 모은 다음 합격자를 뽑으면 됐다. 그러나 굳이 그렇게 하지 않는 이유는 그냥 귀찮기 때문.

'기회주의는 이기주의랑 다를 수도 있지 뭐.'

그의 귀차니즘 덕분에 '기회주의'라는 성향을 가지고 있던 그녀는 길드 면접에서 통과할 수 있었고. 이민영은 사무실에서 빠져나가자마자 기쁨의 비명을 질렀다.

그리고 그렇게 '가디언' 길드의 면접 심사는 약 1시간 30분이라는 짧은 시간 안에 모두 끝났다. 김현우가 가지고 있는 정보 권한 덕분이었다.

그렇게 김현우가 가디언 길드의 인원수를 정확히 21명으로 맞추고 만족스러운 미소를 짓고 있을 때쯤, 강남에 있는 아레스 길드의 지하 5층.

"……."

우천명은 슬쩍 시선을 돌려 이제 막 오후 4시를 가리키기 시작한 시계를 보았다.

그리고 그와 함께.

후우우우우.

분명 바람 한 점 들어올 수 없는 이 지하 공간에 갑작스럽게 불기 시작하는 바람을 느끼며 우천명은 긴장하기 시작했다.

사무실의 빈 바닥에 보라색의 마법진이 그려진다.

한 겹.

두 겹.

세 겹.

네 겹.

연속으로 겹쳐진 마법진은 처음 내뱉었던 보랏빛 마력을 주변으로 방출했고. 그와 함께 마법진이 있던 곳에서 한 남자가 나타났다.

온몸에 검은 정장을 입고, 머리에는 중절모를 쓴 남자. 검은색 중절모 사이로 금발이 보였다. 이윽고 모자챙 아래에 감춰져 있는 벽안이 우천명을 바라보고 입을 열었다.

"반갑습니다. 상담 요청을 받았는데, 이곳이 맞습니까?"

남자의 정중한 말투에 우천명이 대답했다.

"예, 맞습니다."

"그럼 잠깐 자리에 앉도록 하지."

그는 곧바로 말을 놓더니 우천명의 별다른 허락 없이 앞에 있는 테이블 소파에 앉았고, 다리를 꼬았다.

실로 거만한 자세.

하지만 우천명은 그런 그에게 아무런 말도 하지 못했다. 그도 그럴 게 앞에 와 있는 남자는 우천명도 잘 알고 있는 남자였으니까.

"……전 S등급 헌터 랭킹 72위, 건슬링어 잭……."

그는 자신과는 비교도 할 수 없을 만큼 높은 자리에 있던 헌터였다.

우천명이 멍하니 중얼거리다 저도 모르게 헙 하고 입을 닫자 그는 피식 웃더니 말했다.

"아직도 나를 알아보는 사람이 있다니 놀랍군. 내가 퇴출당한 지벌써 5년째인데……."

"흠흠. 죄송합니다."

"아니, 그렇게 죄송할 건 없지. 내 이야기를 밖으로 떠벌리는 것만 아니라면 말이야……. 밖으로."

그는 그렇게 말하며 품 안에서 지포라이터를 꺼내 그 입구를 열었다가.

팅!

닫았다.

탁!

그 모습에 우천명은 순간 알 수 없는 소름을 느꼈지만, 곧 서둘러 그의 앞에 다가가 앉았다.

"그래서, 아레스 길드가 굳이 기사단을 안 쓰고 우리에게 의뢰하는 이유는?"

"그, 사정이 있어서."

우천명의 말에 잭은 뚱한 표정으로 지포라이터를 열었다 닫기를 반복하더니 어깨를 으쓱했다.

"뭐, 괜한 걸 물어봤군. 그렇지, 우리는 그저 의뢰를 들어보고 마음에 들면 할 뿐이니까."

그는 피식 웃고는 이어서 말했다.

"그래서, 우리가 맡아야 할 사람은 누구지?"

"아마 당신도 잘 알고 있는 사람일 겁니다."

우천명은 그렇게 말하며 미리 준비해놓았던 서류를 잭에게 건네주었고, 여유롭게 서류철을 받아 펼쳐본 잭은 재미있다는 듯 웃었다.

"아, 이 녀석은, 그 녀석이지? 이번에 크레바스에서 '재앙'을 막았다는."

"예, 맞습니다."

우천명은 잭의 표정을 살피더니 서둘러 말을 덧붙이려다 입을 다물었다.

'판데모니엄에게 섣불리 딜을 치려 하거나 동정표를 구하는 것

은 하책.'

우천명은 한창 뒷세계에서 구를 때 들은 이야기를 가이드 삼아 입을 다물었고, 잭은 한참이나 서류를 바라보더니 말했다.

"아레스 길드 한국 지부에서는, 이 김현우라는 헌터를 우리가 처리해주었으면 한다 이거지?"

"네, 맞습니다."

우천명의 대답에 잭은 고민하듯 지포라이터를 열었다 닫았다.

팅! 하는 깔끔한 소리가 사무실에 주기적으로 울려 퍼졌으나, 우천명은 잠자코 잭의 대답을 기다리고 있었고, 곧 그가 입을 열었다.

"이거, 좀 비싸겠는데?"

"……그렇습니까?"

"생각해봐. 물론 상대는 S등급 랭킹에도 이름을 안 올린, 그야말로 이제 막 탑에서 나온 초짜지만 그 녀석이 한 일은 일개 헌터가 해냈다기에는 말도 안 되는 일이지."

사무실에 잠시간 일어난 정적.

잭이 말했다.

"200."

"예?"

"200억이다."

"2, 200억……?"

"그래, 그나마 김현우 이 친구가 아직 S등급 랭커에 등록되지 않았기 때문에 이 정도로 잡은 거지, 원래는 조금 더 받아야 돼."

잭의 말에 우천명은 저도 모르게 침을 삼켰다.

200억.

잭의 입에서 아무렇지도 않게 나온 그 200억이라는 말에 당황하기를 잠시, 우천명은 곧바로 대답했다.

"알겠습니다. 지불하도록 하겠습니다."

어차피 지금은 흑선우가 어떻게든 대보겠다고 확언을 들은 상태였다. 그리고 어차피 김현우를 죽이지 않는다면 이 상황은 해결할 수 없게 돼버렸다. 모든 상황을 조금이라도 해결하기 위해서는 김현우, 그 녀석이 독점 던전의 인수권을 가져가는 2주라는 기간 안에 죽어줘야만 했다.

잭은 우천명의 대답에 무척이나 만족한 듯 고개를 끄덕거리며 입을 열었다.

"그래, 선택을 잘했어. 남자가 한번 정했으면 끝까지 가는 패기는 있어야지."

그렇게 말한 잭은 피식 웃으면서 자리에서 일어나 스마트폰으로 어딘가에 전화를 걸기 시작했다. 전화를 걸기 시작하자마자 그의 아래에 아까와도 같은 보라색의 마법진이 튀어나왔고, 잭은 우천명에게 서류 한 장을 날렸다.

"입금 방법은 거기에 있으니 참고하고, 혹시 의뢰를 맡긴 그 친구에 대해서는 걱정하지 마."

녀석이 아무리 강하다고 해도.

"'전투'와 '암살'은 다른 거거든. 게다가."

그의 말과 함께 보랏빛을 내는 마법진이 겹치기 시작하자 그는 입가를 씩 올렸다.

"판데모니엄에서 그 목표물을 처리하기 위해 가는 사람은 네 명이 될 테니까."

그 말과 함께 다시 한번 마법진을 타고 사라지는 잭을, 우천명은 멍하니 바라만 보고 있을 뿐이었다.

순위 좀 높다고 깝치지 마라

"야, 너희들은 몇 위냐?"

"뭘 물어보는 거예요?"

"그거 있잖아, S등급 랭킹?"

스시집에 와서 애피타이저를 먹던 중 갑작스레 물어온 김현우.

김시현은 느긋하게 대답했다.

"제가 아마 이번 분기 163위인가 그럴걸요?"

"석원이 형이랑 서연이는?"

"나는 175위고⋯⋯ 서연이가 아마 가장 높았나?"

"네, 제가 161위요."

"⋯⋯어째 그렇게 안 높다?"

김현우의 말에 김시현은 묘한 표정으로 그를 바라보며 입을 열었다.

"형, 이런 말 하면 좀 자랑처럼 들릴지도 모르겠는데, 200위 위쪽부터는 어딜 가서든 전부 알아줘요."

"……그래?"

김현우가 제대로 느끼지 못하고 있는 것뿐이지만 12년 전 탑에 들어가 처음으로 탑을 빠져나온 김현우의 동료들은 전 세계에서 충분히 '괴물'로 불릴 만한 실력을 갖추고 있었다.

이제 막 전 세계에서 5,000명을 넘고 있는 S등급 헌터. 그 5,000명도 수많은 헌터 중에서 고르고 골라진 S등급 헌터였다. 그런데 그런 S등급의 헌터 중에서도 상위.

물론 100위권 내에 들어가면 더한 괴물들이 존재하고, 50위권 안에는 '인외'라고 말할 수 있는 헌터들이 득실거리긴 했으나, 아무튼 김현우의 동료들도 평범한 것은 아니었다.

"……그런데 갑자기 그건 왜 물어봐요?"

"아니, 그냥 문득 생각나서. 저번에 유튜브 보다가 S등급 랭킹표를 세대별로 정리해놓은 걸 봤는데, 한번 랭킹표가 바뀔 때마다 사라지는 이름들이 너무 많아서."

다 뒈지는 거냐?

김현우의 물음에 이서연은 미묘하게 끄덕이며 입을 열었다.

"음, 오빠 말이 맞기도 하고 틀리기도 해요. S등급 헌터는 많이 죽거든요."

"왜? S등급이면 강한 녀석들 아니야? 강한 녀석들이 오히려 더 많이 죽는다고?"

김현우가 이상하다는 듯 말하자 한석원이 대신해서 답변했다.

"그래. 미궁에서 아티팩트 찾다가 죽지. S등급 정도 되면 미궁 하위층까지는 어떻게 내려가볼 수 있으니까."

"……그러니까, 한마디로 전투 능력을 조금이라도 더 올리려고 좋은 아이템 파밍하러 갔다가 죽는다는 거네?"

"그렇지."

"아니, 그냥 수련하면 되잖아?"

그는 여전히 이해가 안 된다는 듯 입을 열었다.

"그게 되면 다들 그렇게 할 텐데, 유감스럽게도 형 말처럼 모든 게 수련으로 올라가지 않거든요."

"뭐?"

그 뒤로 김현우는 그동안 자신이 몰랐던 사실에 대해 들을 수 있었다.

"그러니까, 출발의 탑에서 빠져나온 능력치 기준 3등급 이상은…… 능력치가 올라가지 않는다고?"

"네, 마력은 후천적으로 올라가는 거라 또 재능의 문제인데 모든 능력치는 탑에서 빠져나온 그 능력치를 기준으로 3등급까지밖에는 안 올라가요."

한마디로 자기가 근력 C-로 빠져나왔으면, 근력을 최대치로 올릴 수 있는 건 A-라는 소리죠.

김시현은 계속해서 말했다.

"물론 올릴 수는 있어요. 다만 그건 시스템의 보정을 받는 것보다 엄청난 시간을 할애해야 해요. 원래 더 이상 올라가지 않는 능력을 어거지로 올리는 거니까요."

"그러니까, 그렇게 어거지로 올리는 것보다 미궁 지하에 묻혀 있는 아티팩트로 전력 상승을 꾀한다?"

"그렇죠."

형은 잘 몰랐겠지만, 이라고 말을 이으며 김시현은 설명을 이어나갔다.

"미궁의 깊은 곳에 들어가면 등급 ST+라는 아이템이 있어요. 그 아이템은 사용자의 능력치를 강제적으로 한 단계 끌어올려주는 역할을 해요."

"능력치가 S등급이라도?"

김현우가 알기로 시스템상에 표시되는 등급은 S등급이 끝이었다.

"능력치가 S등급이면 SS등급으로 올라가죠. 실제로 S등급 랭킹 10위권 내의 헌터들은 전부 그런 ST+ 아이템을 가지고 있고요."

김현우는 유튜브에서 보지 못했던 새로운 정보에 만족스럽게 고개를 끄덕이며 이제 막 나온 스시를 집어 먹다 이어서 물었다.

"아니, 근데 서연이의 그 맞을 수도 있고 틀릴 수도 있다는 소리는 뭐야?"

"그건 S등급 헌터 중에서 머더러 헌터로 빠지는 친구들이 많아서 그래요."

"……머더러 헌터?"

"그냥 이름 그대로 살인자 헌터를 말하는 거예요. 범죄 저지른 애들이요."

뭐, 뒤에서야 알게 모르게 다들 슥슥 해버리지만…….

이서연은 어깨를 으쓱였다.

"그걸 이제 사회적 이슈로 만들면 S등급 헌터에서 제명되고 협회로부터 현상금이 걸리거든요."

"……그 S등급들이 머더러 헌터가 되는 이유는 다른 순위 헌터들

아티팩트 뺏으려고……?"

"딩동댕."

이서연이 맥 빠지는 소리를 내며 스시를 집어 먹자 김현우는 "허" 하고 웃으며 스시를 집어 먹었다.

"사람 사는 곳 다를 거 하나 없다더니 어떻게 안 봐도 비디오냐. 그렇게 해서 아티팩트 빼앗으면 뭐 해? 어차피 범죄자로 걸리는데?"

"안 걸리게 빼앗으면 되죠. 아, 뭐 몇 년 전에 그렇게 뺏다가 걸려서 국제적으로 수배 걸린 애들도 몇 명 있긴 한데……."

"그래? 누구?"

"한 명은 70위쯤이었나? 총을 쓰는 헌터였는데, 혼자서 몬스터 학살하는 게 발군이었죠. 개랑…… 그 50위 근처에 한 명 있었어요. 어떤 마법사."

"……마법사?"

김현우가 되묻자 이서연은 고개를 끄덕이며 말을 이었다.

"네, 근데 걔는 좀 특이한 게 전투 마법을 쓰는 게 아니라 마법진을 이용한 디버프 마법이 특기였죠."

"그럼 서포터형이야?"

"그렇죠. 그 애랑…… 또 몇 명 더 있긴 한데 자세하게 기억나지는 않네요. 뭐 이상한 무협지 많이 본 중국 칼잡이랑 일본 야쿠자였나? 아마 그 정도였을 거예요."

"넌 그걸 어떻게 그리 전부 기억하고 있냐?"

"그 이야기는 그때 헌터 활동했으면 다들 알고 있을걸요? 좀 유명했거든요."

"그래?"

"네, 그 새끼들 ST+등급 아티팩트에 미쳐서 100위권 S등급 랭커들을 다구리로 죽여버렸거든요."

"아, 그때 유명했지."

"우리도 걱정하지 않았나?"

"우리가 걱정은 개뿔, 우리는 그때 아레스 길드랑 싸우느라 아티팩트 장비 하나도 없을 때잖아?"

"아……."

김시현과 한석원은 안 좋은 과거가 기억났다는 듯 한숨을 내쉬었다. 그들이 무거운 한숨을 내쉬든 말든 김현우는 어느새 앞의 스시를 먹는 데에 집중하기 시작했다.

"……아, 그러고 보니까."

이제 막 떠올랐다는 듯 김시현이 입을 열었다.

"형."

"왜?"

"이번에 일본 측에서 형한테 연락 왔어요."

"무슨 연락?"

"그, '천마의 검'에 대해서 할 이야기가 있다고 하던데요?"

"……천마의 검?"

김현우는 저도 모르게 되묻다가, 떠올랐다는 듯 아, 하고 탄성을 냈다.

"근데, 그게 왜?"

"결국 재앙인 천마는 형이 잡았으니까 일본 측에서 말도 없이 꿀꺽하기 그래서 연락했나 본데요? 천마의 검을 어떻게 처분할 거냐고."

"아, 그래?"

"그래서 말인데……."

"?"

"그 검 저 주면 안 돼요?"

김시현의 말에 김현우는 뚱한 표정으로 그를 바라보았다.

김시현의 눈가에 들어 있는 기이한 열기.

김현우는 피식 웃더니 입을 열었다.

"그래, 뭐…… 네 마음대로 해라."

김현우는 미련 없이 김시현의 말에 대답했다.

"어?"

"왜?"

"아니 그, 이렇게 쉽게 허락받아도 되는 건가?라는 생각이 잠시."

"뭐, 내가 검을 쓰는 건 아니니까."

물론 검을 수련한 적이 있기는 하다.

검뿐만인가?

검, 창, 도끼, 단검 그 이외에 몬스터가 들고 나오는 무기는 전부 다 수집해서 사용해본 적이 있다. 뭐, 결국에는 무기 없으면 약해지는 게 무슨 의미가 있나 싶어 그냥 맨몸으로만 무술을 수련했다.

김현우가 쉽게 허락하자 뭔가 감이 잡히지 않는다는 듯 머리를 긁적거린 김시현은 멍하니 있다 씩 웃으며 말했다.

"고마워요, 형."

"나는?"

"?"

이서연의 목소리에 김현우는 고개를 돌렸다.

"나는요?"

"아니, 나 언은 마법봉 같은 게 없는데?"

"우리 길드에 있는 마법진도 개박살 내놓고……."

이서연이 무표정하게 중얼거리자 김현우는 움찔했다.

그렇다. 김현우는 아직 이서연의 지하에 있는 그 마법진을 고쳐주지 않았다.

물론 고쳐주지 않으려던 게 아니라 어쩌다 보니 아다리가 맞지 않아서 고치지 못했을 뿐이다.

결국 김현우는 슬쩍 눈을 피했다.

"천마의 검, 서연이 주는 걸로……."

"네?"

김시현의 비명이 고급 스시집에 울려 퍼졌다.

◆ ◆ ◆

"그래서, 이번에 의뢰받은 녀석이 그 녀석이라고?"

"그래."

"거참, 또 고생하게 생겼구만."

고풍스러운 방 안, 창밖으로 독일의 풍경이 환하게 보이고 고가의 원목으로 인테리어가 되어 있는 집 안에서 3명의 인원은 상석의 소파에 앉아 있는 남자 잭을 바라보고 있었다.

그들은 하나같이 느긋해 보였다. 바이올렛 색 머리를 가진, 얼굴에 회로 문신을 한 여자는 느긋한 표정으로 소파 위에서 뒹굴고 있었고, 그 맞은편에 앉아 있는 흑발의 남자는 자신의 검을 만지작거리고 있었다.

그리고 잭의 맞은편에 있는 머리를 파란색으로 물들인 백인은 긴 청바지에 붉은 피로 물든 하얀색 반팔을 입고 앉아 있었다.

그들은 모두 몇 년 전에 헌터협회로부터, 그리고 세계로부터 공격을 받던 S등급 헌터였다.

한 명 한 명이 국가 전력으로 취급받던 괴물들.

잭이 입을 열었다.

"야, 아슬란, 너 또 납치했냐?"

"응."

"……미친 새끼, 그러다 걸리려면 어쩌려고?"

"안 걸려. 내가 괜히 5년 전에 마스터라는 이명을 얻었겠어?"

"그렇게 데려왔으면 좀 안 들키게 오래 가지고 놀든가."

"미안. 이번에는 50분 만에 죽여버렸다."

아슬란의 산뜻한 미소에 잭은 어처구니없다는 듯 웃은 뒤 입을 열었다.

"아무튼 4명이 전부 가야 할 것 같은데 불만인 사람?"

"금액은?"

"아까 말했듯이 달러로 환산하면…… 한 2500만 달러?"

"나쁘지 않아……. 근데 아직 S등급 순위도 들지 않은 쩌리라며? 4명이 갈 필요 있어?"

한때는 S등급 랭커이자 검귀라고 불리던 남자 '이부키 아스오'의 말에 잭이 대답했다.

"너는 모르겠지만, 그 녀석 이번에 헌터협회에서 새로 지정한 재앙을 죽인 녀석이야. 영상 봤어?"

"아니."

"그러니까 그런 소리가 나오지. 그 녀석 이제 막 나온 신입이라 그렇지 실력은 50위권이 아니라 더 높아."

"……뭐?"

그게 말이 돼? 하는 표정으로 잭을 바라보는 아스오.

허나 대답한 것은 다른 사람이었다.

"확실히 영상을 보니까 적어도 우리보다는 강해."

"……S등급 순위에도 제대로 안 든 놈이?"

아스오의 물음에 답한 사람은 바로 얼굴에 회로 문신을 한 여성. 그녀는 몇 년 전 S급 랭커에서 50위권을 차지했던, 그때에는 '서클러'라는 이명으로 불렸던, 아냐라는 이름을 가진 여자였다.

그녀는 살짝 찝찝하다는 투로 입을 열었다.

"그래서 솔직히 나는 불만인데."

아냐의 말에 잭이 물었다.

"뭐가?"

"굳이 그런 괴물을 잡을 필요가 있을까? 보니까 아스오 빼고는 전부 영상을 본 것 같은데 걔는 완전히 괴물이잖아? 우리보다 훨씬 세 보이는 놈을 잡겠다고?"

아냐가 슬쩍 회의적으로 입을 열자, 잭은 슬쩍 생각하는 듯하다가.

"확실히, 적어도 겉으로 보이는 건 우리보다 강하기는 하지. 그래도."

이내 웃으면서 말했다.

"우리는 걔랑 싸우러 가는 게 아니라 그 녀석을 암살하러 가는 거잖아?"

"……그건 그렇지만."

싸움과 암살은 다르다.

싸움이 순수하게 서로의 전력이 부딪히는 것이라고 한다면, 암살은 은밀하게 때를 기다려 상대가 전력을 낼 수 없는 그 한순간에 끝내는 것을 말한다.

아냐가 고민하는 듯하자 잭이 계속해서 말했다.

"게다가 그 녀석이 아무리 강하다고 해도 우리는 4명이고 그쪽은 혼자야. 그뿐만 아니라 네 '디버프'가 들어가기만 하면, 그 녀석이 과연 뭘 할 수 있을 것 같아?"

잭이 말한 아냐의 고유 능력.

그동안 판데모니엄이 50위 이상의 고위 헌터들을 죽일 수 있었던 이유는 아냐의 고유 능력인 '디버프' 덕이 컸다. 그렇기에 잭은 아냐의 고유 능력에 절대적인 믿음을 보였고.

그의 말에 아냐가 한동안 고민하는 듯하다가 한숨을 내쉬며 고개를 끄덕이자 잭이 이내 웃으며 말했다.

"자, 그럼 슬슬 준비해보자고."

◆ ◆ ◆

김현우는 김시현의 차에서 스마트폰을 뒤적거리다 걸린 영상을 보는 중이었다. 영상 속에서는 한 남자가 붉은색과 푸른색의 총을 사방으로 휘두르며 몬스터를 때려잡고 있었고, 차례로 영상의 화면이 바뀌며 또 다른 헌터들이 나왔다.

검 한 자루로 던전 내에 있는 산의 끝부분을 잘라내는 헌터. 또 다른 헌터가 아래에 몇 개의 마법진을 중복으로 깔아내 던전 내에 인위적인 지진을 일으키는 영상도 있었다.

하나같이 인간의 힘으로는 절대 해내지 못할 일들을 행하고 있는 헌터들의 영상을 보는데 김시현이 물었다.

"형 뭘 그렇게 봐요?"

"몰라. 그냥 유튜브 영상 돌리다 보니까 나와서 보고 있는데?"

"어? 그거 머더러 헌터들 영상 같은데?"

"응? 머더러 헌터?"

"그, 전에 말해준 거 있잖아요, 머더러 헌터라고."

"아, 저번에 저녁 먹을 때 들었던?"

"네, 그거요."

김시현은 고개를 갸웃거리며 말을 이었다.

"근데 좀 이상한데? 머더러 헌터 영상은 유튜브에서 자체적으로 규제하는데?"

"왜?"

"범죄자잖아요. 거기에 덤으로 요즘 대가리에 뇌 대신 우동 사리 찬 놈들이 많아서 그런 간지 나는 영상 보고 범죄자의 팬이 되는 애들도 종종 있거든요. 그래서 한 3, 4년 전부터 머더러 헌터 관련 영상은 유튜브에서 싹 없앴을걸요?"

김시현의 말에 그는 유튜브를 뒤로 돌렸다가 연관 영상을 다시 클릭했다.

[이 영상은 저작권법 위반으로 삭제되었습니다.]

"헐. 진짜 삭제했잖아?"

"원래 다 잡는다니까요. 그걸 또 본 것도 신기하네."

김시현의 말에 김현우는 고개를 끄덕이다가 물었다.

"이제 얼마나 남았냐?"

"이제 곧 도착이에요. 그리고 정말 혹시나 해서 말하는 건데……."

그는 말을 이었다.

"그, 저희는 그냥 적절하게 인사만 하고 사인만 해서 검만 받아오면 되는 거 알죠? 거기 가서 뭐 다른 거 할 필요 없어요."

그의 말에 김현우는 불퉁하게 대답했다.

"야, 넌 내가 무슨 일을 개판 치고 다니는 놈으로 보이냐?"

"……형, 양심에 손을 얹고 생각해보세요."

"……."

"양심 찾았어요?"

"가기나 해."

김현우의 말에 김시현은 피식 웃으며 차를 몰았다.

그들이 가고 있는 곳은 여의도에 있는 국제 홀이었다.

김현우와 김시현이 그곳에 가고 있는 이유는? 바로 재앙인 천마를 잡고 그가 가져가지 않은 천마의 검을 일본에게서 돌려받기 위해서였다.

그날 저녁부터 지난 3일간, 일본은 은근슬쩍 천마의 검을 먹어 치우려 했으나, 김현우의 요구에 결국 검을 뱉을 수밖에 없게 되었다.

일본은 천마의 검을 그에게 돌려주는 대신 요구 아닌 요구를 했다. 그것은 바로 김시현과 김현우가 참가하는 국제 친목회를 개최하는 것이었다. 뭐, 말이 친목회지 그냥 정치 놀음이겠지만.

아마 그들은 천마의 검을 먹어 치우는 것보다, 김현우와의 커넥션을 만드는 것이 더 좋다고 판단한 것 같았다.

"아, 집에 가고 싶다."

정작 그 정치권의 대상인 김현우는 머리에 그런 생각 따위 단 하나도 가지고 있지 않았다.

얼마 뒤, 김현우와 김시현은 국제 홀에 도착했다.

그 뒤로 일은 일사천리였다.

김현우는 곧바로 국제 홀에 들어가 한국말인데도 도저히 뭐라고 떠들어대는지 알 수 없는 간단한 의례를 끝낸 뒤 사인을 하고 일본의 총리에게서 천마의 검을 받았다.

그때는 몰랐는데 딱 보니 상당히 고풍스러운 느낌이 났다. 자기가 직접 받은 것도 아닌데 좋아서 미치려는 김시현에게 그렇게 바라던 천마의 검을 쥐여주고, 김현우는 두말할 것도 없이 홀에서 빠져나가려고 했다.

그러나.

"안녕하세요?"

"아, 예, 나카가와 씨?"

"이름을 기억해주시다니 영광이네요."

"네, 만나서 반가웠습니다. 좀 비켜주시겠습니까?"

'나는 아무것도 모르겠고 빨리 집에 가고 싶다'를 얼굴에 써 붙여놓은 김현우는 그 상태로 건물을 빠져나가려 했으나.

"혹시, 괜찮다면 이야기를 좀 나눌 수 있을까요?"

이번에 두 번째로 그를 만난 나카가와 야스미는 묘하게 이글거리는 눈빛으로 그의 앞을 막아섰다.

◆ ◆ ◆

중국 시안의 지하.

헌터가 생기고 나서부터 은연중에 시안시에 만들어진 지하 거리
는 중국에서 이뤄지는 모든 암거래의 중심지였다.

팔지 않는 것은 없었다.

마약부터 시작해서 인간까지.

원하는 것이면 뭐든지 얻을 수 있다.

그래, 돈만 내면.

그렇게 성장해온 곳이 바로 시안의 지하 도시이고, 그 지하 도시
의 뒤에는 위연 길드가 있었다.

뒤에서 모든 암거래의 수수료를 먹어 치우는 지하 도시의 실질
적인 지배자는 바로 위연 길드였고, 그렇기에 위연 길드의 본거지
는 시안에 있다고 해도 될 정도로 많은 길드원이 시안시의 지하에
있었다.

그리고 그곳에.

"끄아아아악!"

소녀가 있었다.

그녀의 걸음걸이는 유려하기 그지없었다.

금색의 진달래가 수놓아진 치파오를 입고 지하 도시의 거리를
걷는 소녀. 그녀의 주변에는 다른 사람이 없었다.

혼자.

그녀는 혼자였다.

자신의 몸을 제대로 지키지 못하면 구매자도 헉 하는 사이에 '물

품'으로 전락하는 그곳에서 소녀는 무척이나 태평하게, 얼굴에 미소를 띠며 걷고 있었다.

그렇게 미소를 띠며 걷고 있는 소녀의 앞에는 무수히 많은 헌터가 있었다. 그들은 위연 길드의 길드원들. 그들은 소녀가 한 걸음 옮길 때마다 몸을 긴장시켰다.

그러던 중.

"으아아아아!"

승진에 욕심이 멀었던 한 남자가 소녀를 향해 돌격하고.

핏.

그대로 몸이 절반으로 갈라져 쓰러졌다.

그렇게 소녀가 걸어가는 길에 핏빛이 하나 더해졌을 때, 문득 그녀의 앞에 한 명의 남자가 나타났다.

"이, 이도천 님!"

"수라귀 이도천 님이다⋯⋯!"

소녀 한 명에게 그저 뒤로 밀리기만 했던 위연 길드원들 사이로 웅성거리는 목소리가 흘러나온다.

수라귀 이도천.

그는 위연 길드의 5강자 중 한 명이자, 5명밖에 없는 위급 중, 제4위급을 차지하고 있는 남자였다. S등급 세계 랭킹에서는 82위의 성적을 가지고 있고, '수라귀'라는 이명이 붙어 있는 남자.

이도천은 소녀를 바라보며 입을 열었다.

"네 녀석, 패도 길드에서 나온 년이냐?"

묵직한 음성.

그의 물음에 소녀는 기이한 미소를 지으며 입을 열었다.

"그렇다면?"

"……."

무척이나 여유로워 보이는 그녀의 말투에 이도천의 얼굴이 굳었고. 이내 그는 시선을 돌려 그녀의 뒤에 있는 광경을 바라보고는 혀를 찼다.

"쯧……."

그곳에는 길이 만들어져 있었다.

헌터들의 시체가 아무렇지도 않게 사방에 널브러져 있고, 그들에게서 흘러나온 피가 지하 바닥을 축축하게 적시고 있었다. 그렇게 해서 만들어진 핏빛의 길이, 그 소녀의 뒤에 펼쳐져 있었다.

이도천은 그 사이사이에 A등급 헌터와 하위 랭킹의 S등급 헌터가 껴 있는 것을 보며 눈앞의 소녀를 노려보곤 말했다.

"혼자 왔나?"

"보이지 않나?"

양손을 슥 올리는 소녀의 모습에 그는 대답했다.

"미쳤군."

"왜 그렇게 생각하지?"

"이곳은 위연 길드의 최대 요충지다. 지금 이곳에는 나를 포함한 3위급과 5위급이 있지. 그들도 지금 이곳으로 오는 중이다."

"그래서?"

"거기에 수많은 위연 길드의 헌터를, 너 혼자서 감당할 수 있다고 생각하는가?"

그녀의 힘은 강하다.

당장 그녀의 뒤에 만들어져 있는 저 광경만 보더라도 이도천은 그녀가 얼마나 강한지 대충 짐작할 수 있었다. 그러나 3위급과 5위급이 오고, 이 지하 도시를 관리하는 헌터들이 전부 몰려든다고 하면 그녀를 잡을 수 있을 거라고, 이도천은 생각했다.

헌터들이 괜히 길드를 만드는 것이 아니었으니까. 아무리 강하다고 해도, 숫자의 폭력 앞에서 개인은 무력하다.

'마치 한 손바닥으로 열 손바닥을 막을 수 없는 것처럼 말이지.'

그렇게 생각한 이도천은 목소리에 약간의 비웃음을 섞으며 그녀에게 말을 건넸으나.

그녀의 얼굴은 변하지 않았다.

오히려, 그녀는 입가에 지어진 미소를 좀 더 끌어올렸다.

그리고.

"좋은 날이구나, 좋은 날이야."

그녀는 마치 노래를 부르듯, 그렇게 중얼거리기 시작했다.

"무슨 뚱딴지같은⋯⋯."

"스승님에게 인정받아서 좋고⋯⋯."

그녀는 자신의 사이드 테일을 만지작거리며 그들을 바라봤다.

"굳이 일일이 찾아가야 했던 녀석들이 한곳에 모여 있으니 따로 찾아갈 필요가 없어서 좋고⋯⋯. 응? 안 그래?"

동의를 구하듯 입을 여는 그녀, 미령의 모습에 이도천이 "허" 하는 웃음을 흘렸다.

'지독하게도 오만하군.'

지독한 오만. 인상이 찌푸려질 정도의 오만함이 그녀의 몸에서 흘러나오고 있었다.

그러나 이도천이 인상을 찌푸리면서도 섬뜩했던 것은.

"……."

그런 '오만함'이, 그녀에게 너무나도 잘 어울렸기 때문이다.

그리고 어느 순간.

"……!"

이도천은 검을 뽑았다.

3위급과 5위급이 오기 전이었으나, 그는 불현듯 본능적으로 느껴지는 위협감에 자신의 무기를 꺼내 들었고. 그런 이도천의 모습에 그녀는 입가를 비틀어 올리며 자세를 취했다.

"영광으로 알거라. 너희에게는 아까운 기술이지만, 스승님을 한시라도 빨리 맞이하기 위해서는 어쩔 수 없으니."

그녀는 양다리를 적절하게 앞뒤로 벌리며 어깨를 폈다.

"그 아둔한 눈으로, 조금이라도 보도록 하거라."

오른손은 배 아래에, 그리고 왼손을 어깨 위로 들어 올려 쭉 편 손.

"이게, 무武라는 것이다."

손바닥을 펼친 채 마치 길이를 가늠하듯 한쪽 눈을 감은 미령은.

"엇?"

이도천의 앞으로 이동했다.

그곳에 있는 누구도 보지 못했다.

느끼지 못했다.

인지하지 못했다.

'이게 무슨……!'

도약하기 위한 자세가 아니었다.

그 자세는 그저 기수식이었다.

이제 무술을 시작하겠다는 의미의 단순한 기수식.

이도천은 자신의 앞에 나타난 미령의 모습을 보며 본능적으로 들고 있던 검을 움직였으나, 그녀의 펴진 손바닥은.

"극極."

이미 굳게 쥐어져 있었다.

"패왕경霸王勁."

콰아아아아아아아!

그와 함께 지하 도시를 울리는 엄청난 소음.

미령의 주먹 끝에서 빠져나간 붉은 마력은 마치 플라즈마 포처럼 부채꼴의 모양으로 범위 안에 있는 모든 것을 먹어 치웠고. 이내 청력마저 먹어 치운 그 붉은색의 마력이 사라졌을 때, 그녀의 앞에는 아무것도 남아 있지 않았다.

지하에 만들어진 도시는 그 형태를 잃고 모조리 사라졌으며, 그녀의 앞에 보이는 것은 붉게 타오르고 있는 바닥뿐. 허나 그 참혹한 장면을 만들어낸 장본인인 미령은 입가의 미소를 지우지 않은 채, 어제의 일을 기억했다.

며칠 전, 아레스 길드에게 당했다가 돌아온 길드원에게서, 그녀는 스승의 전언을 들을 수 있었다.

"나를 찾지 마라."

그분은 그저 그렇게 말했다고 했다.

그리고 그 뜻을, 미령은 이해했다.

우매한 제자가 아직 지키지 못한 맹세를 이룰 수 있도록 '기다리겠다'는 뜻으로, 미령은 김현우가 홍린에게 한 말을 이해해버렸다.

그렇기에 그녀는 환희의 미소를 지었다.

몸이 덜덜 떨려오는 그 환희. 이 땅에 스승의 자리를 마련하기 위한 일이 인정받았다는 그 충족감은 탑에서 빠져나온 뒤 서서히 사그라져버린 그녀의 욕구에 활력을 불어넣었고, 새하얀 피부에는 그 누구나 알아볼 수 있을 정도로 붉은 홍조가 들었다.

미령은 직접 행동했다. 그녀의 눈동자에는 더 이상 어떤 무감정함도 찾아볼 수 없었다. 눈동자에 들어 있는 것은 환희와 열락. 그리고 어떠한 욕구.

'중국의 전부를 최대한 빨리 손안에 넣는다.'

그 한 가지 욕구만이 그녀의 머릿속을 끝없이 맴돌 뿐이었다.

무엇 때문에 중국을 손에 넣는가?

대답은 정해져 있었다.

스승님.

스승님을 위해.

스승님이 앉을 자리를 위해.

지금도 그녀의 손아귀에 중국의 절반이 들어 있지만, 그것으로는 부족했다.

전부.

스승님이 앉을 자리를 위해서는 전부가 필요했다.

전부가.

저 멀리에서 자신 쪽으로 뛰어오는 수십의 마력을 느끼며 미령은 조용히 중얼거렸다. 조금 전과는 다르게 위압감도 느껴지지 않는, 그저 소녀의 목소리로.

"기다려주세요."

그렇게.

"스승님."

츄릅.

자신의 입술을 핥으며 중얼거렸다.

◆ ◆ ◆

"아아, 이것은 '노잼'이라는 것이다."

그렇게 중얼거리며 스마트폰을 끈 김현우.

"……형 뭐 해요?"

국제 홀에서 있었던 시상식을 마치고 돌아가는 길, 갑자기 중얼
거리는 김현우를 보며 김시현은 인상을 찌푸렸다.

"일본 웹소설 보는데?"

"……일본 웹소? 형, 단어…… 아…….."

김시현은 그렇게 말하려다 그의 오른손 검지에 끼워져 있는 반
지의 존재를 확인했다.

원래라면 상당히 귀한 물건이라 반드시 돌려받으려 했지만, 김현
우가 천마의 검을 선물로 주었기에 김시현은 더 이상 통역 반지에
대해서 말을 꺼내지 않기로 마음먹었다. 천마의 검과 통역 반지의
저울추를 재면 압도적으로 천마의 검이 높았으니까.

"……근데 일본 웹소설은 갑자기 왜요?"

"그냥, 아까 그 나카가와가 일본 글도 재미있다고 하길래 한번 봤
지. 근데 나하고는 안 맞네. 이상한 걸 봐서 그런가?"

김현우가 묘하게 고민하는 투로 스마트폰을 바라보자 김시현이
물었다.

"아까 나카가와 씨랑은 무슨 이야기 한 거예요?"

"몰라, 그냥 와서······."

김현우는 아까 전, 국제 홀에서 만났던 나카가와 야스미를 떠올렸다. 처음에는 이야기하자 그래서 그럭저럭 어울려줬는데, 듣다 보니까 그냥 별소리 안 하는 것 같아서 나와버렸다.

"······기억 안 난다."

"······뭐라고요?"

"아니, 분명 이런저런 소리를 했는데 내가 초반 빼고는 주의 깊게 안 들었거든. 아, 그래도 마지막에는 일본 올 때 꼭 이자나미에 들러달라고 하더라. 보답한다고."

그렇게 말하며 김현우는 껐던 스마트폰을 켰고, 김시현은 다시 운전에 집중했다.

나카가와 야스미.

그녀가 오늘 친목회에 굳이 따라온 이유는 김현우를 만나기 위해서였다. 정확히 말하면 김현우와 친해지기 위해서. 더 노골적으로 말하면 김현우를 꾀기 위해서 왔다.

그녀가 은연중에 봤던 김현우의 힘은 탑을 빠져나온 지 얼마 되지 않은 헌터라고는 상상할 수 없을 만큼 강했으니까. 그렇기에 그가 조금 더 높은 곳으로 가기 전에 그녀는 김현우를 꾀어보고자 했다.

물론.

"진짜 존나 노잼이네."

애초에 그녀에게 별 관심도 없던 김현우는 나카가와의 혼신을 다한, 어쩌면 굉장히 노골적일지도 모르는 구애를 전부 씹어버렸다.

김현우는 김이 팍 샌다는 듯 스마트폰을 주머니 안에 집어넣은 뒤 입을 열었다.

"야, 시현아."

"왜요?"

"가는 길에 '눈에 보이는 늪'에 좀 내려다주고 가라."

"거기는 왜요?"

"보니까 오늘이 보스 잡는 날이던데?"

"응? 형이 벌써 보스 잡으려고요?"

"이제 내 던전인데 돈 뽑아 먹을 건 빨리빨리 뽑아 먹어야지."

"아니, 근데 던전 인수권은 아직 안 오지 않았나?"

"괜찮아. 이미 내가 전화해뒀거든. 이번 보스부터는 내가 만든 길드인 '가디언'에서 관리한다고."

김현우의 말에 김시현은 어깨를 으쓱이며 차를 그쪽으로 돌렸다.

뭐, 김현우의 말이 맞기는 맞았다. 독점 던전의 보스는 나오는 즉시 잡는 게 좋으니까.

그렇게 달린 지 얼마나 되었을까. 김시현은 꽤 빠른 시간 안에 김현우를 '눈에 보이는 늪'의 던전 입구에 데려다줄 수 있었다.

"기다릴까요?"

"아니, 먼저 가. 던전 보스 처리하고 알아서 택시 타고 갈게."

얼마 전 김시현에게 받은 지갑을 흔들자 김시현은 알았다는 말과 함께 곧바로 차를 타고 저 멀리 사라져버렸고, 그 모습을 보고 김현우는 몸을 돌려 던전 입구를 향해 걸었다.

드르륵.

던전 입구 앞에 있는 매대의 문을 열고 들어가자 아직 양도일이 지나지 않아 던전을 지키고 있는 아레스 길드원들이 있었다.

"누구…… 힉!"

"어?"

김현우가 들어가자마자 앉아 있던 아레스 길드원들이 그를 보며 기겁했고, 김현우는 곧 서 있는 그들을 보며 입을 열었다.

"기, 김현우……!"

"사람 이름을 그렇게 함부로 부르면 쓰나, 슬리퍼로 덜 맞았어?"

김현우는 얼굴을 찌푸리는 남자를 보며 그가 얼마 전 자신에게 슬리퍼로 두들겨 맞았던 헌터 중 한 명이라는 것을 알아봤다. 여유롭게 터벅터벅 걸어간 김현우는 그의 어깨를 툭툭 두드린 뒤 입을 열었다.

"나 던전 들어간다? 이제 이 던전 내 거니까 별문제 없지? 응?"

"예……. 예예……."

꼬리를 만 개처럼 비굴하게 고개를 숙이는 남자를 본 김현우는 피식 웃으며 던전의 입구로 들어갔다.

던전 안에 들어가자마자 보이는 것은 익숙한 지형이었다. 가끔 가다 멀쩡한 바닥, 그 사이사이에 늪지대가 있었고, 그 늪지대 아래에는 머리통 끝부분만 내놓고 돌아다니는 엘리게이터들이 있었다.

김현우는 그런 엘리게이터들을 뛰어넘어 곧바로 던전의 가운데로 몸을 움직였다. 그는 순식간에 튀어나가며 주변의 늪지대를 통과하고, 몇 번의 도약 만에 던전의 보스인 메가 엘리게이터가 있는 곳에 도착했다.

그리고.

"?"

김현우는 이미 몸이 절반으로 갈라진 채 죽어 있는 메가 엘리게이터를 보며 인상을 찌푸리다, 이내 죽은 보스 몬스터의 앞에 서 있는 남자를 볼 수 있었다.

철판 견갑을 입고 있는 금발 벽안의 남자. 한 손에 지포라이터를 쥐고 있는 그 남자는 김현우를 바라보더니 입을 열었다.

"반갑습니다."

"지랄."

김현우의 입에서 반사적으로 튀어나온 말에 남자는 순간 몸을 굳혔지만 다시 입을 열었다.

"입이 좀 험하시군요."

"이번에도 아레스 길드냐? 이 새끼들 또 지랄 버튼 눌렀어?"

김현우가 같잖다는 듯 헛웃음을 내뱉자 맞은편에 있던 남자, 잭은 눈가를 슬쩍 찌푸렸으나 계속해서 말했다.

"아레스 길드에서 보내긴 했는데, 유감스럽게도 저는 그 길드 소속이 아닙니다."

"그럼 넌 뭔데? 용병이냐?"

김현우의 말에 잭은 슥 하고 웃음을 지으며 말했다.

"바로 맞히셨군요. 맞습니다, 저희는 정확히 말하면 아레스 길드가 고용한 용병입니다. 이름은 판데모니엄이라고 하죠."

"좆 까고 있네. 판데모니엄마다, 병신들아."

훅 들어오는 김현우의 패드립에 저도 모르게 입을 다문 잭.

최근만 해도 욕설은 씨발, 개새끼에서 끝나던 김현우였지만, 점점 스마트폰과 인터넷 사용이 익숙해지자 남는 시간을 하루 종일 인터넷 서핑과 게임을 하는 데 사용했고.

"저희가 누군지 모르시나 본데……."

그 시간은 곧 정말 자연스럽게 김현우의 언변 스킬을 상승시켜주었다.

"모르니까 이러지, 알면 이 지랄 하고 있겠냐?"

……물론 좋은 쪽은 아니었다.

김현우는 그렇게 툴툴거리곤 어디 계속해보라는 듯 고개를 까딱였다.

"……참, 인성이 개 같은 친구네."

마침내 잭의 입에서 존댓말이 아닌 반말이 나오기 시작했다.

"그럼 너 같으면 딱 봐도 나 잡으러 온 녀석들한테 존댓말이 나오겠니? 씨발 공감 부적응자 새끼야?"

"그렇게 아가리를 싸게 놀리다가는 편하게 죽지 못하는 수가 있다."

"지랄 염병을 하세요. 내가 몇 번이나 이야기하지 않았니? 아, 너희들은 뭐 용병이라고 했지?"

김현우는 정말로 안타깝다는 듯 자신의 머리를 부여잡고 고개를 휘휘 저으며 과한 제스처를 취했다.

"씨발 그럼 좀 아레스 길드 애들한테 듣고 오지 그랬냐? 응? 그 레퍼토리 이미 세 번 이상 들었으니까 다른 걸로 바꿔오라고. 영화가 재미있어도 세 번이면 질리는데 너희들 레퍼토리는 한 번만 봐도 물려. 근데 그걸 세 번이나 하고 있냐?"

김현우의 입에서 쉼 없이 쏟아지는 말에 잭의 얼굴이 실시간으로 굳고, 마침내 인상까지 찌푸려진다.

그러나 김현우는 멈추지 않았다. 김현우는 어처구니없다는 미소를 짓곤 말을 이었다.

"왜? 이런 반응이 아니라 너희들이 누군지 물어봐주길 바랐어?"

"……아가리 닥……."

"지랄, 그것도 레퍼토리 뻔하다. 내가 물어보고 너희들이 멋들어지게 자기가 누군지 답하고 웅?"

김현우는 피식피식 놀리려는 의도가 가득한 비웃음을 지으며 말했다.

"그다음에 내가 왜 이런 정보 알려주는지 물으면 존나 진지하게 자세 잡고 어차피 당신은 여기서 살아 나가지 못할 테니까요! 이 지랄 하겠지? 응? 틀리냐?"

"……."

잭은 아무 말도 하지 못했다. 그것은 자신의 몸속에서 끌어오르는 분노 때문이기도 했지만, 김현우의 말이 놀랍게도 대부분 판데모니엄의 레퍼토리를 그대로 따라가고 있기 때문이었다.

몸속에서 끓어오르는 분노와 수치심에 잭은 금방이라도 자신의 총을 꺼내 들고 싶었으나 참았다. 아직은 참아야 할 때였다.

그리고.

우우우우웅!

"?"

"후……."

김현우는 갑작스레 자신의 아래에 퍼지기 시작한 기괴한 형태의 마법진들을 바라봤고, 그제야 잭은 크게 한숨을 내쉬었다.

그리고.

키이이이잉!

마법진에서 화려한 마력이 터져 나오는 것과 동시에 김현우의 몸이 구속되기 시작했다.

"?"

대형 선박에서나 사용할 것 같은 거대한 보랏빛 사슬이 그의 몸을 묶고, 김현우의 위로 통상 중력보다 20배는 더한 중력이 가해진다. 눈에 인식 저해 마법이 걸리고, 귀는 끊임없이 이명을 만들어내며, 보랏빛 마력은 달팽이관을 건드려 몸의 밸런스를 망가뜨린다.

그리고.

"이런 개새끼!"

빠아악!

잭은 손이 묶여 있는 김현우의 얼굴을 정통으로 후려쳤다.

"후, 후……. 이런 개새끼가 말 진짜 엿같이 하네."

보랏빛 사슬에 묶인 채 아무런 말도 하지 못하는 김현우를 보며 끓어오르는 화를 참지 못한 잭은 몇 번이고 그의 얼굴을 후려친 뒤에야 진정한 듯 크게 한숨을 내쉬었다.

지금까지 잭이 김현우의 막말을 듣고 가만있었던 이유. 그것은 전부 판데모니엄의 마법사이자 서클러라고 불리는 아냐의 마법진이 제대로 기동하기까지 시간을 끌기 위해서였다.

혹시나 김현우가 판데모니엄의 전력보다 강하다고 해도, 아냐의 마법진 안에 들어가기만 하면 모든 헌터는 일반인보다도 못한 상태가 되어버리니까.

그리고 아냐가 지금 보여준 힘은 잭이 그녀를 맹신하게 하기에 충분할 정도로 강력했다. 김현우의 아래에 발동된 5개의 마법진은 마음대로 떠들어대던 그를 완전히 봉인하는 데 성공했으니까.

사슬에 묶인 김현우가 상황을 제대로 파악하지 못한 듯, 찡그린 눈으로 잭을 바라보자, 잭은 입가에 비틀린 미소를 지으며 말했다.

"이제 상황이 이해가 되냐? 응?"

눈조차도 제대로 뜨지 못하고 찡그리는 모습에 잭이 키득키득 웃었고, 그 뒤를 따라 그들이 나왔다.

"뭐야 이거, 우리가 다 올 필요도 없었잖아?"

아스오가 자신의 검을 만지작거리며 늪지 근처의 숲에서 걸어 나오고, 그 뒤를 따라 아슬란과 아냐가 걸어 나왔다. 그들은 맥이 빠진다는 듯, 마법진 중앙에 묶여 있는 김현우를 바라봤다.

"그러게 말이야. 이거 그냥 잭이랑 아냐만 있어도 될 뻔했네."

아스오가 김이 샌다는 듯 말하자 아냐가 눈을 얇게 뜨며 대꾸했다.

"어디서 날로 먹으려고?"

"내 말은 쓸데없는 인력 낭비는 하지 말자 이거지. 그보다 역시 아냐의 마법진은 봐도 봐도 대단하네. 이 녀석이 재앙 처리한 그 녀석 맞아?"

판데모니엄의 동료들도 아냐의 마법진이 얼마나 사기적인지 알고 있었다. 그들이 머더러로 찍히기 전, 그녀는 자신과 같은 50위권대의 헌터를 마법진에 가두어 일반인보다도 못하게 만든 적이 있었으니까.

아스오가 새삼스럽게 그런 기억을 떠올렸을 때, 아슬란은 김현우의 앞에 다가가 그를 툭툭 건드리며 말했다.

"맞겠지. 얼굴은 똑같은데."

"너무 싱겁다."

"그렇지? 솔직히 나는 마법진에 안 걸리고 좀 날뛰어줬으면 했는데."

"……왜 굳이?"

"그 모습을 보고 싶었거든."

"무슨 모습?"

"한창 막 날뛰고 있을 때, 갑자기 뒤에서 튀어나와 심장에 칼을 박으면 난처해하는 그 모습!"

"······너는 그 사이코패스 같은 성격 좀 고쳐라."

"그래, 들어보니까 너는 좀 고치는 게 맞겠다."

"···응?"

아스오의 말 뒤에 자연스럽게 섞인 목소리에 판데모니엄 일동의 동작이 멈추었다.

그리고.

"컥!"

"!"

선박용으로 쓸 것 같은 굵은 사슬 속에서 튀어나온 손이 조금 전까지 김현우의 앞에 있던 아슬란의 머리통을 잡아챘다.

뿌득! 뿌드득!

"*끄악······ 끄아아아악!*"

"왜, 상황이 이해가 안 돼?"

김현우의 선명한 눈동자가 앞에 서 있는 판데모니엄 일동을 바라보곤 중얼거렸다.

"그렇다면 알려주지."

김현우는 붙잡고 있던 아슬란의 머리를 자신을 묶고 있던 쇠사슬에 처박아버렸다.

콰드득.

사슬의 접촉 면에서 들리는 섬뜩한 소리.

김현우는 말했다.

"아아, 이것은."

툭! 투두두둑! 툭!

"너희들이 '좆됐다'는 것이다."

굵은 쇠사슬에 금이 가기 시작했다.

◆ ◆ ◆

"이, 이런 미친……!"

"어떻게?"

판데모니엄의 간부진들이 순식간에 산개한다. 잭이 들고 있던 지포라이터가 순식간에 액체처럼 변해 두 개의 총으로 변한다. 아스오가 들고 있던 흑도가 날카로운 소리를 내며 세상에 모습을 드러내고. 아냐의 스태프가 보라색 마력을 강하게 발한다.

그런 상황에서도 김현우는 무척이나 느긋하게.

투두둑…… 투두두두둑!

자신의 온몸에 감겨 있는 사슬을 부쉈다.

콰치치치직!

겹쳐 있던 5개의 마법진 중 하나가 사라진다.

크그그그그극.

"속사!"

잭이 그 순간을 놓치지 않고 수많은 S급 헌터의 목숨을 순식간에 앗아갔던 총알을 쏘아 보낸다.

탕! 타타탕!

그가 들고 있는 총에서 솟구치는 화염과 소음. 일반적인 총알보다도 빠른 속도로 공기를 관통하며 날아가는 열두 발의 총알, 허나 그가 김현우의 몸을 노리고 쏘아 보낸 열두 발의 총알은 김현우의 몸에 닿지 않았다.

아니, 정확히 잭이 날려 보냈던 총알은 전부…….

"뭣……?"

김현우가 내민 주먹 하나에, 잡혔다.

다른 이들은 보지 못했지만, 잭은 알 수 있었다. 다른 녀석들보다 비정상적으로 민첩 등급이 높은 잭은, 그 한순간 날아가고 있던 총알들이 모조리 김현우의 주먹 하나에 막히는 것을 두 눈으로 보았다.

콰치치치직!

또 하나.

마법진이 사라진다.

"순간 일격."

아스오의 입에서 나온 그 말이 시스템에 읽혀 들어가 그의 몸과 무기를 보정하기 시작한다. 들고 있던 검이 순간 새하얗게 빛나고, 아스오는 하늘에서 떨어져 내리는 그 상황에도 무척이나 침착하게 김현우를 노려.

츳.

검을 발도했다.

그렇게 날아가는 붉은색의 검기.

아스오가 '검귀'라는 이명을 가지게 해주었던, 그 무엇도 베어버릴 수 있는 붉은색의 검기를.

"!"

김현우는 가볍게 몸을 뒤트는 것으로 피했다. 김현우를 감싸고 있던 마법진이 또 하나 깨지고, 그의 다리를 묶고 있던 속박진이 사라진다.

그 상황에서.

김현우는 뒤로 튀어나간 세 명의 용병을 보며 미소를 지었다.

'그러고 보니, 실험해보지 않았었지.'

탑에 갇혀 무술을 수련할 때. 김현우는 자신이 기억하고 있던 그 모든 무술을 혼자 따라 해보고, 혼자 배웠다. 그러나 그런 그가 유일하게 제대로 따라 하지 못했던 무술과 기술이 있었다. 바로 보조가 필요한 기술.

웹소설에서 나오는 무술들은 거의 대부분이 신체의 힘 외에 보조적인 힘이 필요했다. 마력, 또 어느 곳에서는 내공, 다른 곳에서는 오라.

웹소설에 나오는 거의 모든 능력들은 한마디로 마력과 같은 보조 능력의 존재성을 부각시켰다. 그가 썼던 천마의 기술 또한 마찬가지.

김현우는 천마와의 싸움을 통해 마력을 얻었다. 그리고 곧 김현우가 천마의 기술을 사용할 수 있었다는 건.

"아아, 이것은 총알이라는 것이다. 던지면 총알로 사용할 수 있지."

탑 안에서 마력이 없어 사용할 수 없었던 그 모든 기술을 사용할 수 있다는 소리와 마찬가지였다.

김현우의 손에 쥐어져 있던 총알들이 일순 그의 손을 떠나 하늘로 날아오른다. 누구의 시선에서는 빠르게, 그러나 김현우의 시선에서는 무척이나 느리게 보이는 그 장면에서 김현우는 떠올렸다.

그것은 흔한 양판소 속에 나오는 장면이었다. 총을 주 무기로 사용하는 주인공이, 총을 잃어버려 더 이상 공격을 할 수 없는 상황이 되면, 그는 총으로 총알을 발사하는 게 아닌.

"핸드."

손가락 끝에 마력을 집중에 총알의 뒤를 치는 것으로, 총알을 발사했다.

"건!"

엄지와 검지를 들어 손가락을 총 모양으로 바꾼 김현우가 검지의 끝에 검붉은 마력을 모은다. 이미 넓혀져 있는 혈도를 통해 그의 마력이 돌기 시작하고, 그의 검지에는 검붉은 마력이 넓게 퍼지다 일순 작게 응축된다.

손톱만큼 작게 응축된 김현우의 마력. 그 상태에서 김현우는 하늘에서 떨어져 내리고 있는 잭을 바라봤다.

서둘러 총을 조준하는 잭. 그 타이밍에 맞춰 김현우는 잭과 정확히 수평하는 한 발의 총알에 검지 끝을 가져다 댔고.

총알의 뒷부분과 검지가 닿는 그 순간.

쾅!

응축시켜놓았던 검은 마력을 검지에서 폭발시켰다.

김현우의 손에서 미사일이 터져 나가는 것 같은 거대한 소리와 함께, 눈으로 인지할 수 없을 정도로 빠른 총알이.

"끄……헉!"

잭의 심장을 꿰뚫었다.

잭이 입고 있던 S등급의 방어구를 뚫고 들어간 총알. 그것은 정확히 잭의 심장 한가운데에 박혀 그의 목숨을 앗아갔다.

순식간에 이루어진 그의 죽음에 아냐와 아스오의 눈빛에 어스름한 공포가 깃든다.

본능적인 공포.

무엇으로 공격당하는지 제대로 인지하지 못한 이들이 느끼는, 원초적인 공포감.

콰치치치직!

그러는 와중에 김현우를 묶고 있는 마법진은 깨져 나갔고, 김현우는 씩 웃음 지었다.

탑 안에서 익혔던 수많은 기술과 무술이 자신의 손안에서 펼쳐지는 느낌. 그저 겉모습만 상상으로 익혔던 기술이 자신의 손을 통해 재현되는 모습은 김현우에게 썩 기분 좋은 고양감을 선사해주었다.

김현우는 곧바로 다음 타깃을 정했다.

이번에는 흑도를 쥐고 있는 남자. 선택을 했기에 행동은 빨랐다. 곧바로 몸을 움직여 반으로 갈라져 죽어 있는 메가 엘리게이터의 시체를 집어 들고는 아스오에게 돌격했다.

아스오는 놀란 듯 두 눈을 휘둥그레 떴으나, 이내 잘되었다는 듯 발도 자세를 취했다. 그리고 그곳에서 김현우는 다시 한번 자신의 기억 한구석에 있던 수많은 기술을 떠올렸고. 5미터가 넘어가는 메가 엘리게이터의 몸 정도의 거대한 무기를 사용해야 했던 '남자'의 기술을 떠올렸다.

"거인巨人!"

전 세계가 거인에게 침략당해 지구가 멸망을 향해 걸어가던 때, 거인들을 막아내기 위해 거대한 망치를 무기로 삼은 어떤 남자의 기술.

"살殺."

거인의 머리를 터뜨리기 위해 그 남자가 사용했던 기술이.

꽈앙!

김현우의 손에서 다시 한번 재현되었다.

아스오가 있던 지반에 마른 나뭇가지처럼 상흔이 새겨진다.

그나마 조금밖에 없던 땅이 처음부터 없었다는 듯 사라지고, 늪지의 물이 크게 터져 나가며 물속에 있던 엘리게이터들이 하늘로 떠오른다. 그 상황에서, 이미 김현우는 하늘에 떠오른 엘리게이터를 밟고 마지막 남은 적을 향해 달려들었지만.

"사…… 사사살려주세요!"

아냐의 갑작스러운 항복에 주먹을 멈췄다.

그녀는 김현우가 공격을 멈췄다는 것을 깨달음과 동시에 입을 나불거리기 시작했다.

"아아아아 살려주세요, 살려주세요. 여기서 죽기 싫어요, 네? 진짜 살려주세요. 잘못했어요. 제발, 제발…… 저, 저! 시키는 거 다 할수 있어요! 네?"

"……그래? 다 할 수 있다고?"

"네, 네네! 저 다 할 수 있어요! 저 마법 잘하거든요? 네? 막 아이템도 C등급이긴 한데 잘 만들 수 있고. 마…….'"

"그럼 뒤져."

김현우는 쥐었던 손을 크게 내리쳤다.

애초에 자신을 공격했던 녀석을 살려주는 것은 말이 되지 않았다.

나중에 어떤 꼴을 보려고 살려주는가?

우선 적의를 품었고, 한번 제대로 싸웠다면 다시 화해라는 것은 없다고 김현우는 생각했다.

　"마법진! 저 마법진도 그럴 수 있어요!"

　아냐의 머리 1센티미터 정도 앞에 멈춰진 김현우의 주먹.

　"……마법진?"

　"네, 네네! 마법진이요! 저 마법진도 잘 그리거든요? 저 있으면 여기저기 다 편하게 옮겨 다닐 수도 있고……. 네? 네? 진짜 편해요!"

　비굴하게 헤헤거리는 아냐를 보며 김현우는 짧게 고민하더니 물었다.

　"마법진 고칠 수도 있냐?"

　"네, 네네! 당연하죠! 저 이래 봬도 명색이 서클러라는 이명까지 달았는데 그거 하나 못 고치겠습니까?"

　김현우의 말에 간이라도 빼줄 것처럼 비굴하게 양손을 비비며 말하는 아냐. 김현우는 그런 아냐를 빤히 바라보더니 입을 열었다.

　"그래?"

　"네……. 네!"

　'주, 죽기 싫어! 죽기 싫어!'

　아냐는 살고 싶었다.

　조금 전, 그녀는 무슨 일이 일어났는지 단 한 번도 볼 수 없었다. 그저 함께 왔던 자신의 동료들이 김현우의 공격 몇 번에 죽는 모습을 봤을 뿐. 그렇기에 그녀는 저항을 그만뒀다. 그리고 저항을 그만두는 대신 목숨을 구걸했다. 그녀는 아직 하고 싶은 게 많았다.

　김현우의 시선이 아냐를 유심히 관찰했다.

이름: 아냐

나이: 23

성별: 여

상태: 양호 (불안, 초조)

능력치

근력: A-(B-)

민첩: S-

내구: A-

체력: B-

마력: S++

행운: B

성향: 생존주의

SKILL -

정보 권한이 하위에 해당함으로 능력치를 확인할 수 없습니다.

'생존주의?'

앞에 떠 있는 것을 쭉 훑어본 김현우는 성향에 쓰여 있는 생존주의를 보며 슬쩍 고개를 갸웃했다.

'생존주의는 또 뭐지? 게다가 근력 표시는 또 뭐고.'

"흠……."

대충 감이 오기는 했는데 역시 이 성향 시스템은 제대로 이해할 수가 없었다. 뭐, 그래도 없는 것보다 몇 배는 낫지만.

김현우는 잠시간 그녀의 능력치를 보며 고민하더니 이내 입을 열었다.

“야.”

“네……. 네네!”

“마법진 고치는 데 뭐 필요하냐?”

“그…… 아, 아무것도 필요 없어요……! 마력석하고 제 손가락만 있으면…….”

“그래? 그럼 스태프 내놔.”

마치 동네 양아치처럼 당연하다는 듯 손을 척 내놓는 김현우의 모습에 아냐는 자신이 시안의 암거래장에서 산 40억짜리 스태프를 소중하다는 듯 쥐었으나.

이내.

“여기요…….”

스태프를 김현우의 손에 쥐여주었다.

순간 아냐의 얼굴이 울상 비슷하게 변했으나, 김현우는 그런 것은 안중에도 없다는 듯 스태프의 정보를 확인했다.

이탈람의 첫 번째 지팡이

등급: S+

보정: 없음

SKILL: 캐스팅 심화, 캐스팅 가속, 순간 주문, 메모라이즈, 자동 심화, 마력 증폭

[스킬, 정보 권한으로 숨겨진 설명 확인이 가능합니다.]

‘오.’

S+등급의 무기라 그런지 여섯 개나 붙어 있는 스킬을 보며 새삼

스레 스태프를 다시 본 김현우는 이내 어깨에 스태프를 걸치고 말했다.

"벗어."

"네?"

"벗으라고."

"……버, 벗으라고요?"

"……그럼 안 벗게?"

김현우가 이상하다는 듯한 표정으로 입을 열자 아냐는 낭패스러운 표정으로 그를 바라봤다.

'어…… 어떻게 하지?'

아니, 대충 예상을 하고 있기는 했다. 자신은 처음부터 마력 재능이 높아 랭커에 진입하기 전에도 좋은 길드에서 성장했던 반면, 그녀와 함께 탑을 나온 동료들은 하나같이 험한 꼴을 당했다.

생각보다 재능이 없어 밑바닥 용병 생활을 전전하던 친구들이 많았고, 그런 그들에게 여러 가지 이야기를 들은 적도 있었다. 그중 가장 많이 들었던 소리는 헌터끼리 싸움이 났을 때, 여성 헌터는 곱게 죽지 못한다는 것이었다.

아냐는 불안한 눈빛으로 김현우를 바라봤다.

여기서 거절하면 살 수 있을까?

아니, 불가능하다고 그녀는 결론을 내렸다.

아까 전 그의 손속을 봤을 때, 거절하면 죽음뿐이었다.

고민하던 그녀는 조금이라도 생존할 수 있는 길을 택하기 위해 덜덜 떨며 입을 열었다.

"네……."

그녀의 손이 덜덜 떨며 입고 있던 로브를 풀었다.

그 안에 입고 있는 분홍색의 반팔, 그녀는 눈을 꼭 감고 분홍색의 반팔을 벗기 시작했고.

빡!

"꺄아아아!"

그녀는 뒤통수에서 느껴지는 강렬한 고통에 뒷머리를 잡고 비명을 지르며 김현우를 바라봤다.

"장난치냐?"

김현우의 말에 순간 얼어붙은 그녀는 아, 아아 하며 입을 달달 떨었지만.

"아티팩트 벗으라고 미친년아."

빡!

김현우는 그렇게 말하며 그녀의 뒤통수를 한 대 더 가격했다.

정의봉正意棒을 아는가?

아랑 길드 지하에 있는 훈련실. 이제 막 퇴근 시간이라 그런지 아무도 없는 훈련실에서 김현우와 아냐는 얼마 전, 김현우가 부순 마법진 앞에 서 있었다.

"고칠 수 있겠어?"

"네, 네."

"얼마나 걸리는데?"

"그, 이 마법진은 한번 깨지면 처음부터 다시 그려야 하는 거라 그…… 최소 일주일 정도…….."

"……일주일?"

김현우가 슬쩍 인상을 찌푸리면서 되묻자 그녀는 서둘러 말을 바꿨다.

"아, 아니. 5일…….."

"5일……?"

"무조건 그 정도는 필요해요. 지, 진짜라고요!"

마치 혼나기 직전의 강아지 같은 얼굴로 목을 쏙 집어넣고 말하는 그녀의 모습에 김현우는 흠 하고 턱을 만지작거리더니 말했다.

"시작해."

"네네! 그, 그런데."

"뭐?"

"이…… 이거 전부 끝나면 저는 그, 살 수 있나요?"

아냐의 질문에 김현우는 흠…… 하며 고민하는 듯하다가 입을 열었다.

"하는 거 봐서."

"네?"

"못 들었어? 하는 거 봐서라니까?"

그 질문에 아냐는 몸을 덜덜 떨었지만 이내 입을 열었다.

"여, 열심히 하겠습니다."

"그래."

"……세상에."

그 옆에서 김현우와 아냐의 대화를 듣고 있던 이서연은 어처구니없는 표정으로 그의 눈치를 보다 마법진으로 걸어가는 아냐를 보며 물었다.

"저기, 오빠."

"왜?"

"지금 저기 걸어가고 있는 애, 서클러 아니에요?"

서클러.

이서연은 그 이름을 아주 잘 알고 있었다.

몇 년 전 전 세계의 헌터 업계를 강타했던 이름이니까.

자기와 비슷한 실력대의 헌터들을 모아 팀을 만들어 ST+ 장비를 위해 같은 헌터들을 사냥한 머더러 헌터. 그것이 바로 지금 김현우의 눈치를 보고 있는 그녀 아냐였다.

"맞아. 자기가 서클러라고 하던데?"

"아니, 근데 저 범죄자를 어떻게 데려온 거예요……?"

"던전 보스 몬스터 잡으러 가는 도중에 나 죽이려고 직접 찾아왔던데?"

"……네?"

"아레스 길드가 사주했다고 하더라."

김현우의 말에 이서연은 상황을 이해할 수 없다는 듯 순간 고개를 갸웃거리더니 입을 열었다.

"아니, 오빠."

"왜?"

"그, 저 녀석을 어떻게 잡았어요?"

"저 녀석? 쟤?"

김현우의 삿대질에 아냐가 움찔하고 이서연이 고개를 끄덕인다.

더 서클러.

머더러 헌터가 된 뒤, 아냐가 헌터 업계의 뒤에서 용병으로 일하고 있는 것을 이서연은 알고 있었다. 그리고 아냐가 헌터 업계에서는 나름대로 악명을 떨치고 있는 판데모니엄의 일원이라는 것도.

"그냥 자기가 살려달라고 하던데?"

"……몇 명이나 오빠를 죽이러 왔는데?"

"네 명?"

"……네 명이요?"

"야!"

"히익! 네!"

"너희들 너 포함해서 네 명 맞지?"

"네. 저 포함해서 네 명이 전원이에요."

이미 김현우의 기에 눌려 이런저런 정보를 아무렇지도 않게 술술 말해버리는 아냐를 보며 기가 막힌다는 듯 이서연은 김현우를 돌아봤다.

"오빠…… 능력치가 몇이라고 했죠?"

"나?"

김현우는 곧바로 정보창을 열었다.

그의 앞에 주르륵 떠오르는 정보창을 읽어주자 이서연은 이상한 듯 입을 열었다.

"그 정도밖에 안 된다고요?"

"거, 거짓말!"

"뭐?"

"히익, 아, 아니에요."

"너, 제대로 안 하면 뒷산에 묻어버린다?"

저도 모르게 김현우의 목소리를 듣고 있다 소리친 아냐는 자신이 한 짓을 후회하며 마법진을 보수하기 시작했고, 김현우는 이서연에게 물었다.

"근데 왜?"

"아니, 지금 오빠 말을 들어보면 판데모니엄의 헌터 전체가 왔다는 거잖아요?"

"그렇지?"

"그런데 그 헌터들은 전부 능력치 등급이 굉장히 높은 걸로 알고 있는데……? 아무리 생각해도 오빠의 능력치로는 판데모니엄의 헌터들을 이기는 게……."

이서연이 김현우를 바라보자 그가 슬쩍 고개를 끄덕였다.

확실히 능력치에 대한 건 그도 아레스 길드와 부딪힐 때부터 가지기 시작한 의문이었다. 탑에서 나온 뒤 처음부터 A등급의 능력치를 찍은 사람은 없어도 성장을 통해 A등급 능력치를 찍은 사람들은 있었다.

그리고 그들과 비교해봤을 때, 김현우는 자신이 이상할 정도로 강하다는 것을 느끼고 있었다. 그렇다고 해서 이걸 풀어야 하는 대단한 비밀로 인식하진 않았으나.

"뭐, 그런가 보지."

김현우는 그냥 편하게 생각하기로 했다. 능력치가 자신을 어떻게 표시하든 김현우의 힘이 사라지는 것은 아니었으니까. 다만 그는 다음에 아브에게 갈 때는 이 힘의 비밀에 관해 물어보기로 했다.

'뭐, 보나 마나 정보 권한이 부족하다면서 알려주지도 않겠지만.'

김현우는 그렇게 머리 한구석으로 생각을 밀어두고 입을 열었다.

"아, 그보다."

"?"

"맞지? 마법사는 스태프가 없으면 마법 캐스팅 못 하는 거."

"네, 맞아요. 물론 기초적인 스킬은 캐스팅할 수 있어도 본격적인 마법은 캐스팅할 수 없어요."

이서연의 말에 고개를 끄덕인 김현우는 곧바로 들고 있던 망토와 지팡이를 이서연에게 넘겨주었다.

"이건……?"

"저 녀석 거야. 스태프는 S+등급이고 로브도 S+등급이니까 너 가지고, 나 어디 좀 갔다 올 테니까 쟤 좀 보고 있어."

"어…… 어어? 진짜요? S+? 아니, 이게 아니라…… 오빠는 어디 가시게요?"

이서연의 물음에 김현우는 슥 웃으며 말했다.

"이렇게 친절하게 선물을 받았는데 또 돌려주러 가야 하지 않겠어?"

"오빠! 설마 아레스 길드에 깽판 치러 가는 거예요?"

이서연이 비명을 지르자 김현우는 고개를 끄덕이며 걸어 나갔다.

"선물 주러 가야지!"

"아니 오빠, 여기 탑 아니거든요? 그런 일 하면 온 세상에 소문나고 오빠 머더러 헌터 될 수도 있다니까요?"

그 말에 김현우가 순간 멈칫했지만, 이내 뒤를 돌아보며 말했다.

"걱정 마. 대책은 확실히 있으니까."

"대……책이요?"

"그래."

그 말과 함께 빠져나가는 김현우.

곧 그곳에는 마법진을 고치다가 이서연의 손에 넘어간 로브와 스태프를 애처로운 눈으로 바라보는 아냐와 김현우가 빠져나간 문을 바라보고 있는 이서연만이 남았다.

◆ ◆ ◆

　강남역 중심에 있는 아레스 길드의 고층 빌딩.

　이제 막 오후 5시를 넘어 하루의 마감으로 분주해진 1층의 안내 데스크에 누군가가 들어왔다.

　입고 있는 옷은 검은색 추리닝.

　신고 있는 것은 검은색 삼선 슬리퍼.

　어디를 봐도 아레스 길드와는 어울리지 않는 복장을 한 그가 내부로 들어오자마자 기다렸다는 듯 1층 데스크 근처에 있던 헌터들이 그의 곁으로 몰려들었다.

　"어이구, 이거 또 금세 소문이 퍼졌어? 흑선우가 시키드나?"

　김현우가 혼자 그렇게 중얼거리며 낄낄 웃자 한 남자가 그의 앞에 마주 섰다.

　"돌아가라. 여기는 아레스 길드원 외에는 출입 금지다."

　"이렇게 모여 있는 거 보니까 흑선우 여기 있나 보네?"

　"……."

　아무 말도 하지 않는 남자를 보며 여전히 낄낄거리던 김현우는 이내 품속에서 무엇인가를 꺼내 들었다.

　"……?"

　그것은 망치였다.

　"그건…… 뭐지?"

　남자가 묻자 김현우는 짐짓 대답하려다가 흠흠 하고 목소리를 깔더니 입가를 쭉 찢으며 이죽거렸다.

　"아아, 이것은 '뿅망치'라고 하는 것이다. 한 방으로 너를 천국에

456

보내줄 수 있지."

김현우는 그렇게 입을 열더니 뿅망치를 휘둘렀다.

뿅! 뿅! 하고, 아기자기한 소리가 나는 것에 남자는 어처구니없다는 듯 김현우를 바라봤고, 김현우는 뿅망치를 왼손에 쥐고는 말했다.

"왜? 이렇게 보니까 이걸로 어떻게 천국에 가는지 실감이 안 나지?"

내가 나름 성심성의껏 준비해 왔는데.

"헛소……."

"그럼 한번 맞아봐야지."

남자가 말을 끝내기도 전에 그의 앞에 다가간 김현우는 곧바로 뿅망치를 내려쳤다.

"으껙!"

꽝!

뿅망치에 맞자마자 땅바닥에 얼굴을 처박고 기절한 남자를 보며 김현우는 아직까지도 건재한 뿅망치를 툭툭 두들겼다.

"이거 N마트에서 3,000원 주고 사 온 뿅망치다. 설마……. 이걸로 처맞고 신고하는 새끼는 없지?"

마치 조롱하듯 뿅망치를 허공에 휘두르는 김현우를 보고 헌터들은 숨을 삼켰다.

조금 전 남자의 머리를 때렸을 때 뿅망치에서 난 소리를 들었는가? 뿅이 아니었다.

뿅이 아니라 꽝 소리가 흘러나왔다.

"어? 어이쿠."

김현우가 갑작스레 소리를 내며 쓰러져 있는 남자의 옆을 가린다.

그 모습에 헌터들은 김현우의 발치를 바라봤고, 그의 삼선 슬리퍼 옆으로 미처 가리지 못한 붉은 피가 흘러나오는 것을 보았다.

헌터들의 입이 닫혔다.

한 헌터는 김현우의 모습을 보며 눈동자를 떨었고, 손을 떠는 이들도 있었다. 안내 데스크에 있던 안내원은 이미 도망쳤고, 김현우만이 아레스 길드의 본사에서 뿅망치를 들고 당당하게 선 채 말했다.

"지금부터 위로 갈 텐데 내 앞을 막을 사람은 막아도 좋다. 그 대신……."

뽝.

"천국 갈 준비는 하고 내 앞을 막아, 알겠지?"

김현우가 걸음을 옮겼다.

◆ ◆ ◆

콰지지직! 우장창!

"?"

"반가워, 우리 구면이지?"

나무문을 깨고 자신의 책장에 처박힌 남자와 함께 등장한 김현우를 흑선우는 긴장한 표정으로 바라보았다.

김현우는 이미 너무 많이 훼손되어 제대로 된 소리조차 나지 않는 뿅망치를 옆에 두었다.

'마력으로 강화해도 역시 일정 이상은 못 버티네.'

확실히 이전처럼 펑펑 터져 나가는 물건들과 달리 마력으로 뼈대 부분을 강화한 뿅망치라 꽤 버텨주긴 했다. 결국 박살 났지만.

"……김현우."

"우리 이렇게 만나는 거 좀 익숙하지 않아? 이렇게 만나는 게 아주 익숙한 것 같아 우리, 그치?"

김현우는 마치 친구를 대하듯 웃으며 소파에 앉았으나, 흑선우의 표정은 어둡기 그지없었다.

그리고.

김현우는 심각한 표정으로 마주 앉아 있는 흑선우를 보며 입을 열었다.

"그래서, 우리 복잡한 과정은 전부 넘어가도록 하고, 이번에는 바로 선택지로 들어가보도록 할까?"

"뭐?"

"첫 번째, 나한테 뒤지게 맞고 정보도 전부 까발려진 다음에 한국에서 매장당하고 국제적으로 매장당한다."

두 번째.

"나한테 합당한 보상을 제시한다. 어쩔래? 아, 그리고 막 또 어떻게든 빠져나가보려고 구질구질하게 그러지 말자. 판데모니엄 맴버 중 한 명 인질로 잡아놨으니까."

김현우의 말에 흑선우는 두 눈을 휘둥그레 떴다.

확실히 그가 이미 1층에 도착했다는 소리를 들었을 때부터 판데모니엄이 그를 잡는 데 실패했다는 것을 알고 있었다. 그러나 이렇게 직접 이야기를 들으니 흑선우는 점점 김현우가 괴물로 보이기 시작했다.

50위권의 랭커도 처리할 수 있는 실력을 갖추고 있을 판데모니엄이 김현우를 잡는 데 실패했다. 오히려 한 명은 인질로 잡혔다.

그것이 무엇을 의미하는지, 그는 매우 잘 알고 있었기에.

"……어느 것을 보상으로 제시하면 되겠나?"

그는 결국 고개를 숙일 수밖에 없었다.

◆ ◆ ◆

천하제일인에 대해 알고 있는가?

'천하제일인天下第一人'.

그것은 그 누구도 무시하지 못하고, 누구에게나 경외를 받을 수 있는 자리였다.

마교의 '천天'마저도 동급, 아니 그 이상의 가치를 가지고 있는 것이 바로 천하제일인의 자리였고. 비상천공非想天功이라 불리는 남자 '혁천'은 그 누구도 부러워 해 마지않는 천하제일인의 자리를 가지고 있는 자였다.

"크학!"

하지만 지금 그의 모습은 어떠한가?

천하제일인에 어울리는 용포는 이미 제 형상을 잃어버린 채 더러워져 있었고. 한쪽 팔은 처음부터 없었다는 듯 잘려 있었다. 남은 한 손에 쥐고 있는 신기神奇의 애검 '월아검'은 이미 무기의 기능을 하지 못하게 부서져 있었다.

천하제일인이라고는 할 수 없는 추레한 모습으로 그는 자신의 앞에 서 있는 소녀를 바라보았다. 하얀 눈을 뿌린 듯, 날갯죽지까지 내려오는 그녀의 머리칼. 양 이마에는 붉은 뿔이 위로 치솟아 올라 있고. 마치 산적들이 입을 것 같은 호랑이 가죽을 기워 만든 옷을 입은 그녀는 자신의 오른 손목에 있는 구속구를 흔들거리며 그를 오연하게 내려다보곤 입을 열었다.

"내기는 끝났다"

"아니야."

"너는 지고, 나는 이겼으니."

"아니야……!"

"약속대로, '마지막 도시'를 받아 가도록 하마."

"안 돼……!"

혁천이 비명을 지르듯 외쳤으나, 그녀는 천하제일인의 비명을 같잖다는 듯 무시한 채로 입가를 비틀어 올렸다.

마치 상어의 그것처럼 날카로운 이를 드러내며 소녀는 입을 열었다.

"네가 지키려고 했던 것이 파괴되는 순간을 지켜보거라. '마지막 수호자'."

그 말과 함께 소녀의 발걸음이 움직였다.

1보.

"안 돼! 안 돼 안 된다고!"

천하제일인이 자신의 부서진 애병을 던지며 그녀의 걸음을 막아 내려 했다.

툭!

허나, 월아검은 소녀의 근처에도 닿지 못했다.

그녀는 계속해서 걸었다.

2보.

그와 함께 혁천이 보고 있던 '마지막 도시'가 들썩거리기 시작하고.

3보.

그녀가 또 한 걸음을 내딛자 도시의 건물이 터져 나가기 시작했다.

4보.

또 다른 한 걸음에 사람들의 비명과 곡소리가 혁천의 귓가에 내리꽂히고.

그녀가 다섯 보를 걸었을 때.

"아…… 아아…… 아아아아아악!"

그가 지키고자 했던 도시는 그녀의 다섯 보에 의해 멸망하고 말았다. 그렇게 멸망한 도시를 보며 비명을 지르는 천하제일인을 보고 그녀는 무표정하고도 무감하게 중얼거리며.

"이래서야 십보멸살十步滅殺이 아닌 오보멸살五步滅殺이겠구나."

파삭!

천하제일인의 머리통을 아무렇지도 않게 깨부줬다.

◆ ◆ ◆

"마음 같아서는 네가 직접 생각해보라고 하고 싶은데. 그렇게 말하면 네가 힘들겠지? 응?"

여유롭게 소파에 앉아 입을 여는 김현우.

흑선우는 고개를 돌려 그의 시선을 피했지만, 청각으로는 김현우의 소리를 하나도 빠짐없이 듣고 있었다.

"그러니까 내가 친절하게 전부 정해줄게. 좋지? 똥은 네가 싸는데 결국 해야 할 일은 내가 다 정해주니까."

"……."

"왜 싫어?"

"그 말……!"

흑선우는 시선을 돌려 입을 열려고 하다가 김현우의 얼굴을 보고 입을 다물었다.

분명 목소리는 누군가를 비아냥거리듯 낄낄거리고 있었으나, 그의 얼굴은 웃지 않았다.

지독한 무표정.

그 모습과 함께 흑선우는 저편에 있던 기억이 떠올랐다.

벙커에서 봤던 그의 무표정.

금방이라도 아무런 가책 없이 사람을 죽일 수 있을 것 같은 그 표정에 흑선우는 저도 모르게 침을 삼켰다.

'그래도 던전도 아닌 이곳에서 살인을 저지르겠어?'라고 흑선우의 마음 한편에서는 안일한 생각이 피어올랐으나,

"……."

소파에 앉아 있는 그의 뒤를 보면 그런 생각은 아예 처음부터 없었던 것처럼 쓸려 나갔다. 흑선우가 있는 지부장실까지 오는 동안 김현우가 만들어놓은 것은 쓰러진 헌터들의 길이었다.

여기저기 처박힌 채 힘없이 대리석 바닥을 구르고 있는 헌터들. 다들 죽었는지 살았는지 제대로 미동조차 하지 않는 헌터들을 보며 흑선우는 소름이 끼쳤다.

물론 자신도 아레스 길드원을 뚫고 이 지부장실까지 올라오라고

하면 못 하는 것은 아니다.

할 수 있다.

그도 그럴 것이 흑선우는 S등급 세계 랭킹에서도 나름 중위 랭킹을 차지하고 있는 헌터 중 한 명이었으니까.

그러나 현실에서 저런 일을 벌인다? 그것은 상상도 못 할 일이었다. 던전이나 미궁이 아닌 현실에는 보는 눈이 많다. 시민들의 눈도 있고, 언론들의 눈도 있다. 그게 아니더라도 상대 길드나 해외에 있는 직속상관이 일일이 한국 지부를 체크하고 있는 것을 흑선우는 알고 있었다. 그렇기에 그는 김현우가 더 소름 끼쳤다.

다시 한번, 그의 뒤에 쓰러져 있는 헌터들을 본다. 손속에 자비라고는 전혀 둔 것 같지 않은 모습. 마치 처음부터 외부 시선을 관찰하는 리미터가 빠그라진 듯, 그는 아무렇지도 않게 현실에서 헌터들을 족치고 있었다.

그 어떤 시선도 신경 쓰지 않고.

그는 순수하게 자신의 시선을 관철하고 있었다.

"……."

그리고 그것이 흑선우에게는 터무니없는 공포로 다가왔다.

현실에서, 아레스 길드의 지부장이라는 자리로 인해 얻은 생존권이 통째로 뜯겨 나가는 듯한 기분을 흑선우는 느끼고 있었다.

"왜? 할 말 있으면 해."

"아, 아니다."

그렇기에 흑선우는 결국 다시 한번 고개를 숙였다.

김현우의 눈을 피했다.

그런 흑선우의 모습에 김현우는 박살 난, 정확히 말하면 박살 나기 직전의 뿅망치를 툭툭 두들기며 생각했다.

'이번에는 뭘 받을까.'

김현우는 그렇게 생각하며 흑선우를 바라보았고, 이내 씩 웃으며 말했다.

"이번엔 200억."

"……준비해보겠소."

순수하게 긍정하는 흑선우를 보며 김현우는 잠시 의외의 눈빛을 보냈으나 이내 그 시선을 지워버렸다.

'던전을 가져갈 수도 있지만…… 그럼 너무 귀찮지?'

던전을 빼앗을 수 있다. 근데 그러기에는 너무 귀찮았다. 정확히 말하면 던전을 빼앗는 것까지는 안 귀찮은데, 또 던전을 관리할 헌터를 뽑는 게 귀찮았다.

'……그냥 빼앗을까?'

순간 그렇게 생각했으나, 김현우는 고개를 젓고 자리에서 일어났다.

"그리고 너도 알고 있을 것 같은데 이 상황, 유도리 있게 잘 처리하는 거 알지? 응?"

"알겠소."

"그리고."

터벅터벅.

김현우가 흑선우에게 걸어왔다.

"무슨?"

"뭐야, 설마 한 대도 안 맞을 생각이었어? 저기 네 부하들은 나 막으려고 하다가 지금 전부 천국 갔는데?"

김현우는 그렇게 말하며 뿅망치를 들어 올리며 말했다.

"우리 구질구질하게 변명하지 말고 딱 깔끔하게 한 대만 맞자. 그걸로 이 일은 좀 내는 거야, 알겠지?"

"잠…… 끄에에엑!"

꽈앙! 우당탕탕탕! 쩡!

흑선우의 말을 전부 듣지도 않은 채 뿅망치를 휘두른 김현우.

흑선우는 얼굴 정면에 뿅망치를 맞고 날아가 곧바로 뒤에 있던 책상에 몸을 부딪쳤고, 이내 멋을 내기 위해 꽂혀 있던 책들에 깔렸다.

그 위로 자욱한 먼지가 떨어지고, 김현우는 다리만을 부들부들 떨고 있는 흑선우를 보며 입을 열었다.

"어휴, 그러니까 책 좀 읽지 그랬냐."

가볍게 타박을 한 뒤, 김현우는 곧바로 흑선우 옆에 처박혀 있던 남자를 발로 툭툭 건드렸다.

"야."

툭툭.

"기절 안 한 거 알고 있으니까 일어나라. 너만 살살 때렸거든?"

"예, 예예!"

말이 떨어지자마자 곧바로 책장의 나뭇조각을 털어내며 일어나는 길드원을 바라본 김현우가 피식 웃더니 말했다.

"내가 너만 왜 약하게 때렸을까?"

김현우의 장난스러운 물음에 눈알을 이리저리 굴리던 길드원은 이내 어색한 눈빛으로 김현우를 바라보며 말했다.

"그, 저를 좀 어여쁘게 봐주셔……. 까악!"

빡!

남자가 입을 열자마자 그의 뒤통수를 후려친 김현우는 쭛 하며 입을 열었다.

"병원에 전화하라고, 씹새끼야."

그 말과 함께 김현우는 지부장실에서 빠져나갔다.

◆ ◆ ◆

※ 이 글은 베스트 게시물로 선정되었습니다!

제목: 오늘 일어난 아레스 길드 뽕망치 폭행 사건 간략하게.araboza
글쓴이: 고인물 빠돌이

자 애들아, 이번 사건 이슈게시판에 개소리 존나 많아가지고 다들 혼란스럽지?

그러니까 개인적으로 이번 사건 요약하고, 이번 일 왜 일어났는지 대충 정리해서 썰 풀어보고자 한다.

우선 2일 전에 일어난, 아레스 길드 본사에 있던 헌터 150명을 모조리 부상으로 병원에 보내버린 뽕망치 폭행 사건은 누가 저질렀을까?

그건 바로 김현우다.

왜냐면 아레스 길드 본사 내로 김현우가 뽕망치 들고 들어가는 게 찍혔거든. ㅋㅋㅋㅋㅋㅋ 근데 아레스 길드에서는 단체로 김현우한테 처맞고 입도 뻥긋 못 하는 상황이다.

자, 그럼 여기까지는 말 그대로 요약본이고, 이제부터는 왜 아레스 길드가 이렇게 처맞고 아무런 대응도 못 하고 있는지 나름대로 합리적인 판단을 통해 나온 결론을 이야기해보려 한다.

아레스 길드가 김현우한테 처맞고 입도 뻥긋 못 하는 이유.

그건 바로 아레스 길드가 잘못한 게 많아서임.

뭘 잘못했냐?

솔직히 이건 우리 헌터 커뮤니티에 들려오는 흉흉한 소문 몇 개 조합해보면 다들 알 수 있을 거라 생각한다.

그렇다고 내가 이걸 말하면 이 글 신고 먹고 알게 모르게 삭제되니까 말은 안 하기로 하겠음.

'불법적인 일'은 너희들이 상상해라. ㅋㅋㅋㅋㅋ

애초에 지금 일어나고 있는 양도도 엄청난 거잖아?

한국에 기어들어 와서 헌터들한테 갑질하며 자원 좀먹는 놈들이 독과점 체제에 제일 중요한 요점인 던전을 그냥 양도한다는 게 말이 안 된다.

그렇다면 흑선우는 왜 던전을 양도하게 됐는가?

김현우에게 뭔가 덜미를 잡힌 거다.

그래서 양도하는 도중에 이 돈을 엄청 들인 독과점이 깨지면 안 된다는 생각에 또 불법적인 일을 저지른 거고,

김현우가 그걸 알고 다시 와서 존나 후드려 패서 일이 끝났다, 뭐 이런 의미지.

뭐 솔직히 나는 내 판단이 합리적이라고 생각하는데 다른 사람들은 어떨지 모르니까 나는 여기서 줄이도록 하겠다. ㅋㅋㅋ

댓글 8832개

SSS랭크: 와 근데 진짜 김현우 미친 거 아니냐ㅋㅋㅋㅋㅋㅋㅋㅋㅋㅋㅋ

ㅋㅋㅋㅋㅋㅋㅋㅋ 그곳이 어떤 곳이라고 추리닝이랑 뽕망치 하나 들고 가서 다 쥐어 패냐. ㅋㅋㅋㅋㅋ

└ 우효WWW: 우효wwwwwww 우리 김현우 상 외국계 길드 박★살! 초 캇쿠이다제!!!!!!!!!!!!!!

└ 이러니저러니: 근데 진짜 김현우는 그 정도의 힘이 있다는 것 자체가 놀랍긴 함. 어떻게 저러냐. ㅋㅋㅋㅋ 진짜 보다 보면 존나 쎈 것 같다.

└ 아저씨여기기국뽕: 영상 있었으면 좋겠다. 이런 건 유출 안 되나? 아레스 길드에서 전부 폐기했다니까 유출 안 되겠지……? 존나 아쉽다.

올림푸스가디언: 근데 김현우도 진짜 또라이 아님? 아무리 그래도 언론이나 시선이 가득하게 보이는 이곳에서 저렇게 또라이 짓을 한다고? 좀 미친 거 아니냐. ㅋㅋㅋ;

　└ 킹리적갓심: 흠, HOXY……?

　　└ 병신은병신을안다: ㅋㅋㅋㅋㅋㅋㅋㅋㅋㅋㅋ 야 그냥 이러지 말고 닉에 아레스 길드로 박고 와서 입을 열어라 병신아. ㅋㅋㅋ

　　　└ 쉴드치러왔어요: 쉴드 치러 왔다고 씨발아!

　　　　└ 아트를해라: 근데 너무 다들 그럴 필요는 없는 듯, 김현우가 한 일은 진짜 이례적이긴 해. ㅋㅋㅋ…… 어떤 누가 수틀린다고 본사 쳐들어가서 다 패냐.

고인물이되고싶다: 님들 팬카페 가입하삼. 지금 팬카페에 김현우 유출 떴음! 아레스 길드원이 영상 유출했다던데?

　└ 오토코: 실화? 실화야??

　　└ 아우야: 또 속냐~~~~~~~~ 그거 뜨면 김현우 좀 힘들어질 것 같은데?

"낄낄낄."

"형, 괜찮아요?"

그야말로 난리가 난 헌터 커뮤니티를 보며 김현우가 낄낄거리고 있으니 김시현이 한숨을 내쉬며 그를 바라봤다.

"왜?"

김현우가 오히려 당당하게 묻자 김시현은 당황했다.

"아니, 형 왜 그렇게 태평해요?"

"태평하면 안 되냐?"

"아니, 형! 지금 아레스 길드에서 같이 자살하자고 정보 뿌리면 형도 가고 아레스 길드도 간다니까요?"

"왜? 나는 꿀릴 거 없는데? 자기의 목숨을 위협받으면 정당방위로 처리된다며?"

"그건 던전 이야기고요……. 현실에서는 이슈적으로 일어나는 일은 좀 절차상 처리한다고요."

"만약 그렇다고 해도 난 무죄 아니냐?"

"왜 그렇게 생각하는데요?"

"그도 그럴 게."

김현우는 소파 옆에 있던 뿅망치를 꺼내 들었다.

칙칙하게 노란색 테이프로 금이 간 부분을 칭칭 감아둔 뿅망치는 손잡이에 이렇게 쓰여 있었다.

'정의봉正意棒.'

어디서 알아왔는지 한자까지 멋들어지게 쓴, 거의 다 망가져가는 뿅망치를 들어 올린 김현우는 당당하다는 듯 말했다.

"1호가 무기로 보이냐? 장난감이지."

"……그래도 형 뽕망치에 맞은 사람이 다 골로 갔잖아요? 그때 아레스 길드 아래에 구급차가 몇 대나 온 줄 알아요?"

47대예요, 47대! 그것도 부족해서 두 번이나 왔다 갔다 했다고요.

"그리고 또 1호는 뭐예요?"

"1호는 1호지. 이제 곧 있으면 2호도 만들 거다."

"……."

김현우의 태평한 소리에 김시현은 아픈 머리를 부여잡았다.

안 그래도 그는 최근 집 앞을 서성이는 파파라치와 기자들 덕분에 없는 스트레스를 만들어가며 받는 중이었다.

김시현은 소파 옆에 놓여 있는 정의봉 1호, 뽕망치를 바라보더니.

'에라이 모르겠다. 어차피 형이 알아서 하겠지.'

그 이상 생각하기를 포기했다.

사실 어떻게 해주려고 해도 김시현은 결국 하는 게 없고 해결은 김현우가 하니까 이럴 바에는 깊게 생각할 필요가 없을 것 같았다.

어차피 현우 형이 알아서 하겠지.

김시현의 걱정으로 인한 스트레스와 그의 머리 한쪽에 있는 김현우의 신뢰가 쌓여 만들어진 기괴한 생각이었지만 김시현은 그 생각을 고치지 않았다.

"그래서, 할 거예요?"

"뭘?"

"뭐긴요, 제가 저번에 말씀드렸잖아요? 저번에 국제 홀에서 나온 이야기인데……."

김시현은 그렇게 말하며 장황하게 설명을 늘어났고, 김현우는 그것을 짧게 요약했다.

"그러니까, 요컨대 일본 탑에서 빠져나온 신인이랑 한국 탑에서 빠져나온 신인 데리고 던전 하나 클리어해라?"

"그런 거죠. 약간…… 신인들에게 보여주기용?"

"그걸 왜 해? 던전이 장난이야?"

물론 김현우에게 던전이 그리 위협적인 장소는 아니었으나, 귀찮았기에 그는 그리 대답했고.

"돈 준다는데요?"

"돈? 얼마나?"

"이것저것 다 빼고 강의비만 5,000이요."

"그럼 하지 뭐."

"……형 너무 속물인 거 아니에요?"

"원래 합당한 보수가 지급되면 뭐든지 할 의욕이 생기는 법이지."

◆ ◆ ◆

모든 곳이 붉게 물든 세상이었다.

화마가 세상을 덮쳐, 모든 것이 활활 타오르고 있는 그곳.

동양풍의 건축물들은 이미 자신의 예술성을 잃어버리고 본디 자연과 같은 흙으로 돌아가고 있었고. 그 사이사이로 보이는 붉은 핏자국은 이곳에서 무슨 일이 일어났는지 단편적으로 알려주는 듯했다.

그런 붉게 물든 세상 속에서, 그들은 움직이고 있었다.

괴이하게 생긴 지네가 인간의 몸을 파먹는다.

목이 마치 뱀과 같이 긴 인간이 같은 인간의 목을 물어뜯고 있고.

어둠을 먹고 자라는 '괴이'가 사람들의 영혼을 빨아먹는다.

그렇게 아비규환이 된 그 끔찍한 현장에 한 소녀가 인간들의 시체로 만든 산 위에 앉아 있었다.

그녀는 불과 얼마 전, 천하제일인을 가볍게 밟아 죽인 소녀였다.

그리고.

쿠구구구구궁.

그녀의 앞에 하늘을 뚫을 정도로 거대한 탑이 생겨났다.

탑이 생기면서 붉은 화마에 겹친 마귀들의 목소리가 줄어들었다.

인간들의 비명이 시들거리며 사라지고, 마귀들이 시선을 돌린다.

하지만 그들의 시선이 향한 곳은 하늘을 뚫을 정도로 높게 서 있는 탑이 아닌, 시체의 산 위에서 탑을 바라보고 있는 소녀였다.

그녀의 눈가에 기쁨이 서린다. 무표정하던 입가가 주욱 찢어지며 그녀 안에 있던 날카로운 이를 보여주었고, 이내 시체의 산에서 몸을 일으킨 그녀가 입을 열었다.

"가자."

한마디.

그 말과 함께 마귀들이 탑을 향해 움직이는 소녀의 뒤에 따라붙기 시작했다.

거대한 지네도.

머리밖에 없는 괴물도.

어둠을 먹는 괴이도 아무런 말도 없이 소녀를 따랐고.

마침내 소녀의 뒤에 만들어진, 모든 계층에 공포를 흩뿌리며 세상을 먹어 치우던 '백귀야행百鬼夜行'이 다음 먹이를 찾아 탑을 오르기 시작했다.

◆ ◆ ◆

3일 뒤.

성내동에 있는 서울 길드의 '숲지 부락'의 던전 내부.

그곳에는 평소보다 많은 사람, 아니 헌터들이 몰려 있었다. 그들은 이제 막 탑을 빠져나온 지 한 달을 넘어 두 달을 향해 가고 있는 18회차 헌터들이었다.

한국 헌터가 몇 명 있긴 해도, 대부분은 일본에서 원정을 온 헌터들이었다.

'일본과 한국의 관계 증진을 위해'라는, 도대체 누구의 머릿속에서 만들어졌는지 모를 요상한 행사 덕분에 양국의 18회차 헌터는 김현우의 뒤에 모여 '숲지 부락'을 걸어가고 있었다.

'도대체 이 행사에 무슨 의미가 있는 걸까.'

김현우에게 행사에 대한 말을 전한 것은 김시현이었다. 굉장히 미묘한 행사였다. 차라리 김현우가 아니라 노련한 파티를 고용해서 던전을 클리어하는 모습을 보여주면 모르겠지만 김현우는…….

'헌터 중에서도 절대 평범하진 않지.'

물론 정부와 협회에서 지시한 대로 최대한 '평범'을 지향해달라고 김시현은 김현우에게 말해두었다.

문제는.

'형이 그걸 알까? 아니 애초에 '평범한'이라는 기준을 알고 있기나 할까?'

김시현이 그렇게 회의적인 생각을 하며 일본 협회에서 나온 인솔 헌터와 뒤에서 따라가고 있을 때. 김시현과는 전혀 반대의 생각을 하는 헌터도 있었다.

'고인물 헌터의 영상!'

그것은 박가문.

바로 그였다.

이미 헌터 일은 진즉에 때려치워버린 것인지 한 손에는 무기 대신 육중해 보이는 카메라를 들고 있었고.

아이시떼루: 우효wwwww 김현우 헌터의 행사 영상 겟또다제!!!!

낭선: 와ㅋㅋㅋㅋㅋ 나온다! 팝콘 가져왔습니다. 콜라 가져올 분?

SSS급: 김현우가 입고 있는 추리닝 어디 거냐? 진짜 궁금하네, 나도 김현우가 입고 있는 추리닝 가지고 싶다.

박가문은 다른 한 손에 액션캠을 들고 있었고, 그 액션캠 뒤에는 박가문이 볼 수 있도록 스마트폰이 달려 있었다.

시청자 수 72,214명.

이제 막 오후 3시를 넘겨 한창 바쁠 때인데도 불구하고 영상을 켠 30분 전부터 끊임없이 늘어나고 있는 시청자 수에 박가문의 입가는 찢어지기 일보 직전이었다.

'물론 버는 돈 중에 2할밖에 못 얻기는 해도.'

그것만으로도 충분했다.

박가문은 어느새 김현우 전용 크리에이터로 소문이 나서 그의 영상은 구독자 수가 실시간으로 올라 얼마 전 89만을 찍었고, 이전과는 비교할 수 없는 돈이 나오는 중이었다.

얼마 전에는 자기 이름을 따 지었던 '가문 TV'에서 'Goinmul

official'로 이름까지 바꿨다.

'무조건 따라간다! 무조건!'

박가문은 얼마 전의 정산으로 돈맛을 보고 나서, 김현우의 뒤를 죽을 때까지 쫓아가기로 마음먹었다.

그렇게 박가문이 김현우가 싸우는 것을 고대하고 있을 때쯤. 익숙하다는 듯 빠져나오는 고블린과 오크들. 그들은 각각의 무기를 쥐고 충혈된 붉은 눈으로 괴성을 내며 다가왔지만 헌터들은 별반 긴장한 모습을 보이지는 않았다.

그도 그럴 것이 현재 '숲지 부락'에 와 있는 헌터들은 도합 50명. 긴장할 리가 없었다.

그리고 무엇보다 현재 그들 앞에는 검은색 추리닝에 파란색 슬리퍼를 신고 있는, 전 세계적인 유명인 김현우가 있었다.

김현우는 이제야 나온 몬스터들을 보며 어떻게 잡을까 고민하다, 이내 달려오는 고블린에게 다가가.

키에에엑!

고블린의 다리를 잡아챘다.

순식간의 공격에 무기를 놓친 채 허공에 팔을 저으며 허우적거리는 고블린을 본 김현우는 이내 신입 헌터들을 보며 장난스러운 미소를 짓더니 입을 열었다.

"이것은 고블린이라는 것이다. 다리를 잡으면 무기로 쓸 수 있지."

김현우는 그렇게 말하더니 다짜고짜 고블린의 다리를 잡은 채 그린스킨들이 몰려 있는 곳을 향해 도약했다.

키엑! 키에에에엑! 끼에에에에에에!

그리고 손에 들려 있는 고블린을 이용해 그린스킨들을 학살하기 시작했다.

김현우의 손에 들려 있는 고블린이 순식간에 동료들의 대갈통을 부숴 나가고, 마찬가지로 고블린도 그 형체를 잃어갔다. 그 모습에 김시현은 하 하는 표정과 함께 한 손으로 눈을 가렸고.

알라랄라라라: 씨발ㅋㅋㅋㅋㅋㅋㅋㅋㅋㅋ 말하는 거 들었냐? '이것은 고블린이라는 것이다.'

낭선: 와ㅋㅋㅋㅋ 나온다! 팝콘 가지고 오기를 잘했네. 저거 실화냐. ㅋㅋㅋㅋㅋㅋㅋㅋ 진짜 개웃기다.

무공기수식: 고블린 씨발ㅋㅋㅋㅋㅋㅋㅋㅋㅋ 다리를 들면 무기로 쓸 수 있대. 개웃기네 ㅋㅋㅋㅋㅋ

아이시떼루: 우효wwwww 김현우 헌터의 고블린 휠윈드!!!! 진짜냐고오오오옷!!!! 우효wwwwww

개드립학과: 아아, 이것은 김현우의 '음경'이라는 것이다.

─ 개드립학과 님이 매니저에 의해 강퇴당하셨습니다. ─

08년생지필씨: 병신ㅋㅋㅋㅋㅋㅋㅋㅋㅋㅋㅋㅋㅋㅋㅋㅋㅋㅋㅋㅋㅋㅋ

반대로 박가문이 열어놓은 방송은 김현우의 행동으로 인해 웃음바다가 되었다.

그와 함께 끝없이 올라가는 후원금에 박가문의 입이 찢어질 때쯤, 김현우가 글레이브를 휘두르는 오크를 마찬가지로 붙잡아 무기로 사용하는 모습은 슬슬 진정되려던 채팅방에 불을 지피다 못해 터트려버렸다.

그렇게 김현우가 장난삼아 던전을 클리어하던 중

알리미

9계층의 통로로 새로운 '등반자'가 등반을 시작합니다.

남은 시간: 4일 12시간 11분 32초

[당신을 초대합니다.]

시스템에서 정식으로 '가디언'이 된 당신을 초대합니다. 시스템 옆에 남은 시간이 모두 흘러가면 당신은 부름을 받아 초대됩니다.

남은 시간: 0일 1시간 0분 00초

"?"

그의 앞에 연달아 떠오르는 알림에 김현우는 로그를 바라보다 저도 모르게 혀를 차며 양손에 쥐고 있던 고블린이었던 '것'과 오크였던 '것'을 던져버렸다.

몰려온 고블린와 오크들은 이미 완전히 전멸해버린 상태.

김현우는 뒤를 돌아보며 입을 열었다.

"이제 전투를 한번 보여줬으니까 바로 보스를 잡는 것을 보여줄게. 이미 일반 몬스터 잡는 거 보는 건 질렸지?"

아니, 질리지 않았다, 라고 그들은 말하려 했다.

그도 그럴 것이 김현우가 사냥하는 방법은 그 어디에서도 볼 수 없는 종류의 것이었으니까.

아무런 방어구도 입지 않은, 그저 추리닝만 입은 헌터가 고블린과 오크를 무기로 삼아 몬스터를 죽인다? 만화에도 없는 장면이었다.

그러나 곧 헌터들은 그 생각을 멈추고, 두꺼운 나무 쪽으로 다가가는 김현우를 보았다.

그 모습에 박가문은 터져버릴 조회수에 대한 긴장감과 저번에 느꼈던 후폭풍을 생각해 몸을 바짝 엎드리기 시작했고, 몇몇 헌터들은 그런 박가문의 모습을 보며 이상함을 느꼈다.

그리고.

꽈아아아아앙!

"으헉!"

"꺄악!"

곧 헌터들은 박가문의 행동을 이해할 수 있었다.

김현우는 박가문과 처음 왔을 때처럼 굵은 나무에 거대한 구멍을 뚫어 이 '숲지 부락'의 보스인 트윈헤드오우거가 있는 곳까지 한 번에 길을 연결했다.

쿠아아아아아아악!

길을 뚫고 신입 헌터들이 밖으로 빠져나오자마자 본 것은 트윈헤드오우거가 사방으로 괴성을 내지르며 김현우를 향해 달려가는 모습이었다. 그냥 오우거보다 1.5배 정도 더 큰 크기에 이제 막 탑에서 빠져나온 헌터들은 저도 모르게 긴장감을 느꼈다. 덩치라는 것은 그런 것이니까.

그런 엄청난 덩치를 가지고 있는 트윈헤드오우거의 앞에 김현우가 서 있었다. 그는 땅이 쿵쿵거릴 정도로 맹렬하게 다가오는 오우거를 보며 짧게 생각하는 듯하더니 이내 쓱 웃으며 중얼거렸다.

"정했다."

정하자마자 김현우는 자세를 취했다.

그것은 어느 한 '소인'이 거인국에 끌려와 자신을 증명하고 소중한 사람을 구하기 위해 보여주었던 일생일대 필살必殺의 기술.

"흑운黑雲."

마치 학선류의 자세처럼 들고 있던 김현우의 다리에서 엔진을 사출하듯 검붉은 마력이 터져 나오고.

"보步."

김현우가 마력을 폭발시키며 날아올랐다.

그리고 트윈헤드오우거의 머리 위에.

크에에에에에엑!

검은 구름이 떨어져 내렸다.

그 전율적인 모습에 헌터들이 멍하니 김현우의 모습을 바라보았고, 박가문이 열어놓은 채팅방은 '와'로 도배가 되었다.

그리고.

그 모습을 보던 김시현은 문득 사방으로 잔뜩 새고 있는 검붉은 마력을 보며 생각했다.

'……형은 도대체 저 마력이 어디서 나오는 거지?'

◆ ◆ ◆

"안녕하세요."

"그래, 반갑다. 이번에도 등반자 때문?"

"네, 등반자 때문에."

"……어차피 알리미로 얻을 수 있는 정보만 얻을 수 있는 거 아니야?"

김현우의 말에 앞에 앉아 있던 아브는 찔끔하는 듯한 표정으로 김현우의 눈치를 봤으나 이내 고개를 저으며 말했다.

"아뇨, 저번에 정보 권한이 누적되면서 조금 더 정보를 볼 수 있게 바뀌어서요."

"……그래?"

"네."

"그럼 어떤 이야기인지 들어나 보자."

김현우의 말에 아브는 슬쩍 고개를 끄덕이더니 입을 열었다.

"우선 제가 열어볼 수 있는 정보 권한을 최대로 사용해서 본 결과, 이번에 9계층에 등반하는 등반자는 혼자가 아니에요."

"혼자가 아니라고?"

"네."

"……그럼 저번에 봤던 그 크레바스의 몬스터와 비슷한 건가?"

김현우의 물음에 그녀는 고개를 저었다.

"아뇨, 그것도 아니에요."

"그럼 뭔데?"

김현우가 슬쩍 인상을 쓰며 묻자 그녀가 곧바로 대답했다.

"원래 등반자들이 올라오는 방식은 대부분 다르지만, 하위 등반자들이 크레바스를 끌고 와요. 그리고 크레바스에는 몬스터가 소환되긴 하는데, 그건 등반자가 '데리고 온' 게 아니에요."

"데리고 온 게 아니라고?"

"네, 말하자면 일종의 시스템 버프 같은 거예요. 너무 약하니까 그래도 이 정도는 해줘야…….'

"……엥?"

김현우는 이해가 안 된다는 듯 아브를 바라봤다.

"그러니까…… 그 등반자가 너무 약하니까 세계 좀 잘 조져보라고 시스템에서 버프를 주고…… 뭐 그런 거야?"

"네. 그래서 하위 등반자와 같이 나타나는 몬스터는 등반자와 같이 올라오는 동료라 치지 않습니다."

그녀의 대답에 김현우는 묻고 싶은 게 많았으나 우선 고개를 끄덕였다.

결국 시스템이 그렇게 했다는 건데, 이걸 아브에게 따져봤자 자기가 어찌 할 수 없는 일이라는 대답만 나올 게 뻔했다.

"그래서, 지금 올라오는 등반자는, '동료'를 끌고 온다 이거야?"

"네."

"그 등반자는 중위 등반자야?"

"네, 중위 중에서도 중간 이상은 가는 등반자예요."

"보통 그러면 그 등반자의 동료들은?"

"그건 다 다르다고 나와 있어요. 중위 등반자와 비슷한 정도로 강한 이들도 있다고 하고, 아니면 더 약한 이들도 있다고 하고……."

"……그러니까 한마디로 아무튼 간에 전에 온 천마보다는 강하다?"

"네."

아브가 그렇게 말하며 눈치를 보았지만, 김현우는 그저 담담히 고개를 끄덕였다.

"알았어."

"?"

"왜 그런 표정으로 봐?"

"아니, 또 결국 정보가 그 녀석 강하다는 것밖에 없냐고 뭐라 타박할 줄 알아서……."

김현우는 어깨를 으쓱였다.

"뭐 어쩌겠냐. 결국 얻을 수 있는 정보가 그것밖에 없다는데, 그냥 적당히 타협해야지. 그리고 천마보다 강하다고 해서. 벌써부터 걱정해봤자 나오는 것도 없고 말이야."

김현우의 말에 아브는 멍한 눈으로 그를 바라보았다.

그러다 김현우가 입을 열었다.

"아."

"……왜 그러세요?"

"그러고 보니까 물어봐야 하는 게 있는데."

"물어봐야 하는 거요?"

아브의 대답에 김현우는 고개를 끄덕이곤.

"내 능력치에 대해서."

얼마 전에 물으려고 했던 그 주제를 아브에게 꺼내놓았다.

◆ ◆ ◆

※ 이 글은 베스트 게시물로 선정된 글입니다.

제목: 이번에 김현우 고유 스킬 관련으로 불판 터진 거 자게로 옮겨본다. ㅋㅋ

글쓴이: 나는오늘만사는놈

ㅎㅇㅎㅇ 이번에 보니까 이슈게시판에서도 이거 가지고 댓글 싸움 나고 있길래 불판 열어본다. 무슨 불판인지는 너희들도 잘 알고 있지?

바로 김현우 고유 스킬 불판이다.

사실 탑에서 나온 지 얼마 안 된 헌터라서 애초에 고유 스킬 관련해서는 이야기도 아예 안 나오고 있었는데 최근에 김현우가 천마 잡은 이후로는 다들 그 이야기만 하길래 가져와봤다.

근데 솔직히 김현우가 탑에서 빠져나온 지 얼마 안 된 걸 보면 벌써 고유 스킬을 가졌을지는 아직도 좀 실화인가 의문이 들긴 하는데, 솔직히 김현우쯤 되면 고유 스킬을 얻을 수 있을 것도 같다.

그래서 내가 짐작한 건데, 아마 내 생각에 김현우 고유 스킬은 '증폭' 계열인 것 같다. 애초에 김현우가 천마전에서 싸우는 것을 보면 줄곧 개털리다가 한 번에 빡 몰아쳐서 죽이잖아?

내가 볼 때 제한 시간 있는 대신에 힘을 팍 끌어올려주는 종류인 걸로 예상된다.

너희들은 어떰?

댓글 1,024개

고인물이되고싶다: 솔직히 나도 그렇게 생각하는 게 김현우가 탑에서 나온 지 얼마 안 된 시간 비례해서 그 정도 싸울 수 있는걸 생각해보면 증폭 계열이 제일 크다고 느낀다.

    ↳ SSS등급: 이거 ㅇㅈ 나도 그렇게 생각함. 사실 증폭 계열이 아니면 저렇게 단기간에 높은 피지컬 보여주는 건 말이 안 되긴 한다.

    ↳ 로로로롤: 그런데 그것 말고도 애초에 김현우가 12년 동안 탑 안에 갇혀 있었던 것 생각해보면 진짜 저 정도로 강한 게 이해가 가기도 한다 나는.

인생해피하고싶다: 솔직히 지금 시점에서 봤을 때 김현우의 고유 스킬

은 이미 만들어졌다고 보는 게 맞기는 하다. 그리고 나도 글 작성자와 마찬가지로 김현우의 고유 스킬은 거의 100% 증폭계라고 확신한다. 다만 정확히 몇 배 정도 증폭하는지는 모르겠음.

└ 칼튼900: 22222222222222222222222이거 맞다. 나도 이렇게 생각함.

└ 기수식재림: 33333333333333 나도 이렇게 생각하기는 하는데 나는 정말 혹시 어쩌면 김현우가 사실 고유 스킬이 없을 거라고도 생각을 해본다.

└ 로팅엄비: ㄹㅇ 지금 이슈게에서도 고유 스킬이 증폭계냐 아니냐 때문에 싸우는 게 아니라 고유 스킬이 있냐 없냐로 싸우고 있던데, 나도 왠지 없을 것 같음. ㅋㅋㅋㅋ

오토랑이: 김현우 고유 스킬 내가 볼 때는 개씹사기치트스킬 같은 거 아니냐? 솔직히 천마랑 싸우는 거 보면 그냥 개씹사기라는 느낌이 풀풀 나서 치트 스킬 아닌가 싶은데. ㅋㅋㅋㅋ

└ 그만해: 응 ㅈㄹ이구연~ 지금까지 상위 헌터들도 고유 스킬 보면 전부 사기가 아니라 자기 실력 쌓아서 올라간 거다. ㅋㅋㅋㅋ 운빨이라는 게 있을 것 같냐?

└ 오토랑이: ? 그냥 내 생각 말한 건데 왜 갑자기 들어와서 지랄이신지? 갑자기 프로 불편충 등판하셨네. ㅋㅋㅋㅋㅋㅋ PDF 캡쳐했으니까 또 아갈 털어봐~

└ 그만해: 응. 계속해줘? 니 애.

아랑 길드 지하 2층의 훈련실.

"흠……."

그 이외에도 게시글에 달린 수십 개의 댓글을 보고 있던 김현우는 이내 스마트폰을 집어넣고, 소파에 앉아 커피를 마시고 있던 김시현에게 물었다.

"시현아."

"왜요?"

"고유 스킬이라는 게 그렇게 중요하냐?"

고유 스킬. 그것은 헌터 개개인에게 부여되는 스킬 중 하나였다.

물론 언제 부여되는지, 어떤 경로를 통해 어떤 식으로 부여되는지는 아직도 제대로 된 사실관계가 밝혀진 바 없으나. 단 한 가지 확실한 건 모든 헌터는 어느 순간 고유 스킬을 받는다는 것이었다. 그리고 그 고유 스킬은 일반적으로 몬스터를 사냥해 '경험'으로 얻는 일반 스킬보다도 좋은 효율을 보여준다.

"그렇죠? 고유 스킬이라는 건 개개인이 받는, 다른 헌터들이 가지고 있지 않은 자신만의 스킬이라는 거니까, 어떤 면에서는 굉장히 중요하죠."

김시현의 말에 김현우는 고개를 갸웃거리면서도 수긍했다.

"그렇단 말이지……?"

"그렇죠. 보통 고유 스킬이 생기면 자신만의 명확한 전투 스타일이 생기는 경우도 많으니까요."

김현우는 고유 스킬에 대해 생각하다 이내 어깨를 으쓱이며 그 생각을 접어두었다.

'아직 나한테는 안 생겼으니까.'

그렇게 짧게 생각을 정리한 김현우는 이내 며칠 전 아브에게 들었던 말을 떠올렸다.

지금으로부터 3일 전, 김현우는 자신을 불러낸 아브에게 자신의 능력치에 관해 물었으나, 자세한 대답을 듣지는 못했다.

다만 한 가지 알아낸 게 있었다.

아브가 말해준 것.

정확히는 정보 권한을 이용해 제한적인 정보를 보고 그녀가 김현우의 능력치 이상을 나름대로 추리한 뒤 도출한 결론.

'출발의 탑에서 떠올랐던 메시지는 '페이크'일 거다……라.'

김현우는 12년 동안 탑 안에 있었다. 그동안, 김현우는 1층부터 100층까지의 몬스터를 수백 번도 더 넘게 잡았다. 그러면서 자연스럽게 오른 능력치들.

물론 어느 순간부터 김현우의 능력치는 '튜토리얼 능력치 한계에 도달했습니다!'라는 알림창과 함께 그 이상 오르지 않았다.

그러나 아브는 그 알림창에 의문을 제시했다. 능력이 '더 이상' 오르지 않은 게 아니라, 시스템의 한계상 그렇게 표현했을 것이라는 의문을.

물론 진실은 모른다.

이게 진짜 아브가 한정적인 정보를 얻어서 추리한 대로 사실은 시스템의 한계 때문에 더 이상 능력치를 측정하기 어려운 것인지, 그게 아니면 다른 이유가 있는 건지.

'원래는 그래서 랭커들하고 비교를 해보려고 했는데…….'

생각해보니 너무 변수가 많았다.

스킬도 마찬가지고 이것저것 신경 써야 할 게 상당히 많았다.

그리고 무엇보다.

'너무 귀찮아…….'

너무 귀찮았다.

애초에 내 힘의 총량을 알아서 뭐 하겠는가? 자기가 상대해야 할 건 정보 권한으로도 정보를 볼 수 없는 녀석들뿐인데.

김현우는 그냥 깔끔하게 포기하기로 하고 앞에 떠 있는 로그로 시선을 돌렸다.

알리미
9계층의 통로로 새로운 '등반자'가 등반을 시작합니다.
남은 시간: 00일 00시 01분 32초

이제 얼마 남지 않은 시간.

하지만 딱히 준비할 게 없었다. 지금 올라오는 등반자가 어디로 올 줄 알고 준비를 한다는 말인가?

'차라리 시간이 아니라 위치가 나온다면 어떻게 죽치고 있기라도 할 텐데.'

김현우는 쯧 하고 혀를 차며 머리를 긁적였다.

아무리 자기 살고 싶은 대로 산다고 하더라도, 자기가 미리 대비하고 막을 수 있는데 막지 않아서 사람이 무더기로 죽어 나가는 것을 보는 건 찝찝했다.

그가 그런 생각을 은연중에 흘리며 로그를 보던 중.

"다…… 다 됐다!"

김현우는 마법진에서 들리는 거대한 환호성에 고개를 돌렸고.

우우우우웅.

그곳에서 김현우의 실수로 인해 망가졌던 마법진이 다시 예전의 그 소리를 내며 공명하고 있는 모습을 볼 수 있었다. 그 옆에서 마치 제 마법진을 고친 듯 신나 하고 있는 아냐는 덤이었다.

김현우는 슥 자리에서 일어나 입을 열었다.

"그래, 전부 다 고쳤다고?"

"네! 네네! 전부 고쳤다고요! 이 서클러인 아냐에게 불가능은 없다 이 말……."

아냐는 그렇게 신나게 소리를 치다 목소리를 낸 사람을 파악했는지 마치 녹슨 기계처럼 목을 돌리며 다가오는 김현우를 바라봤다.

그녀의 눈에 든 묘한 공포.

아냐는 최대한 비굴하게 몸을 숙이고는 입을 열었다.

"그, 저 전부 다 복구했는데…… 아마 전보다 효율도 좋을걸요?"

"그래?"

"네! 게다가 거기에 덤으로 지속 시간도 훨씬 길 거예요!"

"그래?"

"거기에 추가로…… 음…… 음…….."

"그래?"

"……."

김현우의 대답에 아냐의 얼굴이 파랗게 질리기 시작했다.

"저…… 죽는 건가요?"

"글쎄다…….."

김현우의 얼굴이 기묘하게 웃음을 띠고 아냐의 얼굴이 푸르죽죽하게 죽을 때쯤.

알리미

통로를 통해 새로운 '등반자'가 9계층에 도착했습니다.

위치: 독일 작센 라이프치히

남은 시간: 00시 00분 00초

그의 눈앞에 새로운 로그가 떠올랐다.

◆ ◆ ◆

독일 작센 라이프치히 근처 산맥에 있는 미궁.

평소라면 사람 몇 없이 썰렁해야 했던 그곳이 현재는 사람들로 가득 찼다. 하늘에는 헬기가 몇 대나 돌아다니고 있고, 지상에는 헌터들이 대열을 맞춰 미궁 앞에 서 있었다. 그리고 가장 뒤, 독일 헌터협회장 '게오르크 T 바넬'은 흡족한 미소로 그 모습을 바라보다 이내 뒤쪽에서 다가오는 한 남자를 보며 입을 열었다.

"준비는 전부 끝났는가?"

게오르크의 물음에 남자는 곧바로 서류철을 그에게로 넘기며 대답했다.

"예, 그렇습니다. 현재 준비는 모조리 끝나 있는 상태입니다. 독일에서 활동하는 헌터 중 대형 길드인 '슈바이거' 길드와 '보리스' 길드의 핵심 인원들도 전부 대기 중인 상태고요."

"랭커들은?"

"'쉐도우 스피어' 애릭 브래든과 '이명궁' 티라멜이 미궁 바로 앞에서 대기 중입니다."

그의 말에 게오르크는 몇 번이고 고개를 끄덕였다.

이번에 일본에서 처음 일어난 새로운 형태의 재앙은 불과 한 달 정도밖에 지나지 않아 독일에서 또 한번 감지되었다.

'물론 일본처럼 당하지는 않겠지만.'

게오르크는 미소를 지으며 앞에 깔린 헌터들을 보았다.

대부분이 A등급 헌터들. 그리고 그들과 함께 상당히 위쪽에 있는 S등급 헌터들도 있었다. 일본에서 그 재앙을 막을 때와는 달리 '과잉 전력'이라고 불러도 될 만큼의 엄청난 전력.

게오르크는 미소를 지으며 하늘을 돌아다니고 있는 헬기를 바라봤다. 그것은 바로 게오르크가 미리 불러둔 독일 방송사를 포함한 여러 통신 매체의 헬기였다.

'이번 재앙의 발 빠른 처리를 전 세계에 보여주기만 하면. 독일 협회는 다시 한번 인정받는다.'

예전, 독일에서 일어났던 크레바스 사태를 제대로 막아내지 못해 퇴임당한 전 협회장 때문에 독일은 늘 국제협회에서 은근히 무시를 당하고 있는 상태였다.

'민가에 그 어떤 피해도 입히지 않고, 확실히 막아낸다.'

그렇기에 게오르크는 독일에 찾아온 이 재앙을 제대로 막아냄으로써 협회 내외에서 자신의 입지를 확실하게 굳히려는 야망을 갖고 있었다.

'거기에 덤으로 재앙을 포획할 수만 있다면 금상첨화지.'

현실적으로 어려울 수 있더라도 인간과 비슷한 인종인 재앙을 포박했다는 것은 엄청난 업적으로 남으리라.

물론, 실질적으로 재앙을 막거나 포획하는 것은 랭커와 다른 헌터다.

그러나.

재앙에 '미리' 대비하고 헌터를 대기시킨 업적은 그대로 자신에게 돌아올 거라는 생각에 그는 미소 지었다.

그리고.

쿠구구구구구구궁.

곧 그는, 재앙이 올라오는 그 진동에 미소를 지었고.

꽈아아아아!

"저, 저게⋯⋯!"

불과 5분도 되지 않아, 절망에 빠졌다.

2권에서 계속

튜토리얼 탑의 고인물 1

초판 1쇄 인쇄 2021년 1월 25일
초판 1쇄 발행 2021년 2월 5일

지은이 방구석김씨
펴낸이 김문식 최민석
기획편집 이수민 박예나 김소정
　　　　　윤예솔 박연희
디자인 배현정
마케팅 임승규
제작 제이오

펴낸곳 (주)해피북스투유
출판등록 2016년 12월 12일 제2016-000343호
주소 서울시 성북구 종암로 63, 4층 402호(종암동)
전화 02)336-1203
팩스 02)336-1209

ISBN 979-11-6479-267-2 (04810)
　　　　979-11-6479-266-5 (세트)